KB243782

셜록 홈즈 전집
5

셜록 홈즈 전집 **5**
Sherlock Holmes

셜록 홈즈의 모험

The Adventure of Sherlock Holmes

아서 코난 도일

백영미 옮김

황금가지

차례

셜록 홈즈 전집의 한국어판은 미국의 Bantam Books에서 출간된 『*Sherlock Holmes: The Complete Novels and Stories*』를 저본으로 삼았습니다.

셜록 홈즈의 모험

The Adventure of Sherlock Holmes

보헤미아 왕국* 스캔들

셜록 홈즈에게 그녀는 항상 '그 여자'이다. 그가 그녀를 다른 호칭으로 부르는 일은 좀체 없다. 그의 눈에 그녀는 그 어떤 여성보다도 우월하고 빛났다. 홈즈가 아이린 애들러에게 어떤 연정 비슷한 것을 느꼈다는 얘기는 결코 아니다. 홈즈의 냉정하고 치밀하면서 놀랍도록 균형 잡힌 정신에게 모든 감정, 특히 연애 감정이란 혐오스러운 것이었다. 나는 셜록 홈즈가 기계처럼 완벽한 추리 및 관찰 능력을 가진 인간으로서 전무후무한 존재이지만 연인으로서는 서투르기 짝이 없었을 거라고 생각한다. 그가 비웃음과 조롱이 아닌 좀 더 말랑한 정서를 토로한 적은 한 번도 없었다. 사실 냉소주의란 관찰자에게는 바람직한 것이다. 그것은 인간의 감춰진 농기와 행동을

---

* 역사적으로 중부 유럽에 실재했던 국가. 1867년에 오스트리아의 속주로 편입되었고 1918년 보헤미아, 모라비아, 슬로바키아, 루테니아가 합쳐져 체코슬로바키아가 되었다. 현재는 체코 공화국 땅이다 — 옮긴이

드러내는 데는 그만이었다. 그러나 논리적 훈련을 쌓은 사람이 섬세하게 균형 잡힌 정신세계에 그러한 감정적 틈을 허용하는 것은 자신의 논리적 결과물에 흠집을 낼 교란 요인을 받아들이는 것과 같을 터였다. 홈즈 같은 사람에게 강렬한 감정이란 예민한 악기 속에 든 모래나 고배율 확대경에 간 금 이상으로 큰 문제를 야기할 것이다. 그런데 그에게 오로지 한 여자가 있었으니, 그 여자는 모호하고 미심쩍은 추억 속의 고(故) 아이린 애들러 양이었다.

나는 요즘 들어 홈즈를 만난 적이 별로 없었다. 내가 결혼하면서 우리 둘 사이는 멀어졌다. 결혼이 가져다준 더할 나위 없는 행복감과 한 가정의 주인이 된 남자를 둘러싼 소소한 일상사는 나를 사로잡기에 충분했다. 반면 보헤미안의 영혼을 갖고 태어나 모든 종류의 사교 생활을 혐오하는 홈즈는 베이커가의 하숙집에 남아서 고서적 더미에 푹 파묻힌 채, 이번 주에는 코카인에 빠져 있다가 다음 주에는 정력적으로 활동에 몰두하는 식으로, 마약의 몽롱함과 격렬하고 열정적인 본성 사이를 오가며 살았다. 그는 여전히 범죄 연구에 깊이 매혹된 채, 경찰이 포기한 미해결 사건의 단서를 추적하여 사건을 해결하는 일에 천재적인 재능과 탁월한 관찰력을 쏟아부었다. 그의 활약상에 대한 소문은 이따금씩 내 귀에까지 들려왔다. 멀리 러시아 오데사의 트레포프 살인 사건을 해결한 것이며, 트링코말리의 앳킨슨 형제에게 일어난 비극적인 사건을 해결한 것 그리고 네덜란드의 왕가를 위해 미묘한 임무를 성공적으로 수행한 일 등. 하지만 일간지를 통해 알려진 홈즈의 이 같은 활약상을 제외하면,

나는 옛 친구이자 동료의 근황에 대해 거의 아무것도 몰랐다.

1888년 4월 20일 밤, 왕진을 갔다가 돌아오는 길에(나는 그새 군에서 제대하고 개업했다.) 베이커가를 지나게 되었다. 아내와의 첫 만남과 '주홍색 연구'의 어두운 사건들을 연상시키는, 아직도 기억에 생생한 그 집 앞을 지나려다 보니 문득 홈즈를 만나보고 싶은 생각이 들었다. 그가 타고난 재능을 어떻게 발휘하고 있는지도 궁금했다. 그의 방 창문에선 환한 불빛이 흘러나오고 있었는데, 내가 밑에서 올려다보고 있는 동안에도 키가 크고 깡마른 홈즈의 그림자가 커튼 앞을 오락가락하는 것이 보였다. 홈즈는 고개를 숙이고 뒷짐을 진 채 빠른 걸음으로 방 안을 거닐고 있었다. 홈즈의 기분과 생활 습관을 환히 꿰뚫고 있는 나는 그의 태도만 봐도 그가 지금 어떤 상태에 있는지 알 수 있었다. 그는 다시 일에 덤벼든 게 분명했다. 마약으로 인한 몽환 상태에서 깨어나 새로운 문제에 열정적으로 달려든 것이다. 나는 초인종을 눌렀고 잠시 후 전에 살던 그 방으로 안내받았다.

홈즈의 태도는 조용했다. 그가 야단법석을 떠는 일이라곤 좀체 없었으니까. 하지만 나를 보고 퍽이나 반가운 눈치였다. 그는 거의 한마디도 하지 않았지만 따뜻한 눈으로 나를 바라보며 안락의자에 앉으라고 손짓했다. 그리고 담뱃갑을 던져주고 구석에 놓인 술병과 탄산수 제조기를 가리켰다. 홈즈는 난롯가에 서서 특유의 내성적인 태도로 나를 응시했다.

"왓슨, 자네한테는 결혼 생활이 잘 맞나 보군. 결혼하고 나서 몸이 3킬로그램 반은 불어난 것 같아."

"3킬로그램일세!"

나는 대꾸했다.

"그런가, 조금 더 생각했어야 했군. 아주 조금만 더 말이야. 그런데 자네는 다시 개업한 모양일세그려. 개업할 거라는 얘기는 못 들은 것 같은데."

"대관절 그건 어떻게 알았나?"

"나는 눈으로 보고, 머리로 추론하지. 나는 자네가 최근에 비를 흠뻑 맞은 적이 있고 말할 수 없이 서투르고 부주의한 하녀를 두고 있다는 사실도 알고 있네. 어때, 내가 그걸 어떻게 알았을 것 같은가?"

"여보게 홈즈, 정말 굉장하군. 자네는 몇 세기 전에 태어났다면 틀림없이 마녀로 몰려 화형당했을 걸세. 내가 지난 목요일에 시골 길을 걷다가 비를 잔뜩 맞고 집에 온 적이 있는 건 사실이야. 하지만 옷을 갈아입었기 때문에 자네가 어떻게 그걸 추리해 냈는지 전혀 상상이 안 가는군. 또 메리 제인으로 말할 것 같으면, 그 애는 구제불능일세. 아내는 그 애를 내보내겠다고 하더군. 하지만 자네가 그 애에 관해서 어떻게 알았는지 도무지 모르겠구먼."

홈즈는 빙글거리며 길고 신경질적인 손을 마주 비볐다.

"그건 아주 간단한 일이지. 내 눈에는 자네 왼쪽 구두 밑창의 가장자리가 여섯 군데나 나란히 긁혀 있는 것이 보이네. 그건 분명히 누군가 신발 밑창에 달라붙은 진흙을 떼기 위해 함부로 긁어대서 생긴 자국이지. 그걸 보고 자네가 궂은 날씨에 밖에 나가 돌아다녔다는 것과, 신발을 망쳐놓기 일쑤인 형편없는 런던의 하녀를 데리

고 있다는 사실을 추리해 냈지. 자네가 다시 개업했다는 건 멍청이가 아니라면 모를 수가 없네. 방에 요오드포름 냄새를 풍기며 들어온 신사가, 오른쪽 검지에는 시커먼 질산은 자국이 묻어 있고 중산모 오른쪽이 불룩 튀어나와 청진기가 그 속에 감춰져 있다는 것을 드러내고 있는데, 그가 현역 의사가 아니면 뭐겠는가."

홈즈의 설명을 듣다 보니 그의 논리가 하도 쉬워서 웃음을 터뜨릴 수밖에 없었다.

"자네가 추론 과정을 설명하는 걸 들으면 항상 우스울 정도로 간단해서 나도 그 정도는 쉽게 할 수 있을 것 같거든. 하지만 나 혼자 생각하면 자네 설명을 듣기까지 매번 헷갈리기만 하지. 시력으로 말할 것 같으면 나도 자네 못지않을 텐데 말일세."

"그런가."

홈즈는 시가에 불을 붙이고 의자에 앉았다.

"자네는 눈으로 보긴 하지만 관찰하지는 않아. 그런데 본다는 것과 관찰한다는 것은 전혀 별개의 과정이지. 예를 들어볼까? 자네는 2층으로 올라오는 계단을 수없이 봤지?"

"응."

"몇 번이나?"

"글쎄, 수백 번쯤."

"그런데 그 계단이 몇 개인지 아나?"

"글쎄, 모르겠는걸."

"바로 그거야! 자네는 보긴 하지만 관찰하지는 않는 거지. 내가 말하는 게 바로 그거라네. 나는 그게 열일곱 계단이라는 걸 알고 있지. 눈으로 보는 동시에 관찰하니까 말이야. 그건 그렇고, 자네는 내가 조사하는 사건들에 관심이 있고 나의 사소한 경험 한두 가지를 능숙하게 기록한 적도 있어서 하는 말인데, 이것 좀 보게나."

홈즈는 탁자 위에 펼쳐놓았던 두툼한 분홍색 편지를 집어주며 말했다.

"아까 배달된 것이지. 한번 읽어보게."

편지에는 서명과 주소는커녕 날짜조차 적혀 있지 않았다.

오늘 밤 일곱시 45분에, 지극히 내밀한 문제에 관해 상담하기를 원하는 신사가 그곳을 방문할 예정이오. 그대는 최근 유럽의 어느 왕실에 봉사하여 중대하기 짝이 없는 문제에 관해 마음 놓고 상담할 수 있는 적임자임을 증명했소. 그대에 대한 이 같은 평가는 모든 본부로부터 전달받은 것이오. 앞에 적은 시간에 집에서 기다리기 바라오. 그리고 손님이 복면을 하고 있어도 혹여 나쁘게는 생각하지 마시오.

"정말 이상한 편지로군."

나는 중얼거렸다.

"자네는 이것에 대해 어떻게 생각하나?"

"나한테는 아직 아무런 정보가 없네. 하지만 정보를 손에 넣기 전에 가설을 세우는 것은 치명적인 실수지. 사실에 이론을 맞추는 대신에, 자기도 모르게 이론에 맞춰 사실을 왜곡하게 되니까. 하지만 우리한테는 편지가 있네. 자네는 그 편지를 보고 어떤 추측을 했나?"

나는 조심스럽게 편지를 살펴보았다.

"이 편지를 보낸 사람은 대단한 부자일 거야."

나는 친구의 방식을 흉내 내려 애쓰며 말했다.

"이런 종이는 한 묶음에 반 크라운 이하로는 살 수 없지. 유난히 질기고 결이 고운 종이로군."

"자네 말이 맞네. 그건 영국제 종이가 아닐세. 한번 불빛에 비춰 보게."

그의 말대로 하자 종이에 'E'와 'g', 'P', 그리고 'G'와 't'가 새겨져 있는 것이 보였다.

"자네는 그게 뭐라고 생각하나?"

홈즈가 물었다.

"종이 제작사의 상호일 테지. 틀림없어."

"그렇지 않네. 'Gt'는 독일어로 '회사'를 뜻하는 '게젤샤프트 (Gesellschaft)'를 나타내는 단어일세. 영어에서 '회사(Company)'를 'Co.'로 줄여서 쓰는 것과 마찬가지야. 물론 'P'는 '종이(Papier)'를 말하는 거고. 그러면 'Eg'는 뭘까? 어디 『대륙 지명 사전』을 한번 찾아보지."

홈즈는 선반에서 갈색 표지의 두꺼운 책을 내렸다.

"'에글로(Eglow)', '에글로니츠(Eglonitz)', 아, 여기 있군. '에그리아(Egria).' 보헤미아의 독일어권 지역이야. 카를스바트에서 과히 멀지 않은 곳이지. '이곳은 보헤미아의 정치가 발렌슈타인이 살해된 현장으로 유명하고 수많은 유리 공장과 제지 회사가 자리 잡고 있다.' 하하, 여보게, 어떻게 생각하나?"

홈즈는 두 눈을 빛내며 담배를 입에 물고 자랑스럽게 푸른 연기 구름을 뿜어냈다.

"이 종이는 보헤미아산이군."

내가 말했다.

"바로 그걸세. 그리고 편지를 쓴 사람은 독일인이지. '그대에 대한 이 같은 평가는 모든 본부로부터 전달받은 것이오.' 어때, 문장 구조가 아주 특이하지 않은가? 프랑스인이나 러시아인이라면 이렇게 쓰지 않았을 걸세. 동사를 이렇게 멋대가리 없이 쓰는 사람은 독일인이지. 이제 남은 일은 보헤미아산 편지지를 사용하고, 자신의

얼굴을 드러내지 않으려고 복면을 하는 이 독일인이 원하는 게 뭔지를 알아내는 걸세. 그런데 이 모든 궁금증을 풀어줄 사람이 저기 오는 것 같군."

홈즈가 말하는 동안 날카로운 말발굽 소리, 마차 바퀴가 연석에 스치는 소리가 나더니 뒤이어 날카롭게 초인종을 잡아당기는 소리가 울렸다. 홈즈는 휘파람을 불었다.

"소리를 들어보니 말 두 필이 끄는 마차 같은데."

홈즈는 창밖을 내다보며 말을 이었다.

"정말 그렇군. 두 필의 준마가 끄는 작고 멋진 브루엄 마차일세. 말 한 필에 150기니는 나가겠어. 왓슨, 다른 건 몰라도 이 사건에는 돈이 두둑하네."

"홈즈, 난 가는 게 낫겠어."

"아서, 그럴 필요 없네. 그냥 여기 있게. 나는 나의 보즈웰

(Boswell, 영국의 전기 작가 ─ 옮긴이)이 옆에 있는 편이 좋아. 그리고 이 사건은 꽤 재미있을 것 같은데. 놓치면 섭섭하지 않겠나?"

"하지만 자네 의뢰인은……."

"신경 쓰지 말게. 자네 도움이 필요할지도 모르니까. 손님이 올라오고 있군. 거기 앉아서 열심히 지켜보게."

느리고 육중한 발소리가 계단을 올라오더니 복도를 지나 방문 앞에서 멈췄다. 그리고 묵직한 노크 소리.

"들어오세요!"

홈즈가 말했다.

한 남자가 방 안에 들어섰다. 1미터 80센티미터를 넘을 듯한 키에 떡 벌어진 가슴, 헤라클레스의 팔다리. 옷차림은 화려하다 못해 영국적 기준에서는 악취미에 가깝게 느껴질 정도였다. 더블 버튼 상의의 소매와 앞자락에는 폭넓은 아스트라한 띠가 대어져 있었고, 두 어깨를 감싼 군청색 망토는 목덜미에서 반짝거리는 녹주석 브로치로 고정돼 있었다. 장딴지 중간쯤까지 올라오는 부츠는 윗부분에 윤기 흐르는 갈색 털이 대어져 외모 전체에서 풍기는 주체 못 할 부유한 인상을 더해 주었다. 손님은 챙이 넓은 모자를 손에 들고 검은 복면을 하고 있었다. 복면은 이마와 눈을 덮고 광대뼈까지 가릴 만큼 큰 것이었는데, 아직도 그것에 손을 대고 있는 것으로 보아 방에 들어오는 순간 막 복면을 쓴 것이 분명했다. 두껍고 윤곽이 뚜렷한 입술과, 단호함을 지나쳐 고집스러움이 엿보이는 길쯤하고 각진 턱은 강한 성격의 소유자라는 인상을 풍겼다.

"내 편지는 받았소?"

손님은 강한 독일어 억양이 섞인 우렁찬 목소리로 말했다.

"찾아오겠다고 했는데."

그는 누구한테 말해야 할지 모르겠다는 듯 우리 둘을 번갈아 보았다.

"이리 앉으시지요."

홈즈가 말했다.

"이쪽은 제 친구이자 동료인 왓슨 박사입니다. 가끔 시간을 내서 제 일을 도와주곤 하지요. 실례지만 성함이 어떻게 되십니까?"

"보헤미아의 귀족 폰 크람 백작으로 불러주시오. 물론 여기 있는

당신 친구는 지극히 중요한 문제에 관해 상의해도 될 만큼 신의와 분별이 있는 신사일 거요. 하나 혹시라도 그렇지 않다면, 당신과 독대해야겠소."

나는 자리에서 일어섰지만 홈즈는 내 팔을 잡고 도로 의자에 앉혔다.

"이 친구와 함께가 아니라면 안 됩니다. 이 친구 앞에서는 어떤 것도 숨기실 필요가 없습니다."

백작은 넓은 어깨를 들썩했다.

"그러면 할 수 없구려. 우선 당신 둘에게 앞으로 2년간 반드시 비밀을 지키겠다는 맹세를 받아야겠소. 2년 뒤에는 이 일이 알려져도 아무 문제가 없소. 하지만 지금은 유럽의 역사를 바꿀 만큼 중차대하다 말해도 과언이 아니오."

"맹세합니다."

홈즈가 말했다.

"저도."

"이렇게 복면한 것을 이해해 주시오."

야릇한 손님은 말을 계속했다.

"내게 일을 맡긴 고귀한 분께서는 내 얼굴이 드러나는 것을 원치 않으시오. 그리고 솔직히 말하면 방금 댄 이름은 가명이오."

"알고 있습니다."

홈즈는 무표정하게 말했다.

"지금 대단히 미묘한 문제가 발생했소. 그것은 엄청난 스캔들로 발전해서 유럽의 어느 왕실에 막대한 손상을 입힐 수도 있소. 우리는 그렇게 되는 것을 막기 위해 최선을 다해야 하오. 분명히 말해두지만 그 문제는 보헤미아의 왕가인 대(大)오름슈타인가와 관련된 일이오."

"그것도 이미 알고 있습니다."

홈즈는 의자에 앉은 채 두 눈을 감으며 중얼거렸다.

홈즈가 유럽에서 가장 날카로운 두뇌의 소유자이며 가장 민첩한 탐정이라고 들었을 것이 분명한 손님은, 그의 나른하고 축 처진 모습을 보고 놀라는 듯했다. 홈즈는 다시 게으르게 눈을 뜨고 참지 못하는 표정으로 거구의 고객을 바라보았다.

"만약 전하께서 친히 하문하신다면, 제가 훨씬 잘 도와드릴 수 있을 테고요."

손님은 벌떡 일어나 방 안을 오락가락했다. 온몸에 동요의 빛이 역력했다. 그러다 절망적인 몸짓으로 복면을 벗어 바닥에 팽개치고는 외쳤다.

"그대 말이 옳다. 나는 왕이다. 구태여 숨길 필요가 어디 있으랴?"

"지당하신 말씀입니다."

홈즈는 중얼거렸다.

"저는 전하를 뵙자마자 전하께서 바로 보헤미아 왕실 카셀펠슈타인 대공작 가문의 빌헬름 고츠라이흐 지기스문트 폰 오름슈타인이시라는 걸 알았습니다."

"그대도 알고 있겠지만……."

이상한 손님은 다시 자리에 앉아 한 손으로 희고 넓은 이마를 쓸어내리며 말했다.

"나는 이런 일을 직접 처리하는 데 익숙하지 못하다. 하지만 사안이 극히 민감한 탓에 탐정에게 섣불리 사실을 털어놓을 수 없었다. 약점을 잡혀서 협박을 당할 수도 있으니까. 그래서 그대에게 자문할 목적으로 신분을 숨기고 프라하에서 예까지 왔다."

"그러면, 자문하시지요."

홈즈는 다시 눈을 감으며 말했다.

"간단하게 말하면 이렇다. 나는 5년 전 바르샤바에 체류할 적에 유명한 여가수 아이린 애들러를 알게 되었다. 그대도 그 이름은 들어본 적이 있을 것이다."

"박사, 미안하지만 내 자료철을 좀 찾아봐주겠나."

홈즈는 눈을 감은 채 중얼거렸다. 그는 오래전부터 인물과 사건에 관한 기사를 요약해서 철해 놓는 습관을 들여왔기 때문에, 웬만한 일이나 사람에 관한 정보를 찾아내는 것은 어렵지 않았다. 아이린 애들러의 약력은 어느 유대인 랍비의 자료와 심해어에 관한 논문을 발표한 어느 부함장의 자료 사이에 끼여 있었다.

"어디 볼까! 흠! 1858년, 미국 뉴저지 출생. 콘트랄토(테너와 소프라노 중간 음역, 여성 최저음 파트 ─ 옮긴이), 흠! 라 스칼라, 흠! 바르샤바 황실 오페라단의 프리마 돈나, 그렇군! 오페라 무대에서 은퇴, 허! 런던에 거주, 그렇군! 전하께서 이 젊은 여성과 복잡한 관계를 맺고 위신이 깎일 만한 편지라도 보내신 모양이로군요. 그런데 이제는 편지를 돌려받고 싶으신 거겠지요."

"바로 그것이지. 그런데 어떻게……."

"혹시 비밀리에 결혼이라도 하셨습니까?"

"아니다."

"법적 효력이 있는 문서를 써주신 적이 있습니까?"

"아니다."

"그렇다면 전하께서 염려하시는 이유를 모르겠군요. 이 젊은 여성이 협박이나 그 밖에 다른 용도로 편지를 이용하고자 해도 편지의 진위를 어떻게 증명할 수 있겠습니까?"

"필체가 있잖은가."

"흐흥! 위조한 겁니다."

"왕실 전용 편지지."

"훔친 거죠."

"나의 봉인."

"모방한 것입니다."

"내 사진."

"산 겁니다."

"그것은 둘이 같이 찍은 사진이다."

"오, 저런! 그것참 고약하군요! 전하께서는 경솔한 행동을 하셨습니다."

"난 미쳤었다. 제정신이 아니었지."

"전하께선 품위를 크게 훼손하는 행동을 하셨습니다."

"그땐 아직 왕세자였다. 한창 젊은 때였지. 내 나이 이제 갓 서른이니."

"반드시 되찾아야 합니다."

"노력했지만 실패하고 말았지."

"전하께서는 돈을 쓰셔야 합니다. 사진을 사십시오."

"그 여자가 팔지 않을 것이야."

"훔쳐 오면 됩니다."

"다섯 번이나 시도했다. 내가 고용한 도둑이 그 여자의 집을 두 번이나 뒤졌지. 한번은 그녀가 여행 중일 때 짐을 털었다. 노상에서 습격한 일도 두 번이나 된다. 하지만 모두 헛수고였다."

"흔적도 없었습니까?"

"아무것도 나오지 않았다."

홈즈는 웃음을 터뜨렸다.

"그것참 골치 아프게 됐군요."

"하지만 나한테는 심각한 일이다."

왕은 나무라듯이 말했다.

"정말 그렇겠군요. 그런데 아이린 애들러는 그 사진을 어떻게 쓰겠다고 합니까?"

"내 앞길을 망치겠다는군."

"하지만 어떻게?"

"나는 지금 혼사를 앞두고 있다."

"소문은 들었습니다."

"왕비가 될 사람은 스칸디나비아 왕실의 둘째 공주, 클로틸드 로트만 폰 삭스메닝겐이다. 그대도 스칸디나비아 왕실의 엄격한 가풍에 대해서는 알고 있을 것이다. 게다가 공주 자신이 매우 예민한 여성이다. 나의 행동에 티끌만 한 의혹이라도 제기된다면 혼담은 깨지고 말 것이다."

"그런데 아이린 애들러는 어떻게 하겠다는 겁니까?"

"그 여자는 스칸디나비아 왕실에 사진을 보내겠다고 협박하고 있다. 그렇게 하고도 남을 여자지. 난 그걸 잘 알고 있다. 그대는 아이린에 대해 잘 모르겠지만 아이린은 무쇠처럼 단단한 여자다. 외모는 천사처럼 아름답지만 마음은 웬만한 사내 뺨칠 정도로 결단력이 강하지. 내가 다른 여자와 결혼하는 꼴을 보느니, 무슨 짓이든 저지르고 말 것이다."

"전하께서는 아직까지는 사진을 보내지 않았을 거라고 생각하십니까?"

"그렇다."

"왜 아직 그냥 갖고 있는 걸까요?"

"아이린은 약혼이 공식적으로 발표되는 날 보내겠다고 말했다. 그게 다음 주 월요일이지."

"아, 그러면 아직 사흘이나 남았군요."

홈즈는 하품을 하며 말했다.

"퍽 다행입니다. 저한테는 지금 당장 처리해야 할 중요한 일이 한두 가지 있으니 말입니다. 물론 전하께서는 당분간 런던에 머무르실 테지요?"

"물론. 랭엄 호텔에 와서 폰 크람 백작을 찾으면 된다."

"그러면 일의 진행에 대해 전보로 알려드리겠습니다."

"부디 그렇게 해다오. 나는 몹시 근심하고 있으니."

"그리고 보수는?"

"백지 수표를 주지."

"정말이십니까?"

"그 사진만 갖다준다면 내 왕국의 일부라도 떼어주겠다."

"그러면 당장 필요한 비용은?"

왕은 망토 아래서 묵직해 보이는 영양 가죽 주머니를 끄집어내어 탁자 위에 올려놓았다.

"여기 황금으로 300파운드, 지폐로 700파운드가 들어 있다."

홈즈는 공책을 찢어 영수증을 써서 왕에게 건넸다.

"그런데 아가씨의 주소는?"

"세인트존스 우드, 서펜타인가, 브리오니 저택."

홈즈는 받아 적었다.

"한 가지만 더 여쭙겠습니다. 그 사진은 캐비닛판(약 11×17센티미터 크기의 사진 ―옮긴이)입니까?"

"그렇다."

"그러면 전하, 안녕히 가십시오. 곧 좋은 소식을 전해 드리겠습니다. 그럼 왓슨, 자네도 잘 가게."

왕의 브루엄 마차가 움직이는 소리가 들리자 홈즈는 이렇게 덧붙였다.

"자네가 내일 오후 세시까지 여기 오면 이 사건의 경과에 대해 알려주지."

다음 날, 나는 정확히 세시에 베이커가에 갔다. 그러나 홈즈는 집에 없었다. 하숙집 주인아주머니가 홈즈는 아침 여덟시경에 나갔다고 말해 주었지만 아무리 시간이 걸려도 기다리기로 작정하고 난롯가에 앉았다. 나는 벌써 이 사건에 깊은 흥미를 느끼고 있었다. 앞서 기록한 두 범죄 사건처럼 무섭고 기묘한 특징은 없었지만 사건의 성격과 고객의 높은 신분이 나름대로 독특한 맛을 느끼게 해주었다. 내 친구가 손댄 사건의 성격과는 관계없이, 상황을 꿰뚫는 그의 날카로운 시선과 예리하고 빈틈없는 추리를 지켜보는 것만도 정말 내게는 큰 기쁨이었다. 그가 일하는 방식에 대해 연구하는 것, 그리고 복잡한 사건을 시원하게 해결하는 기민하고 섬세한 방법을 지켜보는 것은 즐거운 일이었다. 나는 홈즈가 어떤 사건이든 척척 해결하는 것에 익숙해져서, 혹시 사건 해결에 실패할지도 모른다는 생각은 꿈에도 하지 않게 되었다.

네시가 다 되었을 무렵 방문이 열리더니 술 취한 마부가 들어왔다. 친구의 놀라운 변장술을 익히 알고 있었지만 손질하지 않은 긴 구레나룻에 검붉은 얼굴, 허름한 옷차림의 마부를 한참 뜯어본 다음에야 비로소 그가 홈즈라는 사실을 알 수 있었다. 홈즈는 내게 고개만 까딱해 보이고 침실로 들어가더니 5분 뒤 트위드 정장 차림의 점잖은 신사가 되어 나왔다. 그는 주머니에 두 손을 찌르고 난로 앞에 다리를 벌리고 선 채 한참 동안 웃어댔다.

"내 참!"

홈즈는 이렇게 소리치고 다시 숨이 막힐 정도로 웃다가 마침내 힘없이 의자에 주저앉고 말았다.

"왜 그러나?"

"너무 우스워서 그런다네. 자네는 내가 아침에 나가서 뭘 하다 들어왔는지 상상도 못 할 거야."

"맞아. 그런데 나는 자네가 아이린 애들러 양의 집을 쭉 감시하고 있던 걸로 생각하는데."

"그래. 하지만 전혀 예상치 못한 결과가 빚어졌어. 다 말해 주지. 오늘 아침에 나는 일자리를 잃어버린 마부처럼 꾸미고 여덟시경에 집을 나섰네. 마부들은 동업자 의식이 강해서 단합도 잘되는 데다가 자기들끼리는 감추는 것도 없지. 나는 곧 브리오니 저택을 찾아냈다네. 아담한 이층집이었는데 정원이 집 뒤에 딸려 있고, 집 앞엔 도로가 있는 구조였어. 현관에는 자동 잠금장치가 달린 특허 자물통이 달려 있었네. 오른쪽에는 가구가 잘 갖춰진 큰 응접실이 있었는데 거의 바닥까지 내려오는 긴 창문이 나 있었어. 그런데 그 창문의 영국식 잠금장치는 어린애라도 열 수 있는 것이었네. 그 점과 마차장 지붕을 타고 올라가면 복도 창문으로 들어갈 수 있다는 것만 빼면 별로 눈에 띄는 것이 없었지. 나는 집 주위를 돌면서 자세히 살펴보았지만 별로 흥미를 끄는 부분은 없었다네.

슬슬 길을 내려가보니 예상대로 그 집 정원과 담을 맞대고 있는 마구간이 보였지. 나는 마부들이 말 등을 긁어주는 걸 도와주고 사레로 2펜스하고 술 한 모금, 담배 두 대를 얻어 피웠네. 그리고 마부들한테 애들러 양을 비롯해서 내가 알지도 못하는 이웃 사람들 대여섯 명에 대한 이야기를 실컷 들었지."

"아이린 애들러에 대해서는 뭐라고 하던가?"

"아, 사내들의 시선을 끄는 여자라더군. 마부들 얘기로는 세상에 그렇게 고운 여자는 없대. 가끔 음악회에 출연해서 노래하는 걸 빼면 조용하게 사는 편이고, 매일 저녁 다섯시에 마차를 타고 외출해서 정확히 일곱시면 집에 와서 저녁 식사를 한다더군. 무대에 설 때 말고는 다른 시간에 외출하는 일은 거의 없다네. 남자 손님은 딱 한 사람 있는데 아주 괜찮은 남자라더군. 얼굴이 가무잡잡한 미남인데 아주 활발한 사람이고 하루에 한 번씩은 꼭 찾아온다네. 두 번씩 찾아오는 날도 많고. 갓프리 노턴이라고, 이너 템플 법학원에서 일하는 사람이라더군. 생각해 보게. 마부는 사람들에게 마음 편한 말상대 아닌가. 나는 이렇게 필요한 정보를 수집한 다음에 어떻게 할 것인지 생각하면서 다시 브리오니 저택으로 올라갔네.

그 갓프리 노턴이란 사람은 이번 사건에서 상당히 중요한 변수가 될 것 같아. 그 사람은 변호사거든. 어때, 의미심장하지 않은가? 두 남녀는 어떤 관계일까? 노턴이 브리오니 저택에 매일같이 찾아가는 이유는? 애들러는 노턴 변호사의 고객이나 친구일까? 아니면 애인? 만약 전자라면 애들러는 사진을 노턴에게 맡겼을 거야. 후자라면 그럴 가능성이 적지. 답이 뭐냐에 따라 브리오니 저택을 노려야 할지, 아니면 템플 법학원에 있는 변호사의 방을 주목해야 할지가 결정되네. 그게 아주 미묘한 문제라서 조사 범위가 확대된 거야. 그런데 너무 시시콜콜한 얘기까지 끄집어내서 자네를 지루하게 만들고 있는 건 아닌지 모르겠군. 하지만 자네에게 상황을 이해시키자면 사소한 어려움에 대해서까지 말할 수밖에 없거든."

"재미있게 듣고 있네."

"내가 계속 그런 생각을 하고 있는데 이륜마차 한 대가 와서 브리오니 저택 앞에서 멈추더니 한 신사가 거기서 뛰어내렸네. 구레나룻을 기른 미남이었는데 가무잡잡한 피부와 매부리코가 유난히 눈에 띄었지. 아까 마부들이 얘기한 사람이 틀림없었어. 그는 몹시 급한 것 같았는데, 마부에게 기다리라고 소리치더니 하녀가 현관문을 열어주자 제집에 온 것처럼 말도 없이 집 안으로 뛰어 들어갔네.

그는 집 안에 30분가량 있다 나왔어. 나는 응접실 창문을 통해 그가 방 안을 오락가락하면서 흥분해서 팔을 휘두르며 말하는 모습을 볼 수 있었지. 그 여자의 모습은 보이지 않았어. 집에서 나온 그는 아까보다 더 급해 보였지. 그는 마차에 올라타더니 주머니에서 금시계를 꺼내 들여다보고 소리쳤네. '전속력으로 달리게. 먼저 리젠트가의 그로스 앤 행키에 들렀다가 에지웨어로의 세인트모니카 성당으로 가세. 20분 안에 교회에 도착하면 반 기니를 주지!'

노턴 씨가 마차를 타고 떠난 다음, 내가 그 뒤를 쫓아가야 할지 말지 고민하고 있는데 산뜻한 사륜마차 한 대가 내 쪽으로 다가왔네. 마부가 얼마나 서둘렀는지 옷차림이 가관이었지. 웃옷 단추는 반만 채워져 있었고, 타이는 귀밑에 가서 걸려 있고 옷자락은 허리

춤 밖으로 빠져나와 있었어. 그 순간 한 여자가 집 안에서 총알같이 튀어나오더니 마차가 서기도 전에 올라탔네. 나는 그 순간 여자의 얼굴을 언뜻 봤지. 과연 남자들의 간장을 녹일 만한 미인이더군. 여자가 소리쳤네.

'존, 세인트모니카 성당으로 가줘. 20분 안에 도착하면 반 파운드 낼게.'

왓슨, 그것은 도저히 놓칠 수 없는 기회였네. 내가 그곳을 향해 달려가야 하는지, 아니면 여자가 탄 사륜마차 꽁무니에 매달려야 하는지 고민하고 있는데 마침 마차 한 대가 다가왔지. 마부가 내 꼬락서니를 두 번이나 힐끔거리기에 그가 퇴짜 놓기 전에 얼른 뛰어 올라 타며 말했어. '세인트모니카 성당으로. 20분 안에 도착하면 반 파운드 주겠소.' 그때가 열한시 35분이었네. 물론 뭔가 중요한 일이 진행되고 있다는 것은 분명했어.

마부는 전속력으로 마차를 몰았네. 내 평생 그보다 더 빨리 달린 적은 없는 것 같았지만, 두 사람이 탄 마차를 추월하지는 못했지. 성당 문 앞에 도착해 보니 마차 두 대가 벌써 와 있고 지친 말들이 콧김을 내뿜고 있더군. 나는 마부에게 돈을 주고 재빨리 성당 안으로 들어갔네. 안에는 흰옷을 입은 사제와 두 남녀뿐이었는데, 사제가 두 사람에게 뭔가 타이르고 있는 눈치였어. 세 사람은 제단 앞에 모여 있었지. 나는 한가한 시간에 교회에 들른 사람처럼 천천히 통로를 따라 올라갔네. 그런데 제단 앞의 세 사람이 일제히 나를 쳐다보더니 갓프리 노턴이 나를 향해 허겁지겁 달려오며 외치지 뭔가.

'하느님 감사합니다. 적임자가 여기 있군. 이리 오십시오! 어서!'

'무슨 일이오?'

'어서 이리로, 3분밖에 안 남았습니다. 시간이 넘으면 법적 효력이 상실되고 맙니다.'

나는 제단까지 반쯤 끌려가다시피 했네. 그리고 엉겁결에 시키는 대로 뭐라고 중얼거리면서 생판 알지도 못하는 신부 아이린 애들러와, 신랑 갓프리 노턴의 비밀 결혼식에서 증인 노릇을 했다네. 결혼식은 금방 끝났지. 신랑 신부는 양쪽에서 내게 감사의 말을 건네고, 사제는 나를 보고 환하게 웃더군. 내 평생 그렇게 묘한 처지에 놓인건 처음이었네. 내가 방금 그렇게 웃어댄 것은 바로 그 생각이 나서였어. 두 사람의 결혼식이 약식으로 치러지는 까닭인지, 사제가 한사코 증인을 세우지 않으면 결혼시켜 줄 수 없다고 했던 것 같더군. 다행히 내가 나타났기 때문에 신랑은 길거리로 뛰어나가 적당한 사람을 찾아 헤매는 수고를 면할 수 있었네. 새 신부가 나한테 1파운드짜리 금화를 주었어. 그걸 기념으로 시곗줄에 달아놓을 작정이네."

"거참, 일이 예상치 못한 방향으로 발전했구먼. 그래서 어떻게 됐지?"

"자칫하면 내 계획에 차질이 빚어질 것 같다는 생각이 들더군. 둘이 곧 떠날 것 같았기 때문에, 내 쪽에서 신속하고 단호한 조치를 취해야 할 필요가 생긴 것일세. 그런데 뜻밖에 두 사람은 교회 앞에서 헤어졌네. 노턴은 마차를 타고 법학원으로 갔고 애들러는 집으로 돌아갔지. 여자는 마차를 타고 떠나면서 남자에게 말했네. '오늘

도 다섯시에 공원으로 나갈게요.' 그다음 말은 듣지 못했어. 두 사람
은 각기 다른 방향으로 갔고, 나도 준비를 하러 떠났지."

"무슨 준비?"

"차가운 쇠고기하고 맥주 한 잔 말일세."

홈즈는 벨을 누르며 대답했다.

"지금까지 너무 바빠서 아무것도 못 먹었거든. 게다가 오늘 저녁
에는 더 바쁠 것 같아. 그런데 여보게, 자네 협조가 필요하네."

"기쁘게 돕겠네."

"법을 어기는 일인데 괜찮겠나?"

"상관없어."

"체포될지도 모르는데?"

"까짓것 명분만 있다면."

"아, 명분이야 뚜렷하지!"

"그럼 괜찮아."

"자네를 믿어도 되겠구먼."

"그런데 무슨 일을 부탁하려고?"

"허드슨 부인이 음식을 가져오면 그때 자세히 말해 주지. 저기 오는군."

홈즈는 말하고 하숙집 주인아주머니가 가져다준 간소한 음식을 허겁지겁 먹기 시작했다.

"시간이 별로 없으니까 먹으면서 말하도록 하지. 지금 다섯시가 다 돼가는군. 두 시간 후에 우리는 현장에 가 있어야 하네. 아이린 양인지, 부인인지는 일곱시에 집에 돌아오네. 우리는 브리오니 저택 앞에서 기다려야 해."

"거기서 무슨 일을 할 건데?"

"그건 나한테 맡겨두게. 행동 계획은 다 세워놓았네. 내가 강조하고 싶은 것은 오직 하나일세. 자네는 무슨 일이 생기든 끼어들지 말게. 알겠나?"

"나더러 중립을 지키라는 건가?"

"아무 일도 하지 말게. 약간 불쾌한 소동이 벌어질 걸세. 하지만 절대로 끼지 말게. 마지막에 나는 집 안으로 옮겨지게 될 거야. 그런 다음 사오 분 뒤에 응접실 창문이 활짝 열릴 걸세. 자네는 창가에 바짝 붙어 서 있어야 하네."

"응."

"나를 잘 보고 있게. 밖에서 내가 보일 테니까."

"알았네."

"그리고 내가 손을 들면 이걸 방 안으로 던지게. 그러면서 '불이
야.' 하고 소리 지르는 걸세. 내 말 알아듣겠나?"

"그럼."

"이건 전혀 위험한 물건이 아닐세."

홈즈는 길쭉한 시가 모양의 두루마리를 주머니에서 꺼내 들었다.

"이건 배관공들이 많이 사용하는 연기 로켓인데 양쪽에 자가점화
용 뚜껑이 달려 있지. 자네 임무는 이걸 던지면 끝나네. 자네가 '불
이야.' 하고 소리 지르면 밖에 있는 사람들이 가세할 걸세. 그다음에
길모퉁이에 가서 날 기다리게. 내가 10분 안에 갈 거야. 내 말 잘 알
겠지?"

"중립을 지키고 있다가 창가에 붙어 서서 자네를 바라본다. 그러
다 자네가 신호를 보내면 이 물건을 던지고 '불이야.' 하고 소리 지
른다. 그런 다음에 길모퉁이에서 자네를 기다린다."

"바로 그거야."

"그러면 날 믿어도 되네."

"좋아. 그런데 슬슬 새로운 역할을 준비할 시간이 돼가는군."

홈즈는 침실로 들어가더니 잠시 후 온화하고 순진한 개신교 목사
가 되어 나왔다. 챙이 넓은 검은 모자에 헐렁한 바지, 하얀 타이 그
리고 자비로운 미소와 선량한 호기심, 찬찬히 살피는 듯한 태도는

존 헤어(John Hare, 19세기 말에 활동한 영국 배우. 당대 최고의 성격 배우로 인정받았다 ──옮긴이) 정도는 돼야 흉내 낼 수 있을 것이다. 홈즈는 의상만 바꾼 것이 아니었다. 그는 분장한 인물에 따라 표정과 태도 그리고 영혼 자체가 달라지는 듯했다. 그가 범죄 전문가가 되기로 했을 때, 과학계는 예리한 연구자를, 무대는 훌륭한 배우를 하나 잃었던 것이다.

우리는 여섯시 15분에 베이커가를 나서 여섯시 50분에 서펜타인가에 도착했다. 벌써 땅거미가 내려앉았고 가로등은 환하게 불을 밝히고 있었다. 우리는 주인이 오기를 기다리며 브리오니 저택 앞에서 어슬렁거렸다. 집은 셜록 홈즈가 설명한 대로였지만 동네는 예상과 달리 별로 조용한 편이 아니었다. 조용한 동네의 작은 거리

치고는 꽤 북적거렸다. 한쪽에선 허름한 옷을 입은 남자들이 담배를 피우며 낄낄거리고 있었고, 그 밖에도 숫돌을 든 칼갈이 하나, 젊은 하녀에게 수작을 거는 위병 둘 그리고 옷을 잘 차려입고 시가를 문 채 어슬렁거리는 젊은이들이 몇 명 있었다.

홈즈는 집 앞에서 서성이며 말했다.

"여보게, 두 사람의 결혼으로 인해 문제는 더 간단해졌네. 그 사진은 이제 양날의 칼이 됐어. 우리 고객이 그 사진을 공주에게 절대 보여주고 싶어 하지 않는 것처럼, 애들러는 갓프리 노턴에게 사진을 보이는 것을 원치 않을 거야. 문제는 사진을 어디에서 찾아내느냐일세."

"정말 어딘가에 있을까?"

"그 여자가 사진을 갖고 다닐 가능성은 별로 없지. 캐비닛판이라 여자들 드레스 어딘가에 숨기기에는 너무 커. 또 그 여자는 왕이 사람을 보내 자신을 습격해서 몸수색을 할 수도 있다는 사실을 알고 있어. 벌써 두 번이나 그런 일이 있었으니까 말이야. 그러니 그 여자가 사진을 몸에 지니고 다니지 않는다는 결론을 내려도 무방하네."

"그러면 어디에 있을까?"

"은행이나 변호사에게 맡겨놓았을 수 있지. 둘 다 가능하긴 해도 그 생각도 접었네. 여자들은 천성적으로 숨기는 걸 좋아하거든. 그리고 자신이 직접 숨기고 싶어 하지. 사진을 남의 손에 맡길 이유가 어디 있겠나? 자기 자신은 믿고 그걸 지킬 수 있겠지만, 사업하는 남자들에겐 그게 어떤 간접적인 혹은 정치적인 영향을 불러일으킬지 알 수 없을 테니까. 게다가 그녀가 조만간 그 사진을 사용하기로 결심한 적도 있다는 점을 기억하게. 손 닿는 곳 어딘가에 사진을 두 었을 것임에 틀림없어. 바로 자기 집 안에 말일세."

"하지만 도둑이 벌써 두 번이나 집을 뒤지지 않았나?"

"쳇! 어떻게 찾아야 하는지를 몰랐던 거지."

"자네는 어떻게 찾을 생각인가?"

"내가 직접 찾을 생각은 없네."

"그러면 어떻게?"

"그 여자가 사진을 감춰놓은 곳을 가리키게 만들어야지."

"하지만 그렇게 하지 않으려고 할 텐데."

"그렇게 할 수밖에 없을걸. 그런데 마차 소리가 들리는군. 이 집 마차일세. 이제부터 내가 지시한 대로 하게."

홈즈가 말하는 동안 마차의 측등(側燈)이 길모퉁이를 돌아왔다. 그러고는 산뜻한 사륜마차 한 대가 덜컹거리며 다가와 브리오니 저택 앞에 멈춰 섰다. 마차가 멈추자 구석에 서 있던 부랑자들 가운데 하나가 마차 문을 열어주고 동전 몇 푼이나 챙길 욕심으로 재빨리 다가갔다. 하지만 똑같은 생각을 하고 달려간 다른 부랑자가 그를 팔꿈치로 밀어냈다. 둘 사이에 싸움이 벌어졌다. 두 위병이 한쪽 편을 들고, 칼 가는 사람이 질세라 다른 쪽 편을 들면서 싸움이 커졌다. 난투극이 벌어졌고, 때마침 마차에서 내려선 숙녀는 서로를 향해 무지막지하게 주먹과 지팡이를 휘두르는 흥분한 사내들 속에 갇혀버렸다. 그때 홈즈가 숙녀를 보호하기 위해 사람들 속으로 뛰어들었다. 하지만 그는 숙녀 바로 앞에서 비명을 지르며 쓰러졌는데 얼굴에 유혈이 낭자했다. 홈즈가 쓰러지자 위병과 부랑자 들은 양쪽으로 갈라섰고, 난투극에 끼어들지 않고 구경만 하던 잘 차려입은 사람들이 숙녀를 돕고 부상당한 사람을 구완하기 위해 모여들었다. 아이린 애들러는 서둘러 계단을 올라갔다. 하지만 계단 위에 멈춰 우아한 모습으로 홀의 불빛을 등지고 서서 거리를 내려다보며 물었다.

"그 가엾은 신사분이 많이 다치셨나요?"

"죽었습니다."

몇몇 사람들이 외쳤다.

"아닙니다. 아직 숨이 붙어 있어요!"

누군가 소리쳤다.

"하지만 병원에 가다가 죽을 것 같은데요."

"세상에 이렇게 용감하신 분이 어디 있을꼬."

한 여자가 말했다.

"이 양반이 아니었으면 숙녀분의 지갑과 시계는 벌써 다 털렸을 거예요. 저놈들 깡패들이라고요, 망나니들이고요. 아이고, 숨을 쉬고 계시네."

"이분을 그냥 길거리에 눕혀둘 수는 없습니다. 부인, 이분을 집으로 모실까요?"

"그렇게 해주세요. 그분을 저쪽 응접실로 모셔주세요. 거기 편안한 소파가 있으니까. 자, 이쪽으로!"

사람들은 천천히 그리고 엄숙하게 홈즈를 떠메고 브리오니 저택

으로 들어가 큰방에 눕혔다. 나는 창가의 내 위치에 서서 사태의 추이를 지켜보고 있었다. 방 안에는 불이 켜져 있었지만 아직 커튼을 치지 않은 까닭에 홈즈가 소파에 누워 있는 모습이 훤히 들여다보였다. 지금 이 순간 홈즈가 자신이 맡은 역할에 대해 어떤 가책을 느끼는지는 알 수 없었지만, 나는 다친 사람을 그토록 따뜻하고 친절하게 보살피는 아름다운 여성을 향해 음모를 꾸미는 자신이 몹시도 부끄럽게 느껴졌다. 하지만 이제 와서 홈즈가 맡긴 역할에서 발을 빼면 그것은 홈즈에 대한 최악의 배신행위가 될 터였다. 나는 마음을 굳게 먹고 외투 속에서 연기 로켓을 꺼냈다. 어쨌든 이 일은 숙녀를 해치려는 것은 아니니까. 그저 그녀가 다른 사람을 해치는 것을 막으려는 것일 뿐.

홈즈는 소파에서 몸을 일으켰다. 그는 숨이 갑갑하다는 몸짓을 했다. 하녀가 달려와 창문을 활짝 열어젖혔다. 바로 그때 홈즈는 손을 올렸고 나는 그 신호에 맞춰 방 안으로 로켓을 집어던지며 "불이야!" 하고 소리 질렀다. 그와 동시에 길거리의 구경꾼들, 가지각색의 옷차림을 한 신사, 마부, 하녀 들이 입을 모아 "불이야!" 하고 외쳤다. 열린 창문을 통해 연기구름이 뭉클뭉클 새어 나왔다. 방 안에 있는 사람들이 우왕좌왕하는 게 보이더니 잠시 후, 누가 장난친 거라며 홈즈가 사람들을 안심시키는 소리가 들려왔다. 나는 소리치는 사람들 사이를 빠져나가 길모퉁이에서 기다렸고 10분 뒤 내 친구가 모습을 드러냈다. 나는 기쁜 마음으로 그와 팔짱을 끼고 소동이 일어난 현장을 벗어났다. 홈즈는 에지웨어로로 통하는 조용한 거리에 이를 때까지 말없이 걷기만 했다.

"박사, 대단히 잘 해주었네."

홈즈가 말을 꺼냈다.

"일이 완벽하게 진행됐어. 아주 좋네."

"사진은 찾았나?"

"사진이 있는 곳을 알아냈네."

"어떻게 알았지?"

"내가 말한 대로 그 여자가 가리켜줬지."

"그게 무슨 말인가?"

"설명해 줘야겠군."

홈즈는 껄껄 웃으며 말했다.

"그건 아주 간단한 일이었네. 물론 자네는 아까 거리에 있던 사람들이 다 한패였다는 건 알고 있을 걸세. 그들은 전부 내가 동원한 사람들이지."

"그 정도는 짐작하고 있었어."

"그리고 싸움이 벌어졌을 때 나는 손바닥에 빨간 물감을 묻히고 있었네. 난 애들러 앞에서 쓰러지면서 손으로 얼굴을 쳐 가엾은 부상자가 되었지. 그건 아주 흔한 수법일세."

"거기까지도 눈치챌 수 있었네."

"그러자 사람들이 나를 집 안으로 떠메고 들어갔지. 그 여자는 나를 집에 들여놓을 수밖에 없었네. 달리 어떻게 할 수 있겠나? 그것도 내가 제일 의심스럽게 생각했던 그 응접실로 말일세. 나는 사진이 거기 아니면 그 여자의 침실에 있을 거라고 생각하고 어느 쪽인지 알아보기로 결심했지. 사람들이 나를 소파에 뉘었을 때 내가 숨이 갑갑한 척해서 그쪽에선 창문을 열어주지 않을 수 없었네. 그때 자네가 기회를 잡은 거지."

"그게 자네한테 어떻게 도움이 된 거지?"

"그건 아주 중요한 역할을 했네. 집에 불이 났을 때 여자들은 본능적으로 제일 소중하게 생각하는 것을 향해 달려가네. 그건 저항하기 힘들 정도로 강한 충동이어서 나는 여자들의 그런 본능을 몇 번 이용한 적이 있지. 대표적인 사례가 달링턴 스캔들과 아른스워스 성 사건이지. 흔히 기혼녀는 아기를 끌어안고 미혼 여성은 보석 상자를 움켜쥐게 마련이라네. 그런데 나는 요즘 숙녀분께서 가장

소중하게 여기는 것은 바로 우리가 찾고 있는 물건일 거라고 확신했지. 그녀는 그 사진을 향해 달려갈 게 분명했어. 여기저기서 '불이야.' 하는 소리가 터져 나왔지. 연기와 사람들이 부르짖는 소리는 무쇠 같은 신경을 뒤흔들기에 충분했네. 애들러는 내가 예상한 대로 행동했어. 사진은 오른쪽 설렁줄 바로 위에 있었지. 그곳의 널빤지를 밀면 작은 공간이 나오는데 바로 그 속에 있었던 거야. 그 여자가 그 앞에 서서 사진을 반쯤 꺼내는 걸 언뜻 보았어. 내가 장난이라고 외치자 그녀는 사진을 도로 넣어두고 로켓을 슬쩍 바라보더니 바삐 방을 빠져나가더군. 그다음에는 그녀의 모습을 보지 못했네. 나는 일어나서 뭐라고 핑계를 대고 그 집을 빠져나왔지. 잠시 머뭇거리긴 했지만 마부가 방에 들어와서 눈을 부릅뜨고 쳐다보는 통에 사진을 꺼내 오지 못하고 그냥 나왔어. 지나치게 서두르다간 다 된 밥에 코 빠뜨리기 십상이니까."

"그럼 이젠?"

"수색은 다 끝났네. 내일 전하와, 그리고 괜찮다면 자네하고 같이 그 집에 찾아갈 생각이네. 우린 응접실에서 숙녀를 기다리게 될걸세. 하지만 애들러가 나타났을 때는 이미 사진도 손님들도 없을 거야. 전하가 자신의 손으로 직접 사진을 되찾는다면 더 기분이 좋겠지."

"내일 언제 찾아갈 생각인가?"

"아침 여덟시. 우리한테는 그 여자가 아직 잠자리에 들어 있는 시간이 유리하지. 게다가 우린 서둘러야 하네. 오늘의 결혼식은 여자의 생활 습관이 완전히 바뀐다는 걸 의미할 수도 있으니까. 지체 없이 전하에게 전보를 쳐야겠어."

우리는 베이커가의 하숙집 문 앞에 당도했다. 홈즈가 주머니에서 열쇠를 찾고 있는데 누군가 지나가며 이렇게 말했다.

"안녕하십니까, 셜록 홈즈 씨."

그때 거리에는 사람들이 몇 명 있었는데, 인사를 건넨 사람은 얼스터 코트(모직물로 만들어진 길고 낙낙한 코트 ─옮긴이)로 몸을 감싸고 빠른 걸음으로 옆을 스쳐 간 홀쭉한 청년 같았다.

"어디선가 들은 적이 있는 목소린데."

홈즈는 희미한 가로등이 켜진 거리를 바라보며 말했다.

"도대체 누군지 궁금하군."

나는 그날 밤 베이커가에서 잤다. 아침에 일어나 토스트에 커피를 곁들여 먹고 있는데 보헤미아의 국왕이 들이닥쳤다.

"정말 그걸 찾아왔나?"

국왕은 셜록 홈즈의 어깨를 붙들고 얼굴을 뚫어지게 쳐다보며 소리쳤다.

"아직 찾아오지는 못했습니다."

"하지만 희망은 있는 건가?"

"그렇습니다."

"그럼 가자. 나는 한시라도 빨리 사진을 찾고 싶다."

"마차를 불러야 합니다."

"아, 내 브루엄이 대기하고 있다."

"그것 잘됐군요."

우리는 다시 브리오니 저택을 향해 떠났다.

"아이린 애들러는 결혼했습니다."

홈즈가 말했다.

"결혼이라고! 언제?"

"어제요."

"하지만 누구와?"

"노턴이라는 영국 변호사입니다."

"하지만 아이린이 그 남자를 사랑할 리는 없을 텐데."

"저는 사랑하기를 바라고 있습니다."

"그건 어째서인가?"

"왜냐하면 그렇게 되면 전하께서 앞으로 골치 썩을 염려가 사라지기 때문입니다. 그 숙녀분이 남편을 사랑한다면 전하를 사랑하지 않는 것이 됩니다. 그리고 숙녀분이 전하를 사랑하지 않는다면 전하의 결혼 계획에 재를 뿌릴 이유가 없어지는 것이지요."

"그건 사실이지. 하지만……. 허허! 그 여자가 나와 같은 신분이라면 얼마나 좋았겠는가! 나무랄 데 없는 왕비가 되었을 텐데!"

왕은 우울한 침묵에 빠져들었고, 마차가 서펜타인가에 도착할 때까지 아무도 입을 열지 않았다.

브리오니 저택의 문은 열려 있었고 늙수그레한 여인이 계단을 지키고 서 있었다. 우리가 브루엄에서 내리는 동안 여인은 놀리는 듯한 얼굴로 우릴 바라보았다.

"셜록 홈즈 씨가 맞지요?"

여인이 말했다.

"내가 셜록 홈즈요만."

내 친구는 깜짝 놀라서 묻는 듯한 시선으로 여인을 바라보며 대답했다.

"정말이군요! 주인마님께서 오실 거라고 그러더니. 마님은 오늘 아침에 서방님과 같이 다섯시 15분 기차로 채링 크로스 역을 떠나 유럽으로 가셨습니다."

"뭐라고!"

셜록 홈즈는 놀람과 원통함에 하얗게 질린 얼굴로 비칠거렸다.

"부인이 영국을 떠났다는 거요?"

"다시는 돌아오지 않으실 겁니다."

"그러면 사진은?"

왕은 쉰 목소리로 물었다.

"모두 끝났군."

"한번 봅시다."

홈즈는 하녀를 밀치고 쏜살같이 집 안으로 달려 들어갔고 왕과 내가 그 뒤를 따랐다. 응접실의 가구는 사방에 흩어져 있었고 선반은 뒤죽박죽이었으며 서랍은 몽땅 열려 있었다. 부인은 떠나기 전에 서둘러 짐을 꾸린 모양이었다. 홈즈는 설렁줄 있는 곳으로 달려가 그 위의 널빤지를 들어내고 손을 집어넣어 사진 한 장과 편지를 꺼냈다. 사진은 아이린 애들러가 야회복 차림으로 찍은 것이었고, 편지 겉봉에는 '셜록 홈즈 귀하, 친전'이라고 쓰여 있었다. 내 친구는 봉투를 뜯었고 우리 셋이 함께 편지를 읽었다. 날짜는 전날 밤 자정으로 적혀 있었고 내용은 다음과 같았다.

　친애하는 셜록 홈즈 씨에게

　정말 잘하셨습니다. 당신은 저를 감쪽같이 속여 넘겼습니다. "불이야." 하는 아우성이 터져 나온 뒤에도 저는 전혀 의심하지 않았습니다. 하지만 그때, 저의 의지와는 반대로 사진에 손대고 있는 자신을 의식하면서 저는 생각하기 시작했습니다. 저는 이미 몇 달 전에 당신을 조심하라는 얘기를 들었습니다. 사람들은 왕이 탐정을 고용한다면 그것은 십중팔구 당신일 거라고 했지요. 저는 당신의 주소도 알아놓았습니다. 하지만 그랬음에도 당신이 알고 싶은 것을 저 스스로 가르쳐주고 말았습니다. 그토록 친절하고 따뜻한 늙은 목사님을 의심하는 건 쉽지 않았지요. 하지만 당신도 알다시피 저는 배우 노릇을 했던 사람입니다. 제게는 남자 의상이 전혀 낯설지 않습니다. 일부러 남자 옷을 걸치고 나가서 자유를 만끽한 적도 많지요. 나는 마부 존을 불러 당신을 감시하라고 이르고 2층으로 뛰어 올라갔습니다. 그리고 보행용 의상(나는 남자 옷을 이렇게 부릅니다.)을 걸치고 내려가 당신들을 뒤쫓았지요.

당신 집 문 앞까지 따라가서 내가 저 유명한 셜록 홈즈 씨의 주목을 받고 있다는 사실을 확인했습니다. 그때 참지 못하고 당신에게 인사를 건넸지요. 그리고 남편을 만나러 템플 법학원으로 갔습니다.

우리는 무서운 적수에게 쫓기게 된 상황에서 최선의 방책은 피신이라고 생각했습니다. 당신이 내일 여길 찾아올 때쯤 집은 비어 있을 것입니다. 사진에 관해서라면, 당신에게 일을 의뢰하신 분은 안심해도 좋습니다. 전 그분보다 더 나은 남자와 사랑을 나누고 있으니까요. 전하께선 제게 정말 몹쓸 짓을 했지만 더 이상 그분의 앞길을 가로막지 않겠습니다. 제가 사진을 갖고 가는 것은 오로지 나 자신을 방어하기 위한 목적으로, 장래에 그분이 모종의 위해를 가할 때 저 스스로를 지킬 수 있는 무기로 삼기 위해서입니다. 대신 그분이 갖고 싶어할 만한 사진을 한 장 두고 갑니다. 그럼 안녕히.

— 아이린 노턴, 구성(舊姓) 애들러 드림

"얼마나 대단한 여인인가. 아, 참으로 대단하다!"

편지를 읽은 뒤 보헤미아의 왕은 이렇게 탄식했다.

"내가 이미 말하지 않았나? 아이린은 정말 영리하고 결단성 있는 여자라고. 이만한 여자라면 정말 훌륭한 왕비가 되었을 것이다. 이 여자가 나와 같은 부류의 여인이 아니라니 정말 통탄스러운 일 아닌가?"

"제가 보고 느낀 바에 따르면 이 부인은 전하와는 정말 다른 부류인 것 같습니다."

홈즈는 차갑게 말했다.

"전하께서 의뢰하신 일이 이렇게 끝났으니 정말 유감입니다."

"천만에."

왕은 외쳤다.

"일은 원만히 해결된 것이다. 나는 아이린이 제 입으로 한 약속은 꼭 지키는 여자라는 걸 잘 알고 있다. 그 사진은 이제 아궁이에 들어간 것과 마찬가지다."

"전하께서 그렇게 말씀하시니 기쁩니다."

"그대에게 큰 빚을 졌다. 내가 어떻게 보상해 주면 좋겠는지 말하라. 이 반지는……."

왕은 손가락에 끼고 있던 뱀 모양의 에메랄드 반지를 빼서 손바닥에 올려놓았다.

"전하께서는 제가 그보다 더 소중하게 여기는 물건을 갖고 계십니다."

홈즈가 말했다.

"어서 말하라. 그게 무엇인가?"

"그 사진입니다!"

왕은 놀란 눈으로 홈즈를 응시했다.

"아이린의 사진 말인가! 좋다. 그대가 이걸 원한다면."

"감사합니다. 이제 일은 다 끝났습니다. 전하, 그럼 안녕히 가십
시오."

홈즈는 고개 숙여 인사했다. 그는 왕이 내민 손을 보지 못하고 그
냥 돌아섰다. 나는 그와 함께 베이커가를 향해 출발했다.

이것이 바로 보헤미아 왕국이 엄청난 스캔들에 휘말릴 뻔한 이

야기이면서, 셜록 홈즈의 공들인 계획이 한 여성의 기지 앞에 무너진 이야기이기도 하다. 홈즈는 원래 여자들을 얕잡아 보는 말을 많이 했지만 요즘 들어 그런 말을 하는 것을 들어본 적이 없다. 그리고 아이린 애들러에 관해 얘기할 때, 또는 그녀의 사진에 관해 언급할 때 그는 항상 '그 여자'라는 영예로운 호칭을 붙인다.

빨간 머리 연맹

작년 가을이었다. 어느 날 셜록 홈즈를 찾아갔더니, 그는 불그레한 얼굴에 머리가 불붙은 것처럼 빨간 초로의 뚱뚱한 신사와 자못 심각하게 이야기를 나누고 있었다. 대화를 방해해서 미안하다고 사과하고 나오려는데, 뜻밖에 홈즈가 나를 방 안으로 끌어들이고 문을 닫았다.

"여보게 왓슨, 마침 잘 와주었네."

그는 다정하게 말했다.

"지금 일하는 중인가 본데."

"그렇다네."

"그러면 옆방에서 기다리겠네."

"아냐, 그럴 것 없네. 윌슨 씨, 이 신사는 여러 사건에서 나의 협력자이자 조수 역할을 해온 사람입니다. 이번 일도 우리에게 큰 도움이 될 거라고 생각합니다."

뚱뚱한 신사는 엉거주춤 몸을 일으키고 살찐 작은 눈을 들어 이쪽을 살피며 고개를 까딱했다.

"그쪽 소파에 앉게."

홈즈는 이렇게 말하고 도로 의자에 앉았다. 그리고 생각에 잠겨 있을 때면 으레 하던 버릇대로 다시 양손의 손가락 끝을 마주 댔다.

"여보게 왓슨, 나는 자네가 나처럼 단조로운 일상과 관습을 벗어난 것들에 열광한다는 사실을 알고 있네. 자네가 내 수사 기록을 펴내는 일에 열정적으로 매달릴 수 있는 것은 그런 취향 때문이지. 이렇게 말해도 될지 모르겠지만 자네는 내 모험담을 참으로 잘 꾸며 주었네."

"솔직히 자네 사건들은 정말 흥미로워."

나는 내 생각대로 말했다.

"왓슨, 지난번에 메리 서덜랜드 양이 의뢰한 지극히 간단한 사건에 착수하기 전에 내가 한 말 기억나나? 기기묘묘한 것을 찾으려면 삶 그 자체 속으로 들어가야 한다고, 인생은 항상 그 어떤 상상보다 더한 것을 보여준다고 했던 것 말일세."

"미안하지만 나는 그 이론에 동의하지 않네."

"그렇군. 하지만 여보게, 자네는 결국 내 의견에 동의해야 할 걸세. 그렇지 않으면 자네의 논리 따위는 내가 끊임없이 제시하는 실제 사례들 밑에 납작하게 깔리고 말 테니까. 그러면 결국 내 말이 옳다는 걸 인정하게 되겠지. 자, 여기 계신 자베즈 윌슨 씨는 좀처럼 듣기 힘든 기이한 이야기를 아침부터 들려주고 계셨다네. 나는 자네한테 큰 사건보다는 오히려 범죄인지 아닌지조차 분간하기 힘든 사소한 사건들 중에 기묘한 것이 더 많다고 한 적이 있네. 이번 사건은 아직 어떤 범법 행위가 있었는지 여부를 판단할 수 없지만 내가 알게 된 그 어떤 사건보다도 괴상하다네. 윌슨 씨, 미안하지만 처음부터 다시 말씀해 주실 수 있을까요? 제가 이런 요청을 하는 것은 단지 내 친구 왓슨 박사가 이야기의 첫머리를 못 들었기 때문이 아니라, 윌슨 씨의 얘기가 하도 기묘해서 아주 사소한 부분이라도 놓치고 싶지 않기 때문입니다. 나는 사건 설명을 조금만 들어도, 대개는 기억 속에 저장된 수천 건의 유사한 사건을 지표로 해서 판단을 내릴 수가 있습니다. 하지만 이 사건은 아무리 생각해 봐도 유례를 찾을 수 없을 만큼 특이하다는 것을 인정하지 않을 수 없군요."

뚱뚱한 손님은 자부심을 느끼는 듯 가슴을 쑥 내밀고 두꺼운 옷

옷 안주머니에서 구겨진 신문지를 꺼내 들었다. 신사가 신문지를 무릎 위에 펼쳐놓고 얼굴을 바짝 대고 광고란을 살펴보는 동안, 나는 그를 자세히 살펴보았다. 그러면서 내 친구의 방식대로 신사의 옷차림과 외모에서 뭔가를 알아내려고 애썼다.

하지만 아무리 쳐다봐도 머릿속에 떠오르는 것이 별로 없었다. 손님은 둔하고 뚱뚱하고 점잖은 척하는 전형적인 영국 상인이었다. 그는 헐렁한 회색 체크무늬 바지에 꾀죄죄한 검은 프록코트를 아랫단추만 끼운 채 입고 있었다. 우중충한 색깔의 조끼 위로는 묵직한 청동 줄을 드리우고 있었는데 가운데 구멍이 뚫린 네모난 금속 조각이 장식으로 달려 있었다. 옆의 의자에는 해어진 중산모와 구겨진 벨벳 칼라가 달린 색 바랜 갈색 외투가 놓여 있었다. 아무리 봐도 그 불붙은 것처럼 새빨간 머리와 몹시 억울하고 불만스러운 표정 말고는 별다른 특징이 없었다.

날카로운 눈으로 손님을 바라보던 셜록 홈즈는 내가 묻는 듯한 시선으로 자신을 쳐다보는 걸 느끼고 빙그레 웃으며 고개를 설레설레 흔들었다.

"내가 확실하게 알 수 있는 건 이 손님이 한동안 육체노동에 종사한 적이 있고 코담배를 피운다는 것, 그리고 프리메이슨(중세의 숙련 석공 길드에서 비롯된 세계 최대의 박애주의 비밀 결사체 —옮긴이) 단원이고 중국에 다녀온 적이 있으며 또 최근에 글씨 쓰는 일을 많이 했다는 것 정도일세. 그 이상은 모르겠네."

자베즈 윌슨 씨는 깜짝 놀라 고개를 들었다. 그는 검지로 신문의 한 부분을 짚은 채 내 친구를 쳐다보고 있었다.

"홈즈 선생께선 그런 걸 어떻게 다 알아내셨습니까? 예를 들면 내가 육체노동을 했다는 걸 어떻게 알았지요? 사실 나는 과거에 배 만드는 목수로 일했지요. 그러니 선생의 말은 한 치도 틀림없는 사실입니다."

"그건 윌슨 씨의 손을 보고 알았습니다. 윌슨 씨의 오른손은 왼손보다 훨씬 큽니다. 오른손을 써서 일했기 때문에 근육이 더 발달한 거지요."

"그러면 코담배를 피운다는 것하고 프리메이슨은?"

"그걸 어떻게 알아냈는지 자세하게 얘기하는 건 윌슨 씨의 지성을 모욕하는 행동이 될 겁니다. 더구나 윌슨 씨는 귀 단체의 엄격한 규칙에도 불구하고 삼각자와 컴퍼스 장식 핀(프리메이슨의 상징으로 컴퍼스와 삼각자가 오각형의 별 모양을 그리도록 겹쳐 있음 ─ 옮긴이)을 하고 계시지 않습니까."

"아, 그렇군요. 깜빡했습니다. 한데 글씨를 많이 썼다는 건?"

"윌슨 씨의 오른쪽 소매는 앞단이 12센티미터가량 반들거리고 왼쪽 소매는 책상에 올려놓는 팔꿈치 부분이 닳아서 반짝거립니다. 달리 어떻게 해석할 수 있겠습니까?"

"허허, 그런데 중국은?"

"오른쪽 손목 바로 위의 물고기 문신은 오직 중국에서만 할 수 있는 것입니다. 나는 문신에 관한 연구를 통해 자그마한 책자를 펴낸 적도 있습니다. 물고기 비늘에 섬세한 분홍 물을 들이는 것은 중국에서만 쓰는 독특한 기술이지요. 또 윌슨 씨의 시곗줄에 중국 엽전이 매달려 있어서 문제가 더욱 간단해졌습니다."

자베즈 윌슨 씨는 웃음을 터뜨렸다.

"아하, 난 또! 뭐 대단한 능력을 발휘한 줄 알았더니만 별것 아니었구먼요."

"왓슨, 아무래도 내가 조목조목 자세하게 설명하는 건 실수인 것 같네. '미지의 것은 대단하게 여겨진다(로마 역사가 타키투스의 『아그리콜라 전기』에 나오는 말 —— 옮긴이).'라고 하지 않던가. 이렇게 솔직하게 털어놓다 보면 나의 보잘것없는 명성은 형편없이 추락하고 말 걸세. 윌슨 씨, 광고는 아직 못 찾으셨습니까?"

"아닙니다, 여기 찾았습니다."

윌슨 씨는 통통한 붉은 손가락으로 광고란 중간쯤을 짚고 대답했다.

"여기 있습니다. 모든 일이 다 여기서 비롯됐지요. 한번 읽어보십시오."

나는 신문을 받아 들었다. 광고는 다음과 같았다.

빨간 머리 연맹

우리 연맹은 미국 펜실베이니아 주 레바논의 고 이즈키아 홉킨스가 남긴 유산 덕분에, 회원들에게 순전히 명목상의 봉사에 대한 대가로 일주일에 4파운드씩 지불하고 있음. 그런데 현재 결원이 한 명 생겼기에 이를 공고함. 21세 이상의 심신이 건강한 빨간 머리 남자들은

누구든 자격이 있으니 월요일 열한시까지 플리트가 포프 코트 7번지,
연맹 사무실로 와서 던컨 로스에게 응모 바람.

"대체 이게 무슨 뜻이지?"

나는 야릇한 광고를 두 번이나 읽은 다음 불쑥 말했다.

홈즈는 기분이 들떠 있을 때면 으레 그렇듯 몸을 뒤틀며 킬킬거
렸다.

"정말 상식적으로 이해하기 힘든 내용 아닌가? 자, 윌슨 씨, 그럼
자기소개를 해주시고 이 광고가 당신의 인생을 어떻게 바꿔놓았는
지에 대해 처음부터 다시 말씀해 주십시오. 박사, 우선 신문 제목하
고 날짜를 봐주게."

"1890년 4월 27일 자,《모닝 크로니클》일세."

"좋아. 그럼 시작할까요?"

"그럼 아까 했던 얘기를 다시 하겠습니다."

자베즈 윌슨은 이마의 땀을 훔치며 말했다.

"나는 구시가 근처 코버그 광장에서 자그마한 전당포를 하고 있습니다. 가게도 별로 크지 않은 데다가 최근에는 입에 풀칠이나 할 정도밖에 벌이가 안됐지요. 원래는 점원을 둘 데리고 있었지만 지금은 겨우 하나밖에 두지 못했습니다. 지금 있는 점원도 일을 배우겠다고 남들 받는 급료의 반만 받아도 좋다고 해서 쓰게 되었지요."

"그 착한 청년의 이름이 뭡니까?"

셜록 홈즈가 물었다.

"빈센트 스폴딩입니다. 그런데 청년이라고 할 수는 없어요. 나이를 가늠하기 힘듭니다. 하지만 똑똑한 사람이에요. 독립하면 지금 나한테 받는 급료의 두 배는 벌 수 있을 겁니다. 하지만 자기가 만족해하는데 굳이 그걸 가르쳐줄 필요는 없잖겠습니까?"

"그건 그렇지요. 남들보다 적게 받아도 좋다는 점원을 두셨다니 정말 운이 좋으십니다. 요즘 세상에 그런 사람은 정말 드무니까요. 제 생각엔 윌슨 씨 전당포의 점원도 그 광고만큼이나 특이한 것 같군요."

"허허, 하지만 스폴딩한테도 흠은 있습니다. 사진에 그렇게 미쳐 돌아가는 녀석은 처음 봤습니다. 툭하면 카메라로 사진을 찍어대고는 필름을 현상하겠답시고 토끼가 굴 속으로 뛰어들듯이 지하실로 달아나니 말씀입니다. 그게 제일 큰 단점인데 그것만 빼면 부지런

한 일꾼이지요. 다른 나쁜 점은 없습니다."

"아직도 윌슨 씨 가게에서 일하고 있습니까?"

"아무렴요. 그리고 스폴딩 말고는 간단한 요리와 청소를 하는 열네 살짜리 여자애를 데리고 있지요. 아내가 죽은 후론 가족도 없이 혼자 살고 있기 때문에 집안 살림도 별로 없습니다. 우린 아주 조용히 살고 있었습니다. 우리 셋 말입니다. 내 집에서 빚지지 않고 살면 됐지요. 그런데 조용한 생활에 파문을 일으킨 게 바로 이 광고였습니다. 두 달 전에 스폴딩 녀석이 신문을 들고 가게로 내려왔지요. 녀석은 이렇게 말했습니다.

'윌슨 씨, 저도 빨간 머리라면 좋겠습니다.'

'왜 그러는데?'

'아 글쎄, 여기 빨간 머리 남자들의 연맹에 빈자리가 났다지 뭡니까. 빨간 머리 연맹에 든다는 건 큰 행운이거든요. 아마 결원이 생겼나 봅니다. 그래서 유산 관리인들은 돈을 어디에 써야 하는지 고심했겠지요. 머리 색깔만 바꿀 수 있다면 저도 당장에라도 달려가고픈 심정입니다.'

'아니, 그게 뭔데 그러나?'

나는 물었습니다. 아시겠지만 나는 집에만 붙어 있는 사람이고 전당포 사업이란 가만히 앉아서 하는 일이거든요. 몇 주일씩 밖에 나가지 않을 때도 많답니다. 이렇다 보니 바깥세상 돌아가는 형편에 어두워서 누가 무슨 소식이라도 가져오면 항상 반가워했지요.

'빨간 머리 연맹에 대해 들어본 적이 없으세요?'

스폴딩은 눈을 동그랗게 뜨고 이렇게 물었습니다.

'없네.'

'아니, 윌슨 씨처럼 자격이 되는 분이 그걸 모르시다니.'

'그런데 거기 들면 무슨 이익이 있는가?'

'아, 1년에 한 200파운드 생기나 봅니다. 하지만 거기 회원이 돼도 하는 일이 별로 없어서 생업에 별 지장을 주지는 않는답니다.'

그 말을 듣자 귀가 솔깃했습니다. 아마 홈즈 씨도 이해하실 겁니다. 요즘 몇 년간 장사가 잘 안돼서 1년에 200파운드가 더 들어온다면 아주 요긴하게 쓰일 판이었으니까요.

'자세히 좀 말해 다오.'

그러자 스폴딩은 광고를 보여주면서 말했습니다. '자, 이걸 보시면 연맹에 빈자리가 났다는 걸 알 수 있습니다. 그리고 자세한 걸 알아보시려면 이 주소로 가면 되는 거고요. 제가 듣기로는 빨간 머리 연맹의 설립자는 미국인 백만장자 이즈키아 홉킨스인데 아주 괴짜였대요. 자신이 빨간 머리였는데 세상의 모든 빨간 머리들에 대해 깊은 동정심을 품게 돼서 죽을 때 막대한 재산을 관리인들의 손에 맡기고 그 이자를 세상의 빨간 머리들을 위해 쓰라는 유언을 남겼답니다. 듣자 하니 빨간 머리 회원들은 상당한 금액을 받으면서도 하는 일은 거의 없다고 하더군요.'

'하지만 거기에 들어가려는 빨간 머리들이 한둘이 아닐 텐데.'

'그렇게 많지는 않을 겁니다. 보세요. 자격이 런던에 거주하는 성인 남자로 정해져 있잖아요. 이 미국인 백만장자가 런던이 고향이라 런던을 위해 뭔가를 하고 싶었나 봐요. 또 흐린 빨간 머리나 너무 어두운 빨간 머리는 지원해 봤자 소용없다고 하더군요. 윌슨 씨처럼 타는 듯이 환한 색깔의 진짜 빨간 머리만 뽑는답니다. 그러니 생각이 있으면 한번 가보세요. 그 정도 돈이라면 헛걸음하는 셈 치고서라도 바깥 걸음을 해볼 만한 가치가 있을 것 같군요.'

사실 두 분께서도 보셔서 아시겠지만 내 머리는 숱이 많고 윤기가 자르르 흐르거든요. 그래서 설령 경쟁자가 있다손 치더라도 한번 해볼 만하다는 생각이 들었습니다. 빈센트 스폴딩은 그 일에 대해서 꽤 많이 아는 것 같아서 녀석을 데리고 가면 쓸모가 있으리라고 생각했어요. 나는 스폴딩에게 그날 가게 문을 닫고 함께 가보자고 했습니다. 녀석은 하루 놀게 되어 아주 좋아했지요. 그래서 우리는 가게 문을 닫고 광고에 나온 주소를 찾아갔습니다.

홈즈 씨, 내 평생 그런 장관은 처음이었습니다. 머리에 조금이라도 붉은 기가 있는 사람들은 다 몰려온 것 같았습니다. 플리트가는 빨간 머리로 가득 차 있었고 포프 코트는 꼭 과일 장사의 오렌지 손수레 같았지요. 나는 광고 하나를 보고 세상천지에서 그렇게 많은 사람들이 몰려들 거라고는 꿈에도 생각지 못했습니다. 사람들의 머리 색깔은 가지각색이었지요. 밀짚 색, 레몬색, 오렌지색, 벽돌색, 아이리시 세토종의 사냥개 같은 적갈색, 다갈색, 황토색 등등. 하지만 스폴딩의 말마따나 타오르는 불꽃 같은 생생한 빨간색은 없었습니다. 나는 그렇게 많은 사람들이 기다리는 걸 보고 기가 죽어서 그만 포기하려고 했습니다. 하지만 스폴딩 녀석이 말을 들어주지 않았습니다. 도대체 어떻게 했는지 모르겠지만 녀석은 사람들을 떠밀고 잡아당기고 들이받으면서 나를 끌고 사무실 계단 앞까지 갔습니다. 계단에는 사람들의 줄이 두 개 있었는데, 하나는 희망을 품고 올라가는 이들의 줄이었고 다른 하나는 퇴짜 맞고 내려오는 이들의 줄이었습니다. 우리는 사람들 틈에 끼여 밀치락달치락하다가 곧 사무실에 들어가게 되었지요."

"정말 세상에 다시없을 만큼 재미있는 경험을 하셨군요."

홈즈는 손님이 말을 멈추고 코담배를 힘껏 냄새 맡으며 기억을 더듬는 동안 이렇게 말했다.

"말씀을 계속해 주시기 바랍니다."

"사무실에는 달랑 나무 의자 두 개에 전나무 책상 하나뿐이었지요. 책상 앞에는 나보다 훨씬 새빨간 머리를 가진 작은 남자가 앉아 있었어요. 그는 지원자들과 몇 마디 말을 나눠본 다음 반드시 뭔

가 부적격 사유를 찾아내서 퇴짜를 놓곤 했습니다. 빨간 머리 연맹
에 들어가는 것은 그렇게 쉬운 일이 아닌 것 같았습니다. 하지만 우
리 차례가 오자 그 남자는 유난히 나에게 호의적인 태도를 보이더
니 사무실 문을 닫아서 마음 놓고 얘기할 수 있는 분위기까지 만들
어주었습니다.

'이분은 자베즈 윌슨 씨입니다. 연맹에 가입하고 싶어서요.'

스폴딩이 말하자 사내는 대답했습니다.

'이제야 적격자가 나타나셨군. 완벽해. 이렇게 좋은 색깔은 처음
이야.' 그는 한 발자국 물러나더니 고개를 갸우뚱하고 내 얼굴이 벌
게질 때까지 뚫어지게 쳐다보았지요. 그러다가 갑자기 달려들어 내
손을 으스러지게 붙잡고 합격이라며 축하 인사를 건넸습니다.

'더 이상 머뭇거리는 것은 죄가 될 거요. 하지만 신중해야 하니까
실례 좀 하겠소.' 사내는 그러더니 양손으로 내 머리카락을 휘어잡

고 내가 아파서 소리를 지를 때까지 잡아당겼습니다. '눈물까지 글썽거리시네.' 사내는 머리를 놔주며 말했습니다.

'전혀 문제가 없군. 하지만 주의해야 해서 말이오. 벌써 두 번은 가발에, 한 번은 물감에 속아 넘어간 적이 있으니까. 내 선생에게 구두 수선공의 왁스 얘기를 들려줄 수도 있소이다. 그 얘기를 들으면 인간성에 넌더리가 날 거요.'

그는 창가로 다가가 모집이 끝났다고 목청껏 소리쳤지요. 사람들이 실망한 듯 웅성거리다가 제 갈 곳으로 흩어지고 빨간 머리라고는 나와 그 남자만 남았습니다.

그가 말했지요. '나는 던컨 로스요. 나도 관대하신 후원자께서 조성하신 기금의 혜택을 보고 있지. 그런데 윌슨 씨는 결혼했소? 가족은 있고?'

나는 가족이 없다고 대답했습니다.

그러자 로스 씨는 곧 고개를 떨구고 무겁게 말했습니다. '이런! 이거 보통 심각한 일이 아니군! 그런 말을 듣게 돼서 정말 유감이오. 당연한 거지만 이 기금은 빨간 머리의 유지뿐 아니라 확산을 목적으로 하고 있소. 선생이 독신이라니 정말 안타까운 일이오.'

홈즈 선생, 이 말을 듣고 가슴이 덜컥 내려앉았습니다. 결국 나는 안 되는구나 하는 생각이 들었지요. 하지만 로스 씨는 잠시 생각해보더니 괜찮다고 했습니다.

'다른 사람 같았으면 그게 치명적인 결격 사유가 됐을 거요. 하지만 선생 정도의 머리를 가진 분이라면 우리가 봐드려야지. 그럼 언

제부터 일하러 나올 수 있겠소?'

'글쎄요, 그게 좀 곤란한데, 지금 하는 일이 있거든요.'

'아, 윌슨 씨! 그 점에 대해서라면 염려 마세요!' 빈센트 스폴딩이 말했습니다. '제가 대신 가게를 보면 되죠.'

'시간은?' 내가 물었습니다.

'열시부터 두시까지요.'

홈즈 씨, 전당포에 손님들이 찾아오는 건 주로 저녁때입니다. 특히 주급을 받는 날 직전인 목요일하고 금요일 저녁때 붐비지요. 그래서 낮에 조금씩 하는 일은 나한테 딱 맞았습니다. 게다가 나는 스폴딩이 괜찮은 녀석이라는 걸 알고 있었지요. 스폴딩 정도라면 웬만한 일은 충분히 처리할 수 있으니까요. 그래서 이렇게 말했죠.

'저한테는 딱 좋은 시간이군요. 그럼 급료는?'

'일주일에 4파운드요.'

'그럼 일은요?'

'순전히 명목상의 일이라오!'

'그 명목상의 일이란 게 뭡니까?'

'에, 선생은 그 시간에 반드시 사무실에 있어야 하오. 이 건물을 벗어나서는 안 되는 거요. 만약 선생이 그 시간에 이 건물 밖으로 나간다면 회원 자격을 잃게 되오. 그것은 유언에 분명하게 기재돼 있소. 선생이 그 시간에 사무실 밖으로 한 발짝이라도 나간다면 연맹의 규정을 어기는 셈이 되오.'

'하루에 네 시간밖에 안 되는데 그 시간에 여길 나갈 생각은 전혀

없습니다.'

'어떤 구실로도 안 되오.' 던컨 로스 씨는 말했습니다. '병이 났든 무슨 볼일이 생겼든 그 어느 것도 이유가 될 수 없소. 그 시간에 여기 없으면 자격을 박탈당할 거요.'

'일은 뭡니까?'

'『브리태니커 백과사전』을 베껴 쓰는 일이외다. 저기 사전 1권이 있소. 책상과 의자는 우리가 제공하지만 잉크와 펜, 압지는 선생이 준비해 와야 하오. 내일부터 시작하겠소?'

'그렇게 하지요.'

'그럼 자베즈 윌슨 씨, 안녕히 가시오. 선생이 이렇게 중요한 자리를 따내게 된 것을 다시 한번 축하하오. 선생은 운이 좋은 사람이오.' 나는 인사를 하고 스폴딩과 함께 집에 돌아왔습니다. 이렇게 큰 행운을 얻게 돼서 기뻐 어쩔 줄 몰랐습니다.

그리고 하루 종일 그 생각뿐이었지요. 하지만 저녁때가 되자 다시 우울해졌습니다. 도대체 어떤 목적으로 그런 일을 하는지 상상할 수도 없었기 때문에, 그 일이 장난이나 사기임에 틀림없다는 생각이 들었던 겁니다. 누가 그런 유언을 남겼다는 것도 그렇고, 『브리태니커 백과사전』을 베껴 쓰는 것 같은 단순한 일을 하는 대가로 그런 거액을 지불한다는 게 도저히 믿어지지 않았지요. 빈센트 스폴딩이 나를 즐겁게 해주려고 애썼지만 나는 모든 걸 다 그만두는 게 낫겠다는 생각을 하고 있었습니다. 잠자리에 들 때까지는요. 하지만 아침이 되자 일이 어찌 되는지나 한번 보겠다고 결심이 서서

1페니짜리 잉크 한 병이랑 깃펜 하나, 큰 종이 일곱 장을 사가지고 포프 코트로 갔습니다.

그런데 놀랍고 기쁘게도 모든 게 전날 말한 그대로였습니다. 내가 쓸 책상은 벌써 준비되어 있었고 던컨 로스 씨는 벌써 나와서 나를 기다리고 있었지요. 로스 씨는 나한테 A 항목부터 베껴 쓰라고 말하고 사무실을 나갔습니다. 하지만 가끔씩 들러서 내가 일을 제대로 하는지 확인하곤 했지요. 두시가 되자 로스 씨가 가도 좋다 했고, 내가 베껴놓은 걸 보고 칭찬했습니다. 그리고 사무실 문을 잠그고 나오더군요.

홈즈 선생, 이런 일이 매일같이 계속되었습니다. 그리고 토요일이 되자 로스 씨는 주급으로 금화 네 개를 떡하니 내주었지요. 그다음주도, 다음다음 주도 똑같았습니다. 아침마다 나는 열시까지 거기로 출근했고 오후 두시가 되면 퇴근했습니다. 던컨 로스 씨는 점차 아침에 한 번만 사무실에 들르게 됐고 나중에는 아예 와보지도 않게 되었지요. 물론 나는 잠시라도 그 방을 떠날 엄두를 내지 못했습니다. 로스 씨가 언제 올지 몰랐고, 또 그렇게 좋은 자리를 차지하고 있으면서 괜히 서툰 짓을 하고 싶지는 않았으니까요.

여덟 주가 그렇게 지났습니다. 나는 '수도원장(Abbots)', '궁술(Archery)', '갑옷(Armour)', '건축(Architecture)', '아티카(Attica)'를 베꼈고, 조금만 더 하면 B 항목으로 들어갈 참이었습니다. 종이도 꽤 많이 써서 선반 하나가 내가 쓴 종이로 가득 찼습니다. 그런데 갑자기 모든 게 다 끝장났습니다."

"끝장났다고요?"

"그렇습니다. 바로 오늘 아침의 일이었지요. 나는 평소와 다름없이 아침 열시에 출근했습니다. 그런데 사무실 문은 굳게 닫혀 있고 문 한가운데 작은 종이 한 장이 붙어 있었습니다. 바로 이겁니다. 보세요."

윌슨 씨는 공책 한 장 크기의 흰색 마분지를 내밀었다. 거기에는 이런 글이 쓰여 있었다.

빨간 머리 연맹은 해체되었음

1890년 10월 9일

셜록 홈즈와 나는 이 짤막한 공고와 그걸 들고 있는 사람의 구슬픈 얼굴을 쳐다보고 우선 우스운 생각부터 들어 배를 쥐고 웃어댔다.

"뭐가 그렇게 우습지요?"

손님은 머리에 불이라도 붙은 것처럼 머리카락 끝까지 빨개져서 소리 질렀다.

"두 분이 고작 날 비웃는 일밖에 할 수 없다면 딴 데로 가보겠소."

"아닙니다, 고정하십시오."

홈즈는 반쯤 일어선 손님을 도로 의자에 주저앉히며 소리쳤다.

"무슨 일이 있어도 이 사건을 놓치지 않겠습니다. 이렇게 재미있고 기상천외한 사건은 만나기 힘들 테니까요. 하지만 이런 말씀을 드려도 될지 모르겠지만 이 사건에는 약간 우스운 구석이 있군요. 사무실 문 앞에서 이걸 발견하고 그다음에 어떻게 하셨습니까?"

"발밑이 꺼지는 것 같았습니다. 어쩔 줄 몰랐지요. 나는 옆 사무실을 돌아다녔지만 이곳에서 있었던 일에 대해 아는 사람은 아무도 없었습니다. 마지막으로 1층에 사는 건물주한테 갔습니다. 나는 회계원으로 일하는 건물주에게 빨간 머리 연맹이 어떻게 됐는지 아느냐고 물었습니다. 주인은 그런 단체에 대해서는 들어본 적도 없다고 하더군요. 그래서 던컨 로스 씨에 대해서 물어봤지요. 주인은 그런 이름도 들어본 적이 없다고 대답했습니다.

'4호실의 신사분을 모르십니까?' 나는 물었습니다.

'아, 그 빨간 머리?'

'예.'

'허허, 그 사람 이름은 윌리엄 모리스요. 지금 법무관으로 일하고 있는데 새 사무실을 찾을 때까지 임시로 거길 쓰겠다고 했지요. 어제 이사 갔습니다.'

'어디로 갔는지 아십니까?'

'아, 새 사무실 말이지요. 나한테 주소를 가르쳐주었지요. 여기 있군요. 세인트폴 근처의 킹 에드워드가 17번지입니다.'

홈즈 선생, 나는 그곳으로 찾아갔습니다. 하지만 그 주소에는 무릎 보호대 공장이 있었지요. 그리고 거기 사람들은 윌리엄 모리스나 던컨 로스에 대해 아무것도 몰랐습니다."

"그래서 어떻게 하셨습니까?"

홈즈는 물었다.

"삭스 코버그 광장의 집으로 돌아가서 스폴딩에게 어떻게 해야 좋을지 물었습니다. 하지만 그도 뾰족한 수가 없는 것 같더군요. 고작 한다는 말이 우편으로 소식이 올지 모르니까 기다려보라는 거였지요. 하지만 그렇게 할 수는 없었습니다. 한번 싸워보지도 않고 그렇게 좋은 자리를 잃고 싶지는 않았습니다. 그래서 선생이 곤경에 빠진 가엾은 사람들에게 좋은 충고를 해주신다는 얘기를 듣고 이렇게 달려온 겁니다."

"잘하셨습니다."

홈즈는 말했다.

"대단히 기이한 사건이니 그걸 조사하는 일도 아주 재미있을 것 같군요. 그런데 윌슨 씨 말씀으로 미루어보면, 이 일은 처음 생각했

72

던 것과는 달리 아주 심각한 사건인 것 같습니다."

"심각하고말고요! 누가 아니랍니까. 일주일에 4파운드라는 수입을 잃어버렸으니까요."

"윌슨 씨 개인으로서는, 이 기상천외한 연맹에 대해 불평하실 이유가 전혀 없을 것 같군요. 오히려 지금까지 30파운드가량의 이익을 보셨으니까요. 백과사전 A 항목에 나오는 주제에 대해 깊이 있는 지식을 얻은 건 차치하고서라도 말이지요."

"그렇군요. 하지만 나는 그게 어떤 단체인지 알고 싶습니다. 그들이 도대체 어떤 자들이고 무슨 목적으로 나한테 이런 장난을 쳤는지, 이게 장난이라면 말입니다. 그쪽 입장에서는 꽤 값비싼 장난이었지요. 32파운드를 썼으니까요."

"그런 의문에 대해 속 시원히 밝혀내도록 노력하지요. 그런데 윌슨 씨에게 한두 가지 질문을 하겠습니다. 처음에 가게 점원이 그 광고를 갖고 왔다고 했는데, 그게 점원이 가게에 들어온 지 얼마나 됐을 때였지요?"

"한 달쯤요."

"어떻게 구하셨습니까?"

"구인 광고를 냈습니다."

"지원자가 그 사람뿐이었나요?"

"아니요. 한 열댓 명 왔습니다."

"왜 그를 뽑으셨습니까?"

"사람이 싹싹한 데다가 돈을 적게 줘도 일하겠다고 해서요."

"반값에 말이지요?"

"예."

"그 빈센트 스폴딩이란 사람은 어떻게 생겼습니까?"

"키가 작고 뚱뚱하지만 행동은 민첩합니다. 얼굴에 수염은 별로 안 났어도 나이는 서른이 넘었고요. 이마에 하얗게 산이 튄 자국이 있습니다."

홈즈는 흥분한 얼굴로 허리를 폈다.

"내 그럴 줄 알았지. 그 사람, 귀 뚫은 자국은 없던가요?"

"아, 있습니다. 어렸을 때 어느 집시가 귀고리를 해준다고 그렇게 해놨다고 하더군요."

"흠!"

홈즈는 깊은 생각에 잠겨 의자에 몸을 기댔다.

"아직도 거기서 일하고 있다고요?"

"아, 그럼요. 아까도 보고 왔지요."

"윌슨 씨가 가게를 비울 때 일은 잘합니까?"

"일은 똑 부러지게 합니다. 또 오전에는 할 일이 별로 없으니까요."

"좋습니다. 앞으로 하루 이틀 안에 윌슨 씨가 의뢰한 일을 마무리 짓도록 하겠습니다. 오늘이 토요일이니까 다음 주 월요일까지는 결론을 내릴 수 있을 겁니다."

손님이 간 뒤에 홈즈가 말했다.

"왓슨, 자네는 이 일에 대해 어떻게 생각하나?"

"글쎄, 잘 모르겠는데."

나는 솔직히 대답했다.

"정말 이해가 안 가는군."

"일반적으로 기괴한 일일수록 이해하기 쉽지. 사실 제일 헷갈리는 건 아무 특징 없는 흔해 빠진 범죄거든. 그건 아무 특징 없는 흔한 얼굴을 알아보기 힘든 것과 마찬가지라네. 하지만 이번 일은 서두를 필요가 있어."

"그럼 이제 어떻게 할 건가?"

"담배를 피울 거네. 이건 담배 세 대를 피우는 동안 해결할 수 있을 만한 문제지. 미안하지만 앞으로 50분간 나한테 말을 시키지 말아주게."

홈즈는 의자에 앉아서 무릎을 코까지 끌어 올린 채 몸을 옹송그

리고 지그시 눈을 감았다. 입에 물고 있는 검은 도자기 파이프는 무슨 이상한 새의 부리처럼 보였다. 나는 그가 잠들었다고 생각하고 꾸벅꾸벅 졸기 시작했다. 그런데 갑자기 홈즈가 단호한 표정으로 자리를 박차고 일어서더니 벽난로 선반 위에 파이프를 올려놓았다.

"오늘 오후에 사라사테가 세인트제임스 홀에서 연주회를 하지. 왓슨, 어떤가? 자네 환자들이 몇 시간 나눠줄 수 있을까?"

"난 오늘 할 일이 아무것도 없네. 사실 환자 진료는 별로 재미없어."

"그러면 모자를 쓰고 같이 나가기로 하세. 먼저 구시가에 갈 거야. 점심은 도중에 먹기로 하지. 프로그램을 보니 오늘은 독일 음악이 많이 연주되는군. 나한테는 이탈리아나 프랑스 음악보다는 독일 음악이 더 맞아. 독일 음악은 자기 성찰의 느낌이 강하지. 내가 원하는 게 바로 그거고. 자, 가세!"

우리는 앨더스게이트까지 지하철로 갔다. 그리고 지하철에서 내려 잠깐 걸어서 아침에 들었던 괴상한 이야기의 무대인 삭스 코버그 광장으로 갔다. 그곳은 작고 초라하지만 어떤 허세가 느껴지는 곳이었다. 허름한 2층짜리 벽돌집들이 울타리를 두른 자그마한 공유지를 둘러싸고 있었다. 공유지 안쪽에선 잡초와 시든 월계수 덤불이 심하게 오염된 대기와 힘겨운 싸움을 벌이고 있었다. 모퉁이의 한 집에 흰 글씨로 '자베즈 윌슨'이라고 쓰인 갈색 간판이 걸려 있어서 빨간 머리 의뢰인의 영업장소임을 알려주었다. 셜록 홈즈는 그 앞에 서서 고개를 갸우뚱하고 눈을 가늘게 뜬 채 빛나는 눈으로 사방을 꼼꼼히 뜯어보았다. 그러더니 좌우의 집들을 날카로운 눈으로 주시하면서 길을 천천히 오르내렸다. 그러다가 다시 전당포 앞에 가서 지팡이로 길바닥을 두세 번 힘껏 두드려본 다음 전당포 문을 두드렸다. 얼굴이 매끈하니 영리해 뵈는 점원 하나가 나와서 어서 들어오시라고 했다. 홈즈가 말했다.

"미안합니다만, 여기서 스트랜드가까지 가는 길을 좀 가르쳐주시겠습니까?"

"오른쪽으로 세 구역, 왼쪽으로 네 구역이오."

점원은 재빨리 대답하고 문을 닫았다.

"머리가 좋은 친구야."

함께 걸으면서 홈즈가 말했다.

"나는 저 친구가 머리가 좋기로는 런던에서 네 번째일 거라고 생각하네. 배짱에 관해서라면 세 번째라고 할 수 있지. 저 친구에 대해서 좀 아는 게 있거든."

"여보게, 윌슨 씨네 전당포의 점원이 이 빨간 머리 연맹 사건에서 큰 비중을 차지하는 게 분명하지? 그리고 자넨 그의 얼굴을 보려고 전당포 문을 두드린 거고 말일세."

"그의 얼굴을 보려고 했던 게 아닐세."

"그럼?"

"그 친구의 바지 무릎을 보고 싶었어."

"그런데?"

"예상했던 대로더군."

"길바닥을 두드린 이유는 뭔가?"

"여보게, 지금은 말이 아니라 관찰이 필요한 시간이네. 우리는 적진에 들어온 간첩일세. 삭스 코버그 광장에 대해서는 좀 알게 됐으니 이제는 그 뒤에 뭐가 있나 살펴보기로 하세."

초라한 삭스 코버그의 모퉁이를 돌자 마치 그림의 앞뒷면처럼 완전히 딴판으로 보이는 거리가 나타났다. 그곳은 구시가의 북쪽과 서쪽을 연결하는 교통의 요지였다. 도로는 오가는 마차들로 가득 차 있었고 보도는 인산인해를 이루고 있었다. 줄줄이 늘어선 화려한 상점과 위풍당당한 사무용 건물 들이 방금 전에 목격한 그토록 허름하고 정체된 지역과 등을 맞대고 있다는 것은 믿기지 않는 사실이었다.

"어디 보자."

홈즈는 길가에 서서 건물들을 살펴보며 말했다.

"나는 이쪽의 건물들을 순서대로 기억해 두고 싶네. 런던에 관해 정확한 지식을 쌓는 게 내 취미거든. 모티머 상점, 담배 가게, 작은 신문 가게, 시티 앤 서버번 은행 코버그 지점, 채식주의자 식당, 맥 팔레인 마차역. 그러고는 다음 구역으로 이어지는군. 자, 이제 일을 다 끝냈으니 휴식 시간을 좀 갖기로 하지. 샌드위치에 커피 한 잔을 곁들인 다음에 바이올린의 나라로 떠나기로 하세. 빨간 머리 의뢰인들이 기상천외한 수수께끼로 우릴 괴롭히는 일이 없는 감미롭고 섬세하고 조화로운 나라로 말일세."

내 친구는 열정적인 음악가였다. 그는 뛰어난 연주자일 뿐 아니라 범상치 않은 재능을 타고난 작곡가이기도 했다. 그는 오후 내내 무대 앞좌석에 앉아서 더할 나위 없는 행복감에 사로잡힌 채 음악에 맞춰 길고 가는 손가락을 흔들었다. 얼굴에는 부드러운 미소가 어렸고 두 눈은 꿈꾸는 듯 나른했다. 사냥개 홈즈, 비상한 두뇌에 무자비한 사립 탐정 홈즈의 모습은 온데간데없었다. 홈즈에게는 특이하게도 서로 다른 두 성격이 교대로 나타났다. 내가 보기에 극도의 정확함과 치밀함을 추구하는 시기는 시적이고 명상적인 정서에 대한 반작용인 것 같았다. 그는 극단적인 무기력 상태에서 활화산처럼 정력이 용솟음치는 상태로 건너뛰곤 했다. 사실 그가 가장 무서운 때는 며칠간 계속해서 안락의자에 앉아 음악과 책에 파묻혀 있을 때라고 볼 수 있었다. 그다음에는 반드시 범죄 수사에 대한 열정

이 치솟아 빛나는 추리 능력이 거의 직관의 수준까지 상승하곤 하기 때문이다. 이럴 때 그의 방법에 대해 잘 모르는 사람들은 보통 사람들과는 완전히 다른 능력을 드러내는 그를 미심쩍은 눈으로 곁눈질하곤 한다. 그날 오후 세인트제임스 홀에서 음악에 푹 파묻혀 있는 홈즈의 모습을 보았을 때, 나는 지금 그의 목표가 되어 있는 자들이 앞으로 철퇴를 맞게 되리라고 예감했다.

"자네는 이제 집에 가고 싶겠군."

연주회장을 나서며 홈즈가 말했다.

"응, 그러는 게 좋을 것 같아."

"나는 할 일이 있네. 몇 시간은 족히 걸릴 거야. 이번 코버그 광장 사건은 보통 일이 아닐세."

"심각한 사건인가?"

"엄청난 음모가 무르익고 있어. 이제 그걸 중지시킬 때가 된 것 같네. 하지만 오늘이 토요일이라 문제가 다소 복잡해. 오늘 밤 자네가 좀 협조해 주었으면 좋겠네."

"몇 시에 갈까?"

"열시면 될 거야."

"그럼 열시까지 베이커가로 가지."

"좋아. 그런데 약간 위험할지도 모르니까 아무쪼록 자네 군용 권총을 가지고 오게."

홈즈는 손을 흔들고 돌아서서 순식간에 사람들의 물결 속으로 모습을 감췄다.

나는 자신이 다른 사람들에 비해 유난히 둔하다고 생각하지는 않는다. 하지만 셜록 홈즈와 교제하면서는 항상 내 우둔함을 의식하고 기가 죽어 있었다. 오늘 나는 그와 똑같은 것을 보고 들었다. 그런데 그의 말을 들어보면 그는 과거 일뿐 아니라 앞으로 일어날 일에 관해서도 명확하게 알고 있는 게 분명했다. 하지만 내게는 모든 일이 그저 혼란스럽고 불가해할 뿐이었다. 나는 마차를 타고 켄싱턴의 집으로 돌아가는 동안, 백과사전을 필사한 빨간 머리 사내가 들려준 기이한 이야기와 삭스 코버그 광장을 찾아갔던 일 그리고 헤어지기 전에 홈즈가 들려준 의미심장한 말 등에 대해 곰곰이 생각해 보았다. 오늘 야간 원정의 목표는 무엇이고 나더러 총을 가지고 오라고 한 이유는 뭘까? 도대체 어디 가서 무엇을 하려고? 홈즈는 매끈한 얼굴의 전당포 점원이 만만치 않은 상대라는 암시를 주었다. 뭔가 무서운 음모를 꾸미고 있는 인간. 나는 그게 무엇인지 생각해 보려고 애썼지만 결국 포기하고 밤이 되기를 기다리기로 했다.

집을 나온 것은 아홉시 15분이었다. 나는 하이드 파크를 지나 옥스퍼드가를 거쳐 베이커가로 걸어갔다. 집 앞에 이륜마차 두 대가 서 있었다. 집 안에 들어서자 위층에서 사람들의 말소리가 들렸다. 방에 들어가니 홈즈가 두 사람과 한창 대화를 나누는 중이었다. 나는 그중 한 사람이 피터 존스 형사라는 걸 알아보았다. 다른 한 사람은 키가 크고 빼빼 마른 데다 구슬픈 얼굴을 한 남자였는데 반짝거리는 새 모자에 좀 지나치게 점잖은 프록코트를 빼입고 있었다.

"허! 이제 다 모였군."

홈즈는 말하고 두꺼운 모직 상의의 단추를 채우고 선반에서 수렵용 채찍을 내렸다.

"왓슨, 런던 경찰국에서 나온 존스 씨하고는 구면이지? 이쪽에 계신 분은 오늘 밤의 모험에 동행하실 메리웨더 씨라네."

"왓슨 박사님, 다시 한 조를 이뤄서 추격전에 나서게 됐군요."

존스는 특유의 과시하는 듯한 태도로 말했다.

"우리들의 친구 홈즈 선생은 노련한 사냥꾼이지요. 선생께선 지금 늙은 사냥개의 도움을 받아 범인을 추적하려는 중입니다."

"쫓아가보니 겨우 기러기 한 마리더라 하는 일은 없었으면 좋겠소."

메리웨더 씨가 우울하게 말했다.

"그 점에 관해서라면 안심하셔도 좋습니다."

형사는 오만하게 말했다.

"여기 계신 홈즈 선생은 독자적인 방법을 가지고 있지요. 이런 말을 해도 될지 모르겠지만 홈즈 선생한테 과도하게 논리적이고 환상적인 구석이 있는 것도 사실입니다. 하지만 자질이 뛰어난 탐정임에는 틀림없어요. 아그라 보물이 동기가 된 숄토 피살 사건에서는 한두 번 경찰을 능가한 적도 있지요."

"아, 그렇소이까. 그럼 다행이오."

낯선 사내의 목소리에 경의의 빛이 어렸다.

"그래도 솔직히 카드놀이를 못 하는 게 아쉽소이다. 토요일 밤인데도 카드놀이를 못 하는 것은 27년 만에 처음 있는 일이오."

셜록 홈즈가 말했다.

"제 생각에는, 오늘 밤에 그 어떤 내기 도박보다 흥미진진한 판이 벌어질 것 같습니다. 메리웨더 씨에게 돌아갈 판돈은 3만 파운드고, 그리고 여기 존스 형사는 오매불망 소원하던 범인을 체포하게 될 겁니다."

"존 클레이는 살인, 절도에 화폐 위조까지 했습니다. 메리웨더 씨, 그자는 젊지만 범죄 세계의 거물이지요. 나는 그자를 체포하는 것이 가장 큰 소원입니다. 존 클레이는 특이한 이력의 소유자입니다. 할아버지는 왕족의 혈통을 이어받은 공작이고 클레이 자신은 명문 이튼 학교에 옥스퍼드 대학교를 졸업한 수재지요. 그자는 행동도 빠르지만 두뇌 회전도 그 못지않게 빠릅니다. 우리는 그자가 남겨놓은 흔적과 마주친 일이 한두 번이 아니지만 번번이 놓치고 말았습니다. 그자는 항상, 이번 주에는 스코틀랜드에 가서 금고를 털고, 다음 주에는 콘월로 행차해서 고아를 위한 기금을 모으는 식으로 행동합니다. 나는 몇 년간 그자의 뒤를 쫓았지만 아직 얼굴조차 보지 못했습니다."

"오늘 밤 존스 씨에게 그자를 소개하는 기쁨을 누릴 수 있으면 좋겠군요. 나도 존 클레이가 관련된 사건을 한두 번 접할 기회가 있었지요. 그자가 거물이라는 말에는 나도 동의합니다. 그런데 벌써 열 시가 지났군요. 출발 시간이 다 됐습니다. 두 분이 앞의 이륜마차에 타십시오. 왓슨과 나는 뒤에 있는 마차를 타고 따라가겠습니다."

홈즈는 마차를 타고 가는 동안 별로 말이 없었다. 그는 좌석에 몸을 기대고 연주회에서 들었던 곡조를 흥얼거렸다. 마차는 가스등이 켜진 미로 같은 거리를 끝없이 지나 패링턴가로 접어들었다.

"거의 다 왔나 보군."

내 친구는 말했다.

"저 메리웨더라는 사람은 은행장인데 개인적으로 이 사건에 관심을 갖고 있다네. 나는 존스도 데려오는 게 좋을 거라고 생각했어. 사실 존스는 사람은 나쁘지 않지만 일에는 바보 천치와 다름없지. 하지만 한 가지 장점이 있다네. 저 친구는 불도그처럼 용감하고 가재처럼 끈질기지. 한번 물면 절대로 놔주는 법이 없어. 자, 다 왔네. 두 사람이 우릴 기다리고 있군."

우리가 도착한 곳은 어제 오전에 왔던 그 붐비는 거리였다. 우리는 마차를 보낸 다음, 메리웨더 씨의 안내에 따라 좁은 골목을 내려가 어느 건물의 옆문으로 들어갔다. 작은 복도를 지나니 엄청나게 큰 철문이 나왔다. 메리웨더 씨가 문을 따주었다. 나선형의 돌계단을 내려가니 다시 큰 철문이 나왔다. 메리웨더 씨는 여기서 걸음을 멈추고 각등에 불을 켰다. 흙냄새가 물씬 풍기는 어두운 통로를 내려가자 세 번째 철문이 나왔다. 문을 열고 들어가자 넓은 지하실이 나왔는데 사방에 큼직한 나무 상자가 여기저기 쌓여 있었다.

"사람이 위로 침입하긴 어렵겠군요."

홈즈가 등을 들고 주위를 살피며 말했다.

"밑에서도 힘들 거요."

메리웨더 씨가 지팡이로 포석이 깔린 바닥을 쿵쿵 두드리며 말하

더니 깜짝 놀라서 외쳤다.

"아니, 이럴 수가. 텅텅 울리는군!"

"좀 조용히 계시라고 부탁드려야겠군요!"

홈즈가 매섭게 말했다.

"당신 때문에 오늘 밤의 수고가 허사로 돌아갈지도 모릅니다. 부디 저 상자에 걸터앉아서 우리가 하는 일을 지켜보기만 하십시오!"

근엄한 메리웨더 씨는 기분 상한 얼굴로 나무 상자 위에 앉았다. 홈즈는 바닥에 무릎을 꿇고 등과 확대경을 들고 포석 사이의 균열을 면밀히 조사했다. 그러더니 몇 초 만에 벌떡 일어나서 확대경을 도로 주머니에 집어넣었다.

"앞으로 최소한 한 시간은 기다려야 할 겁니다. 왜냐하면 놈들은 전당포 주인이 잠자리에 들기 전까지는 전혀 움직이지 않으려고 할 테니까요. 그다음에는 정신없이 서두르겠지요. 일을 빨리 끝낼수록 피신할 수 있는 시간이 길어지니까요. 왓슨, 자네도 짐작하고 있겠지만 우리는 지금 런던의 어느 대형 은행의 구시가 지점 지하 금고에 와 있다네. 메리웨더 씨는 은행장이시지. 런던의 내로라하는 범죄자들이 왜 이 지하실에 눈독을 들이고 있는지 그 이유는 은행장님께서 설명해 주실 걸세."

"그건 우리 은행이 보관하고 있는 프랑스 금괴 때문이오."

은행장이 속삭였다.

"이 금괴를 탈취하려는 시도가 있을 거라는 경고를 몇 차례 받았소이다."

"프랑스 금괴라고요?"

"그렇소. 몇 달 전에 우리는 우리 은행의 지불 준비 능력을 강화하려는 목적으로 프랑스 은행에서 3만 나폴레옹(금의 단위. 1나폴레옹은 옛 프랑스의 20프랑 금화를 말한다 —옮긴이)을 빌렸소. 그런데 포장을 뜯기도 전에 은행의 지하 금고에 금괴가 있다는 소문이 퍼져 나간 거요. 지금 내가 깔고 앉은 나무 상자 속에는 2000나폴레옹의 금이 얇은 납판 사이에 켜켜이 들어 있소. 지금 이곳에는 평소한 지점에서 보유하는 것보다 훨씬 많은 양의 금괴가 보관되어 있소이다. 그래서 우리 은행의 임원들은 지금 좌불안석이오."

"그럴 만한 이유가 있는 거지."

홈즈가 한마디 거들었다.

"자, 이제 계획을 세워야 할 때가 됐습니다. 나는 한 시간 안에 결판이 날 거라고 예상하고 있습니다. 그런데 메리웨더 씨, 그 침침한 등불에 덮개를 씌워야겠군요."

"그럼 어둠 속에 앉아 있으라는 거요?"

"그래야 할 것 같습니다. 사실 저는 카드를 한 벌 주머니에 넣어 왔지요. 넷이서 카드놀이를 하면 메리웨더 씨도 섭섭지 않으실 거라고 생각했던 겁니다만 지금 범인들의 준비 상태를 보니 불을 켜 놓고 있는 게 너무 위험할 것 같습니다. 자, 이제 각자의 위치를 선택할 때가 됐습니다. 놈들은 대담한 자들입니다. 우리가 불시에 덮치긴 하겠지만 조심하지 않으면 놈들이 어떤 해코지를 할지 모릅니다. 저는 이 나무 상자 뒤에 서 있겠습니다. 여러분도 각자 상자 뒤에 숨으십시오. 그리고 내가 놈들에게 불을 비추면 재빨리 달려들어야 합니다. 왓슨, 저쪽에서 총을 쏘면 인정사정없이 놈들을 쏘아 넘어뜨리게."

나는 권총을 내 앞의 나무 상자 위에 올려놓고 공이치기를 잡아당겼다. 홈즈가 등에 덮개를 씌우자 칠흑 같은 어둠이 밀려왔다. 그것은 내가 일찍이 경험해 보지 못한 절대적인 암흑이었다. 강렬한 금속 냄새가 아직 거기 등불이 있어서 때가 되면 금세 어둠을 밝히리라는 것을 알게 했다. 나는 조바심이 나서 신경이 날카롭게 곤두섰다. 지하실 안의 축축한 냉기와 갑작스러운 어둠에는 뭔가 무겁게 짓누르는 듯한 느낌이 있었다.

"놈들에게 출구는 하나뿐입니다."

홈즈가 속삭였다.

"은행 뒤에 닿아 있는 집을 통해 삭스 코버그 광장으로 나가는 것이지요. 존스, 아까 내가 요청한 대로 조치해 놓았겠지요?"

"전당포 문 앞에 경사 하나와 경찰관 두 명을 잠복시켜 놓았소."

"그럼 길목을 완전히 봉쇄한 셈이군요. 자, 이제부터는 조용히 기다려야 합니다."

시간이 얼마나 느리게 가던지! 나중에 시계를 보고 나는 우리가 기다린 시간이 한 시간 15분에 지나지 않았다는 사실을 알았다. 하지만 나는 밤이 가고 새벽이 온 줄 알았다. 감히 자세를 바꿀 엄두를 못 냈던 탓에 팔다리가 저리고 뻣뻣해졌다. 하지만 극도로 긴장한 탓에 청각 능력이 극히 예민해지자 뚱뚱한 존스 형사의 거칠고

깊은 숨소리와 은행장의 가늘게 한숨 쉬는 듯한 숨소리도 구분할
정도가 되었다. 내 위치에서는 나무 상자 너머로 바닥이 내려다보
였다. 그런데 갑자기 거기서 작은 불꽃이 일었다.

그것은 처음엔 돌바닥 위의 붉은 불씨에 지나지 않았다. 그런데
점점 길어지더니 한 줄기 노란 불빛이 되었고, 그러다 갑자기 아무
소리 없이 바닥이 갈라지는 듯하더니 손 하나가 쑥 나왔다. 여자 손
처럼 생긴 그 하얀 손은 불빛 한가운데서 이리저리 사방을 더듬었
다. 그러다가 다시 땅속으로 사라졌다. 손이 갑자기 사라지면서 다
시 어둠이 내려앉았고 희미한 빛줄기만 남았다. 그것은 포석 사이
에 틈이 생겼다는 걸 나타내는 표시였다.

하지만 어둠은 오래가지 않았다. 덜컹하는 소리와 함께 희고 넓
은 포석이 모로 뒤집히면서 네모난 구멍이 입을 벌렸고 그곳에서
불빛이 쏟아져 나왔다. 소년처럼 피부가 매끈한 얼굴 하나가 올라
와서 날카로운 눈으로 사방을 살피는 듯하더니 구멍에서 먼저 손을
빼고 그다음에는 어깨, 그러고는 허리를 빼냈다. 마지막으로 그는
가장자리에 한쪽 무릎을 짚고 재빨리 몸을 솟구쳤다. 그리고 자신
처럼 작고 호리호리한 짝패를 구멍 속에서 끌어 올렸다. 짝패는 창
백한 얼굴에 유난히 머리칼이 붉은 사나이였다.

"됐어."

처음 나온 남자가 속삭였다.

"끌하고 가방은 갖고 왔나? 맙소사! 빨리, 아치! 빨리 가져와! 정
말 미치겠군!"

바로 그 순간 셜록 홈즈가 뛰어나와 침입자의 목덜미를 움켜쥐었다. 두 번째로 올라온 녀석은 다시 구멍 속으로 뛰어들었는데 존스가 그의 옷자락을 잡아당기는 바람에 옷이 북 찢어졌다. 권총의 총신이 불빛에 번쩍 빛났으나 홈즈의 수렵용 채찍이 총을 든 손목을 내리쳤고 권총은 돌바닥에 힘없이 굴러떨어졌다.

"존 클레이, 그래봤자 소용없어. 이제 끝났다."

홈즈는 침착하게 말했다.

"그런 것 같군."

클레이는 한껏 냉정한 목소리로 대답했다.

"하지만 내 친구는 무사히 도망칠 거다. 너희가 옷자락을 잡아당기기는 했지만 말이야."

"전당포 문 앞에서 세 사람이 지키고 있다."

"정말이냐! 만반의 준비를 해놓았군. 칭찬해 주지 않을 수 없군."

"그건 나도 마찬가지다. 빨간 머리 연맹을 생각해 내다니 정말 기발하고 그럴듯했어."

"네 친구는 곧 만나게 될 거다."

존스가 말했다.

"어찌나 빨리 도망치던지 굴 속에서 붙잡는 데는 실패했지만 말이지. 조금만 기다려."

"그 더러운 손을 내 몸에 대지 말기 바란다."

우리의 포로는 손목에 수갑이 채워지는 동안 말했다.

"잘 모르고 있나 본데 내 몸엔 왕족의 피가 흐르고 있어. 그러니

나한테 말할 때는 항상 예의를 갖춰 경어를 쓰기 바란다."

"좋으실 대로."

존스는 클레이를 빤히 쳐다보고 킬킬거리며 말했다.

"그러면 전하, 이제 전하를 마차로 경찰서까지 모실 예정이오니 순순히 위층으로 올라가주시렵니까?"

"좀 낫군."

존 클레이는 침착하게 말했다. 그리고 우리 셋을 향해 가볍게 목례를 하고 형사에게 붙잡힌 채 조용히 걸음을 옮겨놓았다.

지하실을 나가는 동안 메리웨더 씨가 말했다.

"홈즈 선생, 우리 은행에서 선생에게 어떻게 사례해야 할지 모르겠군요. 정말 감사합니다. 기상천외한 방식으로 은행 금고를 털릴 뻔했는데 홈즈 선생께서 미리 범행 계획을 탐지해 내 놀라운 솜씨로 이렇게 지켜내주셨으니."

"저는 존 클레이에게 받아야 할 빚을 받은 겁니다."

홈즈는 말했다.

"이번 일에 약간의 비용이 조금 나갔으니 은행 측에서 그것을 보상해 주시기 바랍니다. 하지만 그 이상에 대해서는 여러 가지 기이한 경험을 한 것과 빨간 머리 연맹의 기상천외한 이야기를 들은 것으로 충분합니다."

우리는 이른 아침 베이커가에서 위스키 잔을 앞에 놓고 마주 앉았다. 홈즈가 설명했다.

"왓슨, 그건 말일세, 빨간 머리 연맹에 관한 이상한 광고나 백과사전 필사 작업의 목적이 별로 똑똑하지 못한 전당포 주인을 매일 몇 시간씩 집 밖으로 끌어내기 위한 것이라는 건 처음부터 분명해 보였거든. 일 처리 방식이 기상천외했지만 사실 그보다 더 나은 방법이 있었다고 하기는 어려워. 생각을 짜낸 것은 보나 마나 클레이였을 걸세. 동료의 머리 색깔을 보고 기발한 착상을 했겠지. 일주일에 4파운드면 전당포 주인을 끌어내기에는 충분한 미끼지. 수천 파운드를 노리고 범행을 준비하는 치들에게 그 정도가 대수였겠는가? 신문 광고를 낸 다음에 한 녀석은 임시 사무실을 얻고, 다른 한 녀석은 전당포 주인이 광고를 보고 응모하도록 부추겼지. 이렇게 해서 두 사람은 매일 몇 시간씩 주인을 집 밖으로 몰아낼 수 있었던 걸세. 점원이 급료의 절반을 받고 일하기로 했다는 말을 들었을 때부터 나는 그자가 집 안을 장악하려고 하는지도 모른다는 강한 의심을 품었네."

"하지만 그자의 동기를 어떻게 그렇게 짚어낼 수 있었지?"

"집에 여자가 있었다면 단순한 불륜으로 생각했을 걸세. 하지만 애당초 그런 것은 불가능했네. 또 전당포는 영세하고 집에 값나가는 물건이라곤 없었지. 그들이 그만한 비용을 써서 그렇게 공들여 준비하는 것은 집 밖에 있는 무언가를 노린 게 분명했어. 그게 무얼까? 나는 점원이 사진을 좋아해서 틈만 나면 지하실로 사라진다는 얘기를 흘려듣지 않았네. 지하실! 그러자 비로소 수수께끼가 풀리기 시작했지. 그래서 나는 그 이상한 점원에 대해 조사해 보고 그가 런던에서 가장 냉혹하고 대담한 범죄자 중 하나라는 사실을 알았다네. 그자는 지하실에서 뭔가를 하고 있었어. 그런데 몇 달 동안 쉬지 않고 하루 몇 시간씩 해야 하는 일이 무얼까? 나는 다시 생각해 보았네. 그게 무얼까? 떠오르는 건 오직 하나였어. 다른 건물을 향해 굴을 파고 있다는 것.

현장 답사를 나갔을 때 나는 그런 생각을 하고 있었네. 내가 길바닥을 지팡이로 두들겨봐서 깜짝 놀랐지? 그때 나는 굴이 집 앞으로 났는지 아니면 집 뒤로 났는지 확인해 보고 있었다네. 그리고 전당포의 초인종을 누르자 예상대로 점원이 나왔네. 우리 둘은 그 전에 몇 번 부딪치긴 했지만 직접 대면한 적은 한 번도 없었지. 나는 그자의 얼굴은 별로 쳐다보지 않았어. 내가 보고 싶었던 것은 무릎이었거든. 그자의 바지 무릎이 얼마나 너덜거리고 더러웠는지 자네가 직접 봤어야 했는데. 그 무릎이 바로 그자가 굴을 팠던 시간에 대해 말해 주고 있었네. 유일한 의문점은 어디를 향해 굴을 파느냐였지. 나는 그 뒤쪽 거리로 돌아갔다가 시티 앤 서버번 은행이 전당포와 등을 맞대고 있는 걸 보고 비로소 의문을 풀었지. 어제 연주회가 끝나고 자네가 집에 돌아간 뒤에 나는 런던 경찰국과 은행장을 찾아갔다네. 그 결과는 자네가 본 그대로고."

"그런데 그자들이 오늘 밤에 결행할 거라는 건 어떻게 알았나?"

"응, 그들이 빨간 머리 연맹 사무실을 폐쇄했다는 건 더 이상 자베즈 윌슨 씨를 집 밖으로 내보낼 필요가 없어졌다는 표시였네. 다른 말로 하면 굴 파기가 끝났다는 뜻이지. 하지만 굴이 발각될 수도 있고 금괴가 다른 곳으로 옮겨질 수도 있기 때문에 그들은 서둘러야 했어. 그런데 그들에게는 토요일이 가장 적당했을 거야. 피신할 시간을 이틀이나 벌게 되는 셈이니 말이야. 이 모든 걸 고려해서 그들이 오늘 밤에 나타날 거라고 생각했지."

"정말 아름답고 완벽한 논리로군."

나는 감탄을 숨기지 않았다.

"논리의 사슬은 길지만, 연결 고리 하나하나가 다 사실이야."

"덕분에 나는 권태를 느끼지 않을 수 있었지."

홈즈는 하품하며 대답했다.

"아아! 그런데 벌써 권태가 몰려오고 있는 것 같아. 내 삶은 진부한 일상에서 도피하기 위한 끝없는 몸부림이라네. 그래서 이런 작은 문제들이 나한테는 다 도움이 되지."

"자네는 사람들에게 큰 은인이기도 해."

홈즈는 어깨를 으쓱했다.

"글쎄, 아마 결국은 약간 도움이 되긴 하겠지. '사람은 아무것도 아니다. 업적이 전부다.' 구스타프 플로베르가 조르주 상드에게 쓴 편지의 한 구절일세."

신랑의 정체

셜록 홈즈는 베이커가 하숙집의 난로 앞에서 나와 마주 앉아 이렇게 말했다.

"여보게, 인생은 인간의 정신이 창조해 낼 수 있는 그 어떤 것보다 기기묘묘한 것일세. 인간의 상상력은 진부한 일상사에도 미치지 못하지. 만약 우리가 손에 손을 잡고 저 창문을 빠져나가 이 거대한 도시의 상공을 맴돌면서 지붕 밑에서 벌어지는 기이한 일들, 말하자면 이상한 우연의 일치, 수많은 계획, 엇갈리는 의도, 꼬리에 꼬리를 무는 놀라운 사건들, 대물림되는 인연, 그리고 기상천외한 결과들을 엿볼 수 있다면 관습적이고 결말이 뻔한 소설 나부랭이는 진부하고 무익한 것으로 여겨질 걸세."

"하지만 나는 그렇게 생각하지 않네."

나는 대답했다.

"신문에 보도되는 사건들은 대개 노골적이고 상스럽기 짝이 없네. 경찰 보고서는 사실주의의 극치를 달리고 있지만 그 결과는 솔직히 말해서 재미도 예술적인 아취도 없어."

"사실적인 효과를 내려면 일정한 선택과 분별이 있어야 하지. 하지만 경찰 보고서는 상세한 서술로 사건 전체의 생생한 본질을 알려주기보다는 공문서 특유의 상투적 문구에 더 치중하는 단점이 있네. 그래서 경찰 보고서를 보면 일상사만큼 부자연스러운 일은 없게 되지."

홈즈의 말에 나는 웃으며 고개를 저었다.

"자네의 그런 생각을 충분히 이해할 수 있네. 물론 자네는 세 개 대륙에 걸쳐 곤경에 빠진 사람들에게 비공식적인 조언과 도움을 제공하다 보니 이상하고 기괴한 사건들에 자주 접하게 되겠지. 하지만 이걸 보게."

나는 조간신문을 집어 들었다.

"어디 자네 말이 옳은지 한번 시험해 보자고. 여기에 '아내를 학대하는 남편'이라는 기사가 큼지막하게 실려 있네. 나는 이 기사를 읽어보지 않았지만 내용은 안 봐도 뻔하네. 이건 딴 여자하고 바람이 나서 상습적으로 술을 마시고 아내를 구타하는 남자 얘기가 분명해. 거기에 언니를 가엾게 여기는 여동생이나 집주인 아주머니가 등장하겠지. 아무리 형편없는 작가라도 이보다 형편없는 소설을 지어내지는 못할걸."

"안됐지만 예를 잘못 든 것 같군."

홈즈는 신문을 집어 들고 기사를 훑어보며 말했다.

"이건 던대스 별거 사건이라네. 사실 나는 이 사건과 관련된 몇 가지 사소한 문제를 밝혀준 적이 있지. 이 남자는 술 한 방울 입에 안 댈 뿐 아니라 바람을 피운 적도 없는 사람이야. 그런데 문제는 이 남자가 식사 때마다 틀니를 빼서 아내에게 집어던지는 습관이 있다는 거지. 어때, 웬만한 소설가의 상상력으로는 생각도 못 할 행동 아닌가? 자, 이 코담배 한 줌 집고 이번에는 나한테 졌다는 걸 인정하게."

홈즈는 뚜껑 한가운데 커다란 자수정이 박힌 금제 코담뱃갑을 내밀었다. 그것은 그의 검박한 생활과는 너무도 대조적으로 휘황찬란한 물건이어서 나는 그 물건에 대해 물어볼 수밖에 없었다.

"아, 이것 말인가? 몇 주 동안 자네를 보지 못했다는 걸 깜빡 잊었군. 이건 보헤미아의 왕이 아이린 애들러 사진 사건을 도와준 데 대한 보답으로 보내준 작은 기념품이라네."

"그럼 그 반지는?"

나는 홈즈의 손가락에서 유난히 번쩍거리는 것을 흘끗 바라보며 물었다.

"이건 네덜란드 왕실에서 보내준 거지. 내가 왕실의 미묘한 문제를 해결해 주지 않았나? 물론 문제의 성격상 나의 사건 기록을 책으로 펴내준 자네에게도 아직 고백하지 못했네만."

"그런데 지금 수사하고 있는 사건은 없나?"

나는 궁금증을 이기지 못하고 이렇게 물었다.

"열 건인가 열두 건인가 있네. 하지만 흥미로운 사건은 없어. 다 중요한 사건들이긴 하지만 재미는 없지. 그런데 나는 조사 과정에서 재미를 느끼게 하는 것들은 대개 중요하지 않은 사건들이라는 걸 알았네. 중요하지 않은 사건일수록 원인과 결과에 대한 기민한 분석과 관찰을 요하는 경우가 많으니까. 대형 범죄일수록 단순한 경향이 있지. 왜냐하면 큰 범죄일수록 동기가 뚜렷한 게 보통이거든. 요즘 담당하는 사건 중에는, 프랑스 마르세유에서 의뢰가 들어온 다소 복잡한 사건 하나를 빼면 별로 흥미로운 게 없다네. 하지만 이제 좀 더 괜찮은 일이 들어올지도 모르겠군. 길 건너편에 서 있는 아가씨가 날 찾아온 것 같으니까 말이야."

홈즈는 자리에서 일어나 창가로 다가서서 런던의 우중충한 회색 거리를 내려다보았다. 그의 어깨 너머로 내다보니 길 건너편에 체구가 큰 여성이 서 있는 게 보였다. 그녀는 푹신한 모피 목도리에, 하늘거리는 커다란 빨간 깃털을 꽂은 챙이 넓은 모자를 요염하게 눌러쓰고 있었다. 이렇게 공작부인처럼 화려한 차림으로 장갑의 단추를 만지작거리며 같은 자리를 맴돌던 여성은 가끔씩 홈즈의 집 창문을 흘끗거렸다. 그러다 강둑을 박차고 출발하는 수영 선수처럼 갑자기 서둘러 길을 건너왔다. 요란한 초인종 소리가 들렸다.

"나는 저런 증상에 대해서 좀 알고 있지."

홈즈는 난롯불 속에 담배를 던지며 말했다.

"길에서 오락가락하는 것은 항상 연애 사건을 의미한다네. 조언을 구하고는 싶지만 남한테 말하기엔 너무 내밀한 문제인 것 같아서 망설이는 거야. 하지만 여기서도 좀 더 세밀한 구분이 가능하지. 남자한테 크게 사기당한 여자는 망설이지 않아. 초인종 줄이 끊어져라 잡아당기지. 하지만 저 아가씨는 화가 났다거나 슬프다기보다는 오히려 당황한 것 같으니 오늘 일은 연애 사건으로 봐도 되겠군. 이런, 아가씨가 우리의 궁금증을 풀어주러 올라오셨군."

홈즈가 말하는데 노크 소리가 나더니 제복을 입은 소년이 들어와 메리 서덜랜드 양이 오셨다고 전했다. 검은 옷을 입은 작은 소년 뒤에 바로 그 숙녀가 서 있었다. 콩알만 한 나룻배 뒤에 상선 하나가 돛을 활짝 펴고 있는 듯했다. 셜록 홈즈는 정중하고도 따뜻하게 숙녀를 맞아들이고 방문을 닫았다. 그리고 숙녀에게 의자를 권한 다음 특유의 살피는 듯 방심한 듯한 태도로 여자를 바라보았다.

홈즈가 말문을 열었다.

"시력이 나쁜데도 타자를 그렇게 많이 치는 게 힘들지 않습니까?"

"처음에는 그랬어요."

숙녀는 대답했다.

"하지만 이제는 자판을 외워서 보지 않고도 칠 수 있으니까 괜찮아요."

그러다 문득 홈즈가 한 말의 의미를 깨닫고 깜짝 놀라 눈을 들었다. 크고 상냥한 얼굴에 경악과 공포의 빛이 스쳐 갔다.

"선생님, 제 소문을 들으셨군요."

그녀가 소리쳤다.

"그렇지 않다면 저에 대해서 어떻게 알 수 있겠어요?"

"염려 마십시오."

홈즈는 껄껄 웃으며 말했다.

"뭐든지 알아내는 것이 제 직업이니까요. 저는 훈련을 통해 다른 사람들이 놓치는 것을 보게 되었습니다. 그렇지 않다면 굳이 저에게 상담하러 오실 이유가 없겠지요?"

"제가 여길 찾아온 것은 에서리지 부인 댁의 얘기를 들었기 때문이에요. 선생님께선 남들이 다 죽었다고 단정하고 포기한 부인의 남편을 아주 쉽게 찾아주셨지요. 오, 홈즈 선생님, 저한테도 꼭 그렇게 해주세요. 저는 부자는 아니지만 제 앞으로 1년에 100파운드씩 들어오는 돈이 있고, 게다가 타자기로 버는 돈도 약간 된답니다. 호스머 엔젤 씨가 어떻게 됐는지 알려주신다면 그 돈을 전부 드리겠습니다."

"그런데 여기 올 때 그렇게 서둘러 집을 나온 이유가 뭐였습니까?"

셜록 홈즈는 두 손의 손가락 끝을 맞대고 천장을 지그시 바라보며 물었다.

메리 서덜랜드의 조금 멍한 듯한 얼굴에 다시 놀란 빛이 스쳐 갔다.

"예, 저는 화가 나서 현관문을 쾅 닫고 나왔어요. 윈디뱅크 씨, 말하자면 제게 아버지 되는 사람인데요, 그 사람의 태평한 태도를 보니까 분통이 터져서 견딜 수가 없었어요. 그 사람이 경찰에도 선생님한테도 가려고 하지 않고 괜찮을 거라는 얘기만 되풀이하잖겠어요. 그래서 화가 나서 외출복으로 갈아입고 바로 여기로 달려왔지요."

"아버지는 물론 계부시겠군요, 성이 다른 것을 보니."

"예, 의붓아버지예요. 제가 그 사람을 아버지라고 부르긴 하지만 생각하면 정말 우스운 일이지요. 그 사람 나이가 저보다 고작 다섯 살하고 두 달 더 많을 뿐이니까요."

"어머니는 살아 계십니까?"

"오, 그럼요. 엄마는 아주 건강하게 살아 계세요. 엄마가 아버지가 돌아가신 지 얼마 되지도 않아서, 더구나 당신보다 나이가 열다섯 살이나 연하인 남자랑 재혼하겠다고 했을 때, 별로 기분이 좋지는 않았답니다. 돌아가신 아버지는 토튼햄 코트로에서 배관업을 하셨고 조그만 사업체를 하나 남겨놓으셨지요. 엄마는 감독인 하디 씨와 함께 그걸 운영하셨어요. 하지만 윈디뱅크 씨는 그걸 팔아버리게 했지요. 그 사람은 수완 있는 포도주 외판원이었거든요. 엄마랑 새아버지는 아버지가 남겨놓은 사업체를 4700파운드에 팔아넘겼어요. 하지만 아버지가 살아 계셨다면 그렇게 헐값에 넘기는 일은 없었을 거예요."

서덜랜드 양이 그렇게 사소한 얘기를 두서없이 늘어놓는 걸 보고 나는 셜록 홈즈가 짜증을 낼 거라고 생각했지만 오히려 그는 한껏 집중해서 경청하는 모습이었다. 홈즈가 물었다.

"당신의 수입은 아버지의 유산에서 나온 것입니까?"

"오, 아니요. 아버지의 유산과는 아무 상관 없답니다. 그건 오클랜드에서 사셨던 네드 숙부가 저한테 남겨주신 유산이에요. 숙부님의 유산은 뉴질랜드 국채로 돼 있는데 연간 4.5퍼센트의 이자가 나오지요. 원금은 2500파운드지만 저는 이자만 쓸 수 있고 원금에는 손 댈 수 없답니다."

"듣고 보니 아주 재미있군요."

홈즈는 말했다.

"매년 나오는 100파운드라는 적지 않은 돈과 타자를 쳐서 가외로 벌어들이는 수입을 생각한다면, 서덜랜드 양은 여행도 하면서 풍족한 생활을 즐기실 수 있겠군요. 사실 숙녀분 혼자서라면 1년에 60파운드 정도만 있어도 아주 여유 있는 생활을 할 수 있지 않습니까?"

"홈즈 선생님, 저는 그보다 훨씬 적은 액수를 갖고도 살 수 있어요. 하지만 그 사람들이랑 같이 사는 동안에는 두 사람에게 짐이 되고 싶지 않아요. 그래서 제 돈은 그 사람들한테 다 줘버려요. 물론 이런 생활이 오래가지는 않을 거예요. 윈디뱅크 씨는 저한테 나오는 이자를 한 푼도 남기지 않고 다 찾아서 엄마에게 넘기지요. 저는 타자 쳐서 버는 돈만 가지고도 잘 살 수 있으니까요. 저는 지금 한 장에 2펜스씩 받는데 하루에 열다섯 장에서 스무 장까지는 칠 수 있답니다."

"숙녀분께서 어떤 처지에 있는지 이제 분명히 알겠군요. 이쪽은 제 친구 왓슨 박사입니다. 하지만 이 친구에 대해선 염려하지 않으셔도 좋습니다. 이제부터 호스머 엔젤 씨와의 관계에 대해 말씀해주시지요."

서덜랜드 양의 얼굴이 발그레하게 물들었다. 그녀는 불안한 듯 옷자락을 만지작거렸다.

"제가 그분을 처음 만난 것은 가스 설치업자 무도회에서였어요. 그쪽 사람들은 아버지가 살아 계실 때 무도회 표를 보내주곤 했는데 아버지가 돌아가신 다음에도 우릴 잊지 않고 엄마한테 표를 보내왔지요. 윈디뱅크 씨는 우리가 무도회에 가는 걸 못마땅하게 생각했어요. 그 사람은 우리가 외출하는 걸 아주 싫어해요. 제가 일요학교 소풍에라도 가려고 하면 막 화를 내곤 했답니다. 하지만 저는 이번에는 꼭 가겠다고 작정했지요. 도대체 자기가 무슨 권리가 있기에 절 막는 거지요? 그 사람은 아버지 친구분들이 모여 있는 자리에서 그분들은 우리하고 수준이 안 맞는다는 둥 나한테 입고 나갈 옷이 없다는 둥의 얘기를 했어요. 옷장 서랍에는 거의 새 옷이나 다름없는 진홍색 플러시 옷이 있었는데도 말예요. 하지만 끝내 제가 고집을 부리자 그 사람은 프랑스로 출장을 가버렸지요. 엄마하고 저는 우리 회사 감독이었던 하디 씨랑 같이 무도회에 갔고 거기서 호스머 엔젤 씨를 만났어요."

"그렇다면 윈디뱅크 씨는 프랑스에서 돌아와서 서덜랜드 양이 무도회에 갔다는 걸 알고 몹시 화를 냈겠군요."

"오, 아니에요. 별로 화를 내지는 않았어요. 그 얘기를 듣더니 껄껄 웃으며 어깨를 으쓱했던 것 같아요. 그리고 여자가 자기 길을 가려고 하는데 막아봤자 소용없다고 했지요."

"그렇군요. 그래서 그 가스 설치업자의 무도회에서 호스머 엔젤이라는 신사를 만났다는 거지요?"

"예, 선생님. 그날 밤 무도회에서 그분을 만났어요. 그분은 다음날 우리가 집에 무사히 도착했는지 궁금하다며 집에 찾아오셨지요. 그리고 우린 그다음에도 만났어요. 두 번 만나서 함께 산책했지요. 하지만 아버지가 출장에서 돌아온 다음에는 호스머 엔젤 씨는 더 이상 우리 집에 올 수가 없었어요."

"아니, 왜요?"

"아버지가 싫어했으니까요. 그 사람은 어쩔 수 없는 경우를 빼고는 집에 손님을 들이지 않아요. 그러면서 여자는 가정의 품에서 행복할 줄 알아야 한다고 입버릇처럼 말하지요. 하지만 제가 엄마한테도 몇 번 말했지만 여자라면 누구나 자기 가정을 가지고 싶어 하는 것 아닌가요? 그런데 저는 아직 가정을 꾸리지 못했어요."

"그런데 호스머 엔젤 씨는 어떻게 하던가요? 서덜랜드 양을 만나려고 노력하지는 않았습니까?"

"음, 아버지는 일주일 후에 다시 프랑스에 갈 예정이었고 호스머 씨는 편지를 써서 저한테 그 남자가 집에 있는 동안에는 만나지 말자고 했어요. 그동안에 우리는 편지를 쓸 수 있었고 그 사람은 매일 편지를 보내왔답니다. 저는 아침에 편지를 받았기 때문에 계부한테 들킬 염려는 없었어요."

"그 신사분과 결혼 약속은 하셨습니까?"

"오, 그럼요. 우린 첫 산책을 한 뒤에 결혼을 약속했어요. 호스머 씨는 리든홀가의 어느 사무실에서 회계원으로 일했는데……."

"어느 사무실이지요?"

"홈즈 선생님, 정말 안타까운 건 제가 그걸 모른다는 거예요."

"그럼 그분이 사는 곳은?"

"그분은 사무실에서 잤어요."

"그런데 사무실 주소를 모르신다고요?"

"몰라요. 리든홀가라는 것밖에는."

"그럼 편지는 어디로 보내셨지요?"

"리든홀가 우체국으로요. 그분은 제가 사무실로 편지하면 같이 일하는 사람들이 여자한테 편지가 왔다고 놀릴 거라고 했어요. 그래서 저는 그분이 저한테 그랬듯이 편지를 타자로 쳐서 보내겠다고 했지요. 하지만 그분은 제가 타자 친 편지를 보내면 우리 사이에 항상 기계가 끼어 있다는 느낌이 들 거라면서 반대했지요. 홈즈 선생

님, 그것만 봐도 그분이 저를 얼마나 좋아했는지 아시겠지요? 호스
머는 사소한 것까지 신경 쓰는 정말 섬세한 사람이에요."

"정말 의미심장한 대목이군요. 제 평소의 지론이 바로 가장 중요
한 것은 사소한 거라는 것입니다. 그 밖에 호스머 엔젤 씨에 대해
기억나는 건 없으십니까? 아주 사소한 거라도 말입니다."

"홈즈 선생님, 그분은 수줍음을 많이 타는 분이었어요. 저하고 산
책할 때도 낮보다는 저녁을 좋아했지요. 남들 눈에 띄는 게 싫다고
하시더군요. 아주 조용하고 신사다운 분이었어요. 목소리도 부드러
웠지요. 어렸을 때 편도선염을 크게 앓았는데 그다음부터 목이 약
해졌답니다. 그래서 항상 낮은 목소리로 말했지요. 말투는 약간 어
눌했고요. 옷도 항상 잘 입고 다녔답니다. 단정하고 깔끔했지요. 하

지만 저처럼 눈이 약해서 강한 빛에서 눈을 보호하기 위해 색안경을 끼고 다녔답니다.”

“그럼 계부이신 윈디뱅크 씨가 다시 프랑스에 간 뒤에는 어떻게 됐지요?”

“호스머 엔젤 씨는 다시 집에 와서 아버지가 오기 전에 결혼하자고 했어요. 그분은 굉장히 서둘렀지요. 저는 그분의 요청에 따라 성경에 두 손을 올려놓고 맹세했답니다. 앞으로 무슨 일이 생기든 항상 그분에게 충실하겠다고요. 엄마는 그건 당연한 일이라며, 그분이 저한테 그런 맹세를 요구하는 것만 봐도 저를 얼마나 사랑하는지 알 수 있다고 했어요. 엄마는 처음부터 그분한테 호의적이었지요. 사실 저보다 더 그분을 좋아했답니다. 엄마하고 그분은 일주일 안에 결혼하는 게 좋겠다고 했고 저는 계부는 어떻게 하느냐고 물었지요. 하지만 두 사람은 아버지에 대해서는 신경 쓸 필요 없고 나중에 그냥 알려주기만 하면 된다고 했어요. 엄마는 아버지에 대해서는 당신이 알아서 하겠다고 했지요. 하지만 홈즈 선생님, 전 그렇게 하고 싶지는 않았답니다. 계부가 저보다 몇 살이나 많다고, 제가 그 사람한테 허락받아야 한다는 것도 우습지만, 무슨 일이든 그렇게 비밀스럽게 하고 싶지는 않았어요. 그래서 저는 계부가 다니는 회사의 프랑스 지점으로 편지를 보냈지요. 보르도로요. 하지만 그 편지는 결혼식 날 아침에 저에게 반송되었습니다.”

“그럼 그분이 편지를 못 받으신 건가요?”

“예, 선생님. 계부는 편지가 도착하기 직전에 영국으로 출발했다고 해요."

"허! 저런! 서덜랜드 양의 결혼식은 금요일로 예정되어 있었겠군요. 결혼은 성당에서 하기로 하셨습니까?"

"예, 선생님. 아주 조용하게 식을 치르기로 했지요. 킹스 크로스 근처의 세인트세이비어 성당에서요. 그리고 결혼식이 끝난 뒤에 세인트판크라스 호텔에서 아침 식사를 들기로 했어요. 호스머는 이륜마차를 타고 우리 집에 왔지요. 하지만 그분은 엄마와 저를 그 이륜마차에 태우고 자기는 때마침 다가온 다른 사륜마차에 탔어요. 우리가 먼저 성당에 도착했고 그다음에 호스머 씨가 탄 사륜마차가 왔지요. 우리는 그분이 내리기를 기다렸지만 마차에서는 아무도 내리지 않았답니다. 마부가 내려와서 마차 안을 살폈어요. 그런데 그 안에 아무도 없는 거예요! 마부는 그분이 마차에 타는 걸 두 눈으로 똑똑히 봤다고, 대관절 어찌 된 노릇인지 모르겠다고 했습니다. 홈즈 선생님, 그게 지난주 금요일에 있었던 일이랍니다. 그리고 그것으로 끝이었어요. 그분에게 대관절 어떤 일이 생겼는지 아무 단서도 남아 있지 않습니다."

"제가 보기엔 서덜랜드 양이 교묘하게 사기당한 것 같군요."

"오, 아니에요, 선생님! 그렇게 착하고 친절하신 분이 제게 그런 행동을 했을 리가 없어요. 그런데 그분은 왜 그날 아침에 앞으로 어떤 일이 생기든 자신에게 충실해 달라고 요구한 걸까요? 그분은 그랬어요. 설령 어떤 예상치 못한 일이 생겨서 우리가 헤어지게 되더라도 우리는 약혼한 사이라는 걸 기억해 달라고, 자신은 조만간 약혼녀를 찾으러 오겠다고요. 대체 그런 말을 한 이유가 무얼까요? 결혼식 날 아침에 그런 얘기를 들으니 기분이 아주 이상했어요. 하지만 그 뒤에 일어난 일을 생각해 보니 그 말이 굉장히 의미심장하게 느껴졌답니다."

"그건 정말 그렇군요. 그러면 서덜랜드 양의 의견은 엔젤 씨에게 어떤 예기치 못한 재앙이 일어났다는 것입니까?"

"예. 저는 그분이 뭔가를 예감하고 있었다고 생각해요. 그렇지 않고서야 저에게 그런 말을 할 리가 없지요. 그분이 예감했던 일이 일어난 게 틀림없어요."

"하지만 그게 어떤 것인지에 대해서는 전혀 모르시지요?"

"예."

"한 가지만 더 묻겠습니다. 어머니께선 그 일을 어떻게 받아들이시던가요?"

"엄만 아주 화를 내셨어요. 그 일은 다시는 입 밖에도 내지 말라고 하셨지요."

"그러면 아버지는? 뭐라고 하시던가요?"

"계부는 무슨 일이 생겼다고, 호스머에게 다시 연락이 올 거라고 생각하는 것 같아요. 저를 성당 문 앞에 데려다 놓고 그냥 떠나버리는 것이 호스머에게 무슨 이득이 되겠느냐고 했어요. 그분이 저한테 돈을 빌려 갔다던가, 아니면 저하고 결혼한 뒤에 제 돈을 자기 몫으로 돌려놓았다면 뭔가 의심할 여지가 있지만 그분은 금전 문제에 대해서는 아주 담백한 분이어서 제 돈은 1실링도 넘겨다보지 않았거든요. 그렇다면 대관절 무슨 일이 생긴 걸까요? 그분은 왜 편지도 보내오지 않는 걸까요? 오, 저는 그 생각을 할 때마다 반쯤 돌아버릴 것 같아서 밤에는 한숨도 자지 못한답니다."

숙녀는 털 토시에서 작은 손수건을 꺼내 들고 몹시 흐느꼈다.

"제가 경위를 조사해 보도록 하겠습니다."

홈즈는 자리에서 일어서며 말했다.

"틀림없이 어떤 결과가 있을 겁니다. 이제 그 문제는 저한테 맡겨두시고 너무 그 생각에 골몰하지 마십시오. 가장 좋은 것은 호스머 엔젤 씨를 기억에서 지워버리는 것입니다. 그분이 서덜랜드 양의 삶에서 갑자기 사라진 것처럼 말입니다."

"그러면 제가 그분을 다시 만날 가능성이 없다는 건가요?"

"그럴 것 같습니다."

"그러면 그분한테 무슨 일이 생긴 거지요?"

"그 문제는 저한테 맡겨두십시오. 그분의 정확한 인상착의가 필요합니다. 또 그분이 쓴 편지도."

"저는 지난주 일요일《크로니클》에 사람을 찾는 광고를 냈습니다. 바로 이거예요. 이 네 통의 편지는 그분이 보내온 거고요."

"감사합니다. 그러면 숙녀분의 주소는?"

"캠버웰, 라이언 플레이스, 31번지예요."

"엔젤 씨의 주소는 모른다고 하셨지요? 그러면 아버지의 회사는 어디에 있습니까?"

"계부는 펜처치가에 있는 보르도산 적포도주 수입 회사 웨스트하우스 앤 마뱅크에서 일하고 있어요."

"감사합니다. 말씀 잘 들었습니다. 편지는 여기 두고 가십시오. 그리고 제 충고를 잊지 마십시오. 이번 일을 너무 마음에 담아두지 마시고 아무 일도 없었던 것처럼 새 출발을 하십시오."

"홈즈 선생님, 정말 친절하시군요. 하지만 저는 그럴 수가 없답니다. 저는 호스머의 충실한 약혼녀로 살 거예요. 그분이 돌아올 때까지 기다릴 겁니다."

거창한 모자에 멍한 얼굴의 그녀였지만, 그 단순한 믿음에는 어떤 고귀한 것이 있어서 절로 고개가 수그러졌다. 그녀는 작은 종이 뭉치를 탁자에 올려놓은 뒤 언제든 연락해 주면 다시 오겠다는 말을 남기고 떠났다.

셜록 홈즈는 여전히 양손의 끝을 모은 채 다리를 쭉 뻗고 있었다. 그는 몇 분간 말없이 천장을 응시했다. 그러다가 선반에서 반들거

리는 오래된 도자기 파이프를 꺼내 들고 불을 댕겼다. 그 파이프는 홈즈에게 사색의 동반자였다. 그리고 의자에 몸을 파묻은 채 담배 연기로 굵직한 푸른 구름 화관을 연달아 만들어냈다. 그의 얼굴에 끝없이 나른한 표정이 떠올랐다. 홈즈가 말했다.

"참 흥미로운 인물이군. 그 아가씨 말이야. 그 아가씨가 의뢰한 사소한 문제보다 아가씨 자신이 훨씬 흥미로워. 어쨌든 그런 일은 흔한 것이니까 말이야. 내 자료철을 뒤지면 비슷한 사건을 찾아낼 수 있을 걸세. 1877년 앤도버에서 그리고 작년에 네덜란드의 헤이 그에서 그런 비슷한 사건이 있었지. 한두 가지 다른 점은 있지만 발 상은 전혀 새로운 것이 아닐세. 하지만 가장 교훈적인 부분은 아가 씨 자신이야."

"자네는 그 아가씨에 대해 나한테는 보이지 않았던 것을 많이 읽어낸 모양이로군."

나는 한마디 했다.

"왓슨, 보이지 않았던 게 아니라 자네가 알아채지 못한 걸세. 자네는 어딜 봐야 할지 몰랐고, 그래서 중요한 것을 다 놓쳐버렸어. 내가 아무리 일러줘도 자네는 소맷단과 엄지손톱, 구두끈의 중요성을 전혀 깨닫지 못하는군. 그 여성의 겉모습에서 무엇을 알아냈나? 어디 설명해 보게."

"글쎄, 그 아가씨는 챙이 넓은 청회색 밀짚모자를 쓰고 모자에는 빨간 깃털을 꽂고 있었네. 그리고 검은 구슬을 수놓은 검은색 재킷을 입었는데 재킷 가장자리에는 검은 흑옥 장식이 붙어 있었어. 드레스는 커피색보다 짙은 갈색이었는데, 목덜미와 소매에 진홍색 플러시 천으로 단을 댔네. 장갑은 회색이었는데 오른쪽 검지가 떨어져 있었지. 구두는 못 봤어. 또 달랑거리는 동그란 금귀고리를 하고 있었네. 전체적으로 아주 유복한 분위기를 풍겼지만 좀 가볍고 태평스럽고 안이해 보였어."

셜록 홈즈는 손뼉을 치며 껄껄거렸다.

"이거 참, 왓슨, 자네 정말 일취월장했구면. 아주 잘했어. 물론 중요한 것을 몽땅 놓쳐버린 건 사실이야. 하지만 내 방법만은 제대로 터득했네. 그리고 무엇보다 자네는 색깔을 보는 눈이 날카롭군. 여보게, 전체적인 인상에 의지하지 말고 항상 세부에 집중하게. 여자들을 볼 때 나는 항상 소매를 먼저 본다네. 남자라면 맨 먼저 바지 무릎을 보는 게 낫겠지. 자네도 보았다시피 아까 그 여성의 소맷단은 보풀보풀한 플러시 천으로 되어 있었네. 그건 흔적이 굉장히 잘 남는 옷감이지. 손목에 난 두 줄의 주름은 타자를 칠 때 탁자에 눌려서 생긴 자국일세. 수동식 재봉틀을 돌려도 비슷한 자국이 남지만 왼쪽 팔에, 그리고 소맷단의 제일 넓은 부분이 아니라 새끼손가락 쪽에 자국이 생긴다는 점이 다르지. 그리고 나는 아가씨의 얼굴을 쳐다보고 코 양쪽이 움푹 들어가 있는 걸 봤지. 안경에 눌린 자국이었어. 그래서 나는 대담하게 눈이 나쁜데도 타자를 치느냐고 말한 걸세. 내 말을 듣고 아가씨는 깜짝 놀라는 것 같더군."

"나도 놀랐네그려."

"하지만 그건 틀림없는 사실이었네. 그리고 나는 발치를 내려다보고 아가씨가 구두를 짝짝이로 신었다는 걸 알고 놀라기도 하고 흥미롭기도 했네. 한 짝은 구두코에 조그마한 장식이 붙어 있었고 다른 한 짝은 장식 없이 밋밋했지. 그리고 한 짝은 단추 다섯 개 중에서 아래쪽 두 개만 채워져 있고 다른 한 짝은 첫째, 셋째, 다섯째 단추가 채워져 있었지. 자, 자네는 깔끔하게 차려입은 젊은 숙녀가 단추도 제대로 채우지 않은 짝짝이 구두를 신고 온 걸 보고 집에서 서둘러 나왔다고 말하는 게 그렇게 대단한 추리라고 생각하나?"

"그리고 다른 건?"

나는 항상 그랬듯이 내 친구의 날카로운 논리에 푹 빠져서 이렇게 물었다.

"또 나는 아가씨가 외출복으로 완전히 갈아입은 다음에 집에서 뭔가를 썼다는 걸 알았네. 자네는 아가씨의 오른쪽 장갑 검지가 찢어져 있는 건 보았지만 장갑과 손가락에 보랏빛 잉크가 묻어 있는 건 보지 못한 게 분명하이. 아가씨는 서둘러 글씨를 쓰다 보니 잉크병에 펜을 너무 깊이 담근 것일세. 오늘 아침에 그랬을 거야. 그렇지 않고서야 손가락에 잉크 자국이 그렇게 선명하게 남아 있을 리 없으니까 말이야. 이 모든 것은 초보적인 것이긴 하지만 아주 흥미롭지. 그건 그렇고 이제 일에 착수해야겠어. 자네 호스머 엔젤 씨를 찾는 그 광고 문안을 좀 읽어주지 않겠나?"

나는 작은 신문 조각을 불빛 가까이에 펼쳐 들었다.

14일 오전에 호스머 엔젤이라는 신사가 실종되었음. 키는 약 1미터 70센티미터. 건장한 체격에 창백한 안색, 가운데가 약간 벗어진 검은 머리, 숱이 많은 검은 구레나룻과 콧수염이 특징. 색안경을 끼고 말투가 약간 어눌함. 실종 당시에는 실크를 덧댄 검은색 프록코트와 검은색 조끼, 금시곗줄, 회색 모직 바지 그리고 고무를 덧댄 부츠 위로 갈색 각반을 착용하고 있었음. 리든홀가의 어느 사무실에서 일했다고 함. 위 사람의 행방을 아시는 분은…….

"이제 됐네."

홈즈가 말했다. 그는 아가씨가 놓고 간 편지들을 바라보며 말했다.

"이 편지들은 지극히 평범하네. 발자크를 한 번 인용한 걸 빼면 엔젤 씨에 대한 단서는 전혀 없어. 하지만 주목할 만한 점이 하나 있네. 자네도 보면 깜짝 놀랄걸."

"편지를 타자로 쳤구먼."

"서명도 타자로 쳤네. 맨 밑에 '호스머 엔젤'이라는 깔끔한 타자 글씨를 좀 보게. 날짜도 있지. 하지만 주소는 막연하게 그저 리든홀 가라고 썼어. 그런데 그 타자 서명은 대단히 많은 것을 암시하고 있지. 사실 그걸 결정적인 증거로 봐도 좋을 거야."

"무엇에 대한?"

"이런, 친구하고는. 그게 이 사건에서 얼마나 중요한 의미를 갖는지 모른단 말인가?"

"글쎄, 나중에 결혼 약속을 파기할 때를 대비해서 자신의 서명을 부인하려는 속셈으로 서명을 타자로 쳤나?"

"아니야, 그런 건 아니었어. 어쨌든 편지를 두 통 써서 보내야겠네. 그게 문제를 해결해 줄 걸세. 한 통은 구시가에 있는 어느 회사에, 다른 한 통은 아가씨의 계부 윈디뱅크 씨에게 보낼 작정이야. 윈디뱅크 씨에게 내일 저녁 여섯시까지 여기로 와달라고 할 생각이네. 남자 친척들을 좀 만나볼 필요도 있을 거야. 그 편지에 대한 답장이 올 때까지는 할 일이 아무것도 없네. 그러니 그때까지는 이 문제를 잠시 미뤄놓기로 하지."

나는 그동안의 경험을 통해 내 친구의 치밀한 추리력과 뛰어난 실행력을 철석같이 믿게 되었으므로, 그가 이 희한한 사건에 대해 자신감을 드러내는 데는 그만한 이유가 있을 거라고 생각했다. 그가 해결하지 못한 것은 보헤미아의 국왕과 관계된 아이린 애들러의 사진 사건뿐이었다. 하지만 '네 사람의 서명'의 기묘한 사건이나 '주홍색 연구'와 관계된 이상한 상황을 돌이켜볼 때 웬만해서 그가 해결하지 못할 일은 없을 거라고 생각했다.

그래서 내일 저녁때까지는 홈즈가 메리 서덜랜드 양의 사라진 신랑에 관한 모든 단서를 틀어쥐고 있을 거라고 확신하며 베이커가의 방을 나섰다. 홈즈는 혼자 남아서 검은색 도자기 파이프를 줄기차게 피워댔다.

그즈음 나는 상당히 위중한 환자를 치료하고 있었는데, 다음 날은 온종일 그 환자를 돌보느라 바빴다. 여섯시가 다 되어서야 환자에게서 풀려난 나는 재빨리 이륜마차를 잡아타고 베이커가로 향했다. 나는 너무 늦게 도착해서 이 작은 사건의 대단원에 참석하지 못하면 어쩌나 하고 마음을 졸였다. 하지만 가보니 홈즈 혼자 길고 여윈 몸을 꼬부린 채 안락의자에 파묻혀 반쯤 잠들어 있었다. 병이며 시험관들이 방 안에 어지럽게 놓여 있고, 자극적인 염산 냄새가 진동하는 것으로 보아 온종일 그토록 좋아하는 화학 실험에 몰두한 모양이었다.

"어때, 뭐 좀 나왔나?"

나는 방에 들어서자마자 물었다.

"응. 그건 산화 바륨의 중황산염이었어."

"아니, 그거 말고! 수수께끼의 사건 말이야!"

"아, 그거! 나는 또 오늘 실험한 염류(鹽類) 얘긴 줄 알았지. 이 사건에는 수수께끼고 자시고 할 게 없네. 물론 내가 어제 말한 것처럼

흥미로운 내용이 몇 가지 있긴 하지만 말이야. 문제는 법적으로 그 악당을 처벌할 길이 없다는 걸세."

"그게 누군데? 도대체 놈이 서덜랜드 양을 버린 이유는 뭔가?"

내 질문이 끝나기도 전에, 그리고 홈즈가 뭐라고 대답하기 전에 복도에서 무거운 발소리가 울리더니 노크 소리가 났다.

"제임스 윈디뱅크 씨로군. 그 아가씨의 계부일세. 오늘 여섯시까지 여기 오겠다는 답장을 보내왔지. 들어오세요!"

방에 들어온 사람은 중키에 체격이 좋은 서른 살가량의 남자였다. 깨끗이 면도한 얼굴은 창백해 보였고 태도는 어쩐지 상대의 비위를 맞추는 듯 부드러웠지만 회색 눈은 찌르는 듯이 날카로웠다. 그는 우리 두 사람을 의아한 듯 쳐다보고 중산모를 벗어서 탁자에 올려놓았다. 그리고 가볍게 목례하고 가까운 의자에 옆 걸음질로 가만히 다가가 앉았다. 홈즈가 말했다.

"제임스 윈디뱅크 씨, 안녕하십니까. 당신이 이 편지를 타자로 쳐서 보낸 분이지요? 여섯시까지 여기 오겠다는 내용으로 말입니다."

"그렇습니다. 약간 늦은 것 같군요. 하지만 아시다시피 나는 남한테 매인 몸이라서. 서덜랜드 양이 사소한 문제로 선생을 귀찮게 해드린 점에 대해서는 미안하게 생각합니다. 그런 문제를 드러내놓고 떠들고 다니는 게 과히 바람직한 행동은 아니지요. 사실 나는 서덜랜드 양이 여기 찾아오는 걸 반대했더랬습니다. 하지만 선생도 만나보셨겠지만 서덜랜드 양은 아주 다혈질인 데다가 충동적인 성격을 가졌지요. 또 일단 뭘 하겠다고 마음먹으면 그 고집을 꺾을 도리가 없습니다. 물론 저는 선생에 대해서는 크게 마음 쓰지 않습니다. 경찰과는 상관없는 분이니까요. 그래도 집안일을 그렇게 떠들고 다닌다는 게 과히 기분 좋은 일은 아니지요. 게다가 그 호스머 엔젤이라는 자를 찾는 일에 돈을 들인다는 건 쓸데없는 짓 아닙니까? 대체 그자를 무슨 수로 찾겠습니까?"

"그렇지 않습니다."

홈즈는 조용히 말했다.

"내게는 호스머 엔젤 씨를 찾아낼 수 있다고 믿을 만한 근거가 있습니다."

윈디뱅크 씨는 깜짝 놀라 장갑을 떨어뜨렸다.

"그 말씀을 들으니 기쁘군요."

"흥미로운 점이 하나 있습니다. 타자기는 사실 사람들의 필체만큼 개성적이지요. 아주 새 타자기가 아니라면 절대로 다른 타자기와 똑같은 글씨가 나오는 법이 없습니다. 유난히 마모된 활자가 생겨나고 또 한쪽만 닳은 활자도 생기지요. 그런데 윈디뱅크 씨가 보낸 편지에 대해서 말한다면, 모든 'e'가 약간 불분명하게 찍혀 있고 'r'은 한 귀퉁이가 약간 떨어져 나가 있습니다. 제일 눈에 띄는 건 이 두 가지이지만 그 밖에도 열네 가지 특징이 있지요."

"우리는 모든 서신을 사무실의 이 타자기로 처리합니다. 그러니 활자가 약간 닳긴 했을 겁니다."

손님은 반짝이는 작은 눈으로 홈즈를 날카롭게 쳐다보며 말했다.

"그러면 윈디뱅크 씨, 이제부터 아주 흥미로운 사실에 관해 설명하도록 하지요."

홈즈는 말을 계속했다.

"나는 요즘 타자기에 대한 논문을 써볼까 하고 있습니다. 타자기와 범죄와의 관련에 초점을 맞추어서 말이지요. 그러한 주제에 대해 전부터 관심을 가져왔거든요. 여기 행방불명된 남자가 보낸 네 통의 편지가 있습니다. 전부 타자기로 작성한 것이지요. 그런데 편지마다 'e'가 불분명하게 찍혀 있을 뿐 아니라 'r'의 한 귀퉁이가 떨어져 나가 있습니다. 확대경으로 들여다보면 내가 좀 전에 언급한 열네 가지의 동일한 특징을 똑같이 찾아볼 수 있습니다."

윈디뱅크 씨는 깜짝 놀라 일어서며 모자를 집어 들었다.

"홈즈 선생, 나는 그런 황당무계한 얘기에 시간을 낭비하고 싶지 않소. 당신이 그 사람을 잡을 수 있다면 잡으시오. 그다음에 나한테 알려주시오."

"그러지요."

홈즈는 말하며 뚜벅뚜벅 방문 앞으로 다가가 열쇠로 문을 잠갔다.

"이제 알려드리지요. 그자를 잡았습니다!"

"뭐라고? 어디?"

윈디뱅크 씨는 입술까지 창백하게 질린 채 덫에 걸린 쥐처럼 주위를 두리번거렸다.

"어허, 안 됩니다. 안 돼요."

홈즈는 유쾌하게 말했다.

"윈디뱅크 씨, 발뺌해도 소용없습니다. 모든 일이 뻔히 들여다보이는데. 내가 그렇게 간단한 문제를 풀 수 없을 거라고 하다니 그야말로 천부당만부당한 일이지요. 자! 거기 앉으시오. 우리 얘기나 더해봅시다."

손님은 유령 같은 얼굴로 도로 주저앉았다. 이마에는 구슬 같은 땀방울이 송송 맺혀 있었다.

"하지만, 하지만 날 기소할 순 없을걸."

그는 더듬거렸다.

"나도 그 점에 대해 염려하고 있다. 하지만 윈디뱅크, 나도 이렇게 잔인하고 이기적이고 몰인정한 수법은 처음이군. 자, 내가 사건 경위에 대해 말해 보지. 내가 틀린 얘기를 하면 서슴지 않고 말해도 좋다."

사내는 완전히 망가진 사람처럼 고개를 숙인 채 잔뜩 웅크리고

앉아 있었다. 홈즈는 한 발을 벽난로 선반 모퉁이에 붙이고 두 손을 호주머니에 찌른 채 혼잣말을 하듯이 얘기를 시작했다.

"자기보다 훨씬 나이가 많은 여자랑 결혼한 남자가 있다. 여자의 재산을 보고 말이지. 그는 같이 사는 미혼의 딸 앞으로 나오는 돈까지 번번이 가로챈다. 그 같은 자에게 그만한 돈은 결코 적은 액수가 아니었으므로 그 돈을 잃는다는 것은 상상조차 하기 싫은 일이다. 그것은 노력해서 지킬 만한 가치가 있는 돈이지. 양딸은 착하고 싹싹했다. 그토록 정이 많고 사랑스러운 성격에다 얼마간의 수입까지 있는 처녀에게 머지않아 결혼할 남자가 생기리라는 것은 불 보듯 뻔한 일. 물론 그녀의 결혼은 매년 100파운드씩 들어오던 돈이 더 이상 들어오지 않는다는 것을 의미하지. 이런 일을 막기 위해서 그는 어떻게 했을까? 양딸을 집에 묶어두고 같은 또래 청년들과 교제하는 걸 엄격히 금지하는 뻔한 수법을 쓴다. 하지만 곧 그러한 방법이 영원한 답이 되지는 못하리라는 것을 깨닫는다. 양딸은 자신의 권리를 주장하며 점점 반항적으로 되고, 마침내는 어느 무도회에 가겠다는 명확한 의사 표시를 하기에 이른다. 그때 영리한 계부는 어떻게 했을까? 교활한 계책을 꾸며낸다. 아내의 묵인과 방조하에 그는 변장을 하지. 날카로운 눈빛은 색안경으로 가리고 얼굴은 콧수염과 더부룩한 구레나룻으로 위장한다. 그리고 또랑또랑한 목소리는 낮고 끈적한 목소리로 변조한다. 마침 양딸은 눈이 나쁘지. 계부는 호스머 엔젤이 되어 자신이 직접 양딸에게 구애함으로써 다른 경쟁자들을 쫓아버린다.'

"처음에는 그냥 장난이었소."

손님은 신음하듯 말했다.

"우린 그 애가 그렇게 푹 빠질 줄 몰랐소."

"그랬겠지. 하지만 경위야 어찌 됐든 아가씨는 호스머에게 마음을 주었어. 그때 계부는 프랑스에 있었기 때문에 아가씨는 털끝만큼도 의심하지 못하지. 아가씨는 신사의 시선을 한 몸에 받자 날아갈 듯 기뻤고, 어머니는 옆에서 큰 소리로 남자를 칭찬해서 딸의 호감을 부채질한다. 그리고 엔젤이란 신사는 아가씨의 집을 찾아가기 시작하지. 실제로 효과를 내려면 일을 끝까지 밀어붙여야 했으니까. 이렇게 아가씨를 만나던 엔젤은 결혼 약속을 통해 아가씨의 감정을 영원히 자신에게 붙들어 매어놓으려고 하지만 사기 행각을 영원히 지속할 수는 없었다. 프랑스로 출장 가는 척하는 것도 귀찮게 느껴졌다. 남은 일은 극적인 마무리를 통해 아가씨의 가슴에 영원히 지워지지 않는 인상을 남기는 것이었다. 그러면 아가씨는 앞으로 한참 동안 다른 남자들을 거들떠보지도 않을 테니까. 엔젤이 아가씨에게 성경을 앞에 놓고 결혼 서약을 하도록 강요한 것이라든가, 결혼식 날 아침에 모종의 사건이 생길 것 같은 암시를 준 것은 다 이 때문이었어. 제임스 윈디뱅크는 서덜랜드 양이 호스머 엔젤과 약혼한 상태로 신랑의 운명에 대해 걱정하면서 살기를 바랐다. 그러면 앞으로 10년 동안은 다른 남자의 말에 귀 기울일 염려가 없으니까. 하지만 윈디뱅크가 할 수 있는 일은 아가씨를 성당 문 앞에 데려다 놓는 것까지였다. 그래서 그는 사륜마차의 한쪽 문으로 탔다가 반대쪽 문으로 내리는 낡은 수법을 써서 아가씨의 눈앞에서 간단하게 사라져버렸지. 윈디뱅크! 나는 사건 경위에 대해 이렇게 생각한다!"

홈즈가 말하는 동안 다시 여유를 되찾은 손님은 창백한 얼굴로 차갑게 비웃으며 자리에서 일어섰다.

"홈즈 선생, 당신 말이 맞을 수도 있고 틀릴 수도 있소. 하지만 당신이 그렇게 명석한 사람이라면 지금 법을 어기고 있는 쪽은 내가 아니라 당신이라는 사실을 알아야 할 텐데. 나는 처음부터 기소당할 짓은 아무것도 하지 않았어. 하지만 당신이 저 문을 잠가놓고 있는 이상 당신은 폭력 및 불법 감금죄를 저지르는 거라고."

"네 말대로 법은 너를 건드리지 못하지."

홈즈는 방문을 활짝 열어젖히며 말했다.

"하지만 너는 벌을 받아 마땅하다. 아가씨에게 남자 형제나 친구가 있다면 당연히 너의 등짝을 채찍으로 갈겨줄 것이다. 젠장!"

홈즈는 사내의 얼굴에 떠오른 노골적인 비웃음을 보고 얼굴을 붉히며 소리쳤다.

"이렇게까지 하는 게 의뢰인에 대한 의무는 아니다. 하지만 여기 말채찍이 걸려 있으니 내가 직접……."

홈즈는 채찍을 향해 한두 걸음 바삐 다가갔다. 하지만 그것을 손에 쥐기도 전에 우당탕탕탕 계단을 내려가는 소리가 들리더니 1층 현관문이 쾅 닫혔다. 창문 너머로 내다보니 제임스 윈디뱅크가 걸음아 날 살려라 하고 힘껏 도망치는 모습이 보였다.

"냉혈한 같으니라고!"

홈즈는 비웃으며 도로 의자에 주저앉았다.

"저자는 계속해서 온갖 죄를 짓다가 끝내는 아주 흉악한 짓을 저지르고 교수대에서 최후를 마칠 걸세. 이 사건에는 그래도 흥미로운 요소가 있었네."

"나는 아직도 자네가 어떻게 사실을 추리해 냈는지 그 중간 단계를 잘 모르겠네."

내가 말했다.

"뭐, 처음부터 나는 그 호스머 엔젤이라는 자가 그렇게 야릇한 행동을 한 데에는 어떤 뚜렷한 목적이 있을 거라고 생각했네. 그리고 그런 일련의 사태에서 이익을 취하는 사람이 누구인지도 분명했지. 그건 바로 계부였어. 그런데 두 남자는 한 번도 같이 있던 적이 없

었거든. 항상 한 사람이 없어야 다른 사람이 나타나는 식이었네. 그리고 색안경하고 그 이상한 목소리도 의심스러웠지. 그건 둘 다 변장을 암시하거든. 더부룩한 구레나룻도 역시 마찬가지였고. 나의 의혹을 확인해 준 것은 서명을 타자로 친 특이한 행동이었네. 물론 그것은 편지를 보낸 사람의 필체를 아가씨가 아주 잘 알고 있을 거라는 걸 암시했지. 몇 글자만 보고도 그게 누구 글씨인지 알아챌 수 있을 정도로 말일세. 자네는 이 모든 사실 하나하나가 다른 사소한 것들과 함께 동일한 방향을 가리키고 있다는 걸 알 걸세."

"그런데 자넨 그 사실을 어떻게 증명했지?"

"일단 용의자를 점찍은 뒤에 확증을 얻어내는 것은 쉬운 일이었네. 나는 윈디뱅크가 어느 회사에서 일하는지도 알고 있었지. 호스머의 인상착의를 손에 넣은 뒤에 거기서 구레나룻, 안경, 목소리 등 변장의 결과일 수 있는 걸 전부 지운 다음에 남은 인상착의를 그 회사로 보냈다네. 그 회사의 외판원 중에서 용모파기가 비슷한 사람이 있으면 알려달라는 요청과 함께 말일세. 그리고 이미 타자기의 특성을 알고 있었기 때문에 윈디뱅크의 사무실에 여기 와달라고 요청하는 편지를 보냈어. 내가 예측했던 대로 타자기로 친 답장은 아주 사소한 부분까지 호스머 엔젤의 편지와 똑같은 특징을 드러내고 있더구먼. 윈디뱅크의 답장과 펜처치가의 웨스트하우스 앤 마뱅크 사에서 보내온 편지가 같이 도착했네. 내가 보내준 인상착의가 자기 회사 직원 제임스 윈디뱅크와 일치한다는 거야. 만세!"

"그럼 서덜랜드 양은?"

"내가 말해도 아가씨는 내 말을 믿지 않을 거야. 페르시아의 격언 중에 이런 게 있는데 자네도 알고 있을지 모르겠군. '호랑이 새끼를 거두는 사람은 위험하다. 여자에게서 환상을 빼앗는 사람도 위험하다.' 호라티우스만큼이나 하피즈(Hafiz, 페르시아의 신비주의 시인 —옮긴이)도 감각 있고 세상을 보는 지혜가 있었다네."

보스콤 계곡 사건

어느 날 아침, 아내와 같이 앉아서 아침을 먹고 있는데 하녀가 전보를 한 통 가져다주었다. 그것은 셜록 홈즈에게서 온 것이었다.

한 이틀 정도 시간 낼 수 있나? 방금 잉글랜드 서부에서 보스콤 계곡의 비극적인 사건에 관한 전보를 받았네. 함께 갈 수 있다면 기쁘겠네. 공기도 풍경도 더할 나위 없는 곳일세. 열한시 15분 기차로 패딩턴 역에서 출발할 예정.

"어떻게 할 거예요, 여보?"
아내가 나를 건너다보며 말했다.
"갈 건가요?"
"어째야 좋을지 모르겠소. 오늘 예약 환자들이 꽤 많은데."

"오, 앤스트루서가 대신 진료해 줄 거예요. 당신 요즘 약간 창백해 보여요. 생활에 변화를 가져보는 것도 좋을 거예요. 더구나 당신은 항상 셜록 홈즈 씨의 사건에 관심이 많았잖아요."

"그렇지 않다고 말한다면 배은망덕한 짓이 될 거요. 내가 그의 사건들을 통해 얻은 것을 생각하면 말이오. 하지만 갈 거라면 지금 당장 짐을 싸야 하거든. 시간이 30분밖에 안 남았소."

아프가니스탄에서 병영 체험을 통해 나는 적어도 짐 꾸리는 데는 선수가 됐다. 간단한 소지품 외에는 별로 필요한 것이 없었으므로 잠시 후엔 가방을 들고 패딩턴 역으로 달려가는 마차에 몸을 실었다. 셜록 홈즈는 승강장에서 서성이고 있었는데, 회색의 긴 여행용 망토에 머리에 꼭 맞는 베레모를 쓴 까닭에 그렇지 않아도 길고 마른 몸이 훨씬 더 길고 말라 보였다. 홈즈가 말했다.

"왓슨, 이렇게 와줘서 정말 고맙네. 믿음직한 사람과 동행하는 것은 상당히 도움이 되지. 지방 사람들은 대개 무능하지 않으면 편견에 사로잡혀 있거든. 내가 가서 표를 끊어 올 테니까 자네는 구석 자리 두 개를 맡아주게."

열차 칸에는 홈즈가 가져온 두툼한 신문지 뭉치 말고는 우리들밖에 없었다. 홈즈는 신문을 뒤적거리다가 가끔 메모를 하고 깊은 사색에 잠겼다. 기차가 레딩을 지나자 그는 엄청난 양의 신문지를 뭉뚱그려서 선반 위에 던져놓았다.

"자네, 이 사건에 관해서 뭐 아는 것 없나?"

홈즈가 물었다.

"들어본 적도 없네. 요즘 신문을 통 못 봤거든."

"런던 신문의 기사는 수박 겉핥기야. 나는 방금 사건 경위를 숙지하기 위해서 최근에 나온 신문들을 전부 읽어보았네. 내 느낌에는 극단적으로 어려운 단순한 사건에 속하는 것 같아."

"좀 역설적인 얘기로 들리는군."

"하지만 그건 한 치도 틀림없는 사실이지. 기이하다는 것 자체가 하나의 단서가 되는 일이 많거든. 아무 특징 없는 평범한 범죄일수록 해결하기가 어렵다네. 그런데 그쪽에서는 지금 피살자의 아들을 강력한 용의자로 지목하고 있어."

"그러면 살인 사건인가?"

"응, 그렇게 추정되고 있지. 나는 직접 현장을 보기 전까지는 아무것도 당연시하지 않을 거야. 하지만 내가 이해한 범위 내에서 간단하게 사건에 대해 설명해 주겠네.

보스콤 계곡은 헤리퍼드셔의 로스에서 과히 멀지 않은 시골이네. 거기서 제일 큰 지주는 오스트레일리아에서 돈을 벌어 오래전에 귀향한 존 터너 씨지. 터너 씨 소유의 농장 중에서 해서리 농장은 역시 오스트레일리아에서 살다 온 찰스 매카시 씨에게 임대되었어. 두 사람은 식민지(오스트레일리아는 1788년 영국의 죄수 유형 식민지로 출발했다. 현재는 독립국 — 옮긴이)에서부터 서로 잘 아는 사이였기 때문에, 그곳에 정착한 다음에도 가깝게 지내는 게 이상한 일은 아니었지. 부유한 쪽은 터너였기 때문에 매카시는 그의 소작인이 되었네. 하지만 두 사람의 관계는 전과 다름없이 평등한 친구 사이인 것 같아. 매카시에게는 열여덟 살짜리 외아들이 있고 터너에게도 같은 나이의 외동딸이 있지만 두 사람 다 홀아비였네. 터너 부녀는 이웃 사람들과 교제하기를 꺼려 조용한 생활을 꾸려갔지만, 매카시 부자는 운동을 좋아해서 동네의 경마 대회에도 자주 나가고 했던 것 같아. 매카시네 집에는 남녀 하인이 둘 있네. 터너는 최소한 여섯 이상의 하인을 거느리고 있지. 가족 사항에 관해서 내가 알 수 있는 건 이 정도라네. 이제 사건 경위를 살펴보지.

6월 3일, 지난주 월요일이었네. 매카시는 오후 세시경에 해서리의 집을 나와서 보스콤 저수지까지 걸어갔네. 이 저수지는 보스콤 계곡으로 흘러내린 물줄기가 모여서 만든 작은 호수지. 매카시는 아침나절에 하인을 데리고 로스에 갔다가 중요한 약속이 세시에 있다며 빨리 가봐야 한다고 말했다는군. 그런데 약속 장소에 나갔다가 영영 돌아오지 못한 거지.

해서리 농장 집에서 보스콤 저수지까지는 400미터가량 되는데 매카시가 지나가는 걸 목격한 사람이 둘 있네. 한 사람은 이름이 밝혀지지 않은 할머니이고, 다른 한 사람은 터너 씨에게 고용된 사냥터지기 윌리엄 크로더라네. 두 사람 다 매카시가 혼자서 걸어갔다고 증언했어. 그런데 사냥터지기는 매카시가 지나간 지 몇 분 뒤에 그 아들이 총을 옆구리에 끼고 같은 방향으로 가는 걸 보았다고 덧붙였네. 자기가 보기엔 그때 매카시가 앞에서 걸어가는 모습을 본 듯했고, 그래서 아들이 아버지 뒤를 따라가고 있나 보다 여겼다고 했지. 그러고 나서 그 일을 까맣게 잊고 있다가 그날 저녁때 사건 소식을 듣자 생각이 났다는 거야.

사냥터지기 윌리엄 크로더 다음에 매카시 부자를 목격한 사람이 있네. 보스콤 저수지는 가장자리만 풀과 갈대로 뒤덮여 있을 뿐 사방이 빽빽한 숲으로 둘러싸여 있다네. 보스콤 계곡 영지의 별장지기 딸인 열네 살짜리 페이션스 모런은 그 숲에서 꽃을 꺾고 있었지. 소녀는 그때 저수지 부근에서 매카시와 그 아들이 심하게 말다툼을 하는 걸 보았네. 아버지는 아들에게 아주 심한 말을 퍼부었고, 아들은 아버지를 한 대 칠 것 같은 기세로 손을 들어 올렸다고 했어. 소녀는 그걸 보고 무서워서 집으로 달려왔지. 그리고 자기 엄마한테 매카시 부자가 호숫가에서 말다툼을 벌이고 있는데 큰 싸움이라도 날 것 같다고 말했다네. 그런데 그 말이 채 끝나기도 전에 제임스 매카시가 오두막으로 달려와서 아버지가 숲 속에서 돌아가셨다고, 누가 와서 좀 도와달라고 했지. 청년은 제정신이 아닌 것처럼 보였고, 총도 모자도 없이 오른쪽 손과 소매에는 선혈이 묻어 있었네. 그들이 청년을 따라가보니 저수지 옆의 수풀에 시신이 누워 있었지. 머리를 둔기로 여러 차례 얻어맞은 것 같았는데, 상처를 보니 몇 발자국 떨어진 곳에 놓여 있는 아들의 총 개머리판으로 맞아서 생긴 것처럼 보였어. 이런 상황에서 청년은 곧장 체포되었고, 화요일 사실 심문에서 '고의적 살인'의 평결을 받았네. 그리고 수요일에 로스의 치안 판사 법원에 회부되었는데, 판사는 그 사건을 다음번 순회 법정으로 넘겼지. 이것이 검시관과 즉결 재판소 앞에 제출된 주요 사실들이야."

"허 참, 이런 패륜이 있나. 정황 증거가 가리키는 대로 아들이 정말 범인이라면 말이지."

"정황 증거란 대단히 묘한 거라네."

홈즈는 생각에 잠겨 대답했다.

"그것은 어느 한 사람을 분명하게 지목하고 있는 것 같다가도 관점을 조금만 바꾸면 똑같이 단호하게 전혀 다른 사람을 가리킬 수도 있거든. 하지만 솔직히 말해서 이 사건은 그 아들에게 아주 불리하게 돌아가고 있는 것 같아. 물론 청년이 정말 범인일 가능성도 있지. 그런데 그 지역에는 청년의 무죄를 확신하는 사람들이 있다네. 그중 한 사람이 그 지역 대지주의 외동딸 터너 양이지. 그래서 터너

양은 레스트레이드를 초빙했다네. 왜 자네가 펴낸 『주홍색 연구』에
도 나오는 그 형사 있지 않은가. 레스트레이드는 사건을 자기 생각
대로 해결하려고 했지만 약간 문제가 있어서 나한테 연락을 해 왔
네. 그래서 중년의 두 신사가 아침 식사를 한 뒤에 집에서 조용히
음식을 소화시키고 있는 대신 서부를 향해 시속 80킬로미터의 속도
로 달려가게 된 거지.”

　나는 입을 열었다.

　“그런데 사실이 너무 명확하다 보니 이 사건에서는 자네가 별로
이름을 날리지 못할 것 같네그려.”

"명확한 사실보다 더 기만적인 건 없네."

홈즈는 껄껄 웃으며 대답했다.

"게다가 우린 레스트레이드 씨가 찾아내지 못한 다른 명확한 사실들을 찾아낼 수도 있지. 자네는 나를 잘 아니까 내가 레스트레이드의 이론을 그가 전혀 생각지 못한 방식으로 확증하거나 무너뜨릴 작정이라고 말해도 잘난 척하는 거라고 생각하지는 않겠지. 비근한 예를 하나 들어볼까? 나는 자네 집 침실 창문이 안에서 봤을 때 오른쪽에 붙어 있다는 걸 분명히 알 수 있어. 하지만 레스트레이드 씨가 그렇게 자명한 사실을 눈치챌 수나 있을까?"

"대관절 어떻게……."

"여보게, 나는 자네를 잘 알고 있네. 나는 군대식 청결함이 자네 성격의 일부를 이루고 있다는 걸 잘 알고 있지. 자네는 아침마다 면도를 하는데 요즘 같은 철에는 보통 햇볕에 의지해서 면도를 하지. 그런데 얼굴 왼쪽으로 갈수록 면도 상태가 불량해지다가 턱의 왼쪽 각을 지나면서 완연히 지저분한 상태가 되네. 한쪽이 다른 쪽에 비해 조명이 약한 것이 틀림없어. 아무리 봐도 자네 얼굴은 균일한 조명 아래서 면도한 얼굴이 아닐세. 나는 이렇게 관찰과 추리의 사소한 예를 하나 들었네. 내 장기가 바로 이거지. 이건 앞으로의 조사 과정에서 다소 도움이 될 거야. 그건 그렇고, 심문 과정에서 생각해 볼 만한 가치가 있는 얘기가 한두 가지 나왔다네."

"그게 어떤 건데?"

"청년은 금방 체포된 것 같아. 하지만 현장에서는 아니고 해서리 농장으로 돌아온 다음이야. 그런데 지역 경찰대의 경위가 체포하겠다고 하자 청년은 별로 놀라는 기색도 없이 자신은 벌을 받아 마땅하다고 했다더군. 바로 이 얘기 때문에 검시 배심(검시관을 도와 변사자의 사인을 확인하기 위해 그 관할 구역 내에서 소집된 주민들로 구성된 배심원단. 검시 배심 제도는 중세 영국에서 시작되었으나 오늘날엔 배심제가 철저히 시행되는 나라에서도 거의 사라졌다 —— 옮긴이)은 결정적으로 청년이 범인이 아닐지도 모른다는 의구심을 거두게 된 것 같네."

"자신의 죄를 자백한 거로군."

나는 불쑥 말을 뱉었다.

"그건 전혀 아닐세. 청년은 그다음에 자신에겐 죄가 없다고 주장했거든."

"그 전에 있었던 일들에 대해 생각해 보면 그건 아무리 좋게 생각해도 의심스러운 말 아닌가."

"오히려 그 반대네. 그건 지금 먹장구름 틈새로 나타난 청명한 하늘 한 조각과 같은 거야. 그 청년이 아무리 죄가 없다고 해도 바보천치가 아닌 다음에야 상황이 자신에게 극히 불리하게 돌아가고 있다는 걸 몰랐겠나? 청년이 자신이 체포된다는 사실을 알고 깜짝 놀라거나 화를 내는 척했다면 그게 오히려 의심스러웠을 거야. 왜냐하면 그런 놀람이나 분노는 청년이 처한 상황에서는 별로 자연스럽지 않으니까. 오히려 그건 교활한 인간이 택할 만한 술책으로 보이네. 그러니 솔직하게 상황을 받아들인 걸 보면 청년은 정말 죄가 없거나, 아니면 어떤 상황에서도 흔들리지 않을 만큼 강한 자제력을 갖고 있거나 둘 중의 하나일 거야. 그리고 자신은 벌을 받아 마땅하다는 말은 청년의 입장에서는 아주 당연한 것이지. 청년은 아버지의 시신 곁에서 조금 전에 자신이 자식 된 도리를 잊어버리고 아버지와 험한 말을 주고받았던 일을 생각했을 걸세. 게다가 중요한 증거로 채택된 소녀의 증언에 따르면 청년이 아버지를 칠 것처럼 손을 올리기까지 했다지 않은가. 나는 그 말에서 청년의 뼈저린 자책감과 후회를 느끼네. 그 말은 유죄가 아니라 건전한 정신을 증명하는 말이지."

나는 고개를 설레설레 저었다.

"하지만 지금까지 그보다 사소한 증거 때문에 교수대에 오른 사람이 한둘이 아닐세."

"그렇지. 그리고 억울하게 사형당한 사람들도 한둘이 아니고."

"청년은 사건 경위를 어떻게 설명하고 있지?"

"그게 말이야, 청년의 무죄를 확신하는 사람들에게는 별로 고무적인 얘기가 아니었어. 물론 그중에 한두 가지 의미심장한 내용이 있긴 했지만 말이야. 청년의 증언은 여기 있으니까 자네가 직접 읽어보게."

홈즈는 신문 더미에서 헤리퍼드셔 지역 신문을 뽑아 들고 불운한 청년의 증언이 실려 있는 대목을 짚어주었다. 나는 구석 자리에 앉아 지극히 신중하게 기사를 읽기 시작했다.

피살자의 외아들 제임스 매카시 씨는 불려 나와 이렇게 증언했다.

증인 저는 사흘 동안 브리스틀에 가 있다가 지난 3일, 즉 월요일 오전에 집에 돌아왔습니다. 집에 와보니 아버지는 안 계셨습니다. 하녀 말로는 아버지께서 마부 존 콥과 함께 마차를 타고 로스에 가셨다고 하더군요. 얼마 후에 마당에서 마차 소리가 들려 창밖을 내다보니 아버지께서 마차에서 내려 서둘러 밖으로 나가시는 모습이 보였습니다. 아버지가 어디로 가시는지는 알 수 없었습니다. 그래서 저는 총을 들고 보스콤 저수지 쪽으로 천천히 걸어갔습니다. 저수지 건너편에 있는 토끼 굴에 가볼 생각이었지요. 가다가 사냥터지기 윌리엄 크로더를 만났습니다. 크로더는 제가 아버지 뒤를 따라가는 줄 알았다고 했지만 그건 착각입니다. 저는 아버지가 앞에 가고 계신다는 사실을 몰랐습니다. 그런데 저수지에서 100미터 앞까지 갔을 무렵 '쿠우이!' 하는 고함이 들렸습니다. 그건 우리 부자가 서로를 부르는 신호였지요. 그래서 얼른 달려가보니 아버지가 저수지 옆에 서 계시는 게 보였습니다. 아버지는 저를 보더니 깜짝 놀라시며 여기는 왜 왔냐고 좀 거칠게 물으셨습니다. 그리고 아버지하고 저는 무슨 얘기를 하다가 언성을 높이게 되었는데 급기야 주먹질이라도 할 것 같은 분위기가 돼버렸습니다. 아버진 평소 성미가 굉장히 급한 분이셨지요. 저는 아버지가 걷잡을 수 없을 만큼 흥분하신 걸 보고 돌아서서 집을 향해 걷기 시작했습니다. 그런데 150미터 정도 갔는데 뒤에서 무서운 비명 소리가 들렸습니다. 저는 다시 그곳으로 달려갔지요. 아버지께서 머리에 끔찍한 상처를 입은 채 빈사 상태에 빠져 계셨습니다. 저는 총을 떨어

뜨리고 아버지를 끌어안았지요. 하지만 아버지는 곧 절명하셨습니다.

저는 잠시 동안 곁에 엎드려 있다가 도움을 청하려고 제일 가까운 곳에 있는 터너 씨의 별장으로 뛰어갔습니다. 제가 아버지의 비명 소리를 듣고 달려갔을 때 주위에는 아무도 없었지요. 그래서 아버지가 어떻게 그런 상처를 입으셨는지 알 수 없었습니다. 사실 아버지는 평소에 사람들이 잘 따를 만한 분은 아니셨습니다. 좀 차갑고 무서운 데가 있었지요. 하지만 제가 아는 범위 내에서 아버지께 크게 원한을 품은 사람은 없었습니다. 제가 알고 있는 것은 이 정도입니다.

검시관 증인의 부친이 사망하기 전에 한 말은 없었습니까?

증인 아버지께서 뭐라고 몇 마디 중얼거리셨는데, 제가 알아들은 건 무슨 쥐(rat)에 대해서 말씀하신 것뿐입니다.

검시관 증인은 그 말을 어떻게 이해했습니까?

증인 저는 그 말이 무슨 뜻인지 알 수 없었습니다. 저는 아버지께서 착란 상태에 빠지셨다고 생각했습니다.

검시관 증인이 그때 부친과 말다툼을 벌인 것은 무엇 때문이었습니까?

증인 말할 수 없습니다.

검시관 대답하는 게 좋을 겁니다.

증인 저는 도저히 얘기할 수 없습니다. 하지만 분명히 말씀드리지만 그 일은 이번 사건과 무관합니다.

검시관 그건 법원이 판단할 문제입니다. 증인이 대답을 거부한다면 앞으로의 재판 과정에서 불필요한 오해를 유발하게 될 겁니다.

증인 저는 그래도 답변을 거부하겠습니다.

검시관 '쿠우이'라는 고함 소리는 증인과 부친 사이에서 서로를 부르는 신호라고 했지요?

증인 그렇습니다.

검시관 그런데 증인의 부친이 증인을 보기도 전에 그런 소리를 낸 건 어찌 된 겁니까? 그때 증인의 부친은 증인이 브리스틀에서 돌아온 것도 모르는 상황 아니었습니까?

증인 (상당히 당황하여) 잘 모르겠습니다.

어느 배심원 부친의 비명 소리를 듣고 그쪽으로 뛰어갈 때 뭔가 의심스러운 건 보지 못했나요?

증인 글쎄요.

검시관 그건 무슨 말입니까?

증인 공터를 향해 달려갈 때 저는 제정신이 아니었습니다. 머릿속 엔 아버지 생각뿐이었지요. 하지만 그쪽으로 달려가는데 왼쪽에 뭔가 떨어져 있는 것 같은 느낌이 들었습니다. 색깔은 회색이었던 것 같고 무슨 외투나 망토처럼 보였습니다. 아버지 곁에 있다가 나중에 주위 를 둘러보니 그건 사라지고 말았습니다.

검시관 증인이 도움을 청하러 가기 전에 없어졌다는 얘깁니까?

증인 예, 그렇습니다.

검시관 그게 뭔지 자세하게 말해 줄 수 있습니까?

증인 아니요, 그냥 뭐가 있었던 것 같은 느낌을 받았을 뿐입니다.

검시관 그게 시신에서 얼마나 떨어져 있었지요?

증인 10미터쯤요.

검시관 그럼 숲에서는 얼마나 떨어져 있었습니까?

증인 대략 비슷한 거리였습니다.

검시관 그런데 증인이 그 회색 물체에서 불과 10미터 내의 거리에 있을 때 그게 없어졌다는 말이지요?

증인 예. 하지만 그건 제 뒤쪽에 있었습니다.

증인 신문은 이렇게 끝났다.

"그렇군."

나는 기사에서 눈을 떼지 않고 말했다.

"검시관은 매카시 청년을 질책하는 얘기로 증인 심문을 끝냈어.

아버지가 아들을 보기도 전에 신호를 보낸 것이 모순이라는 점과 아들이 아버지와의 대화 내용에 대해 밝히지 않은 점 그리고 아버지가 죽어가면서 '쥐'라는 말을 남겼다는 이해하기 힘든 증언에 관해 검시관이 주의를 기울인 것은 당연지사일세. 결국 검시관 말대로 모든 일이 아들에게 극히 불리하게 돌아가는군."

홈즈는 혼자 쿡쿡 웃더니 푹신한 의자 위에서 몸을 쭉 펴고는 말했다.

"자네하고 검시관은 아들에게 유리한 내용을 일부러 피해 가느라 고생하는군. 결국 어떤 때는 청년의 상상력이 지나치다고 탓하고 또 어떤 때는 청년의 상상력이 모자란다고 탓하는 셈이니 말이야. 청년이 아버지와 말다툼을 벌인 이유에 대해 배심원의 동정심을 자아낼 만한 얘기를 그럴듯하게 지어내지 못하는 건 상상력이 모자란 것이고, 죽어가는 아버지가 '쥐'에 관한 얘기를 했다거나, 근처에 떨어져 있던 옷이 사라졌다는 식의 얘기를 지어낸 것은 상상력이 지나치다는 것이지. 하지만 여보게, 그건 아닐세. 나는 청년이 한 말이 진실이라는 관점에서 이 사건에 접근할 생각이네. 나의 가설이 어떤 결과에 이르게 되는지 보세나. 나는 휴대용 온도계를 가지고 왔어. 지금부터 현장에 도착할 때까지 이 사건에 대해 한마디도 하지 않을 작정이네. 점심은 스윈던에서 들기로 하지. 한 20분 후면 그곳에 도착할 걸세."

기차가 아름다운 스트라우드 계곡을 지나고 은은히 빛나는 넓은 세번 강을 건너 오후 네시가 다 되었을 때야 겨우 작은 시골 마을

로스에 도착했다. 승강장에는 음흉한 족제비처럼 생긴 말라깽이 사내가 우리를 기다리고 있었다. 시골 환경에 어울리는 옅은 갈색 먼지 막이용 덧옷과 가죽 각반 차림을 했음에도 나는 그가 런던 경찰국의 레스트레이드 형사라는 것을 한눈에 알아보았다. 우리는 같이 마차를 타고 그가 미리 예약해 놓은 헤리퍼드 암스 호텔로 향했다.

"마차를 불렀소."

차를 마시며 앉아 있는 동안 레스트레이드가 말했다.

"선생은 활동적인 기질을 타고난 사람이니 범죄 현장을 보기 전에는 만족하지 못할 것 같아서 말이오."

"그것참 고마우신 말씀입니다. 하지만 오늘 현장에 가느냐 안 가느냐는 온전히 기압에 달려 있습니다."

"그게 무슨 말이오?"

레스트레이드는 어리둥절한 얼굴로 말했다.

"지금 몇 도지? 29도군. 바람도 잠잠하고 하늘엔 구름 한 점 없습니다그려. 여기 담배도 한 갑 가득 있고, 소파도 시골 호텔치고는 아주 괜찮군요. 오늘 밤에는 마차를 쓸 일이 없겠습니다."

레스트레이드는 너그럽게 웃으며 말했다.

"선생은 신문 기사를 보고 벌써 결론을 내린 모양이오. 하긴 이번 사건은 워낙 뻔하니까. 사실 들여다보면 볼수록 더 명확해지지요. 하지만 아가씨를 물리칠 수가 있어야지. 더구나 그렇게 적극적으로 나오는 여성을 말이오. 아가씨는 이미 선생에 관한 소문을 들었던 터라 선생 의견을 듣고 싶어 하오. 물론 선생이 와도 어떻게 해볼 도리가 없을 거라는 얘기는 누차 했소. 아이고, 호랑이도 제 말 하면 온다더니! 저 문 앞에 서 있는 게 터너 양의 마차요."

레스트레이드가 말을 끝내기도 전에 문이 벌컥 열리더니 보기 드물게 아름다운 처녀 하나가 뛰어 들어왔다. 반짝거리는 보랏빛 눈동자, 반쯤 벌어진 입술, 복숭아꽃 빛으로 물든 두 뺨, 평소의 수줍음은 강렬한 흥분과 깊은 근심에 묻혀버린 듯했다.

"오, 셜록 홈즈 선생님!"

숙녀는 소리치며 우리 두 사람을 번갈아 바라보다 여자의 타고난 직감으로 내 친구의 얼굴에 시선을 고정시켰다.

"이렇게 와주셔서 얼마나 기쁜지 모릅니다. 선생님에게 드릴 말씀이 있어서 이렇게 달려왔어요. 저는 제임스가 그런 짓을 하지 않았다는 걸 잘 알고 있습니다. 전 알아요. 선생님도 그 점을 분명히 아시고 조사에 착수해 주셨으면 좋겠어요. 그 점에 대해선 절대로 의심하지 마세요. 우리는 아주 어렸을 때부터 친하게 지냈고, 저는 아무도 모르는 그 애의 잘못까지 알고 있답니다. 하지만 그 애는 파리 한 마리 해치지 못할 만큼 마음이 여린 사람이에요. 그 애를 잘 아는 사람들은 그 애가 말도 안 되는 혐의를 덮어썼다는 걸 알고 있어요."

"터너 양, 우리가 청년의 혐의를 벗겨줄 수 있기를 희망합니다. 저는 최선을 다할 겁니다. 그러니 절 믿으셔도 좋습니다."

"그런데 선생님은 증언을 다 읽어보셨겠죠. 결론은 내리셨나요? 어떤 틈새나 허점은 찾아내셨어요? 그 애가 무죄라고 생각하지 않으세요?"

"그럴 가능성이 아주 높다고 생각합니다."

"그것 봐요!"

터너 양은 소리치며 고개를 홱 돌리고 레스트레이드를 노려보았다.

"들으셨죠! 이분은 저한테 희망을 주시잖아요."

레스트레이드는 어깨를 들썩했다.

"이 친구는 좀 성급하게 결론을 내리는 경향이 있지요."

"하지만 이분 말씀이 옳아요. 오! 전 잘 알고 있어요. 제임스는 절대로 그런 짓을 하지 않았어요. 그리고 그 애가 아버지와 말다툼했던 일에 대해서라면, 저는 왜 그 애가 검시관 앞에서 그 얘기를 하지 않으려고 했는지 그 이유를 알아요. 제가 관련돼 있기 때문이었어요."

"어떻게 말입니까?"

홈즈가 물었다.

"지금은 뭘 감추거나 할 때가 아니겠지요. 제임스는 저에 대한 생각이 아버지하고는 아주 달랐어요. 매카시 씨는 우리를 결혼시키지 못해서 안달하셨지요. 제임스하고 저는 항상 오누이처럼 서로를 사랑했답니다. 하지만 그 애는 아직 젊고 세상 경험도 거의 없어요. 그래서……, 음, 그 애는 당연히 아직 그런 건 원하지 않았지요. 그래서 아버지와 자주 말다툼을 했답니다. 그때도 그 문제로 싸운 게 틀림없어요."

"그럼 터너 양의 아버님은?"

홈즈가 물었다.

"아버님은 두 사람의 결합을 찬성하셨습니까?"

"아뇨, 제 아버지도 반대하셨지요. 매카시 씨 말고는 아무도 그걸 바라지 않았어요."

홈즈가 캐묻는 듯 날카로운 시선을 던지자 터너 양의 풋풋한 얼굴은 금세 발갛게 달아올랐다. 홈즈가 말했다.

"말씀해 주셔서 감사합니다. 내일 아버님을 찾아뵈어도 되겠습니까?"

"의사가 허락하지 않을 거예요."

"의사?"

"예, 아직 못 들으셨어요? 가엾은 아버지는 요즘 몇 년간 별로 건강하지 못하셨답니다. 그런데 이번 일 때문에 큰 충격을 받으셨어요. 아버지는 몸져누우셨는데 윌로 박사님 얘기로는 신경계가 아주 약해지셨대요. 빅토리아 여왕 시절부터 아빠랑 알고 지냈던 친구 중에서 살아 계신 분은 매카시 씨뿐이었거든요."

"허! 빅토리아 여왕 시절이라! 그 점이 중요하군요."

"예, 광산에서요."

"그렇군요. 금광이겠지요. 터너 씨는 거기서 돈을 모으셨군요."

"예, 그래요."

"감사합니다. 터너 양의 얘기가 아주 큰 도움이 되었습니다."

"내일 무슨 소식이라도 듣게 되면 저한테 꼭 알려주세요. 제임스를 면회하실 거지요? 오, 홈즈 선생님, 그 애를 만나시거든 제가 그 애의 무죄를 알고 있다고 전해 주세요."

"그러겠습니다, 터너 양."

"이젠 집에 가봐야겠어요. 아버지가 많이 아프시니까요. 제가 옆에 없는 걸 알면 찾으실 거예요. 그럼 안녕히, 선생님이 하시는 일에 신의 가호가 있기를 빌게요."

터너 양은 방에 들어올 때처럼 뛰어서 방을 나갔다. 뒤이어 거리를 내려가는 마차 바퀴 소리가 들렸다.

"홈즈, 정말 부끄러운 일이오."

레스트레이드는 잠시 침묵을 지키더니 근엄하게 말했다.

"필경 실망하게 될 텐데 왜 쓸데없는 희망을 심어주는 거요? 나는 마음이 여린 사람은 아니지만 선생의 행동은 잔인하다고밖에 할 수 없소."

"나는 제임스 매카시의 혐의를 내 힘으로 벗겨줄 수 있다고 생각합니다. 그 친구를 만나고 싶은데 면회 허가서는 있습니까?”

“그렇소, 하지만 면회는 선생과 나만 가능하오.”

“그럼 오늘은 나가지 않겠다는 결심을 재고해야겠군요. 헤리퍼드 행 기차를 타면 오늘 밤에 청년을 만날 수 있겠지요?”

“시간은 충분하오.”

“그러면 그렇게 합시다. 왓슨, 자넨 좀 지루하겠구먼. 하지만 두어 시간이면 갔다 올 거야.”

나는 역까지 두 사람을 배웅했다. 그리고 작은 마을을 쏘다니다가 다시 호텔 방으로 돌아와서 소파에 누웠다. 노란 표지의 소설을 집어 들고 읽어보려고 했지만 지금 우리가 더듬어나가고 있는 난해한 사건과 비교하면 소설의 줄거리는 형편없이 빈약했다. 자꾸 이번 사건에 대한 생각이 떠올라서 도무지 소설에 집중이 되지 않았다. 나는 끝내 책을 방바닥에 팽개치고 오늘 있었던 일들에 관해 생각하기 시작했다. 이 불운한 청년의 이야기가 한 치도 틀림없는 진

실이라면, 이 청년이 아버지와 다투고 돌아섰다가 비명 소리를 듣고 달려올 때까지 그사이에 도대체 어떤 흉악한 일이, 어떤 예기치 못한 참사가 있었던 것일까? 그것은 아주 지독하고 끔찍한 일이었다. 대체 무슨 일이 있었던 걸까? 상처를 보면 의사로서 뭔가 느껴지는 게 있지 않을까? 나는 벨을 눌러서 지역 주간 신문을 갖다달라고 했다. 거기엔 검시 결과 보고서가 구절 그대로 게재되어 있었다. 외과 의사의 증언에 따르면 좌측 두정골의 후부 3분의 1과 후두골의 좌측 절반이 둔기로 심하게 가격당하여 여러 조각으로 골절되었다고 한다. 나는 내 머리에 표시를 해보았다. 분명히 뒤에서 공격당한 것이 틀림없었다. 부자가 마주 보고 말다툼을 하는 모습이 목격되었으므로 그것은 피의자에게 어느 정도 유리한 상황이었다. 그러나 꼭 그런 것만은 아니었다. 아버지가 등을 돌렸을 때 뒤에서 공격할 수도 있으니까. 어쨌든 그것은 홈즈에게 알려줄 만한 가치가 있는 사실이었다. 그리고 매카시 씨는 숨이 끊어지기 전에 엉뚱하게 쥐가 어쩌고 하는 얘기를 했다. 그건 무슨 뜻이었을까? 그것은 착란 상태에서 나온 말일 리가 없다. 기습적으로 공격당해서 죽게 된 사람은 대개 착란 상태에 빠지지 않는다. 그렇다. 매카시 씨는 틀림없이 자신이 공격당한 경위에 대해 설명하려고 했을 것이다. 그는 대체 무슨 말을 하려 했던 걸까? 나는 그럴듯한 답을 찾기 위해 머리를 쥐어짰다. 그리고 아들이 목격했다는 회색 옷. 그게 사실이라면 살인자는 도망치다가 자신의 망토 같은 것을 거기에 떨어뜨렸던 것이 분명하다. 그런데 그 아들이 겨우 10여 발짝 떨어진 곳에서 등을 돌린 채 앉아 있는 동안 떨어뜨린 옷을 도로 찾아가다니 대단한 강심장임에 틀림없다. 이 얼마나 기이하고 불가능한 일들의 연속이란 말이냐? 나는 레스트레이드의 의견에는 감탄하지 않지만 셜록 홈즈의 통찰력에 대해선 굳은 믿음을 가지고 있다. 그러니 홈즈가 매카시 청년의 무죄를 확신하고, 그것을 증명하는 새로운 사실을 속속 밝혀내는 한 희망의 끈을 놓을 순 없는 것이다.

셜록 홈즈는 밤늦게 돌아왔다. 레스트레이드의 숙소는 시내에 있었기 때문에 혼자였다.

"온도가 여전히 높군."

홈즈는 자리에 앉으며 말했다.

"우리가 현장 조사를 끝낼 때까지는 절대로 비가 오지 말아야 해. 또 그렇게 정밀한 작업을 할 때는 상태가 아주 좋아야 하지. 나는 장시간 여행으로 지친 몸을 이끌고 가서 현장 조사를 하고 싶지는 않았다네. 청년을 만나보고 왔어."

"그래, 뭘 좀 알아냈나?"

"아니."

"단서가 될 만한 얘기는 없었나 보지?"

"전혀. 난 처음에는 청년이 범인의 정체를 알면서도 그를 감싸고 있는지도 모른다고 생각했네. 하지만 알고 보니 그 청년은 다른 사람과 마찬가지로 아무것도 모르고 있더군. 머리가 좋은 청년은 아니야. 하지만 천사 같은 얼굴에 마음씨는 고운 것 같았어."

"안목은 형편없겠지. 그 청년이 터너 양 같은 매력적인 숙녀와 결혼하는 걸 꺼리는 게 사실이라면 말일세."

"아, 거기엔 또 가슴 아픈 사연이 숨어 있다네. 그 친구는 터너 양을 그야말로 미친 듯이 사랑하고 있지. 하지만 2년 전, 아직 애티를 벗지 못했던 시절에 그 바보가 무슨 짓을 했는지 아나? 브리스틀의 어느 술집 여급의 유혹에 넘어가서 그만 등기소에 가서 그 여자랑 덜컥 혼인 신고를 해버렸다네. 그때는 제임스 매카시가 아직 터너 양에 대해 잘 모를 때였지. 왜냐하면 터너 양은 5년 동안 기숙 학교에 있었으니까. 그 일에 대해서 알고 있는 사람은 없지만 청년에게 터너 양과 결혼하는 건 마음만 굴뚝같았지 도저히 불가능한 일이었네. 그런데 아버지가 터너 양과 결혼하지 않는다고 벼락을 내린다면 아들 입장에선 얼마나 미칠 노릇이었겠는가. 그날 저수지 옆에서 아버지가 아들에게 어서 터너 양에게 청혼하라고 윽박지를 때 아들이 주먹을 쥐고 대든 것은 바로 그런 이유 때문이었지. 또 어느 모로 보나 무섭기 짝이 없는 아버지가 사실을 알면 가만두지 않을 텐데 청년은 집에서 쫓겨나면 당장 살길이 막연했네. 청년이 브리스틀에 사흘간 다녀온 것은 바로 그 여급 아내를 만나기 위해서였어. 물론 아버지는 아들이 어디에 가 있는지 전혀 몰랐지. 아주 중요한 부분이니까 이 대목을 잘 기억해 두게. 그런데 불행 중 다행으로 신문을 보고 청년이 심각한 사건에 휘말려 교수형을 당할지도 모른다는 사실을 알게 된 여급은 청년을 걷어차버렸네. 자기는 이미 남편이 있는 몸이고 그 남편은 지금 버뮤다 조선소에 가 있다는 편지를 보내온 거야. 그래서 청년은 여급의 손에서 완전히 놓여났지. 매카시 청년은 지금 비록 곤경에 처해 있긴 하지만 그 소식을 듣고 그나마 위로를 받았을 거야."

"하지만 그 청년이 무죄라면 범인은 대체 누구란 말인가?"

"아! 범인이 누구냐고? 나는 자네가 다음의 두 가지에 주목해 주기 바라네. 하나는 피살자가 저수지 근처에서 누군가와 만나기로 약속했는데 그 누군가가 자신의 아들일 리는 없다는 거야. 왜냐하면 아들은 그때 브리스틀에 가 있었는데 아버지는 아들이 언제쯤 오는지도 몰랐거든. 두 번째는 피살자가 아들이 돌아왔다는 사실을 알기도 전에 '쿠우이!' 하고 소리친 점일세. 이 두 가지는 사건 해결의 열쇠가 될 만큼 중요한 사실들이지. 자, 이제는 조지 메러디스 (George Meredith, 영국 빅토리아 시대의 시인, 소설가 ― 옮긴이)에 대해 토론해 볼까? 사소한 문제들은 내일까지 미뤄두고 말일세."

홈즈의 예상대로 비는 오지 않았다. 아침이 밝았고 하늘은 구름 한 점 없이 맑았다. 아홉시에 레스트레이드가 호텔에 왔다. 우리는 그가 타고 온 마차로 해서리 농장과 보스콤 저수지를 향해 출발했다.

"오늘 아침에 좋지 않은 소식을 들었소."

레스트레이드가 말했다.

"보스콤 장원의 터너 씨가 병환이 악화돼서 살아날 가망이 없다오."

"터너 씨는 노인이지요?"

홈즈가 말했다.

"예순 살가량 됐소. 하지만 외국 생활을 하는 동안 몸을 버린 데다가 한동안 건강이 좋지 않았다고 하오. 이번 사건에서 큰 충격을 받은 모양이오. 터너와 매카시 두 사람은 오래된 친구 사이인데 터너가 매카시에게 상당한 은혜를 베풀었소. 해서리 농장을 거저 임대해 주었다고 하지, 아마."

"정말입니까! 거참 흥미롭군요."

홈즈가 말했다.

"그렇소이다! 그 밖에도 숱하게 도와줬다고 하더군. 여기 사람들 모두가 터너 씨가 친구에게 얼마나 잘해 줬는지에 대한 얘기를 하고 있소."

"그렇군요! 그렇다면 좀 이상하지 않습니까? 자기 재산이라곤 별로 없이 터너에게 은혜를 입고 살아가는 매카시가, 더구나 그렇게 독단적인 태도로, 마치 청혼만 하면 나머지는 저절로 이루어질 것처럼 아들에게 터너의 딸과 결혼하라고 계속 강요한 것이 말입니다. 터너의 딸은 영지의 상속자 아닌가요? 더구나 딸의 얘기를 들어보면 터너 자신은 그런 결혼에 반대했다고 합니다. 정말 이상하지 않아요? 그럼 여기서 어떤 추리가 나와야 할까요?"

"드디어 추리 얘기가 나왔군."

레스트레이드는 나를 향해 눈을 찡긋하며 말했다.

"홈즈, 이론과 상상을 따라 비약하지 않고서 사실을 붙들기가 힘들다는 건 알겠소."

"옳습니다."

홈즈는 조용히 말했다.

"사실을 붙들기는 쉽지 않습니다."

"어쨌든 나는 선생이 잘 모르는 사실을 하나 알아냈소."

레스트레이드는 약간 흥분해서 말했다.

"대체 그게……."

"매카시 노인을 살해한 것은 그 아들이라는 거요. 그것을 부정하는 모든 이론은 희미한 달빛에 지나지 않소."

"글쎄요, 그래도 달빛이 안개보다는 밝지 않습니까."

홈즈는 껄껄 웃으며 말했다.

"그런데 저 왼쪽으로 보이는 것이 해서리 농장이겠군요."

"그렇소."

그것은 슬레이트 지붕을 얹은 2층 건물이었다. 집은 널찍하고 안락해 보였고, 회색 벽면에는 노란 돌이끼가 넓게 퍼져 있었다. 하지만 커튼이 내려져 있는 창문과 연기가 오르지 않는 굴뚝은 아직도 집 전체가 이 무서운 사건에 짓눌려 있는 듯한 인상을 주었다. 우리는 현관문을 두드렸다. 하녀는 홈즈의 요청에 따라 주인이 마지막으로 신고 나간 부츠와, 그때 신었던 것은 아니지만 아들의 부츠 한 켤레를 보여주었다. 홈즈는 신발의 일고여덟 군데 치수를 꼼꼼히 잰 다음 안뜰로 안내해 달라고 청했다. 우리는 여기서 구불거리는 길을 따라 보스콤 저수지로 향했다.

셜록 홈즈가 이렇게 단서를 쫓는 동안에는 굉장히 흥분했고 사람이 달라 보일 정도였다. 홈즈를 베이커가의 사색적이고 조용한 이론가로만 알고 있던 사람들은 그를 알아보지 못했을 것이다. 그의

얼굴은 검붉게 달아올랐다. 이마에는 두 줄의 굵은 주름이 잡혔고 그 밑에 자리 잡은 두 눈은 서늘한 빛을 뿜었다. 고개를 숙이고 어깨는 활처럼 굽히고 입술은 앙다문 채 힘줄이 불거진 긴 목에는 핏줄이 돋아났다. 콧구멍은 사냥감을 쫓는 순전히 동물적인 욕망으로 커지는 것 같았고, 눈앞의 일에 사로잡힌 마음은 무슨 말이나 질문을 해도 귓등으로 듣거나 아니면 기껏해야 성급하고 짜증스럽게 한두 마디 대답을 내뱉을 뿐이었다. 홈즈는 말없이 빠른 걸음으로 풀밭 사이로 난 길을 걸어서 숲을 지나 보스콤 저수지로 향했다. 그 일대가 다 그렇지만 사건 현장은 축축한 습지였다. 좁은 길과 길 양쪽의 풀밭에는 수많은 사람들에게 밟힌 흔적이 남아 있었다. 홈즈는 빠른 걸음으로 걷다가 여기저기서 걸음을 멈추었다. 한번은 아예 풀숲에 잠깐 들어갔다 나오기도 했다. 레스트레이드와 나는 그 뒤를 따랐는데, 형사는 무관심한 태도로 코웃음을 쳤지만 나는 내 친구의 일거수일투족을 주시했다. 나는 그의 행동 하나하나에 어떤 구체적인 목표가 있을 거라고 확신하고 있었다.

가장자리에 갈대가 자라고 있는 보스콤 저수지는 폭이 50미터 정도였고, 해서리 농장과 부유한 터너 씨의 사유지 경계에 자리 잡고 있었다. 저수지 저편의 숲 위로 돌출한 붉은 뾰족탑이 대지주의 저택이 있는 곳을 나타냈다. 저수지의 해서리 쪽 숲은 아주 빽빽했고, 숲과 저수지 사이에는 걸음 20폭가량의 축축한 풀밭이 조성되어 있었다. 레스트레이드는 시신이 발견된 장소를 가리켰다. 바닥이 젖어 있어서 피살자가 쓰러져 있던 흔적이 고스란히 남아 있었다. 나는 홈즈의 열중한 얼굴과 찌르는 듯한 시선을 보고 그가 짓밟힌 풀 위에서 많은 사실을 읽어내리라는 걸 알 수 있었다. 홈즈는 냄새를 찾아다니는 개처럼 여기저기 뛰어다니다가 레스트레이드를 향해 돌아섰다.

"대체 저수지에는 왜 들어갔지요?"

그는 다짜고짜 이렇게 물었다.

"갈퀴로 여기저기 긁어봤소이다. 물속에 무기나 다른 증거물이 있을지도 모른다는 생각이 들어서. 그런데 도대체 그걸 어떻게……."

"쳇, 이런 일이! 난 지금 바쁩니다! 안쪽으로 휜 당신의 왼쪽 발자국이 사방에 널려 있어요. 두더지라도 그걸 찾아낼 수 있을 거요. 그런데 그 발자국이 갈대숲 사이로 사라졌습니다. 아, 사람들이 들소 떼처럼 몰려오기 전에 내가 먼저 여기 왔더라면 얼마나 일이 간단해졌을까. 여긴 별장지기와 같이 온 일행이 서 있던 자리군. 시신 주위가 서너 사람의 발자국으로 뒤덮여 있어. 그런데 똑같은 발자국이 세 방향으로 나 있군."

비옷 차림의 홈즈는 확대경을 꺼내 들고 좀 더 자세히 보기 위해 바닥에 엎드렸다. 그리고 그동안에도 혼잣말을 하듯 쉼 없이 지껄였다.

"이건 매카시 청년의 발자국이야. 그 친구는 두 번 왔어. 그런데 한 번은 막 달려왔군. 발자국이 깊이 파였는데도 발뒤꿈치가 거의 보이지 않는 걸 보니 말이야. 이건 그 친구의 말이 옳다는 걸 증명하는 거지. 청년은 아버지가 쓰러져 있는 걸 보고 뛰어온 거야. 그리고 그 아버지가 오락가락한 발자국이군. 어라, 이건 뭐지? 이건 아들이 아버지의 말을 듣고 있는 동안에 총개머리를 짚고 서 있었던 자국이군. 그리고 이건? 허허! 이건 뭐지? 발꿈치를 들고 걸었군! 발꿈치를 들고! 구두코가 네모진 아주 특이한 부츠야! 왔다가, 갔다가, 다시 왔어……. 물론 옷을 가지러 왔겠지. 그런데 이건 어디서 온 걸까?"

홈즈는 종종걸음으로 오르락내리락하면서 발자국을 잃어버렸다가 되찾곤 했다. 마침내 우리는 숲 가장자리의 커다란 너도밤나무 그늘 밑에 이르렀다. 그것은 그 근방에서 제일 큰 거목이었다. 홈즈는 너도밤나무 거목 뒤쪽으로 돌아가서 다시 한번 바닥에 엎드렸다가 조그맣게 기쁨의 함성을 올렸다. 그는 한참 동안 거기서 나뭇잎과 마른 나뭇가지 따위를 뒤집어보면서 내 눈에는 먼지처럼 보이는 것들을 주워 모아 봉투에 집어넣었다. 그리고 확대경을 들고 바닥뿐 아니라 거기서 손 닿는 범위 안의 나무껍질까지 조사했다. 이끼 사이에 울퉁불퉁한 돌멩이가 하나 떨어져 있었는데, 그는 이것도 조심스럽게 살펴본 다음에 집어 들었다. 그리고 숲 속의 오솔길을 따라 모든 흔적이 사라진 큰길까지 갔다.

"아주 재미있었네."

홈즈는 평소의 태도로 돌아와서 말했다.

"오른쪽에 있는 저 회색 집이 문제의 별장임에 틀림없군. 들어가서 모런 양과 얘기를 좀 나눠봐야겠어. 그다음에 돌아가서 점심을 들기로 하지. 두 분은 마차로 돌아가 계십시오. 나도 곧 뒤따라갈 테니까."

10분쯤 뒤에 우리는 다시 마차를 타고 로스를 향해 달렸다. 홈즈는 아직도 숲에서 주운 돌을 들고 있었다.

"레스트레이드, 이게 뭔지 궁금하지요?"

홈즈는 돌을 내보이며 말했다.

"이게 바로 살인 무깁니다."

"아무 흔적도 없는 것 같은데."

"그렇습니다."

"그런데 어떻게 알았소?"

"그 밑에 풀이 깔려 있었으니까요. 거기 떨어진 지 며칠밖에 안 되는 것입니다. 이건 상처 모양과도 일치하지요. 다른 무기의 흔적은 찾을 수 없었습니다."

"그럼 살인자는?"

"키가 크고 오른쪽 다리를 저는 왼손잡이 남잡니다. 창이 두꺼운 수렵용 부츠에 회색 망토를 걸치고 인도산 시가를 피우지요. 담배 피울 때 물부리를 사용하고 날이 무딘 주머니칼을 휴대하고 다닙니다. 그 밖에 몇 가지 특징이 더 있지만 범인을 찾아내는 데 이 정도면 충분할 겁니다."

레스트레이드는 웃음을 터뜨렸다.

"글쎄, 난 아직 회의적이오. 이론이야 썩 훌륭하지만 우린 고지식한 영국 배심원을 상대해야 하거든."

"알겠습니다."

홈즈는 침착하게 대답했다.

"그럼 각자 자기 방식대로 합시다. 난 오늘 오후에는 바쁠 겁니다. 저녁 기차로 런던으로 돌아가게 될 테니까요."

"사건을 해결하지 않고 말이오?"

"아니요, 해결하고."

"하지만 수수께끼는 어떻게 하고?"

"수수께끼는 풀렸습니다."

"그럼 범인은 누구요?"

"방금 설명한 신사입니다."

"그 사람이 누군데 말이오?"

"찾기는 어렵지 않을 겁니다. 여긴 그다지 인구가 많은 곳도 아니니까요."

레스트레이드는 어깨를 들썩하고 말했다.

"나는 현실적인 사람이오. 그리고 다리를 저는 왼손잡이 신사를 찾으려고 이 지역 전체를 헤매고 다닐 수는 없소이다. 그러면 런던 경찰국에서 웃음거리가 될 거요."

"좋습니다."

홈즈는 조용히 말했다.

"나는 당신에게 기회를 주었습니다. 자, 당신 숙소에 다 왔군요. 안녕히 가십시오. 런던에 올라가기 전에 연락하겠습니다."

레스트레이드를 숙소에 내려주고 우리는 호텔로 돌아왔다. 식탁 위엔 벌써 점심 식사가 준비되어 있었다. 홈즈는 언짢은 표정으로 말없이 깊은 생각에 잠겨 있었다. 상당히 난처한 입장에 놓인 모양이었다.

식탁 위가 깨끗이 치워진 뒤에 그는 말했다.

"여보게, 왓슨, 자네한테 할 얘기가 있으니 잠깐 이 의자에 앉아

보게. 난 지금 어떻게 해야 할지 모르겠네. 자네의 조언이 필요해. 담배라도 한 대 피우면서 내 말 좀 들어보게나."

"어서 말해 보게."

"에, 이 사건에 대해 생각할 때 매카시 청년의 증언에서 중요하게 봐야 할 점이 두 가지가 있네. 물론 똑같은 얘기를 들었는데도 나는 그 친구가 무죄라는 인상을 받았고 자네는 그 반대였지만 말일세. 어쨌든 중요한 점은 청년의 아버지가 아들을 보기도 전에 '쿠우이'라고 외쳤다는 것 그리고 피살자가 죽어가면서 엉뚱하게도 무슨 쥐에 관한 얘기를 남겼다는 것이지. 자네도 알다시피 아버지는 몇 마디 말을 중얼거렸지만 아들에게 들린 말은 '쥐'라는 한마디뿐이었어. 우리는 이 두 가지 점에서 수사를 시작해야 하네. 우린 청년이 한 말이 모조리 진실이라는 가정하에서 출발하는 거야."

"그럼 그 '쿠우이'는 뭐지?"

"아, 그건 아들을 향해 소리친 게 아닐세. 아버지는 아들이 브리스틀에 있는 줄 알고 있었어. 청년이 그 근처에 있던 것은 우연이었지. '쿠우이'는 분명 거기서 만나기로 약속한 상대를 부르는 소리였을 걸세. '쿠우이'는 원래 오스트레일리아 원주민이 쓰는 말이라네. 그래서 오스트레일리아인들 사이에서 통용되고 있지. 바로 이 점에서 매카시 씨가 보스콤 저수지에서 만나기로 한 사람은 오스트레일리아에서 살다 온 사람일 가능성이 극히 높아지는 걸세."

"그럼 그 쥐에 대한 얘기는?"

셜록 홈즈는 둘둘 만 신문지를 호주머니에서 꺼내 탁자 위에 펼

처놓았다.

"이건 영국 식민지 오스트레일리아의 지도일세. 어젯밤에 브리스틀에 전보를 쳐서 이걸 구했지."

홈즈는 지도의 한 부분을 손으로 가렸다.

"한번 읽어보게."

"아라트(ARAT)."

"그럼 지금은?"

그는 손을 치웠다.

"발라라트(BALLARAT, 오스트레일리아 빅토리아 주 중부에 있는 도시 — 옮긴이)."

"맞았네. 피살자가 말한 게 바로 이거였네. 그런데 아들은 마지막두 음절 '아라트'만 듣고 그게 '쥐(a rat)'라고 생각했던 거야. 사실아버지는 살인자의 이름을 말하려고 했지. 발라라트의 아무개라고."

"놀랍군!"

나는 탄성을 질렀다.

"그건 뻔한 거지. 지금 나는 용의자를 상당한 정도로 압축시켰다네. 청년의 증언을 그대로 받아들인다면 범인은 회색 옷을 갖고 있는 게 틀림없어. 그리고 우리는 희미한 안개 속에서 범인이 회색 망토를 걸친 오스트레일리아 발라라트 출신의 남자라는 데까지 나아갔어."

"그렇군."

"그리고 범인은 집이 이 근처일 걸세. 왜냐하면 저수지에 접근하려면 농장이나 영지를 거쳐야 하는데, 외부인들은 이곳을 돌아다니는 법이 거의 없으니까 말이야."

"정말 그렇군."

"그리고 오늘 현장 조사를 통해 알아낸 게 있지. 나는 저수지 부근을 조사해서 범인의 자질구레한 특징을 알아냈고 그걸 저 멍청이 레스트레이드에게 알려주었어."

"그런데 그런 건 어떻게 알아냈지?"

"자네는 내 방법을 알고 있잖은가. 기본이 되는 건 사소한 것들에 대한 관찰이라네."

"자네는 범인의 보폭에서 대충 키를 계산해 냈을 거야. 수렵용 부츠는 발자국에서 알아냈을 거고."

"그렇다네, 아주 특이하게 생긴 부츠였어."

"하지만 다리를 저는 것은?"

"오른쪽 발자국이 항상 왼쪽 발자국보다 흐릿했네. 범인은 오른발보다는 왼발에 더 체중을 실었던 거지. 왜냐고? 다리를 절었으니까. 범인은 불구였어."

"그럼 왼손잡이라는 건?"

"자네는 검시를 한 외과 의사의 보고서를 읽고 상처의 모습에 깊은 인상을 받았네. 범인은 매카시 씨를 바로 뒤에서 가격했지. 그런데 가격한 부분이 왼쪽이었어. 왼손잡이가 아니라면 어떻게 그렇게 할 수 있었을까? 범인은 부자가 말다툼하는 동안 큰 나무 뒤에 서 있었네. 거기서 담배도 피웠지. 나는 거기서 담뱃재를 찾아냈네. 그

리고 담뱃재에 대한 전문 지식 덕분에 그게 인도산 시가라는 걸 알아보았지. 자네도 알다시피 나는 일찍이 담뱃재에 주목해서 140가지의 다종다양한 파이프, 시가, 궐련의 재에 대한 논문을 발표한 적도 있거든. 담뱃재를 발견한 다음엔 근처를 더 살펴보고 범인이 이끼 위에 던져놓은 담배꽁초를 찾아냈지. 그건 인도산 시가였네. 담배의 가공지는 네덜란드의 로테르담이었지만."

"그럼 담배 물부리는?"

"나는 그 담배꽁초가 사람의 입속에 들어간 적이 없었다는 걸 알수 있었네. 필경 물부리를 쓴 거지. 그리고 필터는 칼로 잘려 있었지만 잘린 자리가 깨끗하지는 않았어. 그래서 날이 무딘 휴대용 칼을 썼을 거라고 생각했지."

"여보게, 홈즈, 범인이 결코 달아나지 못하도록 치밀한 그물을 쳤군. 자네는 무고한 생명을 하나 건졌네. 청년의 목에 드리워진 동아줄을 칼로 끊어낸 거나 마찬가지야. 그 모든 사실이 누구를 가리키고 있는지 알겠군. 범인은 바로……."

"존 터너 씨입니다!"

호텔 급사가 객실 문을 열면서 소리쳤다. 손님이 방으로 들어왔다.

방에 들어온 사람은 이상하게 강렬한 인상을 풍겼다. 절룩거리는 느릿한 걸음에 굽은 어깨는 전체적으로 노쇠한 느낌을 주었지만 굵은 주름이 팬 거칠고 우락부락한 얼굴과 큼직한 손발은 신체적으로나 성격적으로 매우 강한 사람이라는 사실을 드러내고 있었다. 헝클어진 수염과 희끗한 머리카락, 툭 불거진 채 처진 눈썹은 외모에 어떤 품위와 힘을 더했다. 그러나 얼굴은 백지장처럼 하얗게 바래 있었고 입술과 콧구멍 한쪽은 푸르죽죽한 기운을 띠고 있었다. 손님이 만성적인 불치병을 앓고 있다는 것은 언뜻 보기에도 분명해 보였다.

"이쪽 소파로 앉으십시오."

홈즈는 부드럽게 말했다.

"제 편지를 받으셨습니까?"

"그렇소, 별장지기가 전해 주더구먼. 당신이 여기서 만나자고 한 건 스캔들을 피하기 위해서라고 했는데."

"제가 댁으로 찾아가면 남들이 수군거리지 않겠습니까."

"그런데 날 보자고 한 이유가 뭐요?"

노인은 이미 대답을 들은 것처럼 절망이 가득한 피로한 눈을 들어 내 친구를 건너다보았다.

"맞습니다."

홈즈는 말보다 표정으로 대답했다.

"그렇습니다. 저는 매카시 사건의 경위를 다 알고 있습니다."

노인은 두 손에 얼굴을 파묻었다.

"오, 하느님!"

그는 부르짖었다.

"그 젊은이에게 해를 끼칠 생각은 없었소. 분명히 말해 두지만 만약 그가 순회 재판에서 유죄 판결을 받는다면 난 솔직히 털어놓으려고 했소이다."

"그렇게 말씀하시는 걸 들으니 기쁘군요."

홈즈는 무겁게 말했다.

"우리 딸아이만 아니었다면 벌써 말했을 거요. 하지만 아비가 체포되었다는 소식을 들으면 그 애 마음이 어떻겠소. 그 애는 말할 수 없이 상심할 거요."

"그런 일은 없을지도 모릅니다."

"뭐라고?"

"저는 경찰이 아닙니다. 저를 이곳으로 부른 사람은 다름 아닌 따님인 것으로 알고 있습니다. 그러니 저는 따님에게 피해가 가는 행동은 하지 않을 겁니다. 하지만 매카시 청년은 석방되어야 합니다."

"나는 살 날이 얼마 남지 않았소."

늙은 터너는 말했다.

"나는 오랫동안 당뇨병을 앓아왔다오. 의사 말로는 한 달 이상 살수 있을지도 의문이라더군. 하지만 나는 감방 안이 아니라 내 집 지붕 아래서 죽고 싶소이다."

홈즈는 벌떡 일어나 펜과 종이를 준비하고 탁자 앞에 앉았다.

"사실을 있는 그대로 말씀해 주십시오. 제가 여기 받아 적겠습니다. 나중에 서명하시면 됩니다. 증언은 여기 있는 왓슨에게 부탁하기로 하지요. 그러면 매카시 청년을 구하기 위해 마지막 순간에 이 진술서를 공표할 수 있습니다. 하지만 꼭 필요한 경우가 아니라면 절대로 이걸 내놓지 않겠다고 약속하지요."

"좋소."

노인은 말했다.

"내가 순회 재판이 열릴 때까지 살 수 있을지는 의문이오만, 그건 나한테 별로 중요한 게 아니오. 나는 우리 딸 앨리스가 충격 받는 일이 없기만을 바랄 뿐이오. 그럼 이제부터 사실을 털어놓겠소. 아무리 오랜 세월 삭여온 구구절절한 사연이라도 말로 하자면 잠깐이니까 말이오.

선생은 죽은 매카시가 어떤 자인지 모르오. 그자는 악의 화신이었소. 그건 두말하면 잔소리요. 신께서 그와 같은 자의 손아귀에서 당신들을 지켜주시기를. 그자는 20년 동안 나한테 끈질기게 달라붙어 있었소. 그자는 내 인생을 망쳤소이다. 우선 그자를 만나게 된 경위부터 말해 주리다.

나는 1860년대 초반 오스트레일리아의 광산 지대에 있었소. 나는 두려움을 모르는 피 끓는 청년이었고 무슨 일이든 겁내지 않았소. 그러다가 나쁜 친구들과 어울려 술을 마시게 됐소이다. 내가 불하받은 광산에서는 아무것도 나오지 않았다오. 그래서 나는 길가에 숨어 있게 됐지. 말하자면 노상강도가 된 거요. 우리 일당은 여섯이 었는데 거칠 것 없이 자유롭게 살았소이다. 가끔씩 목장을 털기도 하고 광산으로 가는 길을 막고 포장마차를 습격하기도 했소. 그때 내가 얻은 별명이 발라라트의 블랙 잭이었소. 식민지에선 아직도 우리를 발라라트 갱단으로 기억하고 있소이다.

어느 날, 금궤 수송 마차 한 대가 발라라트에서 멜버른으로 향해 가고 있었소. 우리는 그걸 기다렸다가 덮쳤소이다. 기마 호송병이 여섯이었고 우리도 여섯이었으니 전력은 거의 대등했지만 우리는 맨 처음의 일제 사격에서 호송병 셋을 고꾸라뜨렸소. 하지만 우리 애들도 셋이나 죽은 뒤에야 전리품을 차지할 수 있었지. 나는 마부의 머리에 총을 겨눴소이다. 그게 바로 매카시였소. 그때 놈을 쏘아 버려야 했던 건데. 하지만 놈이 내 얼굴을 자세히 기억해 두려는 것처럼 사악한 작은 눈으로 뚫어지게 쳐다보는 걸 알면서도 놈을 살려주었소이다. 우리는 금을 갖고 튀었고 모두 큰 부자가 되었소. 그리고 전혀 의심받지 않고 영국으로 건너왔소이다. 나는 여기서 친구들과 헤어지며 어딘가 정착해서 조용하고 떳떳한 생활을 꾸려가겠다고 결심했소. 나는 때마침 시장에 나온 이 영지를 샀소이다. 그리고 죄를 지어 번 돈으로 조금씩 선행도 베풀었소. 속죄하고 싶었던 거요. 물론 결혼도 했소이다. 아내는 일찍 세상을 떴지만 눈에 넣어도 아프지 않을 딸 앨리스를 남겨주었소. 앨리스는 아기였을 때부터 단풍잎 같은 손을 들어 나에게 옳은 길을 가리켜주는 것 같았소. 이 세상 그 누구도 하지 못한 일을 그 애가 했던 거요. 한마디로 나는 새 출발을 했고 과거의 잘못을 속죄하기 위해 최선을 다했소. 매카시가 내게 손을 뻗치기 전까지는 모든 게 다 좋았소.

언젠가 무슨 일로 런던에 갔을 때였소. 나는 리젠트가에서 완전히 거지꼴을 하고 있는 매카시를 만났소이다.

'이봐, 잭.' 그는 내 팔을 툭 치며 말했소. '우리야 한 식구나 같지 않은가. 나는 아들하고 단둘이네. 우리 생활은 자네가 책임져야지.

싫은가? 잘 생각해 보라고. 여기는 법치 국가 영국일세. 내가 소리만 질러도 경찰이 달려올 텐데.'

매카시 부자는 이렇게 해서 서부의 시골로 내려오게 됐소. 두 사람을 떨쳐내는 건 불가능한 일이었소. 그다음부터 매카시 부자는 내가 가진 제일 좋은 농장에 공짜로 눌러살았소. 나한테는 휴식도 평화도 망각도 불가능했소. 가는 곳마다 그 교활한 얼굴이 옆에서 능글맞게 웃고 있었소. 앨리스가 자라면서 상황은 점점 악화됐소이다. 왜냐하면 그자는 딸애가 아비의 과거를 알게 되는 것을 내가 죽도록 두려워한다는 걸 곧 간파했기 때문이오. 그자는 원하는 건 뭐든지 가져야 했고, 나는 그게 땅이든, 돈이든, 집이든 뭐든지 다 내주었소. 하지만 그자는 내가 결코 줄 수 없는 것까지 요구하게 되었소. 그건 바로 우리 딸애였소.

아시다시피 매카시의 아들은 장성했고 우리 딸도 역시 마찬가지였소. 그리고 내가 건강이 나쁘다는 걸 알게 되자 그자는 제 아들이 내 재산을 통째로 삼킬 수 있다고 생각하게 된 것 같았소. 하지만 나는 거절했소이다. 그 저주받은 핏줄을 내 핏줄과 섞는다는 것은 도저히 용납할 수 없는 일이었소. 내가 매카시의 아들을 싫어했던 건 아니오. 하지만 그 애의 몸속에 흐르고 있는 아비의 피를 생각하면 도저히 안 될 일이었지. 나는 완강하게 거절했소. 매카시가 협박을 해 왔지만 놈에게 어디 마음대로 해보라고 했소. 우리는 양쪽 집 사이에 있는 저수지에서 만나 그 문제에 대해 얘기하기로 했소이다.

내가 저수지로 내려갔을 때 그자는 아들과 얘기를 하고 있었소. 그래서 나는 나무 밑에서 담배를 피우며 기다렸소이다. 하지만 그자의 말을 듣는 동안 눈앞이 캄캄해질 만큼 분노가 끓어올랐소. 그자는 아들에게 내 딸과 결혼하라고 윽박질렀소. 우리 딸애가 매춘부라도 되는 것처럼, 그 애가 어떻게 생각할지에 대해선 조금도 관심이 없었지. 나와 내 전부인 딸이 이런 인간의 손아귀에 휘둘린다고 생각하니 미칠 것 같았소이다. 이 고리를 끊을 수는 없을까? 나는 죽음을 목전에 둔 사람이오. 정신은 맑고 팔다리에는 힘이 넘쳐도 내 운명은 이미 정해져 있소. 하지만 나에 대한 추억과 내 딸! 내가 그 흉측한 혓바닥만 잠재울 수 있다면 우리 부녀는 구제될 수 있을 것 같았소. 홈즈 선생, 그래서 일을 저질렀소. 그리고 후회하지 않소. 나는 과거에 큰 죄를 지었기 때문에 속죄를 위해 수도승 같은 인생을 살아왔소. 하지만 내 딸이 아비를 옭아맨 바로 그 그물코에 걸려 몸부림치는 건 차마 눈 뜨고 볼 수 없었소이다. 그자를 죽일 때 나는 아무런 가책도 느끼지 못했소. 그건 더럽고 흉악한 짐승을 해치운 거나 마찬가지였소이다. 그러나 아비의 비명 소리를 듣고 아들이 달려왔고 나는 숲 속에 숨었소. 물론 도망치다 떨어뜨린 망토를 다시 가지러 가야 했지만 말이오. 신사 여러분, 이것이 그동안 있었던 일들에 대한 진실한 고백이오."

"당신을 심판하는 건 제 몫이 아닙니다."

노인이 진술서에 서명하는 동안 홈즈가 말했다.

"우리가 앞으로 당신과 같은 그런 시험에 드는 일이 없기만을 바랄 뿐이지요."

"나도 그러길 바라오. 그럼 이제 어쩌시려고?"

"노인장의 건강 상태를 보니 제가 할 일은 더 이상 없을 것 같습니다. 곧 순회 재판소보다 더 높은 법정에서 자신의 행동에 대한 값을 치르게 되리라는 걸 당신 스스로가 잘 알고 있으니까요. 저는 이 진술서를 보관해 두겠습니다. 만약 매카시 청년이 유죄 판결을 받게 된다면 이걸 내놓지 않을 수 없을 겁니다. 하지만 그렇지 않다면 영원히 공표하지 않겠습니다. 말하자면 당신이 이 세상에 있든 없든 당신의 비밀을 지키겠다는 것입니다."

"그럼, 신사 여러분, 안녕히 계시오."

노인은 엄숙하게 말했다.

"두 분이 삶의 마지막 순간을 맞을 때 나에게 이렇게 평화를 선사해 주었던 일을 생각하면 마음이 편해질 거외다."

거구의 노인은 몸을 부들부들 떨며 비틀거리는 걸음으로 천천히 방을 나갔다.

"허어!"

한동안 침묵을 지키던 홈즈가 이렇게 말했다.

"어찌하여 운명의 여신은 힘없고 가련한 미물들에게 이런 장난을 하는 걸까? 이런 일을 알게 되니 백스터(Richard Baxter, 17세기의 청교도 목사 ─ 옮긴이)의 말이 생각나는군. 하지만 나는 이렇게 말하겠네. '신의 은총이 없는 곳에 셜록 홈즈가 가노라.'"

제임스 매카시는 순회 재판에서 석방되었다. 그것은 홈즈가 정리

하여 변호사에게 넘겨준 긴 반론 덕분이었다. 터너 노인은 그 후 7개월을 더 살았지만 이제는 이 세상 사람이 아니다. 그리고 양쪽 집안의 아들과 딸은 자신들의 과거에 드리워졌던 먹구름에 대해서는 아무것도 모른 채 같이 행복하게 살게 될 것 같다.

다섯 개의 오렌지 씨앗

1882년에서 1890년 사이에 셜록 홈즈의 사건 기록과 나의 공책을 들춰보면, 어느 것을 고르고 어느 것을 버려야 할지 모를 정도로 기이하고 흥미진진한 사건들이 많다. 이미 공표된 사건들도 있지만 아직 공개되지 못하여 내 친구의 특별한 자질을 세간에 알린다는 뜻을 이루지 못한 것들도 있다. 또 그중에는 홈즈의 분석적 능력으로도 사건 해결에 성공하지 못해서, 이야기로 따지자면 시작은 있어도 끝이 없는 사건들도 있다. 그런가 하면 부분적으로 해결된 사건들도 있어서, 이들에 대해 설명하려면 홈즈가 그토록 좋아하는 순수한 논리적 증거보다는 어림짐작과 추측에 근거해야 하는 사건들도 있다. 하지만 부분적으로 해결된 사건의 범주에 드는 것 중에서 그 내용이 몹시 기이하고 결과가 놀라워서 꼭 발표하고 싶은 사건이 하나 있다. 물론 그 속에는 아직 해결되지 못했고 앞으로도 완전히 해결되지 못할 부분이 있긴 하지만 말이다.

내가 갖고 있는 기록을 살펴보면 1887년에는 다양한 사건들이 줄줄이 일어났다. 이 12개월간 일어난 사건들을 훑어보면 파라돌 챔버 사건, 가구 창고 지하실에서 호사스러운 클럽을 운영했던 아마추어 걸인 협회 사건, 영국 범선인 소피 앤더슨호 실종 사건, 그라이스 패터슨이 우파 섬에서 겪은 기이한 모험, 캠버웰 독극물 사건 등이 유난히 눈에 띈다. 아직도 기억에 생생할 캠버웰 사건에서 셜록 홈즈는 피살자의 시곗바늘을 돌려봄으로써 시계가 두 시간 늦춰졌다는 것과 그래서 피살자가 그 시간 안에 침대에 들었다는 사실을 증명했다. 이것은 사건 해결에 결정적인 역할을 한 추리였다. 조만간 이 모든 사건들에 대해 설명할 작정이지만, 그중 어느 것도 내가 이제부터 말하고자 하는 기이하기 짝이 없는 사건에 필적할 만한 것은 없다.

때는 9월 말이었다. 추분 무렵의 강풍이 유독 거세게 부는 날이었다. 온종일 바람이 울부짖으며 지나가고 비는 유리창을 두들겨댔다. 거대한 인공 도시 런던의 심장부에 있으면서도 잠시 일상적인 삶에서 벗어나 우리에 갇힌 야생 동물처럼 문명의 창살 틈으로 인류를 향해 울부짖는 거대한 원초적 힘의 존재를 인정할 수밖에 없었다. 저녁이 다가오면서 폭풍우는 점점 거세졌고, 바람은 굴뚝 속에서 어린애처럼 울부짖고 흐느꼈다. 셜록 홈즈는 난로 한쪽에 우울하게 앉아서 사건 기록에 색인을 달고 있었고, 나는 그의 맞은편에 앉아서 클리ㄱ 러셀의 멋진 해양 소설을 탐독했다. 밖에서 노호하는 강풍이 러셀 소설의 배경이 된 듯, 빗소리는 어느새 바닷가의 파도 소리로 바뀌어 있었다. 아내가 친정집에 잠깐 갔기 때문에 나는 며칠 동안 다시 베이커가의 하숙집에서 지내고 있었다(『네 사람의 서명』에서 왓슨의 아내는 양친을 여읜 것으로 소개되었다. 지은이의 착오로 보임 ─ 옮긴이).

나는 책에서 눈을 떼고 홈즈를 쳐다보며 말했다.

"여보게, 초인종 소리가 난 것 같은데. 이런 밤에 누가 왔지? 자네 친군가 보지?"

"나한테 친구라곤 자네뿐이네."

그는 대답했다.

"난 누가 집에 찾아오는 걸 좋아하지 않거든."

"그럼 의뢰인인가?"

"그렇다면 아주 심각한 사건이겠지. 그렇지 않고서야 이런 날, 이런 시간에 찾아올 리 있겠는가. 하지만 내 생각엔 주인아주머니 친구가 놀러 온 것 같은데."

그러나 셜록 홈즈의 추측은 틀렸다. 복도에서 발소리가 들리더니 노크 소리가 났다. 홈즈는 긴 팔을 뻗어 옆에 있던 등잔을 집어 들고 손님이 앉을 빈 의자 쪽으로 불을 비추고는 들어오라고 말했다.

손님은 스물두엇쯤 돼 보이는 젊은이였다. 말끔하게 가꾼 외모에 단정한 매무새 그리고 어딘가 기품 있고 세련된 태도가 엿보였다. 손에 들고 있는 빗물이 뚝뚝 떨어지는 우산과 반짝거리는 긴 우비는 그가 악천후를 뚫고 왔다는 사실을 말해 주었다. 등잔 불빛 속에서 그는 방 안을 휘휘 둘러보았다. 얼굴은 창백했고 두 눈에는 질식할 듯한 불안이 어려 있었다.

"죄송하단 말을 해야겠군요."

젊은이는 금테 코안경을 밀어 올리며 말했다.

"두 분께 방해가 된 게 아니었으면 합니다. 게다가 아늑한 방 안에다 염치없게 빗물을 뚝뚝 떨어뜨리다니."

"비옷과 우산을 이리 주시오."

홈즈는 말했다.

"여기 걸어놓으면 금방 마를 겁니다. 보아하니 남서부에서 오신 것 같군."

"예, 호삼에서 왔습니다."

"구두코에 점토와 백악질이 같이 묻어 있는 걸 보니 분명히 알겠군요."

"전 조언을 구하러 왔습니다."

"그거야 쉽지."

"그리고 도움도."

"그건 항상 그렇게 쉬운 건 아니라오."

"홈즈 선생님, 저는 소문을 듣고 왔습니다. 프렌더개스트 소령님은 선생님이 탱커빌 클럽 스캔들에서 소령님의 누명을 어떻게 벗겨 주셨는지 말씀해 주셨지요."

"아, 그렇소. 소령은 카드를 칠 때 속임수를 쓴다는 누명을 쓴 적이 있지요."

"소령님 얘기로는 선생님은 어떤 문제든 다 해결할 수 있다고 하던데요."

"그건 나를 과대평가한 거요."

"그리고 한 번도 실패한 적이 없으시다고요."

"나는 문제를 해결하는 데 네 번 실패했소. 세 번은 남자한테 당하고 한 번은 여자한테 당했지."

"하지만 성공 사례와 비교하면 그 정도는 아무것도 아니잖습니까?"

"사건 해결에 대개 성공했던 건 사실이오."

"그럼 제 문제도 해결해 주실 수 있겠지요."

"그 의자를 난로 앞으로 바짝 끌어당기고 무슨 문제인지 말해 주시구려."

"이건 흔한 일이 아닙니다."

"나한테 넘어온 사건 중에 흔한 건 없었소. 나는 탐정계의 대법원, 최종심이니까."

"하지만 선생님께서 과연 우리 집안에서 있었던 일보다 더 괴기하고 이해하기 힘든 사건을 들어본 적이 있으신지 모르겠군요."

"꽤나 궁금증을 자극하는구려. 핵심적인 사실을 차근차근 말해보시오. 좀 더 중요하다고 생각되는 내용에 관해서는 나중에 질문하겠소."

청년은 의자를 끌어당기고 젖은 발을 불 앞으로 내밀었다.

"저는 존 오펜쇼라고 합니다. 하지만 아무리 생각해도 저 자신은 이 끔찍한 사건과는 무관합니다. 핵심은 상속 문제인데 선생님께서 사건을 제대로 이해하시려면 얘기를 처음부터 들으셔야 합니다.

저희 조부께서는 아드님을 두 분 두셨지요. 한 분은 저에게 백부되시는 엘리아스이고, 한 분은 부친인 조셉입니다. 부친은 컨벤트리에서 작은 공장을 운영하셨는데 자전거가 발명되면서 공장이 날로 커졌습니다. 부친은 터지지 않는 오펜쇼 고무 타이어의 특허권자였는데 사업이 큰 성공을 거두자 비싼 값에 공장을 넘기고 은퇴하셨지요.

엘리아스 백부는 젊었을 때 미국으로 이민 가셨습니다. 플로리다에서 농장을 운영했는데, 백부 말로는 꽤 잘됐다고 하더군요. 남북전쟁이 발발하자 백부는 잭슨 부대에서 싸우다가 나중에는 후드 부대로 들어가서 거기서 대령까지 승진했다고 합니다. 그리고 리 장군이 항복하자 다시 농장으로 돌아가서 삼사 년 더 살았다고 하지요. 백부는 1869년인가 1870년에 유럽으로 돌아와서 호샴 근처의 서섹스에 작은 영지를 구입하셨습니다. 그분은 미국에서 큰 재산을 모았는데, 영국으로 돌아온 것은 흑인들에 대한 혐오와 그들에게 시민권을 주자는 공화당 정책에 대한 반감 때문이었다고 합니다. 그분은 좀 괴짜셨어요. 성미가 급한 데다 화가 나면 상스러운 욕을 퍼붓곤 하셨지요. 그리고 사람들과 교제하기를 극도로 꺼리셨어요. 백부는 계속 호샴에서만 사셨습니다. 아마 시내에는 한 번도 나가본 적이 없을 겁니다. 집 근처에 정원과 목초지를 두세 개 갖고 있어서, 거기서 운동을 하곤 하셨지요. 하지만 몇 주 동안 방에서 한 발짝도 움직이지 않을 때도 많았습니다. 그분은 브랜디에 절어 살다시피 했고 담배도 엄청나게 피웠지만 아무 모임에도 안 나갔고 친구를 사귀려고 하지도 않았습니다. 심지어는 당신의 형제조차 멀리하셨지요.

하지만 조카인 저에게는 그러지 않았습니다. 사실은 저를 좋아하셨지요. 저를 처음 본 게 제가 열두 살 때인가였는데, 그건 아마 백부가 영국에서 팔구 년 동안 지낸 뒤인 1878년의 일이었을 겁니다. 백부는 아버지에게 저랑 같이 살고 싶으니 저를 달라고 하셨지요. 그리고 당신 딴에는 저한테 아주 잘 대해 주셨습니다. 술에 취해 있지 않을 때는 저와 주사위 놀이를 하거나 체스를 두는 걸 좋아하셨고, 하인이나 상인 들에게 저를 당신의 대리인으로 내세우셨지요. 그래서 열여섯 살 무렵에 저는 사실상 집안의 주인이 되었습니다. 열쇠는 제가 다 보관했기 때문에 저는 백부의 생활을 방해하지만 않는다면 어느 방에든 들어갈 수 있었고 무슨 일이든 할 수 있었지요. 하지만 이상한 예외가 딱 하나 있었습니다. 항상 문이 잠겨 있는 다락방이 하나 있었는데, 백부는 저를 포함해서 그 누구도 그 방에 들어가는 걸 허락하지 않으셨습니다. 저는 청소년기의 호기심이 발동해서 열쇠 구멍으로 방 안을 엿보곤 했지만 그런 곳에 있을 법한 낡은 트렁크와 짐 꾸러미 말고는 별다른 게 없었지요.

1883년 3월 어느 날 아침이었습니다. 외국 소인이 찍힌 편지 한 통이 백부의 접시 앞에 놓였지요. 그분에게 편지가 오는 일은 거의 없었습니다. 왜냐하면 모든 비용은 현찰로 지불했고 친구라곤 전혀 없었으니까요. '인도에서!' 백부는 편지를 집어 들며 말했습니다. '퐁디셰리 소인이 찍혔군! 이게 뭐지?' 얼른 편지를 뜯자 말라비틀어진 오렌지 씨앗 다섯 개가 접시 위로 떨어졌습니다. 저는 그 광경을 보고 웃음을 터뜨렸지요. 하지만 백부의 얼굴을 보자 웃음이 쑥 들어가고 말았습니다. 백부는 안색이 싹 달라져서 두 눈을 부릅뜬 채 입을 벌리고 있었습니다. 그리고 덜덜 떨리는 손으로 들고 있는 봉투를 노려보고 있었지요. 'K. K. K.!' 백부는 비명을 지르듯 외쳤습니다. '오, 이럴 수가, 이럴 수가. 내 죄에 대한 응보로구나!'

'큰아버지, 응보라니 그게 뭐지요?' 저는 외쳤습니다.

'그건 죽음이다.' 백부는 이렇게 말하고 두려움에 떠는 저를 남겨두고 방으로 들어가버렸습니다. 편지 봉투를 집어 들고 보니 봉투 안쪽의 고무풀을 바른 부분 바로 위에 빨간 잉크로 'K'라는 글자 세 개가 쓰여 있었습니다. 봉투 안에는 다섯 개의 마른 오렌지 씨앗밖에는 없었고요. 그토록 공포에 질린 이유가 무엇이었을까요? 저는 식탁에서 일어나 계단을 올라가다가 한 손에는 녹슨 열쇠를, 다른 손에는 돈궤처럼 보이는 작은 청동 함을 들고 내려오는 백부를 만났습니다. 백부가 들고 있는 열쇠는 문제의 다락방 열쇠임에 틀림없었지요.

'저쪽에서 어떻게 나오든 나도 가만히 있지는 않을 거다.' 백부는 욕설을 내뱉으며 말씀하셨습니다. '메리한테 오늘 내 방에 불을 지피라고 일러라. 그리고 호샴의 변호사 포댐을 불러와라.'

저는 그분이 시킨 대로 했습니다. 변호사가 오자 삼촌 방으로 올라오라는 전갈을 받았지요. 벽난로에선 불이 한창 타고 있었는데 종이를 태웠는지 재받이에는 폭신한 검은 재가 한 무더기 쌓여 있었습니다. 그 옆에는 뚜껑이 활짝 열린 채 텅 빈 청동 함이 놓여 있었지요. 저는 함을 흘긋 쳐다보았다가 아침에 편지 봉투에서 본 것과 똑같은 'K. K. K.'가 뚜껑에 박혀 있는 것을 보고 깜짝 놀랐습니다.

'존, 이제 유언을 하려고 하니 네가 증인이 돼다오.' 백부가 말씀하셨습니다. '나는 영지 전체를 내 동생, 즉 네 아버지에게 물려주려고 한다. 그건 틀림없이 너한테 넘어갈 게다. 너희들이 내 유산을 평화롭게 즐길 수 있다면 그 이상 좋은 일은 없을 것이다! 하지만 그렇지 못할 때는, 얘야, 나의 충고를 받아들여서 그걸 그냥 흉악한 적에게 넘겨주어라. 너한테 이런 양날의 칼을 물려주게 돼서 미안하

다만, 나도 일이 어찌 될지 알 수 없구나. 포댐 씨가 주는 서류에 서명해라.'

저는 시키는 대로 서류에 서명했고 변호사는 그걸 갖고 돌아갔습니다. 짐작하실 수 있겠지만 그 이상한 사건은 저에게 깊은 인상을 남겼지요. 저는 마음속으로 계속 그 일에 대해서 생각했지만 도대체 어찌 된 건지 짐작조차 할 수 없었습니다. 시간이 흐르고 아무 일 없이 일상생활이 반복되면서 맨 처음에 느꼈던 무서움은 점점 옅어졌지만, 막연한 불안감을 완전히 털어버릴 순 없었습니다. 하지만 백부는 완연히 달라졌지요. 전보다 술을 더 많이 마시고 사람을 만나는 걸 더욱 심하게 꺼렸습니다. 대개는 당신 방에 틀어박혀 안에서 문을 잠그고 지내셨지만 가끔씩 술에 취해서 호기롭게 현관문을 박차고 뛰어나갈 때도 있었어요. 그리고 권총을 든 채 정원을 돌아다니며, 나는 아무도 무서워하지 않는다고, 인간이든 악마든 나를 양처럼 우리에 가둬놓지는 못할 거라고 고래고래 소리 지르곤 했습니다. 하지만 이런 발작이 지나간 뒤에는 더 이상 영혼 밑바닥에 도사리고 있는 공포에 대항할 힘이 없는 사람처럼 미친 듯이 집 안으로 뛰어 들어와 문을 잠그곤 했습니다. 이런 때는 아무리 매섭게 추운 날이라도 그분의 얼굴이 방금 세수한 사람처럼 땀으로 번들거렸지요.

홈즈 선생님, 이제 더 이상 미루지 않고 결론을 말씀드리겠습니다. 어느 날 밤, 백부는 술에 취한 채 또 밖으로 뛰쳐나갔다가 영영 돌아오지 못했습니다. 정원의 녹색 거품이 떠 있는 작은 연못에 엎

어진 채로 발견되었지요. 몸에 외상은 전혀 없었고 연못의 깊이는 60센티미터밖에 안 됐기 때문에, 검시 배심에선 평소 그분의 기행을 고려해서 '자살'이라는 판결이 났습니다. 하지만 저는 백부가 얼마나 죽음을 두려워하고 삶에 집착했는지 잘 알고 있었기 때문에 당신이 정말 그런 방식으로 죽음을 맞았다는 게 도저히 믿어지지 않았습니다. 하지만 일은 그렇게 종결되었고 영지와 1만 4000파운드가량의 예금은 아버지의 소유가 되었습니다."

"잠깐."

홈즈가 끼어들었다.

"이 사건은 내가 여태까지 들어본 것 중에서 가장 특이한 예에 속할 것 같소. 백부께서 문제의 편지를 받은 날과 자살로 추정되는 죽음을 맞은 날이 언젠지 알려주시오."

"편지를 받은 건 1883년 3월 10일이고 백부께서 돌아가신 건 7주 뒤인 5월 2일 밤이었습니다."

"고맙소. 그럼 계속하시오."

"아버지는 호샴 영지를 물려받은 뒤에 제 부탁에 따라 항상 잠겨 있던 문제의 다락방을 면밀히 조사했습니다. 우린 거기서 청동 함을 찾아냈지만 내용물은 이미 완전히 파기된 상태였지요. 뚜껑 안쪽의 'K. K. K.'라는 머리글자 밑에는 '편지, 비망록, 영수증 및 명단'이라고 쓴 쪽지가 붙어 있었습니다. 저는 백부가 파기한 서류가 바로 이것일 거라고 짐작했지요. 다락방에는 백부의 미국 생활에 관한 기록과 서류가 여기저기 흩어져 있는 걸 빼면 별로 중요한 물건이 없었습니다. 그중 일부는 남북 전쟁 시기에 관한 것이었는데, 그걸 보니 백부가 주어진 임무를 잘 수행해서 용감한 병사로 이름을 날렸다는 사실을 알 수 있었지요. 나머지는 전후 남부의 재건 시기에 관한 것이었는데 정치와 관련된 내용이 많았고, 백부는 북부에서 파견된 뜨내기 정치가들에게 반대하는 데 큰 역할을 했던 것 같았습니다.

아버지가 호샴에서 살게 된 것은 1884년 초였고 그해 말까지 만사는 순조로웠습니다. 그런데 1885년 1월 4일 아침, 식탁에 둘러앉아 있는데 아버지가 갑자기 외마디 비명을 질렀습니다. 아버지는 한 손에 막 뜯은 편지 봉투를, 다른 손에는 다섯 개의 마른 오렌지 씨앗을 들고 계셨지요. 아버지는 항상 내 얘기를 터무니없는 소리라고 웃어넘겼지만 똑같은 일이 당신에게 벌어지자 무섭고 당황한 듯했습니다.

'아니, 얘야, 이게 도대체 뭐냐?' 아버지는 더듬거리는 소리로 물었습니다.

저는 편지 봉투 안쪽으로 눈을 돌렸습니다. 'K. K. K.'예요.

아버지는 봉투 안쪽을 보았지요. '정말 그렇구나!' 아버지는 외쳤습니다. '바로 여기 그렇게 쓰여 있다. 그런데 그 위에 쓰여 있는 건 뭐지?'

'서류를 해시계 위에 올려놓아라.' 아버지의 어깨 너머로 편지를 들여다보니 그렇게 쓰여 있더군요.

'서류라니? 해시계라니?' 아버지는 물었지요.

'해시계라면 정원에 있는 걸 말하는 거예요. 해시계는 그것뿐이니까요. 하지만 서류라면 이미 폐기된 걸 말하는 것 같은데요.'

'흥!' 아버지는 용기를 짜냈습니다. '여기는 문명국가다. 이런 광

대 짓거리를 받아들일 순 없어. 이건 어디서 온 거냐?'

'던디에서요.' 저는 소인을 흘끗 보고 대답했습니다.

'어느 놈이 장난친 게 틀림없다. 대관절 해시계나 서류가 나하고 무슨 상관이 있다는 거냐? 이따위 바보 같은 얘기에는 신경 쓰지 않겠다.'

'경찰에 신고해야겠어요.'

'그래봤자 비웃음만 살 거다. 난 그런 짓은 하지 않을 테다.'

'그럼 제가 할까요?'

'안 돼, 허락하지 않겠다. 이런 바보 같은 짓거리 때문에 법석을 떨 생각은 없다.'

아버지와 말다툼을 해봤자 소용없는 짓이었지요. 그분은 고집불통이었으니까요. 하지만 제 가슴은 불길한 예감으로 가득 찼습니다.

편지가 온 지 사흘째 되는 날, 아버지는 포츠다운 힐 요새의 지휘관으로 있는 오랜 친구 프리바디 소령을 만나러 갔습니다. 저는 아버지가 집을 떠나는 것을 내심 기쁘게 생각했습니다. 집을 떠나 계시면 위험하지 않을 것 같았으니까요. 하지만 그런 생각은 틀린 것이었습니다. 아버지가 집을 나간 지 이틀째 되는 날 프리바디 소령한테서 속히 와달라는 전보가 도착했습니다. 아버지가 그 일대에 흔한 깊은 백악 갱 속으로 추락해서 두개골이 깨지는 중상을 입고 혼수상태에 빠진 것입니다. 제가 급히 달려갔지만 아버지는 끝내 의식을 회복하지 못한 채 돌아가셨습니다. 아버지는 해 질 녘에 페어햄에서 돌아오다가 그곳 지리를 잘 모르는 탓에 울타리도 없이 방치된 백악 갱으로 떨어진 것처럼 보였습니다. 검시 배심에선 지체 없이 '사고사'라는 판결이 나왔지요. 저는 아버지의 죽음과 관련된 모든 사실을 철저히 조사해 보았지만 계획적 살인을 암시하는 단서는 찾아볼 수 없었습니다. 거기엔 싸운 흔적도 발자국도 도난당한 물건도 없었고, 그 일대에서 낯선 사람이 발견되었다는 증언도 없었습니다. 하지만 두말할 필요 없이 저는 심한 불안을 느꼈고 아버지가 어떤 구역질 나는 음모에 희생되었으리라는 강한 확신이 들었습니다.

이렇게 해서 제가 불길한 유산을 상속받게 된 것입니다. 선생님께선 왜 그 집을 처분하지 않았는지 물으실 겁니다. 저는 우리 가족이 겪은 고통이 어떤 식으로든 백부가 미국에서 겪은 일과 상관있을 거라고 생각했습니다. 그래서 어디로 이사 가든 위험은 마찬가지일 거라고 확신했지요.

아버지는 1885년 1월에 돌아가셨는데 그 뒤 2년 8개월이라는 세월이 흘렀습니다. 그동안 저는 호샴에서 행복하게 살았지요. 그러면서 점점 희망적인 생각이 들기 시작했습니다. 세대가 바뀌면서 가족에게 내린 저주가 완전히 물러간 게 아닐까 했던 거지요. 하지만 너무 성급히 안심했나 봅니다. 어제 아침에 충격적인 일이 생겼지요. 아버지가 겪었던 것과 똑같은 일이 저한테 일어난 것입니다."

청년은 조끼에서 구겨진 봉투를 꺼내 탁탁 털었다. 말라비틀어진 오렌지 씨앗 다섯 개가 탁자 위로 떨어졌다.

"이게 그 봉투입니다."

청년은 말을 계속했다.

"런던 동부 지구의 소인이 찍혀 있습니다. 안쪽에는 아버지가 받은 편지와 똑같은 말이 쓰여 있고요. 'K. K. K.' 그리고 '서류를 해시계 위에 올려놓아라.'"

"그래서 어떻게 했소?"

홈즈가 물었다.

"아무 일도."

"아무 일도?"

"솔직히 말하면……."

청년은 희고 여윈 두 손에 얼굴을 묻었다.

"저는 무력감에 빠져 있습니다. 뱀이 다가오는 걸 보고 공포에 질려 꼼짝 못하고 있는 토끼가 된 기분입니다. 도망칠 수도 없고 저항해 봤자 소용없는 악마의 손아귀에 붙들린 것처럼 말입니다. 아무리 대비하고 조심해도 제 몸을 지키는 것은 불가능할 것 같습니다.”

“쯧쯧!”

셜록 홈즈는 혀를 찼다.

“젊은이, 지금은 행동할 때요. 그렇지 않으면 당신은 죽고 말 거요. 힘과 용기를 갖는 것만이 살길이지. 절망하고 있을 시간이 없어요.”

“저는 경찰을 찾아갔더랬습니다.”

“아!”

“하지만 그 사람들은 제 얘기를 웃으며 듣더군요. 경찰서에서 만난 경위는 우리 집에 날아온 편지가 모두 장난이고, 아버지와 백부의 죽음은 검시 배심이 판단한 대로 경고 편지와 무관한 사고였다고 생각하는 것이 분명해 보였습니다.”

홈즈는 두 주먹을 불끈 쥐고 휘두르며 외쳤다.

“형편없는 바보 천치 같으니라고!”

“그래도 경찰관 한 명을 저희 집으로 파견해 주었지요.”

“그럼 오늘 밤에 그 경찰과 같이 온 거요?”

“아니요. 그의 임무는 집을 지키는 것이었으니까요.”

홈즈가 다시 한번 으르렁거리고는 외쳤다.

“당신은 지금 나한테 올 게 아니었소. 왜 무엇보다 당장 나에게 오지 않은 거요?”

“저는 몰랐습니다. 오늘에야 프렌더개스트 소령님에게 하소연했다가 선생님께 가보라는 충고를 들었던 겁니다.”

“당신이 편지를 받은 지 벌써 이틀이 다 돼가오. 우린 진작 행동했어야 했소. 지금 여기 있는 것 말고 도움이 될 만한 증거물이나 단서는 더 이상 없소이까?"

"여기 하나 있습니다."

존 오펜쇼가 말했다. 그는 외투 주머니를 뒤져 색깔이 바랜 청색 종이를 한 장 꺼내 탁자 위에 올려놓았다.

"유품입니다."

청년은 말했다.

"백부가 서류를 태우던 날, 저는 벽난로의 재 속에서 바로 이런 색깔의 종이가 타다 남은 걸 보았습니다. 그래서 백부의 방에서 이걸 발견했을 때 백부가 파기한 서류의 일부분이라는 걸 알았지요. 하지만 여기서 오렌지 씨앗을 언급한 부분을 빼면 도움이 될 만한 내용이 있는지 모르겠군요. 저는 이게 백부가 쓴 일지의 한 장일 거라고 생각합니다. 필체가 백부 것임에 틀림없거든요."

홈즈는 등잔불을 끌어당겼고, 우리 둘은 고개를 맞대고 종이를 살펴보았다. 가장자리의 뜯긴 흔적으로 보아 공책에서 찢어낸 것이 분명했다. 맨 위에는 '1869년, 3월'이라는 제목이 붙어 있었고 그 밑에는 무슨 소린지 알 수 없는 메모가 적혀 있었다.

4일. 허드슨 도착. 똑같은 강령.

7일. 세인트오거스틴의 매컬리, 패러모어, 존 스웨인에게 오렌지 씨앗 발송.

9일. 매컬리 제거.

10일. 존 스웨인 제거.

12일. 패러모어 방문. 원만히 해결.

"고맙소!"

홈즈는 종이를 접어서 손님에게 돌려주며 말했다.

"이제 더 이상 지체할 여유가 없소. 이 문제에 대해 토론할 시간도 아껴야 하오. 당장 집에 가서 행동에 돌입하시오."

"제가 어떻게 해야 할까요?"

"할 일은 오직 하나요. 지체 없이 행동해야 하오. 당신이 보여준 종이쪽지를 아까 말한 청동 함에 넣으시오. 그리고 숙부가 서류를 이미 태워 없앴고 남은 것은 이것뿐이라는 메모를 써서 함에 같이 넣으시오. 믿음이 가도록 잘 써야 하오. 그런 다음에 놈들 지시대로 함을 해시계 위에 올려놓으시오. 알아듣겠소?"

"예, 알겠습니다."

"당분간 복수 같은 것은 아예 생각지 마시오. 복수는 합법적인 수단으로도 할 수 있으니까. 하지만 저들은 이미 그물을 쳐놓았고 우리는 이제야 그물을 짜야 하오. 무엇보다 중요한 것은 신변의 안전을 도모하는 일이오. 수수께끼를 풀고 범행을 저지른 일당을 처벌하는 것은 그다음의 일이오."

"감사합니다."

청년은 일어서서 외투를 입으며 말했다.

"선생님 덕분에 새로운 활력과 희망을 되찾았습니다. 반드시 선생님 말씀대로 하겠습니다."

"일각을 천금같이 여기시오. 그리고 무엇보다 자신의 몸을 돌보시오. 현실적인 위험이 임박한 것은 틀림없는 사실이니까. 집에는 어떻게 갈 거요?"

"워털루 역에서 기차로 갈 겁니다."

"아직 아홉시가 채 안 됐소. 거리는 아직도 붐빌 테니까 위험하진 않을 거요. 하지만 조심하고 또 조심하시오."

"총을 갖고 왔습니다."

"잘했소. 나는 내일 당장 수사에 착수할 거요."

"그럼 호샴에서 뵐 수 있겠군요?"

"아니요, 비밀이 감춰져 있는 곳은 런던이오. 여기서 그걸 찾아볼 생각이오."

"그럼 저는 내일이나 모레쯤에 청동 함과 서류에 관한 소식을 갖고 다시 찾아뵙겠습니다. 선생님의 조언을 그대로 실천할 생각입니다."

청년은 손을 흔들고 방을 나갔다. 밖에선 여전히 폭풍이 맹위를 떨치고 있었고 빗줄기는 거세게 창문을 두들겼다. 강풍을 타고 해초 가닥이 날아와 몸에 휘감기듯, 이상하고 야만적인 이야기가 미처 날뛰는 폭풍우를 타고 날아왔다가 다시 폭풍 속으로 날아간 것처럼 느껴졌다.

셜록 홈즈는 한참 동안 고개를 숙인 채 새빨갛게 달아오른 난롯불을 응시하고 있었다. 그러다가 파이프에 불을 붙인 다음 의자에 몸을 파묻고 담배 연기가 푸른 고리 모양으로 올라가는 모습을 지켜보았다. 홈즈가 마침내 입을 열었다.

"왓슨, 여태껏 이보다 더 괴기한 사건은 없었던 것 같아."

"'네 사람의 서명'은 빼야지."

"음, 그렇군. 그건 빼고. 하지만 존 오펜쇼라는 청년은 숄토 형제보다 더 위험한 상태에 처해 있는 것 같아."

"자네는 그 위험한 상태라는 게 어떤 건지 이해하고 있나?"

"어떤 위험인지에는 의문의 여지가 없어."

"그럼 그게 뭔가? 대관절 'K. K. K.'라는 자가 누구고, 또 무슨 이유로 이 불운한 가족을 쫓고 있는 거지?"

셜록 홈즈는 지그시 눈을 감았다. 그리고 양쪽 팔꿈치를 팔걸이에 올려놓은 채 손가락 끝을 맞댔다.

"이상적인 논리적 능력을 갖추고 있는 인간이라면 온갖 가능성을 지닌 하나의 사실에 대해 알게 되었을 때, 그것으로부터, 그것에 이르게 된 모든 사건들의 연쇄뿐 아니라 파생되는 미래의 결과에 대해서도 남김없이 추론해 낼 수 있을 걸세. 퀴비에(Cuvier, 프랑스의 동물학자, 비교 해부학과 고생물학을 확립 — 옮긴이)가 뼈 하나만 가지고도 심사숙고 끝에 동물의 전체 모습을 올바르게 묘사해 낼 수 있는 것처럼 사건들의 연쇄에서 하나의 고리를 속속들이 이해한 관찰자라면 전후의 다른 고리들에 대해서도 정확하게 그려낼 수 있어야 하지. 하지만 우리는 아직 순수한 논리만으로 결과를 추론해 내지는 못하고 있어. 우리는 연구를 통해 다양한 문제를 해결할 수 있는

데, 감각에 의존해서 문제를 푸는 사람들은 그걸 보고 당황할 정도
지. 하지만 이런 논리적 능력을 최고도로 연마하려면 자신의 지식
전부를 이용할 수 있어야 해. 그리고 자네도 알다시피 그것은 한 개
인이 온갖 것을 다 알아야 한다는 의미를 내포하는 것일세. 그런데
요즘 같은 자유 교육의 시대, 백과사전의 시대에도 만물박사가 된
다는 것은 쉽지 않은 일이지. 하지만 한 개인이 자신의 분야에서 도
움될 만한 지식을 전부 갖추는 게 아주 불가능한 일은 아니야. 그래
서 나는 나름대로 애써 왔네. 내 기억이 옳다면 자네는 나를 안 지
얼마 안 됐을 때 내 지식의 범위에 대해서 아주 자세하게 분석한 적
이 있을 텐데.”

“그렇다네.”

나는 껄껄 웃으며 대답했다.

"그건 아주 특이한 기록이었지. 나는 거기에 철학, 천문학, 정치학에 대한 자네의 지식은 아주 없다고 표시했던 기억이 나네. 그리고 식물학에 대한 지식은 편차가 심하고 지질학은 80킬로미터 이내의 지역에서 묻혀 온 흙에 관해서는 모르는 게 없을 정도이고 화학적 지식은 해박하고 해부학적 지식은 체계적이지 못하고 범죄 관련 문헌에 관해서는 조예가 깊고 바이올린 연주에도 능하다고 했네. 게다가 자네는 복싱, 검도, 실용법 분야에서 상당한 실력자이고 코카인과 담배 중독자이기도 하지. 이상이 자네에 대한 나의 분석의 핵심이었을 걸세."

홈즈는 코카인과 담배에 관한 항목에 이르자 빙그레 웃었다.

"그래, 그때도 말했지만 사람은 자신의 머릿속에 있는 작은 다락방에 사용 가능성이 있는 가구를 채워 넣어야 하지. 그렇지 않은 것들은 필요할 때 꺼내 쓸 수 있게 서재에 차곡차곡 정리해 놓고 말이야. 그런데 오늘 밤에 들어온 것과 같은 사건을 해결하려면 우리가 가진 모든 자원을 다 동원할 필요가 있어. 미안하지만 그 옆의 선반에 있는 미국 백과사전에서 'K' 항목을 찾아주지 않겠나? 고맙네. 이제 상황을 차근차근 검토해 보고 거기서 어떤 결론을 유추해 낼 수 있는지 보기로 하지. 먼저 우리는 청년의 백부인 오펜쇼 대령이 미국을 떠날 수밖에 없었던 이유가 분명히 있었을 거라고 추정할 수 있네. 그만한 연배의 사람들이 아무 이유 없이 자신의 생활 습관을 바꿀 리도 없지만 플로리다의 매혹적인 기후와 영국 시골 지역의 외로운 삶을 흔쾌히 맞바꿨을 리는 없었을 테니까. 오펜쇼 대령이 영국에서 극단적인 칩거 생활을 했던 것은 아마 누군가 또는 무엇인가가 두려웠기 때문일 거야. 그래서 우리는 대령이 미국을 떠날 수밖에 없었던 것도 그러한 두려움 때문이었다는 가설을 세울 수 있지. 대령이 두려워했던 것의 실체에 관해서는, 그 자신과 두 상속자에게 날아온 저 무서운 편지를 통해 유추해 볼 수밖에 없네. 그런데 자네는 그 세 통의 편지에 어디 소인이 찍혀 있었는지 기억나나?"

"첫 번째 편지는 퐁디셰리에서 온 것이고 두 번째는 던디, 세 번째는 런던에서 온 것이었지."

"동부 런던이지. 그걸 보고 무엇을 알 수 있을까?"

"세 곳이 모두 항구 도시라는 것. 그리고 편지를 쓴 사람은 배에 타고 있었다는 것."

"훌륭해. 우리한테는 이미 단서가 생겼군. 편지를 쓴 사람이 배에 타고 있었으리라는 데에는 의문의 여지가 없네. 그러면 이제 다른 점에 대해 생각해 보기로 하지. 인도 퐁디셰리의 경우에는 협박 편지가 날아온 지 7주 만에 사건이 터졌네. 스코틀랜드 던디의 경우엔 고작 사나흘밖에 안 걸렸지. 그게 의미하는 바가 뭘까?"

"호샴까지 가는 데 걸린 시간."

"하지만 편지가 도착하는 데도 시간이 걸리는 건 마찬가지지."

"그럼 잘 모르겠는걸."

"적어도 범인이 탄 배가 범선이었을 거라는 추정은 가능하지. 놈들은 항상 임무에 착수할 때 미리 그 특이한 경고 또는 상징물을 발송하는 것 같아. 자네는 던디에서 발송된 경고 편지가 날아온 뒤에 얼마나 신속하게 범행이 이루어졌는지 알고 있네. 만약 범인이 인도의 퐁디셰리에서 증기선을 타고 출발했다면 범인은 편지와 거의 비슷한 시기에 도착했을 걸세. 하지만 사실상 7주가 경과했네. 나는 그 7주가 편지를 실은 우편선과 범인들이 탄 범선 간의 속도 차이를 나타낸다고 생각하네."

"그럴듯하군."

"아니, 그 이상이야. 그럴 가능성이 대단히 높다네. 그러니 자네는 이제 이번 일이 얼마나 급박하게 돌아갈 것인지, 내가 왜 오펜쇼 청년에게 누누이 조심하라고 강조했는지 알 거야. 사건이 터진 것은 항상 범인들이 편지를 보내고 나서 호샴에 도착했을 무렵이었네. 그런데 이번 편지의 발송지는 런던이었어. 그러니 우리는 시간 여유를 기대할 수 없다네."

"맙소사! 그렇게 무자비하게 쫓아다니는 이유가 대체 뭐지?"

내가 말했다.

"오펜쇼 대령이 가져온 서류가 범선에 탄 일당에게는 사활이 걸린 중요한 물건임에 틀림없어. 나는 범인이 한 명 이상일 거라고 확신하네. 한 사람의 힘으로는 검시 배심을 깜빡 속여 넘길 정도의 솜씨로 두 사람을 해치우는 게 불가능하지. 범행에 가담한 것은 여럿일 거야. 또 대단한 지략과 결단력을 갖춘 자들임에 틀림없네. 그들이 손에 넣으려고 하는 서류는 그 집단의 기록일 거야. 그래서 'K. K. K.'는 어느 한 사람의 머리글자가 아니라 한 집단의 상징이 되는 거지."

"그게 어떤 집단이지?"

"자네 혹시……."

셜록 홈즈는 내 앞으로 바싹 다가와 목소리를 낮추고 말했다.

"큐 클럭스 클랜이라고 들어본 적 없나?"

"아니, 전혀."

홈즈는 무릎 위에 펼쳐놓은 책장을 넘기다가 말했다.

"여기 있군."

큐 클럭스 클랜(Ku Klux Klan), 소총의 노리쇠를 잡아당길 때 나는 소리를 본뜬 이름이라고 한다. 이 무서운 비밀 단체는 남북 전쟁이 끝난 뒤 남군 출신 병사들이 결성한 조직으로 남부의 여러 주에서 급속히 지부를 늘려갔다. 특히 테네시, 루이지애나, 캐롤라이나, 조지아, 플로리다의 지부가 유명하다. 이 단체는 정치적 목적을 띠기도 했으나 주로 흑인 유권자들을 협박하고 자신들과 반대되는 견해를 가진 사람들을 살해하거나 추방하는 일에 앞장섰다. 이 단체는 폭력 행위를 저지르기 전에 항상 표적으로 삼은 대상자에게 다소 별나지만 일반적으로 공인된 형상, 참나무의 어린 가지나 멜론 씨앗 또는 오렌지 씨앗을 보냈다. 이것을 받은 사람은 공개적으로 과거의 생각을 부인하거나 다른 지역으로 도피해야 했다. 정면으로 대항하려고 했던 사람은 반드시 예상치 못한 방식으로 기이한 죽음을 맞았다. 이 단체의 물샐틈없는 조직력과 체계적인 활동 방식으로 인해 이 단체에 저항하고서도 목숨을 건진 사람은 역사상 단 한 사람도 없고 또 아무리 무도한 행위가 저질러졌어도 범인 색출에 성공한 적도 없다. 미국 정부와 남부의 의식 있는 계층이 노력했음에도 이 단체는 오랫동안 위세를 떨쳤다. 1869년, 이 단체의 활동은 갑자기 중단되었지만 그 후에도 비슷한 사건이 산발적으로 일어나고 있다.

홈즈는 책을 내려놓으며 말했다.

"자네도 눈치챘겠지만 'K. K. K.'의 갑작스러운 해체는 오펜쇼 대령이 서류를 들고 미국에서 자취를 감춘 시점과 일치하네. 바로 그것이 원인이자 결과일 수 있어. 오펜쇼 집안사람들이 줄기차게 추적당하는 것이 그렇게 놀라운 일은 아니라는 거지. 자네도 그 명단과 일지에 남부의 저명인사들이 연루된 기록이 있으리라는 건 짐작할 수 있을 걸세. 그들은 아마 그 기록을 되찾기 전까지는 밤에 발 뻗고 자기 힘들 거야."

"그러면 아까 그 일지는……."

"그건 우리가 예상할 수 있는 그대로지. 내 기억이 정확하다면 거기엔 'A, B, C에게 오렌지 씨앗 발송'이라고 쓰여 있었네. 그건 말하자면 대상자에게 경고했다는 걸세. 그다음에는 A와 B를 제거 또는 그 지역에서 추방했다는 얘기가 나오고 마지막으로 C를 찾아갔다는 얘기가 나오지. 아마 C는 흉악한 일을 당했을 거야. 여보게, 우린 이 흉한 사건을 해결할 수 있을 걸세. 오펜쇼 청년에게 단 하나의 살길은 사건이 해결되기까지 내가 시키는 대로 하는 거지. 하지만 오늘은 더 이상 할 일이 없군. 거기 바이올린 좀 집어주게. 반 시간 정도 연주나 들으면서 저 지독한 날씨와 그보다 더 지독한 인간들의 범죄 행각을 잊어보세나."

다음 날은 날씨가 개었고 태양은 대도시 상공에 드리워진 희뿌연 장막을 뚫고 가냘프게 빛났다. 거실에 나가보니 셜록 홈즈는 벌써 조반을 들고 있었다.

"미안하지만 자넬 기다리고 있을 시간이 없었네."

홈즈는 말했다.

"오펜쇼 청년이 의뢰한 사건에 대해 조사하자면 오늘 하루는 정신없이 바쁠 것 같아서 말이야."

"오늘은 어떤 일을 하려고?"

내가 물었다.

"그건 나의 첫 번째 조사 결과가 어떻게 나오느냐에 따라 달라지지. 결국은 호샴으로 가야 할지도 모르겠어."

"호샴에 먼저 가지 않고?"

"아니, 나는 런던에서 시작할 거야. 초인종을 누르고 하녀한테 커피를 갖다달라고 하게."

나는 커피를 기다리는 동안 막 배달된 조간신문을 탁자에서 집어들었다. 그런데 신문 1면에 실린 기사를 보고 가슴이 철렁 내려앉아 소리쳤다.

"홈즈, 이미 늦었네!"

"아!"

그는 잔을 내려놓으며 말했다.

"내가 두려워하던 일이 벌어졌군. 어떻게 된 건가?"

그는 침착하게 말했지만 나는 그가 심하게 동요하고 있다는 걸 느낄 수 있었다.

"오펜쇼라는 이름이 눈에 띄기에 봤더니……. 기사 제목은 '워털루 다리의 비극'이군. 내가 한번 읽어보지."

어젯밤 아홉시에서 열시 사이에, H 지구의 워털루 다리 근처에서 근무 중이던 쿡 경관은 "사람 살려!"라는 비명 소리와 함께 물에 첨벙 빠지는 소리를 들었다. 하지만 어젯밤은 폭풍우가 심하고 칠흑같이 어두웠던 탓에 몇몇 행인들도 나서서 돕긴 했지만 인명 구조에는

실패하고 말았다. 그러나 경보를 울려 수상 경찰의 도움을 받아서 결국 시신은 건져냈다. 익사한 젊은 신사의 이름은 호주머니에서 발견된 편지에 따르면 존 오펜쇼이고 거주지는 호샴 부근이다. 고인은 아마 워털루 역에서 출발하는 마지막 열차를 타려고 서두르다가 칠흑 같은 어둠 속에서 증기선 전용 선착장 너머로 실족한 듯하다. 시신에 외상의 흔적이 없는 것으로 보아 고인은 불행한 사고로 목숨을 잃은 것이 분명하다. 이 사건을 계기로 당국은 강변 선착장의 안전시설에 대한 점검에 나설 전망이다.

몇 분간 침묵이 흘렀다. 나는 홈즈가 그렇게 우울하고 약한 얼굴을 하고 있는 것은 처음 보았다.

"왓슨, 나는 자부심에 상처를 입었네."

그는 마침내 입을 열었다.

"사소한 감정이긴 하지만 나는 정말 자부심에 상처를 입었어. 이 사건은 이제 나의 문제가 되었네. 내 목숨이 붙어 있는 한 이 무뢰배들을 응징하는 일에서 손을 떼지 않겠어. 날 찾아와 도움을 청한 청년에게 고작 죽음을 선사하다니⋯⋯."

홈즈는 벌떡 일어났다. 그리고 흥분을 억누르지 못한 채 길고 여윈 손을 신경질적으로 쥐어짜며 방 안을 오락가락했다. 창백한 얼굴이 벌겋게 달아올라 있었다. 그가 마침내 소리쳤다.

"교활한 것들, 도대체 어떻게 그 친구를 거기로 유인할 수 있었지? 템스 강변은 워털루 역으로 가는 직선 경로가 아니야. 그리고 아무리 그런 밤이라고 해도 다리 위엔 사람들이 아주 많았을 텐데. 왓슨, 결국 누가 이기는지 보세. 난 이제 나가야겠네!"

"경찰서로?"

"아니, 나 스스로가 경찰이 되어야 해. 내가 거미줄을 쳐놓으면 경찰이 파리를 잡을 수는 있겠지. 하지만 그 전까지는 아무것도 안 될 테니까."

나는 하루 종일 환자를 진료하고 저녁 늦게야 베이커가로 돌아왔다. 셜록 홈즈는 집에 없었다. 그가 창백하고 지친 얼굴로 집에 돌아온 것은 열시가 다 된 시각이었다. 그는 선반에서 빵 덩어리를 집어 들더니 물 한 잔과 함께 게걸스럽게 먹어치웠다.

"배가 무척 고팠나 보군."

나는 말을 건넸다.

"하루 종일 내리 굶었지. 끼니를 잊고 있었어. 아침을 먹고 난 뒤에 아무것도 안 먹었네."

"아무것도?"

"응. 뭘 먹을 생각을 할 여유가 없었지."

"그런데 일은 잘됐고?"

"응."

"단서는 잡았나?"

"이 손에 단단히 움켜쥐고 있지. 머지않아 오펜쇼를 대신해서 복수할 걸세. 왓슨, 놈들의 악마 같은 상징물을 저들에게 도로 돌려주도록 하자고. 어때, 기발한 생각이지?"

홈즈는 선반에서 오렌지를 하나 내려 쪼갠 다음 씨를 골라냈다. 그리고 다섯 개의 씨앗을 추려서 편지 봉투에 집어넣었다. 봉투 안쪽에는 'S. H.가 J. O.에게'라고 쓰고, 겉봉에는 '미국 조지아 주, 사바나, 론 스타호, 제임스 컬훈 선장 앞'이라고 썼다.

"이 편지가 먼저 도착해서 놈을 기다리고 있을 걸세."

홈즈는 킬킬거리며 말했다.

"밤잠깨나 설치게 될걸. 오렌지 씨앗은 오펜쇼가 맞은 것과 똑같은 운명의 예고편이라는 걸 알고 있을 테니까."

"그런데 컬훈 선장이 대체 누군가?"

"조직의 우두머리일세. 다른 녀석들도 잡을 거야. 하지만 이자가 먼저지."

"그런데 이자를 어떻게 추적했지?"

홈즈는 날짜와 이름 들이 빽빽이 적혀 있는 큰 종이를 한 장 주머니에서 끄집어냈다.

"하루 종일 걸렸어. 나는 로이드 선박 등기소의 과거 등기부를 뒤졌다네. 1883년 1월에서 2월 사이에 인도 퐁디셰리항에 기항했던 모든 선박의 행적을 쫓으려고 말이야. 그중에서 론 스타호가 금방 눈에 띄었네. 왜냐하면 론 스타라는 지명은 런던에서는 사라졌지만 미국의 어느 주에 가서 붙었거든."

"텍사스일 거야(주를 상징하는 깃발에 별이 하나인 데에서 텍사스 주를 '론 스타(Lone Star, 외로운 별이라는 뜻)'라고 부르기도 함 ──옮긴이)."

"그런가. 잘 모르겠군. 어쨌든 나는 그 배가 미국 국적 선박임에 틀림없다고 생각했네."

"그래서?"

"나는 던디항의 등기부를 찾아보고 론 스타호가 1885년 1월에 거기 기항한 적이 있다는 사실을 알아냈어. 의혹은 확신으로 변했지. 그래서 현재 런던항에 정박 중인 선박들을 조사했네."

"그래?"

"론 스타호는 지난주에 여기 도착했더군. 나는 앨버트 부두에 가 보고 그 배가 오늘 아침에 조류를 타고 모항인 사바나를 향해 출발했다는 사실을 알았네. 그레이브센드로 전문을 보내 알아보니 론 스타호가 몇 시간 전에 그곳을 지났다고 하더군. 동풍이 불고 있으니 그 배는 지금쯤 굿윈스를 지나 와이트 섬에서 그리 멀지 않은 곳까지 갔을 거야."

"그럼 이젠 어떻게 할 건가?"

"오, 벌써 손을 써놓았네. 내가 알아본 바에 따르면 그 배에 탄 사람들 중에서 토박이 미국인은 칼훈 선장과 두 짝패뿐이네. 나머지는 핀란드인과 독일인이지. 또 나는 그 세 사람이 어젯밤 배에서 내렸다는 사실도 알아냈지. 그 배의 화물을 운반한 하역 인부한테서 얻어낸 정보일세. 범선 론 스타호가 미국 사바나항에 도착할 때쯤 우편선은 이 편지의 배달을 완료할 거야. 그리고 사바나 경찰은 이 세 사람이 영국에서 살인 혐의로 수배된 용의자라는 전문을 받게 될 테지."

하지만 아무리 치밀하게 짜놓은 인간의 계획에도 허점은 있으니,

존 오펜쇼의 살해범들은 그들 못지않게 교활하고 단호한 인간이 뒤쫓고 있다는 사실을 알려줄 오렌지 씨앗을 끝내 받지 못했다. 그해 추분 무렵의 강풍은 오랫동안 그치지 않았다. 우리는 사바나에서 론 스타호의 소식이 전해지기를 목 빠지게 기다렸지만 그런 소식은 오지 않았다. 그러던 중 마침내 대서양 한복판에 'L. S.'라는 글자가 새겨진 부서진 선미 조각이 파도에 떠다니는 모습이 목격되었다는 소식을 들었다. 우리가 론 스타호의 운명에 대해 알게 된 것은 이것이 전부다.

입술 삐뚤어진 사나이

　고(故) 엘리아스 휘트니의 동생이면서 세인트조지 신학 대학 학장을 지낸 이사 휘트니는 아편 중독자다. 내가 알기로 그가 아편에 빠진 것은 대학에 재직 중일 때였는데, 그것은 순전히 어느 어리석은 중독자 때문이었다. 드 퀸시(De Quincey, 영국의 수필가이자 비평가, 자신의 아편 중독 체험을 다룬 『어느 영국인 아편쟁이의 고백』으로 유명 ─ 옮긴이)의 몽환과 환각에 대한 묘사를 읽은 그는 똑같은 효과를 체험해 볼 생각으로 아편제를 담배에 흠뻑 적셔서 피웠다. 그러나 이미 수많은 사람들이 경험한 것처럼 아편을 시작하는 건 쉬워도 끊는 것은 그리 만만한 일이 아니었다. 그래서 몇 년째 그는 아편의 노예로 살아오면서 친구와 친지 들로부터 혐오와 동정심을 동시에 불러일으키는 존재가 되었다. 나는 지금도 그가 핏기 하나 없이 누렇게 뜬 얼굴에 반쯤 감긴 눈, 바늘 끝만큼 졸아든 동공을 하고 웅크리고 앉아 있는 모습을 볼 수 있다. 그는 아주 못쓰게 전락한 귀족이었다.

1889년 6월 어느 날 밤, 누군가 우리 집 초인종을 눌렀다. 밤중에 사람들이 하품을 하면서 시계를 쳐다보게 되는 그런 시간이었다. 나는 편하게 앉아 있다가 자세를 바로잡았고 아내는 바느질감을 무릎에 내려놓고 실망스러운 기색을 감추지 못했다. 아내가 말했다.

"환자예요! 당신 나가봐야겠군요."

저절로 신음 소리가 새어 나왔다. 나는 고단한 하루를 보내고 막 집에 돌아온 참이었다.

현관문 열리는 소리, 급한 말소리, 그리고 리놀륨 바닥에서 종종걸음 치는 소리가 났다. 방문이 활짝 열리더니 어두운 옷에 검은 베일을 쓴 부인이 들어섰다.

"이렇게 늦게 찾아와서 미안합니다."

부인은 이렇게 말하더니 이내 자제력을 잃어버리고 아내에게 달려갔다. 그리고 아내를 부둥켜안고 흐느끼기 시작했다.

"오, 난 너무 힘들어! 조금만 도와다오."

부인은 소리쳤다.

"아니, 이게 누구야."

아내는 부인의 베일을 걷어 올리며 말했다.

"케이트 휘트니 아냐. 케이트! 정말 깜짝 놀랐어. 넌 줄 몰랐단다."

"난 어떻게 해야 할지 몰라서 너한테 달려온 거야."

항상 이런 식이었다. 슬픔에 잠긴 사람들은 새가 등대를 향해 날아오듯 내 아내에게 달려왔다.

"그래, 잘 왔다. 자, 포도주라도 한잔하렴. 그리고 여기 편안히 앉아서 나한테 다 말해 봐. 아니, 우리 집 양반은 가서 자라고 할까?"

"오, 아니야, 아니야! 난 의사의 도움도 필요하단다. 남편 때문이야. 이사는 이틀 동안 집에 들어오지 않았어. 정말 걱정돼서 미칠 것 같아!"

케이트 휘트니가 우릴 찾아와서 남편 문제를 상담한 것이 이번이 처음은 아니었다. 나는 의사였고 내 아내는 오랜 친구이자 학교 동창이었다. 우리 부부는 온갖 얘기로 그녀를 안심시키고 위로했다. 케이트는 지금 남편이 어디 있는지 알고 있는 걸까? 우리가 그녀에게 남편을 찾아줄 수 있을까?

그럴 수 있을 것 같다. 케이트는 최근 들어 남편이 병이 도질 때마다 구시가의 동쪽 끝에 있는 아편 소굴을 찾는다는 확실한 정보를 가지고 있었다. 지금까지 이사 휘트니의 아편 잔치는 하루면 끝났고, 저녁이 되면 형편없는 몰골로 경련을 일으키며 집에 돌아오곤 했다. 그러나 지금은 집을 나간 지 벌써 이틀째다. 그는 틀림없이 그곳 부둣가의 쓰레기 더미 속에서 아편의 독기를 흡입하고 있든가 약 기운에 못 이겨 잠에 취해 있을 것이다. 케이트는 어퍼 스완덤 길의 골드 바로 찾아가면 남편을 만날 수 있을 거라고 확신하고 있었다. 하지만 케이트는 대체 어쩌려고 그러는 걸까? 젊고 소심한 여성의 몸으로 불량배가 득실거리는 곳에 찾아가서 남편을 어떻게 빼내 오려고?

사실 방법이 아주 없는 것은 아니었다. 내가 거기까지 케이트를 데려다주면 된다. 하지만 다음 순간, 그녀가 대체 무엇 때문에 여기까지 왔겠는가 하는 생각이 떠올랐다. 나는 이사 휘트니의 주치의로서 그에게 일정한 영향력을 행사하고 있다. 나 혼자 가는 편이 일 처리가 빠를 것이다. 나는 케이트에게 남편이 확실히 거기 있다면 마차에 태워서 두 시간 내에 집으로 돌려보내마 약속했다. 그리고 10분 뒤 나는 안락의자와 포근한 거실을 뒤로하고 이륜마차에 몸을 실은 채 동쪽으로 달려가고 있었다. 야릇한 심부름을 하고 있다고 생각하긴 했지만, 그것이 얼마나 야릇한 것이 될지에 대해선 그때까지 전혀 모르고 있었다.

하지만 모험의 첫 단계엔 별 어려움이 없었다. 어퍼 스완덤 길은 템스 강 북쪽 연안에서 런던 다리의 동쪽에 잇닿은 높은 부두 뒤편에 웅크리고 있는 음침한 골목이었다. 그곳의 어느 옷 가게와 술집 사이로 난 가파른 계단이 동굴의 아가리처럼 시커먼 어둠으로 이어져 있는데, 거기에 내가 찾는 아편굴이 자리 잡고 있다는 사실을 알아냈다. 나는 마부에게 기다리라고 해놓고 계단을 내려갔다. 취한 발길이 무수히 오고 간 탓에 계단 가운데가 움푹 패어 있었다. 나는 문 위에 매달린 기름등잔의 가물거리는 불빛에 의지해서 문고리를 찾아냈다. 내가 들어선 곳은 천장이 낮은 기다란 방이었다. 실내는 갈색 아편 연기로 꽉 차 있었고 이민선의 상갑판처럼 나무 침상이 줄지어 놓여 있었다.

어두컴컴한 실내에서 괴상한 자세를 취하고 있는 사람들이 어렴

풋이 눈에 들어왔다. 활처럼 굽은 어깨, 구부린 무릎, 뒤로 잔뜩 젖힌 고개. 여기저기서 생기 없는 어두운 눈동자들이 이쪽을 바라보고 있었다. 어둠 속에서 작은 동그라미들이 빨갛게 타올랐다. 그것은 밝은 빛을 내다가 다시 희미해지곤 했다. 금속제 파이프에 아편을 담아 빨고 있는 것이다. 대개는 말이 없었지만 몇몇은 혼잣말을 했고, 또 몇몇은 이상하게 낮고 단조로운 목소리로 대화를 나누기도 했다. 이들의 대화는 봇물처럼 터져 나왔다가 뚝 끊기곤 했다. 사람들은 자신의 생각만 주저리주저리 늘어놓을 뿐 상대가 하는 말에는 별로 귀 기울이지 않았다. 맨 끝에 숯불을 피워놓은 자그마한 화로가 하나 있었고, 그 옆의 삼발이 의자에는 키 크고 깡마른 노인이 앉아서 두 주먹으로 턱을 괸 채 팔꿈치를 무릎에 올려놓고 멍하니 화롯불을 쳐다보고 있었다.

내가 들어가자 창백한 말레이시아인 종업원 하나가 파이프와 약을 들고 달려와 빈 침상을 권했다.

"고맙네. 하지만 난 친구를 찾으러 왔네. 이사 휘트니 씨라고 하는데, 잠깐 만나볼 수 있을까."

오른쪽에서 누가 부스럭거리더니 내 이름을 불렀다. 어둠 속을 자세히 들여다보니 창백한 얼굴에 피골이 상접한 휘트니가 형편없는 몰골을 하고 나를 쳐다보고 있었다.

"이런! 왓슨 아닌가."

휘트니는 말했다. 그는 온몸의 신경이란 신경은 다 경련을 일으키는 지독한 약물 반응 상태에 있었다.

"왓슨, 지금 몇 신가?"

"열한시 다 됐네."

"오늘이 무슨 요일이지?"

"6월 19일, 금요일."

"맙소사! 난 오늘이 수요일인 줄 알았는데. 오늘은 수요일이야. 대관절 무엇 때문에 나를 놀라게 하는 건가?"

휘트니는 두 손에 얼굴을 묻고 신경질적으로 흐느끼기 시작했다.

"여보게, 오늘은 금요일이라고 하지 않았나. 자네 부인은 이틀 동안 자네를 기다렸네. 이 사람아, 부끄러운 줄 알아야지!"

"자네 말이 맞아. 하지만 왓슨, 자네가 착각하고 있는 거야. 나는 여기 온 지 몇 시간밖에 안 됐어. 파이프를 세 댄가, 네 댄가밖에 안 피웠는데……. 아냐, 몇 대나 피웠는지 통 기억이 안 나는군. 하지만 자네랑 같이 집에 가겠네. 아내를 걱정시키고 싶지는 않아. 가엾은 케이트. 나 좀 잡아주게! 마차는 가지고 왔나?"

"응, 밖에 대기시켜 놨지."

"그럼 그걸 타고 가야겠군. 하지만 돈을 내야 할 텐데. 왓슨, 계산 좀 해주게. 난 온몸에 힘이 하나도 없어. 나 혼자선 아무것도 못 하겠네."

나는 지배인을 찾으려고 양쪽에 침상이 늘어서 있는 비좁은 통로를 내려갔다. 감각을 마비시키는 지독한 냄새 때문에 나는 숨을 멈췄다. 화로 옆에 앉아 있는 키 큰 노인 곁을 지나는데 갑자기 누군가 옷자락을 잡아당기더니 낮은 목소리로 이렇게 속삭였다.

"그냥 지나가게. 돌아보지 말고."

그 말은 내 귀에 똑똑하게 들렸다. 나는 눈을 내리깔았다. 말한 사람은 옆의 노인임에 틀림없었지만 그는 한결같이 취한 듯한 자세로 앉아 있었다. 주름투성이의 깡마른 몸은 늙어서 구부정했고 몹시 나른한 듯, 아편 파이프는 손가락 새에서 흘러내려 무릎 사이에 대롱대롱 매달려 있었다. 나는 두 걸음 더 가서 뒤를 돌아보았다가 깜짝 놀라 버럭 소리 지를 뻔했다. 노인은 나 말고는 아무도 보지 못하도록 등을 돌렸다. 노인의 몸이 꼿꼿해지고 주름이 펴지면서 멍한 눈에 다시 광채가 돌아왔다. 화롯가에 앉아서 내가 화들짝 놀라는 모습을 보고 씩 웃는 사람은 다름 아닌 셜록 홈즈였다. 그는 손을 약간 움직여서 가까이 오라는 신호를 보냈다. 그리고 순식간에 부들부들 떠는 수다스러운 노인네의 모습으로 돌아가서 사람들 쪽

으로 반쯤 얼굴을 돌렸다.

"홈즈!"

나는 속삭였다.

"대관절 자네 이 소굴에서 뭘 하고 있는 건가?"

"되도록 작게 말하게. 내 귀는 아주 성능이 좋으니까 말이야. 자네가 아편쟁이 친구를 보낸 다음에 나랑 잠깐 얘기할 시간을 내준다면 말할 수 없이 기쁘겠네."

"난 밖에 마차를 대기시켜 놨어."

"그럼 어서 친구를 태워 보내게. 걱정할 필요는 없을 거야. 저 친구는 축 늘어져서 무슨 못된 짓을 하고 싶어도 할 수 없을 테니까. 그리고 자네는 부인에게 오늘 밤 나랑 같이 지낼 거라는 편지를 써서 마부 편에 보내는 게 좋겠네. 나는 5분 내로 나갈 테니까 밖에서 기다리게."

셜록 홈즈가 무슨 부탁을 하든 그것은 거절하기가 쉽지 않았다. 그의 말은 항상 지나치리만큼 명확했으며 태도는 조용하고 확고했다. 어쨌든 휘트니를 마차에 태우면 내 임무는 그것으로 끝이라는 생각이 들었다. 홈즈에게 존재의 정상적인 상태라 할 만한 기이한 모험을 함께하는 일이라면 나로선 더 이상 바랄 나위가 없었다. 나는 아내에게 몇 자 적고 휘트니의 아편 값을 치른 다음 그를 데리고 나가 마차에 태웠다. 그리고 휘트니가 탄 마차가 어둠 속을 달려가는 모습을 지켜보았다. 잠시 후 노인 하나가 아편굴에서 빠져나왔고, 나는 그와 함께 거리를 걸어 내려갔다. 셜록 홈즈는 두 블록 정도를 구부정한 자세로 비칠거리며 걷다가 재빨리 주위를 살피더니 몸을 쭉 폈다. 그리고 큰 소리로 웃음을 터뜨렸다.

"왓슨, 자넨 내가 건강에 해로운 온갖 악습에다 코카인 주사도 모자라서 이제는 아편에까지 손을 댔다고 생각했지?"

"거기서 자넬 보고 놀란 건 사실이지."

"하지만 나도 자네를 보고 깜짝 놀랐네."

"난 친구를 찾으러 왔지."

"난 적을 찾으러 왔고."

"적을?"

"응, 나의 천적이지. 아니, 나의 먹잇감이라고 해야 할까. 왓슨, 간단하게 말하면 나는 지금 상당히 중요한 조사를 진행 중이네. 나는 저 아편쟁이들이 두서없이 내뱉는 말에서 뭔가 단서를 찾아보려고 했어. 전에도 이런 방법을 써먹은 적이 있거든. 하지만 내가 저 소굴에 있는 것을 들켰다면 내 목숨은 한 시간도 보장받지 못했을 걸세. 난 전에도 이런 방법을 써먹은 적이 있기 때문에 저곳을 운영하는 인도인 악당이 나한테 복수의 칼날을 갈고 있거든. 저 건물 뒤쪽에 부두 쪽으로 난 창이 하나 있네. 달 없는 밤마다 그 창문으로 뭐가 나가는지 아나?"

"뭐라고! 혹시 시체는 아니겠지?"

"아니긴. 저 소굴에서 죽어 나간 가엾은 인생들에 대해 1인당 1000파운드씩 받는다면 우린 부자가 될 거야. 그 창문은 템스 강 연안에서 제일가는 지독한 살인 문이지. 네빌 세인트클레어라는 사람이 거기 들어갔다가 빠져나오지 못한 것 같네. 그런데 마차가 여기 있어야 하는데."

홈즈는 양쪽 검지를 입에 넣고 날카롭게 휘파람을 불었다. 멀찍이 떨어진 곳에서 비슷한 휘파람 소리가 화답해 왔고 잠시 후 말발굽 소리와 마차 바퀴 구르는 소리가 들려왔다.

"여보게, 이제 어떻게 할 텐가?"

홈즈가 물었다. 어둠 속에서 높은 이륜마차가 노란 측등을 켜고 다가오고 있었다.

"나랑 같이 갈 텐가?"

"내가 도움이 될 수만 있다면."

"아, 믿음직한 동지는 항상 도움이 되지. 더구나 자네는 사건 기록자 아닌가. 시다스 저택의 내 방에는 2인용 침대가 있다네."

"시다스 저택?"

"응. 세인트클레어 씨 집이지. 나는 수사를 진행하는 동안 거기서 지내기로 했어."

"그 집이 어디 있는데?"

"켄트 주의 리 근처라네. 마차로 11킬로미터 거리지."

"하지만 나는 사건에 대해서 아는 게 전혀 없잖나."

"그렇군. 하지만 곧 알려주겠네. 어서 타게. 좋아, 존. 우린 자네가 필요 없네. 여기 반 크라운 있네. 내일 열한시쯤에 날 찾아오게. 말 고삐를 좀 늦추게나. 그럼, 잘 가게!"

홈즈는 채찍을 가볍게 휘둘렀다. 마차는 인적이 드문 음침한 거리를 달리기 시작했다. 길이 점점 넓어지는 듯하더니 어느새 우리는 난간이 있는 넓은 다리 위를 지나고 있었다. 다리 밑으로 어두운 강물이 완만하게 흘러갔다. 다리를 건너자 다시 인적이 드문 고요한 거리가 나왔다. 들리는 소리라곤 순찰 경관의 무겁고 규칙적인 발소리와 심야의 파티에 참석한 사람들의 노랫소리, 고함 소리뿐이었다. 밤하늘에는 어두운 구름이 천천히 흘러다녔고 구름 틈새로 한두 개의 별이 여기저기서 희미하게 반짝였다. 홈즈는 깊은 생각에 잠긴 듯 고개를 숙이고 말없이 마차를 몰았다. 그만한 능력의 소유자에게도 이번 사건은 만만치 않은 듯했다. 나는 대체 그게 어떤 사건인지 궁금하기 짝이 없었지만 생각의 흐름을 끊을까 봐 말을 붙이지 못하고 옆에 가만히 앉아 있었다. 몇 킬로미터를 달렸을

까, 마차는 교외의 별장 지대로 접어들고 있었다. 홈즈는 비로소 고개를 흔들더니 어깨를 들썩하고 파이프에 불을 붙였다. 자신의 행동에 대해 어떤 확신이 생긴 듯했다.

"왓슨, 자네에게는 침묵이라는 탁월한 재능이 있네. 그래서 내게는 더욱 소중한 벗이지. 내 생각이란 게 그다지 유쾌한 것이 못 되기 때문에 털어놓고 말할 상대가 있다는 건 크나큰 축복이니까 말이야. 나는 오늘 밤 나를 맞아줄 가엾은 부인에게 뭐라고 말해야 할지 생각하고 있었네."

"자넨 내가 사건에 대해 전혀 아는 게 없다는 걸 깜빡했구먼."

"리에 도착하기 전에 다 말해 주지. 사실 이 사건은 바보스러울 만큼 단순해 보이지만 수사는 완전히 답보 상태에 빠져 있다네. 물론 실마리는 여럿이지만 나는 단 하나도 풀지 못했어. 자, 이제부터 사건의 개요를 간단명료하게 설명해 주도록 하지. 혹시 자네가 캄캄한 어둠 속에서 한 점 불빛을 찾아낼 수 있을지도 모르니까 말이야."

"어서 말해 보게."

"몇 년 전, 정확히 말하면 1884년 5월에 네빌 세인트클레어라는 신사가 리에 이사 왔네. 신사는 돈이 꽤 많아 보였지. 그는 큰 저택을 구입해서 정원도 잘 가꿔놓고 여유 있게 살았어. 그러면서 차츰 이웃들과도 친해지고 1887년에는 어느 양조업자의 딸과 결혼해서 두 아이까지 두었네. 그에게 특별한 직업은 없었지만 몇몇 회사에 관여하고 있어서 아침이면 시내로 나갔다가 저녁때가 되면 항상 캐논가에서 다섯시 14분 기차로 돌아오곤 했네. 나이는 서른일곱, 온화한 성격에 좋은 남편이자 애정이 풍부한 아버지야. 세인트클레어 씨를 아는 사람치고 그를 안 좋아하는 사람은 없지. 현재 그의 확인된 부채 총액은 88파운드 10실링이지만, 캐피탈 앤 카운티스 은행에 예치된 돈은 220파운드에 달한다네. 그러니 그가 돈 문제로 고민하고 있었다고 볼 이유는 없어.

지난 월요일, 네빌 세인트클레어 씨는 평소보다 일찍 시내로 나갔네. 그는 집을 나서기 전에 오늘 두 가지 중요한 일을 처리해야 한다면서 집에 올 때 아들한테 장난감 블록을 사다 주겠다고 했다네. 그런데 남편이 나간 지 얼마 안 되어 세인트클레어 부인은 마침 기다리던 물건이 애버딘 선박 회사 사무실에 보관되어 있다는 내용의 전보를 받았지. 자네도 런던 북부를 다녀보면 알겠지만, 문제의 선박 회사 사무실은 프레스노가에 있고, 프레스노가는 오늘 우리가 만난 어퍼 스완덤 길과 연결돼 있거든. 세인트클레어 부인은 점심 식사를 한 뒤 구시가로 가서 쇼핑을 좀 하고 선박 회사 사무실로 가서 물건을 찾았네. 그리고 역으로 가려고 스완덤 길로 들어섰는데 마침 시계를 보니 정확히 네시 35분이었어. 여기까지 이해가 가나?"

"응."

"자네도 기억하고 있겠지만 지난 월요일은 정말 더웠지. 그래서 세인트클레어 부인은 천천히 걸어가다가 마차라도 잡으려고 주위를 두리번거렸지. 그 동네가 어쩐지 마음에 안 들었던 거야. 그런데 이렇게 좌우를 살피며 스완덤 길을 지나가고 있는데 갑자기 외마디 소리가 들려오더라는군. 부인은 남편이 어느 이층집 창문에서 자신을 내려다보고 있는 걸 보고 기겁을 했네. 세인트클레어 씨는 부인을 향해 손짓하는 것 같았지. 활짝 열린 창문으로 남편 얼굴이 똑똑히 보였는데 완전히 겁에 질린 표정이었다는군. 남편은 아내를 향해 미친 듯이 손을 흔들다가 어떤 힘센 팔이 뒤에서 잡아당긴 것처럼 갑자기 뒤로 딸려 갔네. 그런데 부인은 여성의 예민한 눈으로 한 가지 야릇한 점을 발견했어. 남편은 아침에 입고 나간 검은 웃옷을 걸치고 있었는데 그 속에는 셔츠도 넥타이도 없었다네.

부인은 남편에게 뭔가 좋지 않은 일이 생겼다는 걸 직감하고 계단을 뛰어내려 가 그 집으로 뛰어들었지. 그 집은 다름 아닌 아까 그 아편굴이었네. 부인은 1층을 지나 2층으로 통하는 계단을 올라가려고 했네. 하지만 계단 밑에서 아까 내가 말한 인도인 악당을 만났지. 그자는 거기서 조수로 일하는 어느 덴마크인과 합세해서 부

인을 거리로 밀어냈다네. 부인은 미칠 듯한 의혹과 두려움에 사로잡혀 골목길을 뛰어내려 가다가 천만다행으로 프레스노가에서 순찰 구역으로 가고 있던 경찰을 만났지. 부인은 경위 하나, 경관 둘과 함께 그곳으로 다시 돌아갔네. 그리고 집주인의 완강한 저항을 뿌리치고 세인트클레어 씨가 목격된 그 방으로 올라갔어. 그곳에 세인트클레어 씨는 없었네. 2층에 있는 사람이라곤 추하게 생긴 불구자뿐이었지. 놈은 그곳에서 기거하는 것 같았어. 녀석과 인도인은 그날 오후에 거기엔 아무도 없었다고 뻗댔지. 두 녀석이 너무도 완강하게 부인하자 경위는 멈칫해서 세인트클레어 부인이 사람을 잘못 본 거라는 주장을 거의 믿게 되었네. 그런데 바로 그 순간, 부인

이 비명을 지르며 탁자 위에 놓인 작은 전나무 상자를 향해 달려가 뚜껑을 열어젖혔지. 그 속에선 장난감 블록이 쏟아져 나왔네. 그것은 세인트클레어 씨가 아이에게 사다 주겠다고 약속한 바로 그 장난감이었어.

게다가 불구자가 당황한 빛을 감추지 못하는 걸 보고 경위는 사안이 중대하다는 걸 깨달았지. 경찰은 모든 방을 샅샅이 뒤졌고 그 결과 참혹한 범죄가 저질러졌음이 드러났어. 간소한 가구가 배치된 2층 거실은 작은 침실과 이어져 있는데, 그 침실은 부두 끄트머리와 마주 보고 있네. 그리고 부두와 침실 창문 사이에는 좁은 틈이 있는데, 간조일 때는 바닥이 드러나지만 만조일 때는 물이 들어와서 깊이가 최소한 1미터 30센티미터는 되지. 넓은 침실 창문은 활짝 열려 있었어. 그런데 자세히 살펴보니 창틀에 핏자국이 묻어 있고 침실 마루에는 여기저기 핏방울이 떨어져 있었지. 거실 커튼을 들추자 뒤쪽에서 네빌 세인트클레어 씨의 옷가지가 쏟아져 나왔어. 웃옷만 빼고 말이야. 부츠, 양말, 모자, 시계, 모든 게 다 거기 있었지. 옷에는 별다른 폭력의 흔적이 남아 있지 않았지만 네빌 세인트클레어 씨의 자취도 없었다네. 그는 침실 창문을 통해 밖으로 나간 게 분명했어. 그 밖에 다른 출구라곤 없으니까. 그런데 창틀의 불길한 핏자국은 그가 헤엄쳐서 목숨을 구했을지도 모른다는 기대조차 할 수 없게 만들었네. 비극이 일어난 그 순간은 한창 만조 때였거든.

이제 그 사건과 관련된 듯한 악당들에 대해서 살펴보기로 하지. 인도인 주인은 전과가 화려한 녀석으로 알려져 있지만 부인 말에 따르면, 세인트클레어 씨가 창가에서 자취를 감춘 지 몇 초밖에 안 됐을 때 그 계단 밑에 서 있었다고 하네. 그러니 기껏해야 범죄의 종범에 지나지 않을 거야. 그자는 자기는 아무것도 모른다고 딱 잡아떼고 있어. 세입자 휴 분이 뭘 어떻게 했는지 자긴 모르고, 실종된 신사의 옷이 어떻게 해서 거기 와 있는지도 모르겠다고 주장하고 있네.

인도인 주인에 대해선 그 정도로 하고, 아편굴 2층에 살고 있는 그 흉측한 불구자에 대해 알아보기로 하지. 아마 이 세상에서 네빌 세인트클레어 씨를 마지막으로 본 것은 그자일 거야. 이름은 휴 분이라고 하지. 흉한 외모 덕분에 구시가를 자주 다니는 사람들에게는 아주 익숙한 얼굴일세. 그자는 경찰의 단속을 피하려고 밀랍 성냥 행상처럼 꾸미고 있긴 하지만 사실은 직업적인 거지일세. 은행이 몰려 있는 스레드니들가를 걷다 보면 길 왼쪽에 녀석의 조그만 자리가 보이지. 자네도 한 번쯤은 보았을 거야. 녀석은 온종일 무릎에 성냥 몇 개를 올려놓고 거기 앉아 있다네. 그러면 사람들이 그 가련한 몰골을 보고 그 앞의 기름때 낀 가죽 모자에 다투어 동전을 던져주지. 나는 그자가 직업적인 거지라는 사실을 알기 전에도 한두 번 자세히 관찰해 본 적이 있다네. 그런데 그자가 짧은 시간에 얼마나 짭짤한 수입을 거두는지 보고 깜짝 놀랐어. 그자의 외모는 도저히 한 번쯤 쳐다보지 않고는 지나칠 수 없을 정도지. 봉두난발한 오렌지색 머리하며 끔찍한 흉터로 일그러진 창백한 얼굴, 게다가 상처 때문에 피부가 수축을 일으켜서 윗입술 끝이 말려 올라가기까지 했지. 그뿐인가? 불도그처럼 생긴 턱에다 머리 색깔과는 대조적인 날카로운 검은 눈이 어울려서 평범한 거지의 무리에서 단연 돋보이는 존재라네. 게다가 재치까지 있어서 행인들이 무슨 말로 놀려도 지지 않고 척척 받아내지. 우리가 찾고 있는 신사를 마지막으로 본 자가 바로 이렇게 생겨먹은 아편굴의 세입자라네."

"하지만 그자는 불구자일세!"

나는 말했다.

"한 손밖에 못 쓰는 자가 어떻게 한창때의 사내를 이길 수 있었겠나?"

"그자는 손을 못 쓴 게 아니라 다리를 전다네. 하지만 그것만 빼면 아주 튼튼하고 건강하지. 여보게, 자네도 의사니까 알겠지만 팔

다리에서 어느 한쪽이 약해지면 그것을 보상하기 위해 다른 쪽이 유난히 강해지는 게 보통이거든."

"그럼 얘기를 계속해 보게."

"세인트클레어 부인은 창틀에 묻은 핏자국을 보고 기절했네. 그래서 경찰이 부인을 마차에 태워서 집에 데려다주었지. 부인이 거기 있어봤자 조사에 별 도움이 되지는 않았을 테니까. 수사 책임자 바튼 경위는 현장을 면밀히 조사했지만 문제 해결에 도움이 될 만한 것은 찾아내지 못했네. 경찰은 한 가지 실수를 했지. 휴 분이란 녀석을 즉각 체포하지 않고 인도인 친구와 몇 분간 얘기할 틈을 준 거야. 어쨌든 녀석을 체포해서 조사하고 있지만 혐의를 입증할 만한 증거는 발견하지 못했네. 오른쪽 셔츠 소매에 피가 묻어 있긴 했는데 녀석은 자신의 왼손 무명지를 보여주면서 손톱 근처를 다쳐 피가 나서 그런 거라고 했네. 그리고 창틀의 핏자국도 자기가 좀 전에 창가에 서 있었을 때 묻은 게 틀림없다고 주장했지. 녀석은 경찰에게 세인트클레어 씨를 본 적이 없다고 발뺌하면서 자기도 그 신사의 옷이 자기 방에 와 있는 이유를 모르겠다고 진술했어. 세인트클레어 부인이 남편을 창가에서 보았다는 증언에 대해서는 부인이 정신 이상이거나 헛것을 봤을 거라고 주장했지. 녀석이 아우성을 치면서 경찰서로 끌려간 뒤에도 경위는 현장에 남았네. 물이 빠지면 뭔가 새로운 단서가 드러나지 않을까 해서 말이야.

경위의 예상은 적중했지. 물론 강바닥에서 발견된 것이 최악의 것은 아니었어. 경찰은 네빌 세인트클레어의 웃옷을 발견했네. 물이 빠지면서 시신에서 옷이 벗겨져 나간 거야. 그런데 웃옷 주머니에서 뭐가 발견됐을 것 같은가?"

"상상이 안 되는데."

"그럴 거야. 짐작할 수도 없겠지. 웃옷 주머니마다 1페니와 반 페니짜리 동전이 가득 들어 있었다네. 1페니 동전 421개와 반 페니 동전 270개. 웃옷이 조류를 타고 떠내려가지 않은 게 당연했지. 하지만 시신은 좀 달라. 밀물 때 부두와 그 집 사이에는 거센 소용돌이가 생기거든. 그래서 무거운 외투는 바닥에 가라앉았지만 시신은 옷이 벗겨진 채 강물 속으로 떠내려간 걸세."

"하지만 다른 옷들은 다 방에서 발견됐다고 하지 않았나? 시신이 웃옷 하나만 입고 있었을까?"

"그건 아닐세. 하지만 사실들을 그럴듯하게 꿰맞출 수는 있지. 휴분이라는 자가 네빌 세인트클레어를 창문 너머로 밀어 떨어뜨렸고, 그걸 본 사람이 아무도 없었다고 가정해 보세. 분은 그다음에 어떻게 했을까? 물론 맨 먼저 떠오른 생각은 세인트클레어의 옷을 치워야겠다는 거겠지. 그래서 그는 웃옷을 움켜쥐고 창밖으로 던지려고 하는데 옷이 가라앉지 않고 떠오를 거라는 생각이 났어. 그런데 시간이 별로 없었지. 아래층에서 세인트클레어 부인이 2층으로 올라오려고 옥신각신하는 소리가 들렸으니까. 또 인도인 공범한테서 경찰이 이쪽으로 달려오고 있다는 얘기도 들었을 걸세. 1분 1초도 지체할 여유가 없었네. 그래서 분은 구걸해서 모은 돈을 보관해 놓는 비밀 장소로 달려가서 닥치는 대로 동전을 주머니에 쓸어 넣었겠

지. 웃옷을 가라앉히려고 말이야. 웃옷을 던진 다음에 다른 옷도 똑같이 강에 던져버리려고 했을 거야. 그런데 밖에서 여럿이 달려오는 소리가 들렸겠지. 그자는 경찰이 나타나기 전에 겨우 창문을 닫을 시간밖에 없었을 거야."

"정말 그럴듯하군."

"글쎄, 이런 가설을 세운 건 그보다 나은 설명이 없기 때문일세. 아까 말했듯이 분은 체포되어 경찰서로 끌려갔네. 하지만 조사해보니 녀석에게는 별다른 전과가 없었어. 녀석은 오랫동안 직업적인 거지 노릇을 해오긴 했지만 죄를 짓지 않고 아주 조용하게 살았나 봐. 현재 상황은 이 정도라네. 앞으로 알아내야 할 문제는 네빌 세인트클레어가 그 아편굴에서 대체 무엇을 하고 있었는지, 그리고 그곳에서 어떤 일을 당했고 지금 어디 있는지, 휴 분은 그의 실종과 어떤 관계가 있는지 등이라네. 하지만 그 어떤 문제도 아직 해결될 기미가 없어. 솔직히 말해서 처음에는 쉬운 것 같았다가 이렇게 갈수록 태산이었던 사건은 없었던 것 같아."

셜록 홈즈가 이렇게 기이한 이야기를 굽이굽이 펼쳐놓는 동안 마차는 큰 시가지의 외곽을 지나 질풍같이 내달렸다. 변두리에 드문드문 서 있는 집들을 지나치자 길 양쪽에 생울타리가 서 있는 시골길이 나왔다. 이 길을 지나자 한적한 시골 마을이 나왔다. 몇몇 창문에선 아직도 불빛이 새어 나오고 있었다.

"여긴 리의 외곽이지."

친구는 말했다.

"우린 잠깐 사이에 세 개의 주를 거쳐 온 거야. 미들섹스에서 출발해서 서리의 변두리를 지나 켄트 주까지 온 거지. 저쪽 나무 사이로 불빛이 보이나? 저게 바로 시다스 저택일세. 틀림없이 세인트클레어 부인은 귀를 쫑긋 세우고 등잔불 옆에 앉아 있다가 말발굽 소리를 들었을 걸세."

"그런데 자네가 굳이 숙소를 이곳으로 정한 이유가 뭐지?"

"여기서 조사해 봐야 될 게 한두 가지가 아니니까. 세인트클레어 부인은 친절하게도 나한테 방 두 개를 내주셨네. 물론 부인은 내 친구이자 동료를 환영할 테니까 자네는 염려 말고 푹 쉬게. 하지만 왓슨, 부군에 관한 새로운 소식도 없이 부인을 만나게 되니 정말 괴롭군. 다 왔네. 이러, 게 서라, 이러!"

마차는 넓은 대지 위에 세워진 큰 저택 앞에서 멈췄다. 마구간에서 일하는 소년이 쪼르르 달려 나와 말 머리를 잡았다. 나는 홈즈를 따라 자갈이 깔린 구불구불한 진입로를 서둘러 걸었다. 집 앞에 거의 다 왔을 무렵, 현관문이 활짝 열리더니 자그마한 금발 여성이 집 안에서 나왔다. 그녀는 목둘레와 소매에 하늘거리는 분홍색 시폰으로 단을 댄 가벼운 모슬린 드레스를 입고 있었다. 집 안에서 흘러나오는 환한 불빛을 배경으로 그녀의 모습이 또렷이 떠올랐다. 그녀는 한 손으로는 문을 짚고 다른 손은 반쯤 올린 채 무엇인가를 찾는 사람처럼 몸을 앞으로 내밀고 있었다. 반쯤 벌린 입술과 간절한 눈동자는 말하지 않아도 그녀가 찾는 게 무엇인지를 말해 주었다.

"홈즈 선생님이시죠?"

세인트클레어 부인은 외쳤다.

"홈즈 선생님?"

우리 둘을 보고 기대에 찬 목소리로 말을 꺼낸 부인은 내 친구가 고개를 가로저으며 어깨를 들썩하는 걸 보고 실망한 표정으로 한숨지었다.

"좋은 소식 없나요?"

"예."

"나쁜 소식은?"

"없습니다."

"그나마 다행이네요. 어서 들어오세요. 하루 종일 동분서주하셨을 테니 얼마나 피곤하시겠어요."

"이쪽은 제 친구 왓슨 박사입니다. 몇몇 사건에서 제게 큰 도움을 주었는데 우연히 만나서 같이 왔습니다. 이 친구와 함께 사건 조사를 할 수 있게 되었으니 저에겐 크게 다행스러운 일입니다."

"뵙게 돼서 기뻐요."

부인은 반갑게 내 손을 잡으며 말했다.

"집안에 갑자기 일이 닥쳐서 손님 대접에 소홀한 점이 많을 거예요. 부디 너그럽게 이해해 주시기 바랍니다."

"별말씀을 다 하십니다. 제가 이 친구와 알고 지낸 것이 한두 해가 아닙니다. 그렇지 않다 해도 사과 말씀이 필요 없는 상황이라는 것쯤은 충분히 알 수 있지요. 부인에게든 이 친구에게든 조금이라도 도움이 될 수 있다면 그 이상 기쁜 일이 없을 겁니다."

"그런데 셜록 홈즈 선생님."

불이 환하게 켜진 식당에서 부인이 말했다. 식탁 위에는 차갑게 식힌 요리가 차려져 있었다.

"저는 선생님께 한두 가지 여쭙고 싶은 게 있습니다. 부디 제가 하는 질문에 솔직하게 답해 주세요."

"그렇게 하겠습니다, 부인."

"제 기분에 대해서는 신경 쓰지 마세요. 저는 히스테리도 일으키지 않고 기절하지도 않을 테니까요. 저는 그저 선생님의 솔직한, 솔직한 의견을 듣고 싶을 뿐이에요."

"그런데 어떤 점이 궁금하신지요?"

"솔직하게 말씀해 주세요, 네빌은 살아 있을까요?"

셜록 홈즈는 곤혹스러운 표정을 지었다.

"솔직하게요, 예?"

부인은 홈즈의 앞에 서서 의자에 앉아 있는 그를 날카로운 눈으로 내려다보며 같은 질문을 되풀이했다. 홈즈는 고리버들 의자에 등을 기댔다.

"그럼 솔직하게 말씀드리지요. 부인, 저는 그렇게 생각하지 않습니다."

"그럼 그이가 죽었다고 생각하시는 건가요?"

"예."

"살해당했다고요?"

"확실한 건 아닙니다. 하지만 그럴 가능성이 높지요."

"그럼 그이가 죽은 건 언젠가요?"

"월요일."

"그렇다면 홈즈 선생님, 그이가 쓴 편지가 오늘 저한테 배달된 건 어떻게 된 걸까요?"

셜록 홈즈는 감전된 사람처럼 펄쩍 뛰어 일어났다.

"뭐라고요!"

그는 고함치듯이 말했다.

"예, 오늘요."

부인은 생글거리며 편지를 들어 보였다.

"한번 볼 수 있을까요?"

"그럼요."

홈즈는 부인의 손에서 낚아채다시피 편지를 받아 들고 식탁 위에 펼쳐놓았다. 그리고 등잔불을 옮겨놓고 자세히 그것을 들여다보았다. 나도 자리에서 일어나 홈즈의 어깨 너머로 들여다보았다. 편지 봉투는 싸구려였고 오늘 날짜 그레이브센드 소인이 찍혀 있었다. 아니, 벌써 자정을 넘은 지가 한참 됐기 때문에 어제 날짜라고 해야 할지도 모르겠다.

"필체가 거칠군요."

홈즈는 중얼거렸다.

"이건 분명히 부군의 필체가 아닙니다."

"예. 하지만 속에 든 것은 그이 글씨예요."

"편지 봉투를 쓴 사람이 누군지는 모르지만 주소를 몰라서 남한 테 물어봐야 했던 모양입니다."

"그건 어떻게?"

"받는 사람 이름은 아주 까만 잉크로 쓰여 있습니다. 잉크가 그대로 마른 것이지요. 하지만 나머지 글씨는 회색입니다. 압지를 사용했기 때문이지요. 만약 주소를 한꺼번에 써 내려간 다음 압지로 눌렀다면 까만색은 나타나지 않았을 겁니다. 그런데 이 사람은 이름을 쓴 다음에 한참 있다가 주소를 썼습니다. 이곳 주소를 잘 몰랐다고 볼 수밖에 없지요. 물론 그건 사소한 것입니다. 하지만 사소한 것들만큼 중요한 것은 없으니까요. 자, 이제 편지를 볼까요. 허! 여기 동봉된 편지가 있군요."

"예, 거기엔 남편의 인장이 찍혀 있어요. 인장 반지로 찍은 거죠."

"그런데 이건 부군의 필체가 맞습니까?"

"그이 필체 중의 하나예요."

"그게 무슨 말이지요?"

"그이가 서두르면 그런 글씨가 나와요. 평상시의 필체하고는 아주 다르지요. 하지만 저는 잘 알고 있는 글씨랍니다."

사랑하는 당신, 걱정 마오. 다 잘될 거요. 중대한 착오가 생겼소. 바로잡으려면 시간이 좀 걸릴 것 같소. 참고 기다려주기 바라오.

— 네빌

"8절지 공책을 뜯어내 연필로 갈겨썼고 편지에 물 묻은 자국 같은 건 없군요. 흠! 엄지손가락이 더러운 사람이 오늘 그레이브센드에서 편지를 부쳤습니다. 허! 그리고 제 눈이 정확하다면 씹는담배를 즐기는 사람이 편지 봉투에 고무풀을 붙였군요. 그런데 부인께서는 이 편지를 틀림없이 부군이 쓰셨다고 확신하시는 거지요?"

"예. 그 편지를 쓴 사람은 분명히 네빌이에요."

"그리고 오늘 그레이브센드에서 편지를 부친 사람은 딴 사람이고요. 세인트클레어 부인, 이제 좀 감이 잡히는 것 같습니다. 물론 아주 마음을 놓아도 된다고 말씀드릴 순 없지만 말입니다."

"하지만 홈즈 선생님, 그이는 분명히 살아 있어요."

"누군가 수사에 혼선을 빚기 위해 이 편지를 교묘하게 위조한 게 아니라면 말이지요. 결국 그 반지는 아무것도 증명하지 못합니다. 부군에게서 빼앗은 것일 수도 있으니까요."

"예, 그래요. 하지만 이건 남편의 필체가 틀림없어요!"

"그렇군요. 하지만 부군께서 월요일에 쓴 편지를 오늘에야 부친 건지도 모릅니다."

"그랬는지도 모르지요."

"그렇다면 그 사이에 많은 일이 생겼을 것입니다."

"오, 홈즈 선생님, 그런 말씀 마세요. 저는 남편이 무사하다는 걸 알고 있어요. 우리 부부한테는 아주 예민한 공감대가 있어서 남편에게 좋지 않은 일이 생기면 본능적으로 그걸 안답니다. 남편을 마지막으로 본 그날도 말예요, 남편이 침실에서 손을 다쳤을 때 저는 식당에 있다가 무슨 일이 생겼다는 걸 직감하고 당장 2층으로 쫓아 올라갔어요. 선생님께선 제가 그렇게 사소한 일에도 민감하게 반응하면서 그이가 죽었다는 사실을 못 느낄 거라고 생각하시나요?"

"저도 인생 경험을 할 만큼은 해서 여성의 직감이 분석적이고 논리적인 인간의 결론보다 더 정확할 때가 있다는 것쯤은 압니다. 그런데 부인은 이 편지가 부군이 살아 있다는 증거라고 생각하고 계십니다. 하지만 부군께서 살아서 편지를 쓸 수 있다면 왜 부인 앞에 나타나지 않는 걸까요?"

"그건 정말 모르겠어요."

"월요일에 부군이 집에서 나갈 때 별다른 말씀은 없었습니까?"

"예."

"그런데 부인은 스완덤 길에서 부군을 보고 깜짝 놀라셨지요?"

"정말 놀랐어요."

"그 창문은 열려 있었나요?"

"예."

"그럼 부군이 부인을 보고 소리 지른 것입니까?"

"그런 것 같았어요."

"그런데 그게 외마디 비명 소리였다고요?"

"예."

"부인은 그게 도움을 청하는 소리라고 생각하셨지요?"

"예. 남편은 손을 흔들었어요."

"하지만 부군은 깜짝 놀라서 소리 지른 건지도 모릅니다. 그리고 예상치 못한 광경을 보고 엉겁결에 두 손을 들어 올렸는지도 모르고요. 어떻게 생각하십니까?"

"그렇게 볼 수도 있겠군요."

"그리고 부인은 부군이 뒤로 딸려 갔다고 하셨지요?"

"갑자기 창가에서 사라졌으니까요."

"사실은 놀라서 뒷걸음질을 친 건지도 모르지요. 부인은 그 방에서 다른 사람의 모습은 못 보셨습니까?"

"예. 하지만 그 무섭게 생긴 사람이 거기 있었다고 자백했어요. 그리고 인도인은 계단 밑에 있었고요."

"그렇군요. 그런데 부인이 밑에서 보았을 때 부군께선 보통 때 옷을 입고 계셨나요?"

"예. 하지만 셔츠도 넥타이도 없었어요. 저는 남편의 속살이 드러나 있는 걸 똑똑히 보았지요."

"부군께선 스완덤 길에 대한 얘기를 한 적이 있으십니까?"

"아뇨."

"아편을 피운 적은?"

"절대 그런 적 없었어요."

"감사합니다, 세인트클레어 부인. 이상으로 제가 알고 싶었던 부분이 명확해졌군요. 우린 이제 간단하게 저녁 식사를 하고 물러가서 쉬도록 하겠습니다. 내일도 몹시 바쁜 하루가 될 것 같으니까요."

우리는 더블 베드가 놓인 널찍하고 편안한 방을 쓰게 되었다. 나는 한밤의 모험 때문에 몹시 고단했으므로 얼른 침대 속으로 들어갔다. 그러나 셜록 홈즈는 미처 해결되지 않은 문제가 있을 때는 며칠이 걸리든 휴식을 취하지 않고 사건들을 다양한 순서로 배치해 보면서 생각할 수 있는 모든 관점에서 심사숙고하는 사람이었다.

이렇게 해서 결국 문제를 해결하든지 아니면 자료가 불충분하다는 근거 있는 결론을 내리곤 했다. 홈즈는 웃옷과 조끼를 벗고 헐렁한 푸른 실내복으로 갈아입었다. 그리고 방 안을 돌아다니며 침대와 소파, 의자에서 베개와 쿠션 따위를 모았다. 그리고 이런 것들을 쌓아 올려 등받이가 있는 동양풍 보료를 만든 다음, 독한 잎담배 30그램과 성냥 한 갑을 앞에 갖다 놓고 책상다리를 하고 보료에 올라앉았다. 홈즈는 희미한 등잔불 아래 앉은 채 낡은 브라이어 파이프를 입에 물고 텅 빈 눈으로 천장 한구석을 응시했다. 그는 꼼짝도 하지 않았고 푸른 담배 연기만이 자욱이 피어올랐다. 독수리처럼 날카로운 얼굴이 불빛을 받아 빛났다. 그가 그렇게 앉아 있는 동안 나는 깜빡 잠이 들었고, 갑작스러운 외마디 소리에 놀라 잠을 깼을 때도 그는 여전히 그렇게 앉아 있었다. 방 안으로 이른 여름 햇살이 스며 들고 있었다. 홈즈는 아직도 파이프를 물고 있었고 담배 연기는 여전히 피어올랐으며 방 안은 매캐한 담배 연기로 가득 차 있었다. 하지만 그의 앞에 수북이 쌓여 있던 독한 잎담배는 사라지고 없었다.

"왓슨, 이제 깼나?"

그는 물었다.

"응."

"아침에 한 바퀴 도는 게 어떤가?"

"좋지."

"그럼 옷을 입게. 아직 아무도 안 일어난 것 같지만 나는 마구간 아이의 방이 어딘지 알고 있어. 곧 마차를 꺼내야겠네."

그는 혼자 벙싯거리며 말했다. 두 눈에서 광채가 나는 걸 보니 어젯밤의 침울한 명상가가 완전히 딴사람으로 변신한 것 같았다.

나는 옷을 입으면서 시계를 흘끗 쳐다보았다. 아직 아무도 안 일어난 게 당연했다. 시계는 네시 25분을 가리키고 있었다. 옷을 다 입기도 전에 소년이 말에 마구를 채우고 있다는 소식을 갖고 홈즈가 돌아왔다.

"나는 이제부터 내 이론을 시험해 보려고 하네."

홈즈는 구두를 신으며 말했다.

"왓슨, 자네 앞에는 지금 유럽 최고의 바보가 서 있네. 자네가 날 여기서 채링 크로스까지 날아가도록 걷어찬대도 할 말이 없어. 하지만 이제 사건의 열쇠를 찾긴 한 것 같아."

"열쇠라고? 그게 어디 있는데?"

나는 빙그레 웃으며 물었다.

"욕실에."

그는 대답했다.

"여보게, 난 지금 농담하고 있는 게 아닐세."

그는 내가 못 믿겠다는 얼굴을 하자 이렇게 말했다.

"나는 방금 욕실에 갔다 왔어. 거기서 열쇠를 빼내 왔지. 지금 이 여행 가방에 들어 있네. 자, 어서 가세. 그 열쇠가 맞는지 안 맞는지 는 곧 알게 될 거야."

우리는 도둑고양이처럼 살금살금 계단을 내려가 밝은 아침 햇살 속으로 나섰다. 집 앞에 마차가 대기하고 있었고, 옷도 제대로 못 입 고 뛰어나온 듯한 마구간 소년이 말 머리 옆에 서 있었다. 우리는 재빨리 마차에 뛰어올랐다. 마차는 런던로를 질주하기 시작했다. 대 도시로 채소를 운반하는 짐마차 몇 대가 움직이고 있을 뿐 길 양쪽 의 마을은 꿈속의 도시처럼 조용히 엎드려 있었다.

"이 사건은 대단히 기이하긴 하지만 실마리는 있었네."

홈즈는 달리는 말에 채찍질을 하며 말했다.

"하지만 솔직히 말해서 나는 두더지처럼 눈이 어두웠어. 그래도 늦게라도 분별을 얻게 되어 다행일세."

마차는 런던 시내로 접어들었다. 마차가 서리의 거리를 달리는 동안 가장 부지런한 사람들이 막 일어나 잠이 덜 깬 얼굴로 창밖을 내다보았다. 우리는 워털루 브리지로를 지나 강을 건너 웰링턴가를 달렸다. 거기서 오른쪽 길로 꺾어지니 보가였다. 셜록 홈즈는 경찰에서 유명 인사였다. 경찰서 문을 지키고 있던 순경 둘이 그를 보고 경례를 붙였다. 한 사람은 말 머리를 붙들고 다른 한 사람은 우리를 안으로 안내했다.

"오늘 당직이 누군가?"

홈즈가 물었다.

"브래드스트리트 경위입니다."

"아, 브래드스트리트, 안녕하시오?"

챙 달린 모자에 정복을 입은 거구의 형사 하나가 포석이 깔린 길을 내려왔다.

"브래드스트리트, 어디서 조용히 얘길 좀 나누고 싶은데요."

"그럽시다, 홈즈 선생. 내 방으로 들어갈까요."

그것은 사무실처럼 꾸며진 작은 방이었다. 탁자 위엔 큰 장부가 놓여 있었고 전화 한 대가 벽에 매달려 있었다. 경위는 책상 앞에 앉았다.

"홈즈 선생, 무엇을 도와드릴까?"

"나는 휴 분이라는 자 때문에 왔소이다. 네빌 세인트클레어 씨 실종 사건에 연루된 혐의를 받고 있는 거지 말입니다."

"아, 그자는 지금 유치장에 있소이다. 조사가 아직 안 끝나서."

"나도 그렇게 들었습니다. 지금 여기 있습니까?"

"유치장에 있소."

"조용한가요?"

"오, 아주 얌전하지. 하지만 아주 지저분한 악당이오."

"지저분하다고요?"

"그렇소, 아무리 말해도 겨우 손이나 씻고 만다오. 얼굴이 땜장이처럼 시커먼데 말이오. 하지만 조사가 끝나면 죄수 목욕탕으로 보낼 거요. 그자 얼굴을 한번 보면 내 말이 이해가 갈 거외다."

"난 그자를 꼭 한 번 보고 싶습니다."

"그렇소? 그거야 별것 아니지요. 이리로 오시오. 가방은 여기 그냥 놓아두시고."

"아니요, 이것도 가지고 들어가겠습니다."

"좋소. 이리로 오시오."

형사는 우릴 데리고 복도로 나갔다. 쇠창살이 달린 문을 열고 나선형 계단을 내려가자 허옇게 칠한 복도가 나왔다. 양쪽으로 문들이 줄지어 서 있었다.

"오른쪽에서 세 번째 방이오. 바로 여기!"

경위가 말했다. 그는 문 위쪽의 검은 판자를 살짝 밀고 방 안을 들여다보았다.

"자고 있군요. 한번 보시오."

우리는 창살 틈에 눈을 가져다 댔다. 분은 우리 쪽으로 고개를 돌리고 누워 있었다. 천천히 숨을 몰아쉬는 것으로 보아 깊이 잠든 것이 분명했다. 체격은 크지도 작지도 않았고 직업에 어울리게 다 떨어진 옷을 입고 있었다. 누더기 웃옷의 찢어진 틈으로 요란한 색깔의 셔츠가 비어져 나와 있었다. 그는 경위가 말한 대로 말할 수 없이 더러웠다. 하지만 얼굴에 묻은 검댕이 혐오스러울 만큼 추한 용

모를 가려주지는 못했다. 폭이 넓은 오래된 흉터가 눈에서 턱까지 비스듬히 나 있었는데 피부의 수축 때문에 윗입술 한쪽이 말려 올라가 이 세 개가 드러나 있었다. 말하자면 그는 쉬지 않고 으르렁거리는 얼굴을 하고 있었다. 수세미처럼 헝클어진 오렌지색 머리가 더부룩하게 눈과 이마를 덮고 있었다.

"어떻소, 볼만하지요?"

경위가 말했다.

"정말 세수를 좀 해야겠군요."

홈즈는 말했다.

"나는 녀석을 씻겨야겠다는 생각을 하고 있었습니다. 그래서 실례를 무릅쓰고 도구를 좀 챙겨 왔지요."

그는 들고 온 가죽 가방을 열었다. 그가 가방에서 꺼낸 물건은 놀랍게도 커다란 목욕용 수세미였다.

"허허, 홈즈 선생도 참 우스운 사람이오."

경위는 웃음을 참지 못했다.

"자, 미안하지만 저 문을 아주 조용히 열어주십시오. 그럼 녀석을 곧 말끔하게 만들어줄 테니까요."

"흠, 그렇게 못 할 이유가 뭐겠소. 녀석이 우리 보가 감방의 자랑거리처럼 보이지는 않으니까 말이오. 안 그렇소?"

브래드스트리트는 열쇠 구멍에 살그머니 열쇠를 꽂아 넣었다. 우리는 살그머니 감방으로 들어갔다. 잠자던 사람은 반쯤 돌아눕는 듯하더니 다시 깊은 잠에 빠져들었다. 홈즈는 주전자 물에 수세미를 적셔서 죄수의 얼굴을 가로세로로 두 번씩 힘껏 문질렀다.

"리의 네빌 세인트클레어 씨를 소개합니다."

홈즈는 소리쳤다.

내 평생 그런 광경은 처음이었다. 수세미가 닿자 사내의 얼굴은 나무껍질처럼 벗겨져 나갔다. 검붉은 색조는 순식간에 지워졌다! 얼굴을 비스듬히 가로지른 끔찍한 흉터도 혐오스러운 비웃음을 띤 뒤틀린 입술도 순식간에 사라지고 말았다. 머리를 홱 잡아당기자 새 둥지 같던 붉은 머리도 벗겨졌다. 창백하리만치 희고 기품이 넘치는 슬픈 얼굴의 사내가 침상에 일어나 앉아 잠이 덜 깬 얼굴로 주위를 두리번거리며 눈을 비비고 있었다. 그의 머리는 검은색이었고 살결은 매끈했다. 갑자기 사태를 깨달은 그는 비명을 지르며 베개

에 얼굴을 파묻었다.

"하느님 맙소사!"

경위는 소리쳤다.

"이제 보니 실종된 사람이 여기 와 있구먼. 난 저 얼굴을 사진으로 봐서 알고 있소."

죄수는 자포자기한 사람처럼 대담하게 돌변했다.

"그렇소이다. 그럼, 말해 보시오. 대관절 나한테 무슨 죄가 있다는 거요?"

"네빌 세인트클레어를 살해한……, 이런, 가만있자, 우리가 당신의 자살 시도를 입증하지 못하는 한 그런 죄목을 붙일 순 없겠어."

경위는 씩 웃으며 말했다.

"허 참, 나도 경찰 생활을 27년째 하고 있지만 이런 일은 정말 처음이오."

"내가 네빌 세인트클레어가 맞는다면 어떤 범죄도 없었던 것이고 따라서 나는 불법으로 구금되어 있는 거요."

"범죄는 없었지. 하지만 당신은 큰 실수를 저질렀소."

홈즈는 말했다.

"당신은 부인을 믿어야 했소."

"내가 아내를 못 믿어서가 아니었소. 그건 아이들 때문이었소."

사내는 신음했다.

"오, 하느님, 나는 아이들에게 부끄러운 아버지가 되고 싶지는 않았소. 맙소사! 이렇게 정체가 드러나다니! 이제 나는 어떻게 하지?"

셜록 홈즈는 그에게 바싹 다가앉아 가만히 어깨를 두드려주었다.

"만일 재판에 회부된다면 당신 사건은 불가피하게 만천하에 공개될 거요. 하지만 당신을 기소할 명분이 없다는 점에 대해 경찰 수뇌부를 설득할 수 있다면 사건 경위가 신문에 날 이유는 없을 거요. 그리고 당신은 법정에 서지 않아도 되고 말이오."

"하느님, 감사합니다!"

사내는 뜨거운 목소리로 외쳤다.

"아비의 구질구질한 비밀을 아이들에게 알려서 가족의 오점으로 남느니 차라리 감옥행을 선택하려고 했소. 사형을 당한대도 할 수 없다고 생각했소.

남들 앞에서 내 얘기를 털어놓는 것은 이번이 처음이오. 나의 부친은 체스터필드에서 교장을 지낸 분이오. 나는 거기서 훌륭한 교육을 받았소. 젊었을 때는 여기저기 돌아다니며 무대 생활을 하다가 나중에는 런던의 어느 석간신문 기자가 됐소이다. 어느 날 편집장은 대도시의 구걸에 관한 연재를 기획했고, 나는 그 연재 기사를 맡겠다고 자진해서 나섰소. 말하자면 그 일이 발단이 됐던 셈이오. 그런데 기사를 쓰기 위해 사실을 수집하려면 직접 구걸을 해보는 수밖에 없었소이다. 물론 나는 배우 노릇을 할 때 분장의 온갖 비밀을 다 터득했고, 내 기술은 분장실에서 한때 유명했소. 그런데 이제 실력을 발휘할 때가 온 거요. 나는 얼굴에 칠을 하고 최대한 불쌍하게 보이려고 큰 흉터를 만든 다음 살색 석고를 조금 발라서 입술 한쪽이 말려 올라가게 고정시켰소. 그리고 붉은 머리 가발에 적당한 옷을 걸치고 런던의 금융가에 자리를 잡았지요. 나는 구걸 단속을 피하기 위해 성냥팔이로 위장했소이다. 일곱 시간 동안 열심히 일하고 저녁때 집에 와서 돈을 세어보니 놀랍게도 26실링하고도 4펜스나 되었소.

구걸에 관한 기사를 쓴 다음에 그 일은 잠시 잊고 있었소이다. 그런데 한번 친구의 부탁으로 수표에 이서를 해주었다가 25파운드를 물어내게 되었소. 나는 어디서 돈을 구해야 할지 몰라 머리를 싸매고 고심했소이다. 그러다가 기발한 생각이 떠올랐소. 그래서 채권자에게 변제 기한을 보름간 유예해 달라고 사정하고 신문사에 휴가를 신청했소이다. 그리고 얼굴에 분장을 하고 구시가에서 다시 구걸을 시작했소. 나는 열흘 만에 그 돈을 모아서 빚을 갚았지요.

그러니 힘들게 일해서 일주일에 2파운드를 받는 생활에 만족하는 것이 얼마나 어려웠을지 상상할 수 있을 거요. 얼굴에 분장 좀 하고 모자를 앞에 놓고 가만히 앉아 있으면 하루 벌이가 그만큼은 되는 데 말이오. 나는 명예와 돈 사이에서 오랫동안 갈등했지만 결국은 돈의 위력에 굴복하고 말았지요. 그래서 기자직을 때려치우고 처음에 고른 그 자리로 매일같이 출근했소. 그리고 흉측한 얼굴로 동정심을 자극해서 주머니를 동전들로 채웠지요. 내 비밀을 아는 이는 세상에 단 한 사람뿐이었소. 그는 내가 세 들어 있던 스완덤 길 아편굴의 주인이었지요. 나는 그 집에서 매일 아침 더러운 걸인이 되어 나왔다가 저녁때는 도시의 잘 차려입은 신사로 변신했다오. 인도인 주인에게는 항상 방세를 두둑이 지불했소. 그렇게 하는 한 비밀이 새어 나갈 염려가 없었으니까 말이오.

나는 금세 상당한 액수를 저축하게 되었소. 물론 런던 시내의 거지들이 누구나 나처럼 1년에 700파운드 이상씩 벌 수 있는 건 아니오. 하지만 내게는 독보적인 분장 실력 외에도 연습을 통해 나날이 발전하는 재치 있는 화술이 있었소. 덕분에 구시가에서 유명 인사가 되었소. 거짓말을 좀 보태면 온종일 1페니 동전이 비처럼 쏟아졌소. 그중에는 가끔씩 은화도 섞여 있었지요. 그러니 아무리 운이 없는 날이라 해도 하루 2파운드를 못 채우는 날은 없었소이다.

돈이 모일수록 내 야심도 덩달아 커졌소. 교외에 집을 사고 결혼도 했지요. 나의 직업에 대해 의혹의 눈길을 보내는 사람은 없었소이다. 아내는 내가 구시가에서 사업을 하는 줄 알고 있소. 물론 그 사업이 어떤 건지는 잘 모르지만 말이오.

지난 월요일, 나는 하루 일을 마치고 아편굴 위의 내 방에서 옷을 갈아입다가 문득 창밖을 내다보았소. 그런데 아내가 밑에 서서 눈을 동그랗게 뜨고 날 올려다보고 있는 거요. 난 얼마나 놀랐는지 모른다오. 엉겁결에 소리를 지르고 얼굴을 가리려고 팔을 올렸소. 그리고 인도인 주인에게 달려가서 2층으로 아무도 못 올라오게 해달라고 부탁했소이다. 곧 아래층에서 아내의 목소리가 들려왔소. 하지만 난 아내가 올라오지 못할 거라는 걸 알고 있었소. 나는 재빨리 옷을 벗어 던지고 거지 옷으로 갈아입은 다음 분장을 하고 가발을 썼소. 나의 변장은 아내의 눈도 속일 만큼 완벽했지요. 하지만 문득 사람들이 방을 뒤질지도 모른다는 생각이 들었소이다. 옷을 들키면 내 정체가 탄로 나지 않겠소? 그래서 창문을 열었는데 그때 힘을 주다가 아침에 집에서 다친 손가락의 상처가 다시 벌어진 거요. 나는 웃옷을 집어 들었소. 구걸해서 모은 동전을 가죽 가방에서 웃옷 주머니로 옮겨 넣었기 때문에 옷은 묵직했지요. 옷을 창밖으로 내던지니 강물 속으로 가라앉았소. 그리고 다른 옷가지를 던지려고 하는데 바로 그 순간, 경찰이 계단을 뛰어오르는 소리가 들려왔소. 천만다행으로 잠시 후 내 정체를 들키지 않고 네빌 세인트클레어의 살인범으로 체포되었소.

 더 이상 설명할 게 있는지 모르겠군요. 나는 할 수 있는 한 신분을 감추기로 결심했고, 그래서 더러운 얼굴을 씻지 않고 있었던 거요. 하지만 아내가 몹시 걱정하리라는 걸 알고 경찰이 옆에 없는 틈을 타서 걱정하지 말라고 급하게 끼적거린 편지와 함께 반지를 빼서 인도인에게 맡겼지요."

"당신이 쓴 편지는 어제야 부인에게 도착했소."

홈즈는 말했다.

"그럴 수가! 일주일 동안 얼마나 애를 태웠을까!"

"경찰은 인도인을 감시하고 있었소."

브래드스트리트 경위는 말했다.

"그래서 몰래 편지를 부치는 일이 어려웠을 거요. 그자는 아마 그 편지를 손님으로 온 선원에게 맡겼을 거요. 그런데 부탁받은 사람이 며칠 동안 그걸 잊어버리고 있었겠지."

"바로 그겁니다."

홈즈는 동의의 표시로 고개를 끄덕였다.

"틀림없이 그랬겠지요. 그런데 당신은 구걸 죄로 처벌받은 적은 없었소?"

"여러 번 있었소이다. 하지만 그까짓 벌금이 대수였겠소?"

"하지만 이제는 그만두시오."

브래드스트리트가 말했다.

"경찰이 이 일을 덮어두기를 원한다면 더 이상 휴 분이란 걸인은 없어야 하오."

"사나이의 명예를 걸고 다시는 그런 짓을 하지 않겠노라고 맹세하겠습니다."

"그렇다면 더 이상 당신을 잡아둘 필요는 없을 것 같소. 하지만 앞으로 구걸하는 모습이 다시 발각되면 사실을 공개할 수밖에 없을 거외다. 홈즈 선생, 선생 덕분에 우리는 이 문제를 해결할 수 있었소. 그런데 어떻게 진상을 파악했는지 그 방법이 정말 궁금하군요."

"방법 말입니까?"

내 친구는 말했다.

"베개 다섯 개를 깔고 앉아 담배 30그램을 피워 없애는 거지요. 왓슨, 지금 베이커가로 출발하면 아침 식사 시간에 딱 맞출 수 있을 것 같군."

푸른 카벙클

크리스마스 다음다음 날 아침, 나는 인사 차 친구 셜록 홈즈의 집을 찾았다. 그는 새빨간 실내복 차림으로 소파에 게으르게 누워 있었다. 오른쪽으로 손 닿는 곳에는 파이프 걸이가 놓여 있었고, 다 읽은 듯한 구겨진 조간신문이 바로 앞에 수북이 쌓여 있었다. 소파 옆에는 나무 의자가 하나 놓여 있었는데, 의자 등받이에는 형편없이 낡고 추레한 펠트 모자가 걸려 있었다. 그것은 몇 군데가 갈라져서 도저히 쓰고 다닐 수 없을 정도로 궁상맞아 보였다. 의자 위에는 확대경과 핀셋이 놓여 있어서 모자를 이렇게 걸어놓은 목적이 무엇인지 짐작하게 해주었다.

"자네 일하는 중이군. 방해가 된 건 아닌지 모르겠네그려."

"천만의 말씀. 오히려 관찰 결과에 대해 이야기를 나눌 수 있는 친구가 와서 기쁘다네. 대단히 사소한 것이긴 하지만……."

그는 엄지손가락으로 낡은 모자를 가리켰다.

"그래도 여기엔 흥미로울 뿐 아니라 교훈적인 요소까지 아주 없다고는 못 하지."

나는 안락의자에 앉아서 탁탁 소리를 내며 타는 난롯불에 손을 쬐었다. 매서운 한파가 몰아닥쳐 유리창에는 성에가 두껍게 끼어 있었다. 내가 한마디 던졌다.

"내가 보기엔 그 낡아빠진 모자에 무슨 무서운 사연이라도 있는 것 같군. 자네는 그 모자를 단서로 해서 모종의 수수께끼를 해결하고 범죄자를 찾아내서 응징하려는 것 아닌가?"

"범죄라니, 그건 절대로 아닐세."

셜록 홈즈는 껄껄 웃으며 말했다.

"이건 수십 제곱킬로미터의 공간에서 400만 명의 인간들이 밀치락달치락하는 동안 생길 수 있는 별난 사건들 중의 하나에 지나지 않아. 복작거리며 사는 인간들의 행동과 반사 행동 가운데 별별 일들이 다 생길 수 있거든. 말하자면 범죄라고 할 수 없는 놀랍고 기괴망측한 일들이 숱하게 벌어질 수 있는 거지. 우린 벌써 그런 경험을 하지 않았나."

"그건 그렇지. 최근에 내가 기록한 여섯 건의 사건 중에서 법적으로 책임을 물을 수 없는 게 세 건이었으니까."

"옳은 얘기네. 자네는 아이린 애들러 사진 사건과 서덜랜드 양의 기이한 경험, 그리고 입술 삐뚤어진 사내에 대한 얘기를 하고 있군. 그래, 이것도 그와 비슷한 유형의 사건임에 틀림없네. 자네 피터슨 수위를 알고 있지?"

"응."

"이 기념품은 그 사람 거라네."

"그 사람 모잔가 보군."

"아니야. 피터슨이 이걸 주워 왔어. 임자는 누군지 모르네. 난 자네가 이 물건을 단순히 찌그러진 중산모가 아니라 하나의 지적인 문제로 봐주길 바라네. 그럼 먼저 이 모자가 어떻게 해서 예까지 오게 됐는지 말해 주지. 이 모자는 크리스마스 아침에 살찐 거위 한 마리와 함께 도착했네. 그 거위는 아마 지금 피터슨네 화덕에서 지글지글 구워지고 있을 거야. 자초지종은 이렇다네. 크리스마스 새벽 네시경이었어. 피터슨은 놀이판에서 나와 집에 가려고 토튼햄 코트로를 걷고 있었지. 그 친구는 자네도 알다시피 아주 정직한 사람 아닌가. 그런데 가스등 불빛 아래서 보니 키 큰 사나이가 어깨에 하얀 거위 한 마리를 들쳐메고 약간 비칠거리면서 앞서 가고 있었다네.
그런데 구시가 모퉁이에 이르렀을 때, 그 사내와 몇몇 불량배 사이
에 시비가 붙었다지. 불량배 하나가 사내의 모자를 채뜨리자 사내
는 자신의 몸을 지키려고 지팡이를 휘두른다는 게 그만 뒤의 상점
유리를 깨뜨리고 말았네. 피터슨은 그 사내를 불량배들의 손에서
구해 주려고 막 달려갔는데 사내는 유리창이 깨진 걸 보고 깜짝 놀
란 데다가 관리처럼 제복을 입은 남자가 달려오는 걸 보고 거위를
떨어뜨리고 삼십육계 줄행랑을 놓았네. 그 사내는 토튼햄 코트로
뒤편의 미로 같은 뒷골목으로 사라졌어. 불량배들도 피터슨을 보고
도망쳤고 말일세. 그래서 피터슨 혼자 싸움터에 남아 이 찌그러진
모자와 무고한 크리스마스 거위라는 전리품을 거두게 된 거지.”

“거위는 주인한테 돌려줬겠지?”

"아니, 그게 쉽지가 않았지. 사실 거위의 왼쪽 다리에는 '헨리 베이커 부인에게'라고 쓰인 작은 카드가 붙어 있고 이 모자의 안감에도 'H. B.'라는 머리글자가 박혀 있긴 하네. 하지만 우리가 살고 있는 이 도시에서 베이커라는 성을 가진 사람은 헤아릴 수 없이 많고, 헨리 베이커라는 이름도 수백 명은 될 거란 말일세. 그러니 그중 한 사람에게 무슨 수로 잃어버린 물건을 찾아준단 말인가?"

"그럼 피터슨 수위는 어떻게 했지?"

"피터슨은 내가 아주 사소한 문제에도 관심을 보인다는 사실을 알고 크리스마스 아침에 모자와 거위를 여기로 가져왔다네. 거위는 오늘 아침까지 보관하고 있었는데 아무리 날씨가 춥다 해도 더 이상 놔두면 상해 버릴 것 같았어. 그래서 거위가 제 소임을 다하도록 주운 사람에게 보내주었지. 크리스마스 만찬을 잃어버린 신사의 모자는 여기 계속 보관하기로 하고 말일세."

"그 신사가 분실물 광고를 내진 않았나?"

"아니."

"그럼 그의 신원에 대해서 어떤 단서가 있지?"

"우리가 추리해 낼 수 있는 만큼일세."

"이 모자를 보고?"

"그렇지."

"자네 농담하고 있군. 이 낡고 찌그러진 펠트 모자에서 뭘 알아낼 수 있다고?"

"여기 확대경이 있네. 자네는 내 방법을 알고 있어. 어때, 이 모자를 쓰고 다녔던 사람에 관해서 어떤 사실을 알아낼 수 있을까?"

나는 두 손으로 낡은 모자를 받쳐 들었다. 그리고 애처로운 심정이 되어 그것을 뒤집어보았다. 그것은 아주 흔하게 볼 수 있는 둥근 테의 검은색 모자로 너무 오래 써서 몹시 낡아 있었다. 안감으로는 원래 붉은 비단을 댔지만 색깔이 많이 바래 있었다. 제조자 상표는 없었지만 홈즈가 말한 대로 'H. B.'라는 머리글자가 한쪽에 휘갈겨 쓰여 있었다. 끈을 꿸 수 있도록 챙에 구멍을 뚫어놓았지만 고무 끈은 달아나고 없었다. 몇 군데는 갈라져 있었고, 먼지가 심하게 앉은 데다가 변색된 부분을 감추려고 했는지 잉크를 칠해 놓은 게 군데군데 눈에 띄었다.

"내 눈에는 아무것도 안 보이는데."

나는 모자를 친구에게 돌려주며 말했다.

"왓슨, 그 반대일세. 자네한테는 모든 게 다 보인다네. 그걸 바탕으로 추리해 내지 못할 뿐이지. 자네는 추론하는 데 지나치게 소심하이."

"그러면 자넨 이 모자를 보고 무엇을 추리해 낼 수 있나?"

홈즈는 모자를 집어 들고 특유의 내성적인 태도로 그것을 응시했다.

"생각만큼 많은 것을 알 수는 없을 것 같군. 그래도 아주 뚜렷한 특징이 몇 가지 보이고, 또 가능성이 크다고 추정되는 점들도 몇 가지 보여. 우선 이 모자의 주인은 대단히 지적인 사람임에 틀림없네. 3년쯤 전에는 아주 잘 살았지만 지금은 불우한 처지로 전락했지. 또 준비성이 있었지만 옛날에 비하면 그런 성격도 많이 약해졌는데 그건 불운한 시절을 당해서 정신적으로 약해졌다는 것을 의미하네. 이런 상황은 신사에게 별로 좋지 않은 영향을 미쳤을 거야. 습관적으로 술을 마시게 됐는지도 모르겠어. 남편에 대한 부인의 애정이 식은 것은 바로 그것 때문이겠지."

"아니, 여보게!"

"그래도 이 신사에게 어느 정도의 자긍심은 남아 있네."

홈즈는 내 항의를 못 들은 척하고 이야기를 계속했다.

"이 사람은 극히 조용하게 살고 있네. 집 밖에도 거의 안 나가고 몸 상태도 별로 안 좋아. 나이는 중년쯤이고 머리는 희끗한데 최근에 이발을 했네. 머리에는 라임 크림을 바르고 다니지. 방금 말한 것은 모자를 보고 유추해 낸 좀 더 명백한 사실들이라네. 또 집에 가스등이 설치되지 않았을 가능성이 아주 높아."

"홈즈, 자네 지금 농담하고 있는 거지?"

"그럴 리가 있나. 내가 추리 결과를 이렇게 일일이 말해 주었으니 자넨 이제라도 그런 추리가 어떻게 나왔는지 알 수 있겠지?"

"내가 정말 바보인 게 틀림없군. 하지만 난 자네 말이 잘 이해되지 않는다는 걸 고백할 수밖에 없네. 예를 들면 그 신사가 지적이라는 건 어떻게 알아냈지?"

대답 대신 홈즈는 모자를 썼다. 모자는 이마를 지나 콧등까지 내려왔다.

"그것은 뇌의 용적 문제일세. 이렇게 머리가 크다면 그 속에 뭔가가 많이 들어 있을 게 틀림없어."

"그럼 불우한 처지로 전락했다는 건?"

"이 모자는 3년 된 걸세. 3년 전에는 이렇게 챙 끝이 말린 모자가 유행이었지. 이 모자는 최고급품일세. 여기 이랑 무늬 비단으로 단을 댄 것 좀 보게. 안감은 또 얼마나 고급품인가. 3년 전에는 그렇게 값비싼 모자를 살 여유가 있었는데 그 뒤에 다시 모자를 장만하지 못한 것은 분명히 생활이 궁핍해졌기 때문이지."

"음, 그건 그렇군. 하지만 그 준비성은 뭐고 정신적으로 약해졌다는 건 또 뭔가?"

셜록 홈즈는 껄껄 웃었다.

"이게 바로 준비성일세."

그는 끈을 꿸 수 있게 뚫어놓은 챙의 동그란 작은 구멍을 가리켰다.

"원래 모자에는 이런 구멍을 뚫어놓지 않는다네. 그런데 이 신사가 이렇게 해달라고 주문했다면 그건 바람이 불어도 모자가 날아가지 않게 하려고 애썼다는 거고, 그렇다면 이 사람에게 상당히 준비성이 있다는 얘기지. 하지만 보다시피 고무 끈이 없어졌는데도 새로 달지 않은 걸 보면 그런 준비성이 예전만은 못하다는 걸 알 수 있어. 정신적으로 약해진 것이 틀림없네. 그런데도 신사는 모자에 묻은 얼룩에 까만 잉크를 칠해서 감추려고 했네. 자긍심이 완전히 사라진 것은 아니라는 증거이지."

"자네 추리가 정말 그럴듯하군그래."

"그 밖에 이 신사가 중년의 나이라는 것, 그리고 머리는 희끗거리고 최근에 이발을 했고 라임 크림을 쓴다는 건 전부 모자 안감을 자세히 관찰해서 얻은 결론이라네. 확대경으로 들여다보면 이발사가 가위로 깨끗이 잘라낸 짧은 머리카락이 굉장히 많이 보이지. 전부 끈적하게 달라붙어 있는 데다가 라임 크림 냄새를 진하게 풍기고 있어. 이 먼지는 자네도 보면 알겠지만 길거리에 날아다니는 껄끄러운 회색 흙먼지가 아니라 집 안에 많은 보풀 같은 갈색 먼지라네. 이건 모자가 주로 집 안에 걸려 있었다는 사실을 나타내지. 그리고 안쪽의 젖은 자국은 이걸 쓰고 다닌 사람이 땀을 많이 흘렸다는 강력한 증거일세. 결국 모자 주인의 몸 상태가 별로 좋지 않다고 볼 수 있지."

"하지만 부인 얘기는……, 자네는 남편에 대한 부인의 애정이 식었다고 하잖았는가."

"이 모자는 솔질을 하지 않은 지 족히 몇 주일은 되었네. 왓슨, 만약 자네 부인이 자네가 먼지가 일주일 치나 쌓인 모자를 쓰고 나가는 걸 수수방관한다면 나는 자네 또한 불행히 부인의 사랑을 잃었다고 생각할 걸세."

"하지만 그 사람은 독신인지도 모르지."

"아닐세, 그는 부인의 마음을 풀어주려고 집에 거위를 가져가고 있었어. 거위 발목에 매달린 카드를 생각해 보게."

"자네는 모든 질문에 다 답을 찾아내는군. 하지만 그의 집에 가스등이 설치되지 않았다는 건 대관절 어떻게 알아냈나?"

"모자에 한두 번쯤은 우연히 기름얼룩이 묻을 수도 있을 거야. 하지만 그런 얼룩이 다섯 개나 보이는데 우지(牛脂) 양초를 자주 들고 다녔던 사람이라고 생각하지 않을 도리가 없지. 아마 밤에 한 손에는 모자를 쥐고, 다른 손에는 우지 양초에 불을 붙여 들고 2층으로 올라가곤 했을 걸세. 아무튼 가스등에서 우지 얼룩이 묻을 리야 없잖은가. 어때, 이제 만족하나?"

"흠, 그건 아주 독창적인 발상이군."

나는 웃으며 말했다.

"그런데 방금 자네가 말했다시피 범죄 사실이 전혀 없고 거위를 잃어버린 것 외에 다른 피해가 없다면 그 모든 추리가 헛수고가 될 것 같군."

셜록 홈즈가 입을 열어 뭐라고 대답하려는 찰나, 문이 벌컥 열리더니 피터슨 수위가 방으로 뛰어 들어왔다. 두 뺨은 붉게 상기돼 있었고 얼굴에는 놀란 빛이 가득했다.

"거위가! 홈즈 선생님! 거위가 말입니다!"

피터슨은 숨을 헐떡였다.

"뭐라고? 거위가 어떻게 됐다는 건가? 다시 살아나서 창밖으로 날아가버리기라도 했나?"

홈즈는 소파에서 반쯤 몸을 일으키고 사내의 흥분한 얼굴을 바라보았다.

"이걸 좀 보십쇼! 우리 마누라가 모이주머니 속에서 찾아낸 겁니다요!"

피터슨이 손을 폈다. 눈부시게 빛나는 푸른 보석 하나가 손바닥에 놓여 있었다. 그것은 콩알보다 약간 작았지만 순도와 광채 때문에 꼭 손바닥에 전등을 켠 것처럼 반짝거렸다.

셜록 홈즈는 휘파람을 불며 일어나 앉았다.

"이럴 수가, 피터슨! 이건 정말 진귀한 보물이군. 자네도 이게 뭔지 알겠지?"

"다이아몬드 아닙니까요? 귀중한 보석입지요. 유리를 무른 퍼티(창유리 따위의 접합제 ─ 옮긴이)처럼 잘라낸다는 보석 말입니다요."

"이건 단순한 보석이 아닐세. 보석의 왕이지."

"모르카 백작 부인의 푸른 카벙클 아닌가(carbuncle, 둥글고 불룩하게 연마된 짙은 적색의 석류석. 예전에는 사파이어, 루비, 석류석 등 붉은빛이 나는 보석들을 카벙클이라고 불렀다 ─ 옮긴이)!"

나는 불쑥 말했다.

"그래. 요즘 매일같이 《타임스》 광고란을 장식하는 그 보석일세. 크기와 생김새가 똑같아. 세상에 둘도 없는 귀중한 보석이지. 그 가치는 어림짐작으로 알 수밖에 없겠지만 현상금으로 내걸린 1000파운드는 시장 가격의 20분의 1도 채 안 될 게 틀림없어."

"1000파운드라굽쇼! 오, 자비로우신 주여!"

수위는 의자에 털썩 주저앉아 우리 둘을 번갈아 바라보았다.

"그래, 현상금이 1000파운드라네. 백작 부인은 이걸 되찾을 수만 있다면 재산의 절반을 내놓겠다고 했지. 그건 이 보석에 얽힌 어떤 개인적인 추억 때문일 거야."

"내 기억이 옳다면 이건 코즈모폴리턴 호텔에서 도난당했을걸."

나는 말했다.

"그렇다네. 12월 22일, 바로 닷새 전이지. 배관공 존 호너가 백작 부인의 보석함에서 이걸 훔쳐낸 혐의를 받고 있지. 그가 범인이라는 증거가 뚜렷해서 사건은 순회 재판으로 넘어갔네. 이쪽에 그 사건에 대한 기사가 있을 거야."

홈즈는 날짜를 살피며 신문 더미를 뒤적거리더니 신문 한 장을 빼내 반으로 접었다. 그리고 다음과 같은 기사를 낭독했다.

코즈모폴리턴 호텔 보석 절도 사건. 26세의 배관공 존 호너는 22일 현재, 모르카 백작 부인의 보석함에서 푸른 카벙클이라는 고가의 보석을 빼낸 혐의로 기소되었다. 호텔 급사장 제임스 라이더의 증언에 따르면 사건 경위는 다음과 같다. 급사장 라이더는 절도 사건이 있던 날 호너를 모르카 백작 부인의 옷방으로 데리고 갔다. 벽난로 연료받이의 두 번째 쇠 살대를 땜질하기 위해서였다. 급사장은 잠시 호너 옆에 있다가 호출을 받고 밖으로 나갔다. 그런데 돌아와보니 사람은 없고 장롱 서랍이 열려 있었으며 작은 모로코가죽 보석함이 뚜껑이 활짝 열린 채 화장대 위에서 뒹굴고 있었다. 나중에 밝혀진 바에 따르면 백작 부인은 바로 이 보석함에 푸른 카벙클을 넣어두었다고 한다. 급사장 라이더는 즉시 경찰에 신고했고 호너는 그날 저녁에 체포되었다. 그러나 대대적인 몸수색과 집 수색을 했지만 보석은 나오지 않았다. 백작 부인의 하녀 캐서린 쿠삭은 급사장 라이더가 깜짝 놀라 소리 지르는 걸 듣고 옷 방으로 급히 달려갔다고 진술했고, 도난 현장에 대한 증언은 급사장 라이더의 진술과 일치한다. B 지구 브래드스트리트 경위의 증언에 따르면, 호너는 체포될 당시에 미친 듯이 반항하며 강력하게 자신의 무죄를 주장했다고 한다. 조사 결과 호너에게는 이미 절도 전과가 있었고, 치안 판사는 호너를 즉결 재판에 회부하지 않고 순회 재판으로 넘겼다. 호너는 심리가 진행되는 동안 극단적인 감정 상태를 보이다가 판결이 나자 실신해서 법정에서 실려 나갔다.

"흠! 즉결 재판 얘긴 이 정도로 하고."

홈즈는 생각에 잠겨 신문을 내던지며 말했다.

"문제는 코즈모폴리턴 호텔의 보석함에서 토튼햄 코트로에 떨어진 거위의 모래주머니에 이르기까지 그사이에 대체 어떤 사건들이 있었는지일세. 여보게, 왓슨, 우리가 재미 삼아 해본 추리가 갑자기 중대한 것이 되어버렸구먼. 보석은 여기 있네. 이건 거위 몸속에서 나왔고, 거위는 방금 내가 설명한 다 떨어진 모자를 쓴 신사 헨리 베이커 씨가 들고 가던 것이지. 그러니 이제 우리는 그 신사를 찾아서 그가 이 사건에서 어떤 역할을 했는지 들어봐야겠군. 가장 간단한 방법은 뭐니 뭐니 해도 석간신문에 광고를 싣는 거지. 그렇게 해서 안 되면 다른 방법을 찾아보기로 하고."

"뭐라고 쓸 건가?"

"거기서 연필하고 종이 좀 주게. 자, 그럼……."

구시가 모퉁이에서 거위 한 마리와 검은 펠트 모자를 습득했음. 헨리 베이커 씨는 오늘 저녁 6시 30분까지 베이커가 221B번지로 오시기 바람.

"어때, 간단명료하지 않은가?"

"정말 그렇군. 하지만 그 사람이 이걸 볼까?"

"글쎄, 그 신사는 아마 신문에서 눈을 떼지 못하고 있을 걸세. 가난한 사람한테는 큰 손실이었으니까. 아마 그때는 불운하게 유리창을 깬 데다가 피터슨이 다가오는 걸 보고 겁에 질려서 도망칠 생각밖에 못 했겠지. 하지만 놀라서 거위를 떨어뜨린 일에 대해선 두고두고 후회하고 있을 걸세. 그런데 자기 이름이 신문에 났으니 보지 않을 수 없을 거야. 게다가 그 신사를 아는 사람은 누구나 한마디씩

할 테고. 피터슨, 여기 있네. 얼른 광고 대행사로 달려가서 석간신문에 내달라고 하게."

"어느 신문에 낼까요?"

"음, 《글로브》, 《스타》, 《폴 몰》, 《세인트제임스》, 《이브닝 뉴스 스탠더드》, 《에코》, 그것 말고도 생각나는 대로 다 내게."

"알겠습니다, 선생님. 그럼 이 보석은?"

"아, 보석은 내가 보관하도록 하지. 고맙네. 그리고 피터슨, 가는 길에 거위 한 마리 사다 주게. 그 신사가 오면 자네 집 식구들이 먹어치우고 있는 거위 대신에 딴 놈을 줘야 하니까 말일세."

수위가 나가자 홈즈는 보석을 집어 들고 불빛에 비춰보았다.

"정말 아름답군. 얼마나 반짝거리는지 좀 보게. 하지만 이 보석 때문에 수많은 범죄가 저질러졌지. 이름난 보석들이 다 그렇지만 말이야. 이건 악마가 즐겨 쓰는 미끼일세. 크고 오래된 보석일수록 단면 하나마다 유혈극을 상징한다고도 볼 수 있어. 이건 20년이 채 안 된 거라네. 중국 남부의 아모이 강 제방에서 발견된 건데, 루비처럼 붉은색이 아니라 푸른색이라는 점을 빼면 카벙클의 모든 특징을 고스란히 드러내고 있지. 세상에 나온 지는 얼마 되지 않았지만 불길한 역사는 짧지 않다네. 40그레인짜리 탄소 결정체를 놓고 두 건의 살인 사건, 황산 투척, 자살 사건, 몇 건의 절도 사건이 벌어졌지. 누가 이렇게 예쁜 장식품이 교수대와 감옥으로 가는 교량이라고 생각하겠나? 이제 이 보석은 튼튼한 궤짝에 넣은 다음 자물쇠를 채워놓아야겠군. 그리고 백작 부인에게 보석을 찾았다는 편지를 보내야겠어(이 작품에서 지은이는 카벙클과 다이아몬드를 혼동하고 있는 것으로 보인다. 유리를 자르거나 수많은 단면이 있다는 것은 카벙클에도 해당되지만 탄소 결정체라는 것은 다이아몬드의 특징이다 ─ 옮긴이)."

"자네는 호너라는 자가 무죄라고 생각하나?"

"그건 알 수 없지."

"음, 그럼 자네는 헨리 베이커라는 신사가 사건에 연루돼 있다고 생각하는 건가?"

"헨리 베이커라는 신사는 죄가 없을 가능성이 훨씬 높아. 자기가 들고 있는 거위가 순금으로 만들어진 거위보다 더 값나가는 거위라는 걸 몰랐으니 말이야. 하지만 그 점에 대해서는 베이커 씨가 광고를 보고 찾아오면 아주 간단하게 알아볼 수 있을 걸세."

"그때까지는 할 일이 아무것도 없나?"

"응."

"그럼 병원에 가서 환자들을 좀 봐야겠군. 하지만 저녁 여섯시 반까지 다시 오겠네. 이렇게 복잡하게 얽힌 사건이 어떻게 끝나는지 알고 싶으니까 말이야."

"그럼 기쁘게 기다리도록 하지. 저녁 식사는 일곱시일세. 오늘 식단은 멧도요새 요리인데, 좀 전에 있었던 일을 고려해서 허드슨 부인에게 새의 모이주머니를 잘 살펴보라고 일러야겠군."

어느 환자 때문에 일이 지체되는 바람에 베이커가로 다시 돌아간 것은 여섯시 반이 약간 넘어서였다. 홈즈의 하숙집 앞에 도착했을 때 챙 없는 검은 모자를 쓴 키 큰 남자가 웃옷 단추를 목까지 채우고 현관 앞에 서 있는 것이 보였다. 현관 유리창을 통해 흘러나온 반원형의 밝은 불빛이 그의 몸 위로 쏟아지고 있었다. 문이 열리자 우리는 같이 홈즈의 방으로 올라갔다.

"헨리 베이커 씨시지요?"

홈즈는 안락의자에서 몸을 일으키며 편안하고 따뜻한 태도로 손님을 맞았다. 그는 마음만 먹으면 언제든 이런 태도를 취할 수 있었다.

"베이커 씨, 이쪽 난로 앞으로 앉으십시오. 정말 추운 밤입니다. 보아하니 추위를 많이 타실 것 같군요. 왓슨, 자네도 마침 시간 맞춰 잘 와줬군. 베이커 씨, 이게 당신 모자입니까?"

"예, 제 모자가 맞습니다."

베이커 씨는 체구가 큰 사람이었다. 둥그런 어깨, 큰 머리, 지성이 엿보이는 넓적한 얼굴, 반백이 된 뾰족한 갈색 턱수염. 코와 뺨의 붉은 기운과 약간씩 떨리는 손은 홈즈가 아침에 한 얘기를 연상시켰다. 신사는 물 빠진 검은색 프록코트의 단추를 끝까지 채우고 옷깃을 세우고 있었다. 프록코트 소매에서 빠져나온 여윈 팔을 보니 속에 셔츠를 받쳐 입지 않은 것이 분명했다. 신사는 느리고 딱딱 끊어지는 말투로 신중하게 단어를 골라가며 말했는데 전체적으로 학식이 많지만 몰락한 사람의 분위기를 풍겼다.

"우린 며칠 동안 이걸 보관하고 있었습니다."

홈즈는 말했다.

"물건을 분실하신 분이 광고를 낼 거라고 생각하고 있었으니까요. 그런데 왜 광고를 내지 않으셨는지 모르겠군요."

손님은 다소 무안한 얼굴로 웃었다.

"지금은 전과 달리 수중에 돈이 많지 않습니다. 저한테 시비를 걸었던 불량배들이 틀림없이 모자와 거위를 갖고 달아났을 거라고 생각했지요. 그래서 그걸 찾는 일에 또 돈을 낭비하고 싶지는 않았습니다."

"그러셨군요. 그런데 거위로 말할 것 같으면, 우리가 벌써 먹어버렸답니다."

"드셨다고요!"

손님은 놀란 듯 엉거주춤 몸을 일으켰다.

"예. 그대로 두었다면 상해 버렸을 겁니다. 하지만 저 선반에 있는 거위가 무게나 신선도로 봐서 충분한 보상이 되지 않겠습니까?"

"오, 그럼요, 그럼요."

베이커 씨는 안도의 한숨을 쉬며 대답했다.

"물론 그 거위의 깃털, 다리, 모이주머니는 아직 남아 있습니다. 그러니 원하신다면……."

신사는 큰 소리로 웃음을 터뜨렸다.

"그것들이 내가 겪은 모험의 기념물이 될 수는 있겠지요. 하지만 그런 과거의 유품이 나에게 무슨 소용이 있겠습니까. 아닙니다, 선생께서 허락해 주신다면 저 선반 위에 있는 멋진 녀석 하나로 만족하겠습니다."

셜록 홈즈는 어깨를 들썩하며 나를 얼른 쳐다보았다.

"그럼 이 모자랑 저쪽에 있는 거위를 가져가십시오. 그런데 실례지만 그때 그 거위를 어디서 구했는지 알려주실 수 있습니까? 사실은 제가 거위 고기를 좋아하거든요. 그런데 그렇게 큰 놈은 처음 보았습니다."

"그러지요."

베이커는 벌떡 일어나서 새로 얻은 거위를 옆구리에 끼며 말했다.

"사실 박물관 근처의 알파 술집에 자주 가는 패거리가 있습니다. 물론 낮에는 박물관 안에 들어가 있고요. 그런데 올해 마음씨 좋은 술집 주인 양반 윈디게이트가 거위 클럽을 만들었습니다. 매주 몇 펜스씩 돈을 내서 크리스마스 때 거위 한 마리를 타 가기로 했지요. 난 돈을 제때 냈고, 그다음에 어떻게 됐는지는 선생도 잘 알고 계실 겁니다. 정말 신세 많이 졌습니다. 이 챙 없는 모자는 내 연배에 맞

지도 않을뿐더러 품위도 없으니까요."

베이커는 짐짓 점잖게 그러나 어쩐지 우스꽝스러운 태도로 우리 두 사람에게 목례를 보내고 횡하니 나가버렸다.

"헨리 베이커 씨는 이것으로 됐네."

홈즈는 방문을 닫으며 말했다.

"그가 이번 일에 대해 아는 게 없는 것이 분명하군. 왓슨, 자네 시장한가?"

"별로."

"그럼 저녁 식사는 이따 밤에 하기로 하고 단서를 추적해 보는 게 어떨까. 쇠뿔도 단김에 빼라고 하지 않던가."

"그거 좋지."

몹시 추운 밤이었다. 우리는 얼스터 외투를 걸치고 스카프를 목에 둘렀다. 밖에 나가자 구름 한 점 없는 밤하늘에서 별들이 차갑게 반짝였고, 여기저기서 권총을 쏘아댄 것처럼 통행인들의 입김이 하얗게 피어올랐다. 우리는 병원가를 지나 윔폴가, 할리가, 윅모어가를 거쳐 옥스퍼드가로 들어갔다. 우리 두 사람의 발소리가 큰 소리로 울렸다. 15분 만에 우리는 블룸스베리의 알파 인에 도착했다. 그것은 홀본가와 인접한 거리의 모퉁이에 있는 자그마한 선술집이었다. 홈즈는 술집 문을 밀치고 들어가 흰 앞치마를 두른 혈색 좋은 주인에게 맥주 두 잔을 주문했다.

"이 집 거위를 생각하면 맥주 맛도 좋을 것 같군요."

홈즈가 말했다.

"우리 집 거위요?"

주인은 놀란 듯했다.

"그렇소. 나는 바로 30분 전에 이 집 거위 클럽 회원인 헨리 베이커 씨와 얘기하다 왔지요."

"아! 그렇군요. 알겠습니다. 하지만 그건 우리 집 거위가 아닙니다."

"정말이오? 그럼 누구네 집 거위요?"

"나는 코벤트 가든의 어느 장사꾼한테 거위 스물네 마리를 사들였지요."

"그렇소? 그쪽이라면 나도 좀 알고 있는데, 누구한테 산 거요?"

"브렉킨리지라는 상인입니다."

"아! 처음 들어보는 이름이군. 주인장, 그럼 건강하시고 사업도 번창하길 빌겠소. 안녕히 계시오."

"이젠 브렉킨리지한테 가봐야겠군."

매섭게 추운 바깥으로 나서자 홈즈는 외투 단추를 끝까지 채웠다.

"왓슨, 내 말 잘 들어두게. 지금 우리는 하찮은 거위 따위를 추적하고 있지만 이 사건의 저편에는 진실이 밝혀지지 않으면 7년의 징역형을 선고받을 운명의 사나이가 있네. 물론 조사 결과 그의 유죄가 확인될 수도 있지. 하지만 일이 어떻게 되든 우리는 지금 경찰이 빼먹은 조사를 진행하고 있네. 지금 우리는 대단한 기회를 잡은 걸세. 단서를 끝까지 추적해 보기로 하세. 그럼 남쪽을 향해, 전진!"

우리는 홀본을 지나 엔델가를 내려갔다. 그리고 갈지자로 빈민굴을 지나 코벤트 가든 시장에 도착했다. 어느 큰 가게에 브렉킨리지라는 간판이 붙어 있었는데 구레나룻을 단정하게 기른 얼굴이 어쩐지 모나고 밉상으로 보이는 주인 남자가 아이 하나를 데리고 가게 문을 닫고 있었다.

"안녕하쇼. 날씨가 아주 춥군요."

홈즈가 말을 건넸다.

상인은 고개를 까딱하고 묻는 듯한 눈으로 내 친구를 흘끗 바라보았다.

"거위는 다 팔렸군요."

홈즈는 텅 빈 진열대를 가리키며 말했다.

"내일 아침에 500마리 갖다 놓으리다."

"그건 소용없소."

"에, 가스등을 켜놓은 가게에는 좀 남아 있을 거요."

"아, 하지만 이 집으로 가보라고 하던데."

"누가?"

"알파 주인장이 그러더군요."

"오, 그랬소? 그 사람한테 스물네 마리 보내준 적이 있지."

"거위들이 정말 좋더군요. 그런데 그 거위는 어디서 났소?"

놀랍게도 상인은 홈즈의 질문을 듣자 벌컥 화부터 냈다.

"이보시오."

상인은 두 손을 허리에 얹고 삐딱한 시선으로 이쪽을 바라보았다.

"당신 도대체 원하는 게 뭐요? 어디, 솔직히 좀 말해 보시오."

"솔직하게 말하라니, 난 당신이 알파 선술집에 공급한 거위를 누구한테 사들인 건지 알고 싶은 거요."

"흥, 그럼 난 한마디도 할 수 없소. 이제 가보시오!"

"허 참, 별것도 아닌 걸 가지고. 당신이 이렇게 사소한 문제를 갖고 흥분하는 이유가 대체 뭔지 모르겠소."

"흥분한다고! 당신도 나처럼 괴롭힘을 당하면 흥분하지 않고 못 배길 거요. 나는 값을 후하게 쳐주고 좋은 물건을 뗐소. 그럼 그걸로 끝나야지. '그 거위들이 지금 어디 있나요?', '그걸 누구한테 팔았나요?', '얼마 주면 도로 살 수 있나요?' 그놈의 거위 때문에 이런 법석을 떨고 있는 걸 사람들이 보면 세상에 거위가 그뿐인 줄 알겠소."

"허허, 나는 그렇게 묻고 다니는 치들하곤 아무 상관도 없는 사람이오."

홈즈는 무관심하게 말했다.

"당신이 말하지 않으면 내기고 뭐고 끝이오. 하지만 거위에 관해서라면 나는 항상 자신 있지. 내가 먹은 그 거위가 시골에서 키운 거위라는 데 5파운드 걸겠소."

"흥, 그럼 당신은 5파운드 잃었소. 그건 런던에서 키운 거위니까."

"그건 절대로 그런 종류가 아니었소."

"그렇다니까."

"난 못 믿겠는데."

"난 이 바닥에서 잔뼈가 굵은 사람이오. 그런데 당신이 나보다 더 거위를 잘 안다고 생각하는 거요? 분명히 말해 두지만 알파 선술집으로 간 거위는 전부 도시에서 키운 거요."

"당신이 무슨 말을 해도 난 못 믿겠소."

"정말 내기할까?"

"당신 돈만 잃게 될 텐데. 난 내가 옳다는 걸 아니까. 하지만 금화 한 개를 걸겠소. 이건 순전히 당신한테 너무 고집부리지 말라고 가르치기 위해서 그러는 거요."

상인은 음산한 얼굴로 킬킬거렸다.

"빌, 장부 좀 가져오너라."

소년은 얇은 공책 한 권과 기름때가 묻은 큰 장부 하나를 천장에 매달린 가스등 밑에 냉큼 갖다 놓았다.

"자신만만한 양반, 어디 봅시다."

상인은 말했다.

"나는 거위가 다 떨어졌다고 생각했는데 거위 값을 한 마리 더 챙기게 생겼군. 자, 이 공책 보이쇼?"

"그렇소만?"

"이건 나와 거래하는 사람들 명단이오. 알겠소? 에, 이쪽엔 시골 사람들 명단이 있소. 이름 뒤에 붙어 있는 숫자는 거래 날짜가 기록된 장부의 쪽을 나타내는 거요. 자, 그럼! 여기 빨간 잉크로 쓰여 있는 게 보이쇼? 에, 이건 도시의 사육업자 명단이오. 자, 거기서 세 번째 줄에 뭐라고 돼 있는지 보시오. 한번 큰 소리로 읽어보시지."

"오크숏 부인, 브릭스턴로 117번지, 249쪽."

홈즈는 읽었다.

"그렇소. 장부에서 그 쪽을 찾아보시오."

홈즈는 그 쪽을 찾았다.

"여기 있군. '오크숏 부인, 브릭스턴로 117번지, 달걀, 닭, 거위 공급자.'"

"자, 그 줄 맨 마지막에 뭐라고 쓰여 있소?"

"'12월 22일. 거위 24마리. 7실링 6페니.'"

"바로 그거요. 그럼 그 밑에는 뭐라고 돼 있소?"

"'알파 선술집의 윈디게이트 씨에게 판매. 12실링.'"

"자, 이제 뭐라고 말 좀 해보시지."

셜록 홈즈는 몹시 분한 표정을 지었다. 그는 주머니에서 금화 하나를 꺼내 진열장 위에 내동댕이치곤 말도 안 나올 만큼 화가 난 사람처럼 휙 돌아서가버렸다. 그리고 몇 미터 떨어진 곳의 가로등 아래서 걸음을 멈추더니 기분이 몹시 좋은 듯 소리 없이 웃었다.

"구레나룻을 저런 모양으로 기른 데다가 주머니에 《동부 축구 소식》을 꽂고 다니는 남자한테는 항상 내기가 통한다네. 내가 100파운드를 갖다 바쳤어도 지금처럼 저 사내한테 그렇게 완전한 정보를 빼내지는 못했을 걸세. 왓슨, 이제 조사가 막바지에 이른 것 같군. 우리가 지금 결정해야 할 것은 오늘 밤에 당장 그 오크숏 부인을 찾아갈 건지 내일로 미룰 것인지일세. 저 쌀쌀맞은 상점 주인이 얘기하는 걸로 봐선 그 일에 대해 캐고 있는 게 분명히 우리뿐만은 아니야. 그러니까⋯⋯."

홈즈는 갑자기 말을 뚝 그쳤다. 방금 전의 가게에서 고함 소리가 터져 나온 것이다. 뒤를 돌아보니 쥐새끼처럼 생긴 사내가 천장에 매달린 노란 등불 아래 서 있는 게 보였다. 브렉킨리지는 문 앞에 서서 비칠거리고 있는 사내를 향해 종주먹을 들이대고 있었다.

"이제 네놈이건 네놈의 거위건 간에 신물이 난다!"

주인은 고래고래 소리 질렀다.

"지옥으로나 꺼져버려라. 자꾸 와서 그런 멍청한 얘기로 날 괴롭히면 개를 풀어놓을 테다. 오크숏 부인을 이리 데려와라. 그럼 대답해 줄 테니까. 아니, 그런데 대관절 그게 네놈하고 무슨 상관이 있다는 거냐? 내가 그 거위를 너한테 사기라도 했단 말이냐?"

"아닙니다. 그래도 그중 하나는 제 거였으니까요."

작은 사내는 우는소리로 말했다.

"그래? 그럼 오크숏 부인한테 가서 물어보든지."

"오크숏 부인은 여기 와서 물어보라고 하던데요."

"쳇, 정 그렇다면 프로이센 왕한테 가서 물어봐라. 그럼 가르쳐줄
게다. 이제 말도 하기 싫다. 썩 꺼져!"

상인이 무섭게 을러대며 쫓아 나오자 사내는 재빨리 어둠 속으로
달아났다.

"허! 브릭스턴로까지 갈 필요도 없게 생겼는걸."

홈즈는 나지막하게 속삭였다.

"어서 따라가보세. 저 녀석이 어떤 놈인지 한번 알아보자고."

내 친구는 불 켜진 가게 주변에서 얼쩡거리는 사람들 사이를 빠
른 걸음으로 지나, 키 작은 사내를 뒤따라가 어깨를 툭 쳤다. 사내는
펄쩍 뛰어오르며 뒤를 돌아보았다. 가스등 불빛 아래서 그의 얼굴
이 하얗게 질리는 게 보였다.

"당신 누구요? 왜 그러시오?"

그는 떨리는 목소리로 물었다. 홈즈는 부드럽게 말했다.

"실례지만 그 근처에 있다가 당신이 가게 주인에게 하는 말을 우
연히 들었소. 한데 내가 도움이 돼드릴 수 있을 것 같아서."

"당신이? 당신 누구요? 대체 당신이 그 일을 어떻게 안다고?"

"나는 셜록 홈즈라고 하오. 다른 사람들이 모르는 일을 알아내는
게 내 직업이지."

"하지만 당신이 이 일에 대해 알 리가 없지 않소?"

"미안하지만 난 모든 걸 알고 있소. 당신은 브릭스턴로의 오크숏
부인이 브렉킨리지라는 상인에게 판 거위가 어떻게 됐는지 알아보
는 중이오. 그런데 그 거위는 알파 선술집의 윈디게이트 씨에게 팔

렸고, 그건 다시 그분이 운영하는 거위 클럽 회원 헨리 베이커라는 양반한테 넘어갔소."

"오, 제가 그렇게 찾아 헤매던 분을 이제야 만났군요."

사내는 부들부들 떨리는 두 팔을 내밀며 외쳤다.

"제가 그 일에 관심을 갖게 된 경위를 어떻게 설명해 드려야 할지 모르겠습니다."

셜록 홈즈는 지나가는 사륜마차를 불러 세웠다.

"그렇다면 이렇게 바람 쌩쌩 부는 시장 바닥보다는 아늑한 방에서 얘기하는 게 백번 낫지. 내가 이렇게 돕게 된 분이 어떤 분인지 이름이나 압시다."

사내는 일순 주저하는 빛을 보였다.

"저는 존 로빈슨이라고 합니다."

그는 곁눈질을 하며 대답했다.

"그건 안 되지. 본명을 대셔야지."

홈즈는 상냥하게 말했다.

"가명을 쓰는 분하고 사업하는 건 딱 질색이거든."

사내의 흰 뺨이 순식간에 붉게 물들었다.

"에, 그러시다면……, 제 본명은 제임스 라이더입니다."

"바로 그거요. 코즈모폴리턴 호텔의 급사장이시군. 어서 마차에 타시오. 당신이 알고 싶어 하는 걸 곧 전부 알려드리리다."

키 작은 사내는 두려움과 희망이 반씩 섞인 눈으로 우리 둘을 번갈아 쳐다보았다. 라이더는 자신이 횡재를 한 건지 재앙을 만난 건

지 헷갈리는 눈치였다. 그는 마차에 올라탔고 30분 만에 우리는 베이커가의 거실로 돌아왔다. 마차를 타고 오는 동안 사내는 아무 말도 하지 않았지만 색색거리는 높은 숨소리와 두 손을 쥐어짜는 모습으로 보아 마음속으로 심한 긴장과 불안을 느끼는 듯했다.

"바로 여기요!"

홈즈는 방 안에 들어서서 명랑하게 말했다.

"이런 계절에는 역시 난로가 어울린단 말씀이야. 라이더 씨, 몹시 추위를 타는 모양이오. 이 버들가지 의자에 앉으시오. 나는 먼저 실내화로 갈아 신어야겠소. 자, 그럼! 당신은 그 거위들이 어떻게 됐는지 알고 싶은 거지요?"

"예, 그렇습니다."

"아니, 거위들이 아니라 거위라고 해야겠구먼. 내 생각엔 당신이 관심 있는 놈은 꼬리에 검은 줄이 있는 흰 거위 한 마리뿐일 것 같은데."

라이더는 격한 감정에 사로잡혀 부들부들 떨었다.

"오, 선생님!"

그는 외쳤다.

"그게 어디로 갔는지 알려주실 수 있습니까?"

"여기로 왔소."

"여기로요?"

"그렇소. 그런데 알고 보니 아주 희한한 거위더군. 당신이 관심을 가질 만하오. 녀석은 죽고 난 다음에 알을 하나 낳았소. 그렇게 예쁘고 휘황찬란한 파란 알은 처음 봤지. 내가 여기 고이 모셔놨는데."

손님은 비칠거리며 일어서서 오른손으로 벽난로 선반을 붙들었다. 홈즈는 궤짝을 열고 별처럼 영롱하게 반짝이는 푸른 카벙클을 꺼냈다. 수많은 단면이 차가운 광채를 반사했다. 라이더는 자신의 소유임을 주장해야 할지 부정해야 할지 잘 모르는 듯 일그러진 얼굴로 보석을 바라보고만 있었다.

"라이더, 게임은 끝났다."

홈즈는 조용히 말했다.

"이런, 똑바로 서 있어야지. 잘못하면 불구덩이로 넘어지겠군. 왓슨, 저 친구 부축해서 의자에 좀 앉히게. 이제 보니 큰 죄를 지을 만한 배짱도 없는 위인이야. 브랜디 한 잔 따라주게. 됐어! 이제야 좀 인간답게 보이는군. 약해 빠진 친구 같으니라고!"

라이더는 순간적으로 비틀거리다 쓰러질 뻔했지만 브랜디 한 모금이 들어가자 얼굴에 화색이 돌았다. 그는 의자에 앉아서 겁에 질린 눈으로 홈즈를 바라보았다.

"나는 사건을 거의 다 파악하고 있다. 필요한 증거도 전부 확보했고. 사실 너한테 들어야 할 얘기도 별로 없지만, 그래도 사건을 완료하자면 몇 가지 확인해 두는 게 좋겠지. 라이더, 너는 모르카 백작 부인이 이 푸른 보석을 갖고 있다는 걸 전부터 알고 있었지?"

"저한테 이 보석에 대한 얘기를 해준 건 캐서린 쿠삭이었습니다."

라이더는 갈라진 목소리로 말했다.

"알겠다. 백작 부인의 하녀 말이군. 그래, 갑자기 부자가 될 수 있다는 유혹을 물리치지 못했겠지. 하긴 너보다 나은 사람들도 그랬으니까. 그런데 네가 쓴 방법은 좀 악랄한 거였어. 라이더, 내가 보기에 너한테는 악당의 소질이 좀 있는 것 같다. 너는 호너라는 배관공한테 절도 전과가 있다는 걸 알고 있었어. 그래서 사람들의 시선이 좀 더 쉽게 그쪽으로 쏠릴 거라고 생각했겠지. 그래서 네가 어떻게 했을까? 너는 백작 부인의 방에 사소한 일거리를 만들어놓았어. 너하고 공범 쿠삭과 둘이서 말이야. 그리고 일부러 호너를 택해서 불렀겠지. 호너가 돌아가자 너는 보석을 훔쳐내고 소란을 피우며 경찰에 신고했어. 그래서 그 불운한 사내가 잡혀가게 만들었지. 그다음에 너는⋯⋯."

라이더는 갑자기 바닥에 몸을 내던지며 내 친구의 무릎에 매달렸다.

"제발! 제발 한 번만 봐주십시오!"

그는 부르짖었다.

"제 부모님을 생각해 주세요! 부모님 심정이 어떻겠습니까. 전 한 번도 나쁜 짓을 한 적이 없습니다! 앞으로 다시는 안 그러겠습니다! 맹세합니다. 성경에 대고 맹세합니다. 오, 제발 절 경찰서로 넘기지 말아주세요! 오, 하느님, 제발!"

"일어나 의자에 앉아라!"

홈즈는 엄격하게 말했다.

"지금 싹싹 비는 것도 좋다. 하지만 너는 짓지도 않은 죄 때문에

재판을 받게 될 가엾은 호너 생각은 눈곱만큼도 하지 않았다."

"홈즈 선생님, 저는 도망치겠습니다. 이 나라를 떠나겠어요. 그럼 호너는 혐의를 벗게 될 겁니다."

"흠! 그 얘기는 나중에 하기로 하자. 그럼 그다음에 어떻게 했는지 솔직히 말해 봐라. 이 보석이 어떻게 해서 거위 배에 들어갔고, 그 거위가 어떻게 시장에 나오게 되었는지 말이야. 솔직하게 말해라. 그것만이 살길이니까."

라이더는 혀로 바싹 마른 입술을 축였다.

"있었던 일을 그대로 말씀드리겠습니다, 선생님. 호너가 체포됐을 때 저는 보석을 갖고 도망치는 게 제일 좋을 것 같았습니다. 경찰이 언제 저랑 제 방을 뒤질지 몰랐으니까요. 호텔에는 보석을 숨겨둘 만한 장소가 없었습니다. 그래서 저는 무슨 할 일이 있는 것처럼 밖으로 나가서 누나 집으로 갔지요. 누나는 오크숏이란 남자와 결혼해서 브릭스턴로에 살고 있는데 거위를 길러서 시장에 내다 파는 일을 합니다. 거기까지 가는 동안 마주친 사람들이 다 경찰관 아니면 탐정으로 보였습니다. 그래서 아주 추운 밤이었는데도 브릭스턴로에 도착했을 무렵에는 얼굴이 온통 땀투성이가 되었지요. 누나는 저를 보고 무슨 일이 있냐고, 얼굴이 왜 그렇게 파리하냐고 물었습니다. 저는 그냥 호텔에서 보석 도난 사건이 일어나는 바람에 좀 놀랐다고 했지요. 그리고 뒷마당으로 가서 담배를 피우며 어떻게 하는 게 좋을지 곰곰이 생각했습니다.

제게는 모즐리라는 친구가 있습니다. 행실이 안 좋아서 최근에 펜턴빌 교도소에 갔다 오기도 했지요. 한번은 그 친구를 만났다가 도둑 얘기가 나왔는데 그 친구가 도둑이 장물을 처리하는 법을 말해 주더군요. 저는 그 친구에 대해 좀 알고 있기 때문에 그 얘기가 사실이라는 걸 알았지요. 그래서 그 친구가 살고 있는 킬번으로 달려가서 비밀을 털어놓기로 작정했습니다. 그가 보석을 처분하는 방법을 알려줄 테니까요. 하지만 문제는 어떻게 거기까지 보석을 무사히 운반하느냐였습니다. 저는 호텔에서 나와 누나 집까지 오는 동안 겪은 괴로움을 생각했습니다. 제 조끼 주머니에 보석이 들어 있는데 언제 잡혀서 몸수색을 당할지 모르는 겁니다. 저는 벽에 기대서 뒤뚱거리며 발밑을 돌아다니는 거위들을 바라보았습니다. 그런데 문득 제아무리 노련한 형사도 물리칠 수 있는 기발한 생각이 떠올랐습니다.

누나는 몇 주 전에 크리스마스 선물로 거위 한 마리를 주겠다고 한 적이 있습니다. 저는 누나가 약속은 꼭 지킨다는 걸 알고 있었지요. 그래서 당장 거위를 잡아 몸속에 보석을 집어넣고 킬번으로 가져가기로 했습니다. 저는 거위 한 마리를 데리고 뒷마당에 있는 작은 창고 뒤로 갔지요. 꼬리에 줄무늬가 있는 희고 잘생긴 큼직한 놈이었습니다. 저는 거위를 붙잡고 강제로 부리를 벌렸습니다. 그리고 보석을 거위 목구멍 속으로 깊숙이 집어넣었지요. 거위는 보석을 꿀꺽 삼켰고, 그게 식도를 지나 모이주머니 속으로 내려가는 게 느껴졌습니다. 하지만 거위가 푸드덕거리며 난리를 치는 바람에 누나가 무슨 일인가 싶어서 뒷마당으로 나왔지요. 제가 누나에게 말하려고 고개를 돌린 사이에 거위란 놈은 제 손아귀를 빠져나가 무리 속으로 달아나고 말았습니다.

'젬, 지금 거위 갖고 뭘 하고 있었어?'

누나가 말했습니다.

'음, 누나가 나한테 크리스마스 선물로 거위를 준다고 했잖아. 그래서 어떤 게 제일 통통한지 만져보고 있었지.'

'아, 네 것은 따로 골라놨어. 우리는 그걸 제임스 거위라고 부른단다. 저쪽에 있는 희고 큰 놈 보이지? 그게 네 거야. 우린 거위 스물여섯 마리를 키우는데 하나는 네 것, 하나는 우리 것, 나머지 스물네 마리는 시장에 내다 팔 거야.'

'고마워, 매기. 하지만 누나만 좋다면 방금 만져본 그놈을 갖고 싶은데.'

'네 것은 다른 것보다 1킬로그램 이상 더 나가. 너한테 주려고 특별히 살찌운 놈이라고.'

'괜찮아. 나는 저걸 골랐어. 그리고 지금 가져갈게.' 저는 말했습니다.

'아, 마음대로 해.' 누나는 조금 화가 나서 말했습니다. '어떤 걸 가져갈 건데?'

'가운데에서 오른쪽에 있는 꼬리에 까만 줄 있는 하얀 거위.'

'아, 좋아. 잡아서 가져가.'

홈즈 선생님, 저는 누나 말대로 했습니다. 그리고 거위를 가지고 킬번으로 갔지요. 저는 친구에게 자초지종을 털어놓았습니다. 그 친

구한테는 그런 얘기를 하는 게 어렵지 않았지요. 그는 숨이 막힐 정
도로 웃어댔습니다. 그리고 우리는 칼로 거위의 배를 갈랐지요. 하
지만 아무리 찾아도 보석은 나오지 않았고 저는 중대한 착오가 있
었다는 걸 깨닫고 심장이 멎는 듯했습니다. 저는 그 거위를 친구 집
에 버려두고 누나 집으로 헐레벌떡 달려가서 뒷마당으로 뛰어들었
습니다. 하지만 거위는 한 마리도 보이지 않았지요.

'매기, 거위들이 전부 어디 갔지?' 저는 소리쳤습니다.

'도매상으로 넘겼어.'

'어느 도매상?'

'코벤트 가든의 브렉킨리지.'

'꼬리에 줄무늬 있는 놈이 하나 더 있었어? 아까 내가 가져간 거
하고 똑같이 생긴 것 말이야!'

'응. 꼬리에 줄무늬 있는 거위가 두 마리 있었는데, 나도 구별할
수 없을 만큼 똑같이 생겼지.'

저는 사태를 파악하고 브렉킨리지라는 사람한테 젖 먹던 힘까지
다해서 뛰어갔습니다. 하지만 거위는 이미 팔려가고 없었고 브렉킨
리지는 그걸 사 간 사람이 누군지 말해 주려고 하지 않았습니다. 아
까 그 사람이 저한테 말하는 것 들으셨지요? 그 사람은 저한테 항상
그 모양으로 대꾸했습니다. 누나는 제가 미쳤다고 생각합니다. 저도
가끔 그런 생각이 들 때가 있지요. 그런데 지금……, 저는 제 영혼을
팔아서 얻은 부를 만져보지도 못하고 이렇게 도둑이라는 낙인이 찍
혀버리고 말았습니다. 오, 하느님! 오, 하느님!"

라이더는 두 손으로 얼굴을 가리고 발작적으로 흐느꼈다.

긴 침묵이 흘렀다. 들리는 것이라곤 라이더의 거친 숨결과 셜록 홈즈가 손끝으로 탁자를 규칙적으로 두들기는 소리뿐이었다. 그러다 내 친구가 벌떡 일어서서 방문을 활짝 열어젖혔다.

"나가라!"

그는 말했다.

"예? 아, 감사합니다!"

"더 이상 말은 필요 없어. 나가!"

더 이상 말은 필요 없었다. 곧 우당탕퉁탕 계단을 뛰어내리는 소리, 현관문이 쾅 하고 닫히는 소리, 빠른 걸음으로 거리를 내닫는 소리가 들렸다.

홈즈는 도자기 파이프를 향해 손을 뻗으며 말했다.

"왓슨, 나는 말일세, 교도소의 빈자리를 채워 넣도록 경찰의 위임을 받은 사람은 아니거든. 호너가 위험하다면 문제는 좀 달랐을 걸세. 하지만 이 라이더라는 작자가 호너에게 위협이 될 것 같지는 않아. 그 사건은 기각될 게 틀림없으니까. 그러고 보니 내가 중죄를 저지른 자를 풀어준 꼴이 됐군. 하지만 한 영혼을 구원했다고도 볼 수 있지 않을까. 그자는 다시는 나쁜 짓을 하지 않을 걸세. 지금 굉장히 겁을 먹었으니까. 그자를 지금 감옥으로 보내면 평생 전과자라는 낙인이 찍히고 말 걸세. 하지만 지금은 용서의 계절 아닌가. 우리는 아주 우연하게 별난 사건에 접하게 됐고 이 사건을 해결할 수 있었던 것도 순전히 그런 우연 덕분이지. 여보게, 자네가 그 초인종을 눌러준다면 우리는 또 다른 조사를 시작할 수 있을 걸세. 오늘 저녁 식단도 새고기니까 말이야."

얼룩 띠의 비밀

나는 지난 8년간 친구 셜록 홈즈의 방법에 대해 연구해 왔다. 그러나 그동안의 사건 기록을 들춰보면 비극적인 사건과 우스꽝스러운 사건 외에 그저 기묘하기만 한 사건도 많았지만 평범한 사건은 전혀 없었다는 사실을 알 수 있다. 왜냐하면 홈즈는 부를 얻기 위해서가 아니라 자신의 방법에 대한 애정 때문에 일했기 때문에, 별나거나 기이한 사건이 아니라면 아예 손대려 하지 않았기 때문이다. 하지만 이 모든 다양한 사건들 가운데 저 유명한 스토크 모런의 로일롯 가문과 관련된 사건보다 더 기이한 것은 떠오르지 않는다.

문제의 사건은 내가 홈즈와 교우하던 초기, 베이커가에서 둘이 함께 하숙하던 시절에 일어났다. 그때 침묵을 지키겠다는 약속만 하지 않았다면 이 사건을 이미 공개했을지도 모른다. 그런데 지난 달 우리에게 침묵의 맹세를 받아낸 부인이 젊은 나이에 세상을 뜨는 바람에 사건의 진상을 세상에 알릴 수 있게 되었다. 사실 진실을 밝히는 게 나을 것이다. 왜냐하면 항간에는 그림스비 로일롯 박사의 죽음에 관해 사실보다 더욱 지독한 소문이 떠돌고 있으니까.

1883년 4월 초였다. 어느 날 아침 잠에서 깨어보니 셜록 홈즈가 옷을 다 갖춰 입고 내 침상 옆에 서 있었다. 그는 평소 일찍 일어나는 법이 거의 없었는데 그날은 벽난로 장식 선반 위의 시계를 보니 겨우 일곱시 15분밖에 안 됐던 것이다. 나는 약간 놀라서 눈을 깜빡거리며 그를 쳐다보았다. 약간 부아가 치밀기도 했던 것 같다. 나는 규칙적으로 생활하는 사람이었으니까.

"왓슨, 잠을 깨워서 미안하네. 하지만 오늘 아침에 이 집 사람들은 모두 같은 일을 당했지. 먼저 허드슨 부인이 깨고, 나는 허드슨 부인 때문에 깨고, 또 자네는 나 때문에 깨고 말이야."

"왜? 설마 불이라도?"

"아닐세. 의뢰인이라네. 젊은 숙녀가 상당히 흥분해서 날 만나겠다고 온 것 같아. 지금 거실에서 기다리고 있네. 그런데 젊은 여자가 새벽같이 대도시로 나와서 자는 사람들을 두들겨 깨울 때는 뭔가 급한 사연이 있다고밖에 생각할 수 없거든. 대단히 흥미로운 사건일 듯한데 그렇다면 자네가 처음부터 보고 싶어 할 것 같았어. 그래서 어찌 됐든 자네를 깨워서 기회를 줘야겠다고 생각했다네."

"홈즈, 그런 거라면 절대로 놓칠 수 없지."

사실 홈즈의 조사 활동을 지켜보는 것보다 짜릿한 쾌감을 안겨주는 일은 없었다. 그는 직관보다 빠르지만 항상 논리적 근거를 바탕에 깔고 있는 신속한 추리로 문제를 해결했고 이걸 보면 놀랍기 짝이 없었다. 나는 얼른 옷을 주워 입고 몇 분 만에 친구를 따라 거실로 나갔다. 검은 드레스에 두꺼운 베일을 쓴 여성이 창가에 앉아 있다가 우리가 들어서자 몸을 일으켰다.

"안녕하십니까, 아가씨."

홈즈는 밝은 목소리로 말했다.

"저는 셜록 홈즈라고 합니다. 이 사람은 저의 절친한 친구이자 동료인 왓슨 박사입니다. 이 친구가 있다고 해서 거리끼실 필요는 없습니다. 이런! 고맙게도 허드슨 부인이 어느새 난로에 불을 지펴놓았군요. 여기 난로 가까이 앉으십시오. 제가 뜨거운 커피를 한 잔 갖다달라고 하겠습니다. 보아하니 떨고 계시는군요."

"제가 자꾸 떠는 건 추워서가 아닙니다."

숙녀는 홈즈가 말한 대로 자리를 바꾸며 낮은 목소리로 말했다.

"그럼 왜지요?"

"홈즈 선생님, 그건 무섭기 때문입니다. 공포 때문이에요."

숙녀는 말하면서 베일을 걷어 올렸다. 가련하게도 그녀는 정말 몹시 동요하고 있었다. 잿빛 얼굴은 불안으로 일그러져 있었고, 두려움에 떠는 눈은 쫓기는 짐승의 눈처럼 보였다. 용모와 자태는 30대 여인이었지만 머리칼은 벌써 희끗거렸고 얼굴은 초췌하고 수척했다. 셜록 홈즈는 모든 것을 꿰뚫어 보는 날카로운 시선으로 그녀를 슬쩍 훑어보았다.

"이제 두려워하실 필요 없습니다."

홈즈는 허리를 굽히고 숙녀의 팔을 토닥거리며 달래듯이 말했다.

"곧 문제를 해결해 드리겠습니다. 염려 마십시오. 오늘 아침에 기차로 오셨군요."

"그럼, 저에 대해서 알고 계시는 건가요?"

"아닙니다. 하지만 왼손에 갈 때 쓰실 차표를 꼭 쥐고 계신 것이 보이는군요. 그리고 아가씨께서는 일찌감치 집을 나섰겠지만 기차역까지 가기 위해 말 한 필이 끄는 이륜마차를 타고 질퍽한 길을 한참 달리셨군요."

그녀는 깜짝 놀라며 어쩔 줄 모르는 표정으로 내 친구를 응시했다.

"아가씨, 뭐 비밀스러운 방법이 있는 건 아닙니다."

홈즈는 씩 웃으며 말했다.

"왼쪽 소매에 일곱 군데 이상 진흙이 튀어 있는데 자국이 채 마르지도 않았습니다. 말 한 필이 끄는 이륜마차 말고 그런 식으로 흙이 튀는 마차는 없지요. 그리고 마부 왼쪽에 앉으신 게 분명하군요."

"그렇게 보신 이유가 뭐든 선생님이 말씀하신 건 전부 옳습니다. 저는 여섯시도 안 돼서 집을 나와 20분 만에 레더헤드에 도착했습니다. 거기서 첫 기차를 타고 워털루 역에서 내렸지요. 선생님, 저는 더 이상 이런 긴장을 견딜 수가 없습니다. 이런 생활이 계속된다면 미쳐버리고 말 거예요. 제게는 의지할 사람이 없답니다. 아무도요. 물론 한 사람 있긴 해요. 절 아끼는 사람이 있어요. 가엾은 사람, 하지만 그이는 제게 별로 도움이 안 된답니다. 홈즈 선생님, 저는 선생님 얘기를 듣고 왔습니다. 파린토시 부인이라고, 아주 곤란한 처지에 있을 때 선생님의 도움을 받은 적이 있지요. 부인이 제게 선생님의 주소를 알려주었답니다. 오, 선생님, 저도 도와주실 수 있겠지요? 적어도 저를 둘러싼 이 어둠을 약간이라도 밝혀주실 수는 있을 거예요. 그렇죠? 지금 저한테는 선생님의 노고에 보답할 능력이 없답니다. 하지만 한 달이나 6주일 뒤엔 저도 결혼해서 제 수입을 관리할 수 있게 돼요. 그때가 되면 적어도 선생님께서 저를 은혜도 모르는 여자라고 생각지는 않으실 거예요."

홈즈는 책상 서랍에서 작은 사례집을 꺼내 들었다.

"파린토시, 아, 여기 있군요. 이제 생각납니다. 오팔 보관(寶冠)과 관련된 사건이었지요. 왓슨, 그건 자네를 만나기 전의 일이었던 것 같네. 아가씨, 저는 친구분의 사건을 조사할 때와 똑같은 성의를 갖고 기꺼이 일할 거라는 점을 말씀드릴 수 있을 뿐입니다. 보답에 관해서라면, 제게는 일 자체가 보답이 되지요. 하지만 제가 지출하게 될 비용을 보상해 주시겠다면 그건 형편대로 하셔도 무방합니다.

그럼 이제 문제가 무엇인지에 대해 기탄없이 말씀해 주시기 바랍니다."

손님이 대답했다.

"아아! 제가 처해 있는 상황에서 가장 끔찍한 부분은, 제가 느끼고 있는 두려움이 너무도 막연하다는 것과 제가 품고 있는 의혹이 너무도 사소한 문제에 대한 것이라는 점입니다. 그래서 수많은 주변 사람 중에 제가 정당하게 도움과 조언을 청할 수 있는 사람조차도 제 얘기를 겁 많은 여자의 공상으로 치부해 버릴 정도니까요. 그이가 제 앞에서 말은 그렇게 안 해도 시선을 피하면서 어린애 달래듯이 대답하는 걸 보면 그 정도는 충분히 알 수 있지요. 하지만 저는 홈즈 선생님이 사람의 마음속에 꼭꼭 감춰진 악을 능히 꿰뚫어 보는 분이라는 얘기를 들었습니다. 선생님은 제가 지금의 위험한 상황을 어떻게 헤쳐 나가야 하는지 아실 거예요."

"아가씨의 이야기를 귀담아듣고 있습니다."

"저는 헬렌 스토너라고 해요. 지금 계부와 같이 서리 서부 접경 지역에서 살고 있지요. 그분은 영국에서 가장 오래된 색슨족 집안에 속하는 스토크 모런의 로일롯 가문의 마지막 후예랍니다."

홈즈는 고개를 주억거렸다.

"그 이름은 저도 들어보았습니다."

"로일롯 가문은 한때 영국에서 가장 부유한 집안에 속했지요. 영지가 북쪽으로는 버크서, 서쪽으로는 햄프셔까지 뻗어 있었으니까요. 하지만 지난 100년 동안 가문의 주인 넷이 다 방탕하고 낭비벽이 심한 사람들이었어요. 몰락의 길을 걷던 집안을 결정적으로 망쳐먹은 사람은 도박에 빠졌던 섭정기(1811년에서 1820년까지를 뜻함 ── 옮긴이)의 상속자였지요. 남은 거라곤 몇 에이커의 땅과 200년 된 집이었지만 그나마 저당이 잡혀 있었답니다. 마지막 주인은 그곳에서 가난뱅이 귀족으로 구차한 삶을 이어갔지요. 그분의 외동아들이 바로 저의 계부였어요. 그분은 새로운 상황에 적응해야 한다는 걸 깨닫고 친척에게 돈을 빌려 의대를 졸업하고 면허를 딴 뒤 인도의 캘커타로 갔습니다. 그리고 뛰어난 의술과 사람들을 휘어잡는 기질 덕분에 그곳에서 의사로 성공을 거두었지요. 그런데 집에서 도난 사건이 몇 번 생겼어요. 화가 난 그는 감정을 다스리지 못하고 현지인 집사를 때려죽이고 말았습니다. 간신히 사형은 면했지만 장기간 복역한 뒤에 실의에 빠져 영국으로 돌아왔지요.

로일롯 박사가 제 어머니랑 결혼한 건 인도에 있을 때였습니다. 어머니는 그 전에 벵골 포병 연대의 스토너 소장과 결혼해서 우리 쌍둥이 자매를 낳았는데 아버지가 일찍 돌아가시고 말았습니다. 어머니가 로일롯 박사와 재혼한 건 우리 자매가 겨우 두 돌밖에 안 됐을 때였지요. 어머니한테는 재산이 꽤 많았어요. 연수입이 1000파운드는 됐는데 재혼한 뒤에 이 수입을 전부 남편에게 양도했답니다. 우리 자매가 결혼하면 일정 금액을 해마다 우리에게 나눠주라는 조건을 달아서요. 어머니는 귀국한 직후에 돌아가셨지요. 8년 전에 크루 근처에서 철도 사고를 당하셨답니다. 그러자 로일롯 박사는 런던에서 개업하려던 생각을 버리고 조상 대대로 물려온 스토크 모런의 오래된 집으로 우릴 데리고 들어갔지요. 어머니가 남겨주신 돈으로 생활은 충분했기 때문에 우리는 아무 문제 없이 행복하게 살 수 있을 것 같았어요.

하지만 이 무렵부터 계부는 사람이 완전히 달라졌답니다. 친구를 사귀고 이웃들과 교류하는 대신 집에 틀어박혀 있다가 당신 땅을 지나가는 사람이 있으면 그게 누구라도 쫓아 나가서 무섭게 싸움을 걸기 일쑤였지요. 사실 이웃 사람들이 처음에는 스토크 모런의 로일롯이 고향으로 돌아왔다고 제 일처럼 기뻐해 주었는데도 말이에요. 로일롯 가문의 남자들한테는 대대로 광증에 가까운 폭력적인 기질이 있었는데, 그의 경우엔 열대 지방에 오래 거주한 탓에 그게 더 악화됐는지도 모르겠어요. 계부는 수치스러운 싸움을 연달아 벌였고 약식 재판에 두 번이나 회부되었지요. 결국 마을에서 공포의 대상이 되었고, 사람들은 그분이 다가오는 걸 보면 슬슬 피하게 되었습니다. 그는 완력이 엄청난 데다가 화가 나면 통제 불능의 상태가 되니까요.

지난주에는 마을의 대장장이를 다리 위에서 물속으로 집어던졌답니다. 제가 여기저기서 돈을 긁어모아 피해자에게 찔러주고 나서야 사건이 무마됐지요. 그분한테 친구라곤 떠돌이 집시뿐이었어요. 그분은 유랑하는 집시들에게 가문의 영지로 남아 있는 가시나무투성이의 땅 몇 에이커를 야영지로 내주곤 한답니다. 그리고 답례로 집시들의 천막에서 대접 받고 오곤 하지요. 어떤 때는 몇 주씩이나 집시들을 따라 유랑하기도 해요. 또 인도의 짐승들을 아주 좋아하

지요. 지금도 인도의 아는 사람이 보내준 치타와 비비가 그분의 땅에서 활보하고 있어요. 마을 사람들은 이 짐승들을 계부만큼이나 무서워해요.

그러니 우리 자매한테 생활에 낙이 없었다는 걸 이해하실 수 있을 거예요. 하인들이 집에 붙어 있으려고 하지 않았기 때문에 한동안은 우리가 살림을 다 했답니다. 동생 줄리아는 서른 살밖에 안 돼서 죽었지만 그때 벌써 머리가 세기 시작했어요. 저처럼 말이에요."

"동생분이 돌아가셨다고요?"

"그 애는 2년 전에 죽었지요. 그때 일을 말씀드리고 싶어요. 제가 방금 얘기한 그런 생활을 하면서 우리는 나이와 지위가 우리와 비슷한 남자를 만나기가 힘들었답니다. 그런데 저희에겐 해로 근처에 사시는 이모가 한 분 계셨어요. 돌아가신 어머니의 동생인 호노리아 웨스트파일 양인데 우린 계부의 허락을 받고 가끔씩 그 집에 갈 수 있었지요. 그런데 줄리아는 2년 전 크리스마스 때 이모 댁에 갔다가 거기서 전직 해군 소령을 만나 약혼하게 되었지요. 계부는 동생이 약혼했다는 얘기를 듣고 반대하거나 하지는 않았답니다. 그런데 결혼식을 보름 앞두고 끔찍한 비극이 생겼고 저는 단 하나뿐인 벗을 잃어버렸습니다."

두 눈을 감은 채 머리를 등받이에 기대고 있던 셜록 홈즈는 눈을 반쯤 뜨고 손님을 건너다보며 말했다.

"상황을 자세하게 설명해 주십시오."

"그건 별로 어려운 일이 아닙니다. 그때 있었던 일들 하나하나가 저의 뇌리에 선명하게 남아 있으니까요. 이미 말씀드린 것처럼 그 영주관은 아주 오래된 건물이어서 지금은 건물 한쪽만을 쓰고 있답니다. 가족의 침실은 전부 1층에 있고 거실은 건물 가운데 부분에 있지요. 첫 번째 침실이 로일롯 박사의 방이고 두 번째가 여동생 방, 세 번째가 제 방이에요. 침실끼리 통하는 문은 없고 전부 복도로 문이 나 있답니다. 제 말 이해되세요?"

"그렇습니다."

"창문은 다 정원을 향해 나 있어요. 그 운명적인 밤에 로일롯 박사는 일찍 침실로 갔지만 우린 그가 자러 간 건 아니라는 걸 알았어요. 여동생이 그가 피워대는 지독한 인도산 시가 냄새 때문에 골머리를 앓았으니까요. 그래서 동생은 내 방에 와서 며칠 안 남은 결혼식 얘기를 하면서 한참을 앉아 있었지요. 그리고 열한시가 되자 자기 방으로 가겠다며 일어났어요. 그런데 문을 열고 나가려다가 저를 돌아보고 말했습니다.

'언니, 혹시 밤중에 휘파람 소리 들은 적 있어?'

'아니.'

'언니가 자다가 휘파람을 불진 않았겠지?'

'그럴 리가 없지. 그런데 왜?'

'지난 며칠 동안 밤 세시쯤에 항상 낮은 휘파람 소리가 들렸어. 아주 선명하게 말이야. 나는 잠을 깊이 못 자잖아. 그래서 그 소리 때문에 잠을 깼는데 어디서 난 소린지 잘 모르겠어. 옆방인지, 바깥인지. 혹시 언니도 그 소리를 들었는지 물어보려고 했지.'

'아니, 난 못 들었는데. 농장에 있는 그 형편없는 집시들이 휘파람을 불었나 보지.'

'아마 그랬을 거야. 그런데 그 소리가 밖에서 난 거라면 왜 언닌 못 들었을까?'

'그렇구나. 하지만 나는 너보다 깊이 자잖아.'

'그래, 어쨌든 그건 별로 중요한 게 아니니까.' 동생은 생긋 웃으며 방을 나갔고 잠시 후 옆방에서 열쇠 돌아가는 소리가 들렸습니다."

홈즈가 말했다.

"그런데 밤에 항상 방문을 잠그고 주무셨습니까?"

"예."

"왜요?"

"아까 말씀드렸던 것처럼 계부는 치타와 비비를 키우고 있어요.

그래서 문을 잠그지 않으면 항상 불안했지요."

"그랬군요. 말씀 계속하시지요."

"그날 밤 저는 잠을 이루지 못했답니다. 뭔가 안 좋은 일이 생길 것 같은 불길한 예감이 엄습해 왔기 때문이었지요. 우리 자매는 쌍둥이였거든요. 선생님도 그토록 가까운 두 영혼이 얼마나 신비스럽게 결합돼 있는지는 잘 아실 거예요. 정말 심란한 밤이었어요. 바람은 거세게 몰아치고 비는 창문을 두드려댔지요. 그런데 갑자기 사나운 비바람 속에서 겁에 질린 여자의 비명 소리가 터져 나왔습니다. 동생 목소리였어요. 저는 침대에서 뛰어내려 숄을 걸치고 복도로 뛰어나갔어요. 그런데 방문을 열었을 때 동생이 얘기한 낮은 휘파람 소리가 들린 것 같았습니다. 잠시 후에 금속이 맞부딪치는 것 같은 철컥 소리도 났고요. 저는 동생 방으로 달려갔는데 방문 손잡이가 돌아가더니 문이 스르르 열리기 시작했어요. 저는 그 안에서 뭐가 튀어나올지 모르는 채 겁에 질려 보고만 있었지요. 그런데 복도 불빛 아래 나타난 것은 동생의 얼굴이었습니다. 그 애의 얼굴은 공포로 하얗게 질려 있었고 도움을 청하는 사람처럼 두 팔을 허우적거렸지요. 몸은 술 취한 사람처럼 앞뒤로 흔들거렸어요. 저는 달려들어 동생을 껴안았지만 바로 그 순간, 동생은 무릎이 꺾이는 듯하더니 바닥에 쓰러지고 말았습니다. 그 애는 끔찍한 고통을 겪고 있는 사람처럼 몸을 뒤틀었어요. 팔다리에는 무서운 경련이 일어났습니다. 처음에 저는 그 애가 절 알아보지 못하는 줄 알았어요. 하지만 그 애의 얼굴을 들여다보자, 그 애는 갑자기 제가 죽어도 잊지 못할 목소리로 비명을 질렀습니다. '오, 하느님! 헬렌! 그건 띠였어! 얼룩 띠!' 그 애는 손가락으로 계부의 방 쪽을 가리키며 무슨 말을 더 하려고 했습니다. 하지만 다시 경련이 일어나면서 그 애의 말을 삼켜버렸지요. 저는 큰 소리로 계부를 부르며 달려가다가 실내복 차림으로 서둘러 방에서 나오는 그를 만났습니다. 다시 동생한테 가보니 그 애는 이미 의식을 잃은 상태였지요. 계부는 그 애의 입에 브랜디를 흘려 넣고 마을 의사도 불러왔지만 모든 노력이 수포로 돌아가고 말았습니다. 그 애는 그대로 서서히 잦아들더니 다시는 의식을 회복하지 못하고 죽고 말았습니다. 저의 사랑하는 동생은 이렇게 무서운 최후를 맞았지요."

"잠깐만."

홈즈가 말했다.

"그 휘파람 소리하고 철컥 소리 말입니다. 확실한 겁니까?"

"그때 군 검시관도 저한테 그런 질문을 했지요. 저한테는 분명히 그런 소리를 들은 듯한 느낌이 있어요. 하지만 강풍이 몰아치고 있던 데다가 낡은 집이 삐걱거리는 소리 때문에 제가 착각했을 가능성도 있습니다."

"동생은 어떤 옷을 입고 있었습니까?"

"그냥 잠옷 차림이었어요. 오른손에는 타다 남은 성냥개비를, 왼손에는 성냥갑을 쥐고 있었지요."

"무슨 일이 생기자 동생께서 성냥불을 켜고 주위를 살폈던 것이로군요. 중요한 건 바로 그 점입니다. 그런데 검시관은 어떤 결론을 내렸습니까?"

"검시관은 동생이 사망한 사건을 아주 면밀하게 조사했어요. 로일롯 박사의 행동은 오랫동안 그 일대에서 악명이 높았으니까요. 하지만 그럴듯한 사망 원인을 찾아내는 데는 실패했습니다. 저는 방문이 안에서 잠겨 있었다는 것 그리고 창에는 튼튼한 쇠창살이 달린 구식 덧문이 달려 있는데 밤마다 걸어놓는다는 사실을 증언했지요. 검시관은 벽을 조심스럽게 두드려가며 조사했지만 벽은 아주 튼튼하다는 사실이 밝혀졌고 마룻바닥도 샅샅이 조사했지만 결과는 마찬가지였습니다. 굴뚝은 크긴 했지만 굵은 창살 네 개로 막혀 있었지요. 동생이 최후를 맞았을 때 방에는 그 애 혼자뿐이었다는 사실이 분명해진 거예요. 게다가 그 애 몸에는 외상의 흔적이 전혀 없었으니까요."

"독살 가능성은?"

"의사들이 그 점에 대해서도 조사했지만 이렇다 할 결과가 없었답니다."

"그럼 스토너 양은 가엾은 동생의 사인을 뭐라고 보십니까?"

"저는 동생이 완벽한 공포로 인한 신경 발작으로 죽었다고 생각해요. 하지만 동생이 그 정도로 무서워했던 것이 무엇인지는 전혀 모르겠어요."

"그때 농장에는 집시들이 있었습니까?"

"예, 거기엔 거의 항상 집시들이 있지요."

"그렇군요. 그런데 동생께서 얼룩 띠를 언급했는데 그 '띠(band)'에 대한 얘기를 듣고 뭐 생각나는 것은 없었습니까?"

"어떤 때는 그게 착란 상태에서 나온 헛소리라는 생각도 들고 어떤 때는 농장에 있는 집시 '떼(band에는 무리, 떼라는 의미도 있음 ― 옮긴이)'를 가리킨 게 아닐까 하는 생각이 들기도 해요. '얼룩'이라는 이상한 표현은 혹시 집시들이 쓰고 다니는 얼룩무늬 수건을 말하는 건지도 모른다는 생각도 들고요."

홈즈는 전혀 만족하지 못한 듯 고개를 흔들었다.

"그건 대단히 중요한 의미를 담고 있는 말입니다. 말씀을 계속해 주십시오."

"그 뒤 2년이라는 세월이 흘렀어요. 그동안 저는 전보다 더 외로운 삶을 살았지요. 그런데 한 달 전에 오랫동안 알고 지내던 친구가 영광스럽게도 제게 결혼을 신청했답니다. 그는 퍼시 아미티지라고 하는데, 레딩 근교의 크레인 워터에 사시는 아미티지 씨의 둘째 아들이지요. 계부는 저의 결혼에 반대하지 않았고, 그래서 우리는 올 봄에 혼례를 치르기로 했어요. 그런데 이틀 전에 건물 서쪽을 수리하기 시작해서 제 침실 벽에 구멍이 뚫렸지요. 그래서 저는 죽은 동생이 쓰던 방으로 옮겨서 그 애가 쓰던 바로 그 침대에서 자야 했답니다. 생각해 보세요, 간밤에 그 애의 끔찍한 운명에 대해 생각하면서 잠을 못 이루고 있는데 적막한 밤중에 그 애의 죽음의 전주곡이 됐던 낮은 휘파람 소리가 갑자기 들려왔을 때 제가 얼마나 무서웠겠는지요. 저는 침대에서 뛰어내려 불을 켰습니다. 방에는 아무것도 없었지요. 하지만 저는 너무 떨려서 도로 누울 수가 없었어요. 그래서 옷을 입고 있다가 동이 트자마자 집을 빠져나왔지요. 그리고 길 건너편에 있는 크라운 여관에서 마차를 타고 레더헤드 역으로 가서 기차를 탔습니다. 저는 선생님을 만나 조언을 구해야겠다는 단 한 가지 목적으로 이렇게 새벽같이 달려온 거랍니다."

"잘하셨습니다."

내 친구는 말했다.

"그런데 얘기는 이게 전부인가요?"

"예."

"로일롯 양, 그렇지 않습니다. 당신은 계부를 감싸고 계십니다."

"감싸다뇨, 그게 무슨 말이죠?"

대답 대신 셜록 홈즈는 숙녀의 옷소매에 달린 검은 레이스 주름 장식을 밀어 올렸다. 하얀 손목에 다섯 개의 손가락 자국이 검푸른

멍이 되어 또렷하게 남아 있었다.

"계부에게 학대를 당하셨군요."

홈즈는 말했다.

숙녀는 얼굴을 붉히며 소매를 내렸다.

"그분은 원래 거친 분이에요. 아마 자신이 얼마나 힘이 센지 잘 모르고 계실 거예요."

긴 침묵이 흘렀다. 홈즈는 두 손으로 턱을 받치고 탁탁 소리를 내며 타는 불을 응시했다.

"이번 일은 아주 중대한 사건입니다."

홈즈는 드디어 입을 열었다.

"행동 방침을 정하기 전에 확인해 두고 싶은 점이 한두 가지가 아닙니다만 우리는 촌각도 지체할 여유가 없습니다. 우리가 오늘 스토크 모런에 가면 계부 모르게 방들을 둘러볼 수 있을까요?"

"마침 그분은 오늘 무슨 중요한 볼일이 있어서 런던에 올 거라고 하셨어요. 온종일 집에 안 계실 테니 방해될 만한 건 전혀 없을 거예요. 가정부가 하나 있긴 하지만 나이도 많은 데다가 좀 모자라서 제가 쉽게 따돌릴 수 있답니다."

"그것참 잘됐군요. 왓슨, 자네도 같이 가겠나?"

"당연하지."

"그럼 우리 둘이 같이 가기로 하지. 로일롯 양은 어떻게 하실 건가요?"

"저는 여기까지 왔으니까 한두 가지 볼일을 보고 가겠어요. 하지만 두 분이 오시는 시간에 맞출 수 있도록 열두시 기차로 돌아갈 생각입니다."

"그럼 저희들은 점심때가 좀 지나서 가도록 하겠습니다. 저도 그 사이에 몇 가지 처리할 일이 있으니까요. 그런데 잠깐 기다렸다가 아침 식사라도 같이하시지요?"

"아뇨, 가봐야 해요. 힘든 사정을 이렇게 털어놓고 나니 벌써 마음이 가벼워졌답니다. 그럼 오늘 오후에 다시 뵙기로 해요."

숙녀는 두꺼운 검은 베일을 내리고 가벼운 걸음으로 방을 나갔다.

"왓슨, 자네는 이 일에 대해 어떻게 생각하나?"

셜록 홈즈는 등받이에 몸을 기대며 물었다.

"정말 흉악하고 불길한 사건인 것 같아."

"말할 수 없을 정도로 흉악하고 불길하지."

"하지만 스토너 양의 말대로 방바닥과 벽이 튼튼하고 외부에서 문이나 창문, 굴뚝을 통해 방 안으로 침입하는 게 불가능하다면 쌍둥이 동생이 아무도 없는 방에서 의문의 죽음을 맞은 것이 분명하지 않은가."

"그럼 한밤중의 휘파람 소리는 뭐고 동생이 죽어가며 남긴 그 이상한 이야기는 또 뭐란 말인가?"

"그건 전혀 모르겠네."

"한밤중의 휘파람 소리, 늙은 의사와 가깝게 지내는 집시들의 존재 그리고 의사가 의붓딸의 결혼을 막는 게 이익이 된다고 볼 만한 근거, 여동생이 죽기 전에 말한 '얼룩 띠' 얘기, 마지막으로 헬렌 스토너 양이 들었다는 금속성의 철컥 소리, 이건 철제 셔터를 내릴 때 나는 소리라고 할 수 있는데 이 모든 것을 종합해서 충분히 수수께끼를 풀 수 있다고 생각하네."

"하지만 그때 집시들이 어떻게 했다는 거지?"

"그건 알 수 없네."

"그 가설에는 너무 결함이 많다고 보는데."

"나도 그렇게 생각하네. 우리가 오늘 스토크 모런에 가는 것은 바로 그런 이유 때문이지. 나는 그런 결함이 치명적인 것인지, 충분히 설명될 수 있는 것인지 알고 싶다네. 아니, 이건 뭐야!"

내 친구가 소리 지른 것은 갑자기 문이 벌컥 열리면서 거구의 사내가 방 안으로 들어섰기 때문이다. 사내는 신사 같기도 하고 농부 같기도 한 기묘한 복장을 하고 있었다. 검은 중산모에 긴 프록코트, 높이 올라오는 각반, 손에는 사냥용 채찍을 들고 있었다. 키가 무척 커서 모자는 문틀에 닿았고 몸통은 문에 꽉 찰 정도였다. 주름이 많고 햇볕에 누렇게 그을린 넓적한 얼굴은 흉흉한 분노를 드러내고 있었다. 사내는 분노로 이글거리는 움푹 팬 눈으로 우리 두 사람을 번갈아 쳐다보았다. 살집이 없는 뾰족한 코는 어쩐지 사납고 늙은 맹금류를 연상시켰다.

"누가 홈즈냐?"

도깨비 같은 사내가 물었다.

"제가 홈즈입니다만, 그렇게 말씀하시는 분은 누구신지?"

내 친구는 조용히 말했다.

"나는 스토크 모런의 그림스비 로일롯 박사다."

"그러십니까, 이리 앉으시지요."

홈즈는 부드럽게 말했다.

"그럴 생각은 눈곱만큼도 없다. 내 의붓딸이 여기 왔었지? 난 개 뒤를 쫓아왔다. 너한테 무슨 말을 하더냐?"

"요즘 날씨가 좀 쌀쌀하군요."

"그것이 무슨 얘기를 했냐고?"

노인이 성난 목소리로 고함질렀다.

"그런데도 크로커스가 필 것 같다더군요."

홈즈는 천연덕스럽게 말했다.

"이런 고얀 것! 내 질문을 잘도 피해 가는군!"

손님은 한 걸음 나서서 채찍을 휘두르며 말했다.

"난 네놈이 누군지 안다, 이 악당 놈아! 네 얘기를 들은 적 있지. 참견쟁이 홈즈!"

내 친구는 빙그레 웃었다.

"간섭꾼 홈즈!"

홈즈는 더 활짝 웃었다.

"멋모르고 까부는 경찰 나부랭이 홈즈 녀석!"

홈즈는 큰 소리로 웃음을 터뜨렸다.

"말씀을 아주 재미있게 하시는군요. 가실 때는 문을 꼭 닫아주십시오. 문틈으로 외풍이 들어오니까요."

"나는 할 말 다 하고 가겠다. 남의 일에 참견할 생각은 꿈도 꾸지 마라. 헬렌이 여기 왔었다는 걸 안다고. 내가 뒤를 밟아 왔으니까! 나 같은 사람한테 덤빌 생각은 않는 게 좋을 거다! 자, 봐라."

로일롯 박사는 재빨리 다가와 부지깽이를 집어 들더니 갈색으로 그을린 큼직한 손으로 단숨에 구부려놓았다.

"내 손에 걸려들지 않게 조심해라."

그는 험악한 얼굴로 소리 지르며 구부러진 부지깽이를 난롯가에 던져놓고는 성큼성큼 밖으로 나갔다.

"정말 귀여운 양반이군."

홈즈는 웃으며 말했다.

"나는 그렇게 체격이 큰 편은 아니지만 저 양반이 좀 더 있었으면 내 손아귀 힘도 만만치 않다는 사실을 보여주었을 텐데."

그러면서 강철 부지깽이를 집어 들고 끙 하고 힘을 써서 다시 펴 놓았다.

"나를 경찰 나부랭이로 착각하다니 정말 오만하기 짝이 없구먼! 하지만 이런 일을 겪고 보니 한결 흥미가 솟구치는데. 부주의하게도 불한당 같은 영감을 달고 온 숙녀분에게 별일 없기만을 바랄 뿐이네. 자, 이제 조반을 들도록 하세. 나는 그다음에 민법 박사 회관에 가볼 생각이네. 이번 일에 도움이 될 만한 자료가 있는지 찾아봐야지."

셜록 홈즈가 돌아온 것은 거의 한시가 다 돼서였다. 그는 글씨와 숫자가 잔뜩 적힌 푸른색 종이를 한 장 들고 있었다.

"로일롯 박사의 작고한 부인이 남긴 유언장을 열람하고 왔네. 그 정확한 의미를 판단하기 위해서 부인이 남긴 유산의 시가를 따져 보지 않을 수 없었지. 부인의 사망 당시에 유산의 연간 총수입은 1100파운드에 달했는데, 지금은 농산물 가격 하락으로 750파운드밖에 안 되더군. 딸들은 결혼하면 1인당 250파운드를 받을 수 있게 돼 있어. 그래서 만약 두 딸이 다 결혼했다면 영감한테는 푼돈밖에 안 남았을 거고 둘 중 하나만 결혼해도 영감에겐 상당한 타격이 됐을 걸세. 나의 오전 활동이 헛수고는 아니었네. 영감한테는 그런 일이 생기는 것을 막아야 할 강력한 동기가 있다는 것이 증명됐으니까 말이야. 자, 사태가 심각하니 꾸물거릴 여유가 없네. 더구나 영감은 우리가 개입했다는 걸 알고 있어. 자네가 외출 준비를 마치면 당장 마차를 잡아타고 워털루 역으로 달려가야겠네. 권총을 가져가주면 고맙겠어. 부지깽이를 엿가락처럼 휘어놓는 신사를 상대하는 데는 '엘리 2호'가 최고지. 그 위에 칫솔 하나만 더 가져가면 될 거야."

워털루 역에 가니 다행히 레더헤드행 기차가 있었다. 그리고 우리는 레더헤드 역 앞의 여관에서 이륜마차를 잡아탔다. 마차는 서리의 아름다운 길을 칠팔 킬로미터가량 달렸다. 날씨는 더할 나위 없이 좋았다. 태양은 눈부시게 빛났고 하늘에는 양털 구름이 둥둥 떠 있었다. 가로수와 길가의 관목에선 연둣빛 새싹이 움트고 있었고, 대기는 상쾌하기 이를 데 없는 축축한 흙냄새로 가득 차 있었다. 우리의 마음을 사로잡은 무서운 사건 앞에서 대지에 가득 찬 봄기운은 너무도 낯설고 이질적으로 느껴졌다. 내 친구는 팔짱을 끼고 마부 옆에 앉아 있었다. 모자를 푹 눌러쓴 채 턱을 바짝 끌어당기고 있는 품이 깊은 생각에 잠겨 있는 것 같았다. 그런데 갑자기 내 어깨를 톡톡 치더니 목초지 너머를 가리켰다.

"저길 좀 보게!"

홈즈가 말했다.

야트막한 경사면에 나무가 빽빽이 들어차 꼭대기에서 작은 숲을 이루고 있는 곳이었다. 나뭇가지 위로 오래된 저택의 잿빛 박공과 높은 지붕이 튀어나와 있었다.

"스토크 모런인가?"

그가 말했다.

"예. 저 집이 바로 그림스비 로일롯 박사님 저택입지요."

마부가 대답했다.

"저 집에서 지금 무슨 공사를 하고 있는데, 우리는 그 공사장으로 가는 길일세."

"마을은 저쪽입니다요."

마부는 왼쪽으로 좀 떨어진 곳에 있는 높고 낮은 지붕들을 가리키며 말했다.

"한데 스토크 모런으로 가실 양이면 이쪽 계단으로 올라가는 편이 더 빠릅지요. 거기로 해서 들판의 오솔길을 지나는 겁니다. 마침 저쪽에 숙녀분께서 걸어가는 게 보이는군요."

"저 숙녀는 스토너 양인 것 같군."

홈즈는 손으로 햇빛을 가리며 바라보았다.

"그래, 자네 말대로 하는 게 낫겠어."

우리는 마차에서 내려 삯을 치렀고 마차는 덜컹거리며 레더헤드로 되돌아갔다. 계단을 올라가는 동안 홈즈가 말했다.

"나는 말일세, 저 마부한테 우리가 공사장이나 그런 데 볼일이 있어서 온 것처럼 말하는 게 좋을 거라고 생각했네. 그래야 쓸데없는 소문이 퍼지는 걸 막을 수 있으니까. 스토너 양, 안녕하십니까. 우리가 약속은 꼭 지킨다는 걸 아셨겠지요."

아침에 본 의뢰인은 기쁨이 가득한 얼굴로 우리 쪽으로 바삐 다가왔다.

"두 분을 목이 빠지게 기다렸답니다."

스토너 양은 우리들의 손을 따뜻하게 잡아주며 말했다.

"일이 다 잘됐어요. 계부는 런던에 갔거든요. 저녁때나 돼야 돌아올 거예요."

"저희는 이미 로일롯 박사님을 만나뵙는 기쁨을 누렸습니다."

홈즈는 아침에 있었던 일을 간단하게 설명해 주었다. 스토너 양은 이야기를 듣는 동안 입술까지 하얗게 질렸다.

"어머나!"

그녀는 소리쳤다.

"그럼 제 뒤를 밟은 거로군요."

"그런 것 같습니다."

"그분은 정말 교활한 데가 있어요. 그래서 한시라도 마음을 놓을 수가 없지요. 그런데 언제 온다고 하던가요?"

"로일롯 박사는 조심해야 할 겁니다. 자신보다 더 교활한 인간이 뒤를 쫓고 있다는 걸 알게 될 테니까요. 스토너 양은 오늘 밤에는 방에 들어가서 문을 잠그고 계십시오. 만약 박사가 폭력을 휘두르면 우리가 스토너 양을 해로의 이모님 댁으로 모셔다 드리겠습니다. 이제 지체 없이 조사에 착수해야 합니다. 그러니 우리를 어서 문제의 방으로 안내해 주시면 감사하겠습니다."

저택은 이끼로 뒤덮인 회색 석조 건물이었다. 중앙 부분은 높직했고 그 양쪽으로 게의 집게발 같은 건물이 붙어 있었다. 왼쪽 건물은 창문이란 창문은 다 깨진 채 나무판자로 막혀 있는 데다가 지붕 일부가 움푹 꺼진 게 꼭 폐가처럼 보였다. 하지만 가운데 부분은 손을 보아서 상태가 좀 나아 보였고 오른쪽 건물은 상당히 현대적으로 보였다. 오른쪽의 방은 창문마다 커튼이 드리워져 있고 굴뚝에서 푸른 연기가 모락모락 피어올라 가족이 거주하는 곳임을 알 수 있었다. 맨 끝 벽에는 비계(높은 건물을 지을 때 디디고 설 수 있게 만든 시설 — 옮긴이)가 세워져 있었고 돌벽이 일부 파손되어 있었지만 공사하는 인부들의 모습은 보이지 않았다. 홈즈는 손질한 흔적이 없는 잔디밭을 천천히 거닐며 창문 바깥쪽을 면밀히 살폈다.

"제가 보기엔 이쪽 방이 스토너 양이 썼던 방인 것 같고 가운데 있는 게 동생 방, 건물 중앙부에 면해 있는 것이 로일롯 박사의 방인 것 같군요. 맞습니까?"

"맞아요. 하지만 저는 지금 가운데 방을 쓰고 있어요."

"집을 수리하는 동안이겠지요. 그런데 저 끝의 벽을 급히 수리해야 할 까닭이 있는 것 같지는 않아 보입니다만."

"그런 건 없었어요. 저는 제 방을 옮기기 위한 구실을 만들려고 했던 게 아닌가 하고 생각하고 있어요."

"저런! 대단히 의미심장한 말씀이군요. 그런데 이 세 개의 방 뒤쪽으로는 복도가 나 있습니다. 물론 복도에 창문은 있겠지요?"

"예, 하지만 아주 작아요. 사람들이 드나들지 못할 정도지요."

"그렇다면 방문을 안에서 잠그면 복도 쪽에서 누가 들어올 수는 없겠군요. 그럼 이제 스토너 양의 방에 들어가서 덧문을 잠가주시겠습니까?"

스토너 양이 시키는 대로 하자 홈즈는 열린 창문을 통해 덧문을 면밀히 조사한 뒤에 온갖 방법을 써서 밖에서 열어보려고 했지만 실패했다. 덧문을 들어 올리려고 해도 칼끝 하나 밀어 넣을 틈이 없었다. 그는 확대경을 꺼내 경첩을 살폈지만 그것은 쇠로 되어 있었고 육중한 돌덩이에 단단하게 박혀 있었다.

"흠!"

그는 곤혹스러운 듯 턱을 만지작거렸다.

"내 가설이 난관에 부닥쳤어. 일단 덧문을 잠그면 이곳을 통해 방에 들어가는 것은 불가능하네. 이젠 집에 들어가서 문제 해결에 도움이 될 만한 단서가 있는지 찾아봐야겠군."

작은 옆문을 열자 하얗게 회칠한 복도가 나왔다. 홈즈가 맨 끝 방은 보지 않겠다고 해서 우린 가운데 방으로 들어갔다. 스토너 양은 현재 쌍둥이 동생이 최후를 맞은 이 방을 쓰고 있었다. 작고 소박한 방이었다. 오래된 시골집들이 다 그렇듯 낮은 천장에 벽난로가 입을 벌리고 있었다. 한쪽 구석에는 갈색 서랍장이 하나 있었고 맞은편에 하얀 보를 씌운 좁은 침대가 놓여 있었다. 창문 왼쪽으로는 경대가 있었다. 그 밖에 방에 있는 물건이라곤 작은 등나무 의자 두 개와 방 한가운데 깔린 네모난 월튼 카펫(영국 월튼에서 만들어진 것으로 세계 최초의 기계직 카펫임 ─ 옮긴이)뿐이었다. 마룻바닥과 벽의 널빤지는 벌레 먹은 갈색 참나무였는데, 너무 낡고 빛깔도 바래 있어서 이 집을 지은 뒤 한 번도 갈지 않은 것 같았다. 홈즈는 의자 하나를 구석에 끌어다 놓고 말없이 앉았다. 그리고 방의 내부를 샅샅이 암기해 두려는 것처럼 눈동자를 사방으로 굴렸다.

"저 줄은 어디로 연결된 거지요?"

마침내 홈즈는 침대 옆에 매달린 굵은 설렁줄을 가리키며 물었다. 줄은 베개에 맞닿을 정도로 길게 늘어져 있었다.

"가정부 방으로 통하는 거예요."

"다른 물건에 비해선 비교적 새것 같군요."

"예, 저기 설치한 지 2년밖에 안 됐으니까요."

"그럼 동생분이 설치해 달라고 하셨나요?"

"아뇨, 전 그 애가 저걸 썼다는 얘길 들어본 적이 없어요. 우린 항상 자기 일은 자기가 알아서 했으니까요."

"그렇다면 저렇게 멋진 설렁줄을 다는 건 불필요한 일이었군요. 실례지만 잠깐 마룻바닥을 조사해 보도록 하겠습니다."

홈즈는 바닥에 납작 엎드린 채 확대경을 들고 앞뒤로 재빠르게 기어 다니며 마룻바닥의 틈새를 꼼꼼히 조사했다. 그리고 벽의 널빤지도 같은 방법으로 조사했다. 마지막으로 그는 침대를 잠깐 살펴보고 옆쪽 벽을 위아래로 훑어보더니 재빨리 설렁줄을 당겨보았다.

"아니, 이거 먹통이군요."

"소리가 안 나나요?"

"그렇습니다. 선에 연결되어 있지도 않습니다. 대단히 흥미롭군요. 자세히 보면 작은 환기 구멍 바로 위의 고리에 묶여 있는 게 보입니다."

"참 바보 같은 물건도 다 있군요! 전 그런 줄 몰랐답니다."

"참 이상하군요!"

홈즈는 줄을 잡아당기며 중얼거렸다.

"이 방에는 아주 묘한 점들이 한두 가지 있습니다. 예를 들면 어떤 멍청한 건축업자가 환기 구멍을 바깥으로 안 내고 옆방으로 내놓았을까요!"

"그것도 아주 최근에 만든 거랍니다."

아가씨가 말했다.

"설렁줄과 같은 시기에 만든 겁니까?"

홈즈가 물었다.

"예, 그 무렵에 보수 공사를 해서 몇 가지를 고쳤지요."

"그런데 그게 하나같이 흥미로운 것들이군요. 먹통 설렁줄에, 환기가 되지 않는 환기구하며. 스토너 양, 허락해 주신다면 이제 옆방을 조사해 보고 싶습니다."

그림스비 로일롯 박사의 방은 의붓딸의 방보다는 컸지만 역시 간소하기 이를 데 없었다. 방 안에 있는 물건이라곤 야전용 침대와 전문 서적이 가득 꽂혀 있는 작은 목제 선반, 침대 옆에 놓인 안락의자, 벽에 기대놓은 소박한 나무 의자, 원탁 그리고 커다란 철제 금고가 전부였다. 홈즈는 천천히 방 안을 걸어 다니며 물건 하나하나를 예리한 눈으로 살펴보았다.

"이 속에 들어 있는 게 뭡니까?"

홈즈는 금고를 톡톡 두드리며 물었다.

"서류요."

"오! 그럼 안을 들여다본 적이 있으시군요?"

"딱 한 번, 몇 년 전에요. 제 기억에는 서류로 가득 차 있었지요."

"혹시 고양이 같은 게 들어 있진 않았습니까?"

"아니요. 그럴 리가 있나요."

"흠, 이걸 좀 보십시오!"

홈즈는 금고 위에 놓인 작은 우유 접시를 들어 보였다.

"아뇨, 이 집에 고양이는 없답니다. 치타하고 비비는 있어도요."

"아, 물론 그렇지요! 그런데 치타는 말하자면 큰 고양이입니다. 우유 한 접시로는 도저히 성이 차지 않을 겁니다. 한 가지 확인해 보고 싶은 점이 있습니다."

홈즈는 벽에 붙여놓은 나무 의자 앞에 쪼그리고 앉아서 주의 깊게 관찰했다.

"감사합니다. 이제 됐습니다."

홈즈는 일어서서 확대경을 주머니에 집어넣으며 말했다.

"이것 봐라! 아주 흥미로운 물건이 있군."

그의 시선을 사로잡은 것은 침대 한구석에 걸려 있는 작은 채찍

이었다. 그런데 채찍은 약간 구부러져 있었고 끝에 고리 모양으로 매듭이 지어져 있었다.

"왓슨, 자넨 이것에 대해 어떻게 생각하나?"

"흔해 빠진 채찍 아닌가. 하지만 끝에 매듭을 지어놓은 이유는 잘 모르겠군."

"그렇게 흔해 빠진 물건은 아닐세. 안 그런가? 어허, 이럴 수가! 무서운 세상이로군. 지능이 높은 인간이 범죄에 머리를 쓰면 최악의 결과가 빚어지지. 스토너 양, 충분히 본 것 같습니다. 이제 잔디밭을 좀 거닐고 싶군요."

홈즈는 조사 현장에서 돌아서며 전에 없이 험악하게 얼굴을 찌푸렸다. 잔디밭을 거니는 동안 홈즈는 깊은 사색에 잠겼고, 스토너 양과 나는 그가 먼저 입을 열 때까지 조심스럽게 침묵을 지켰다. 홈즈가 말했다.

"스토너 양, 이제부터 반드시 제 말을 따르셔야 합니다."

"그렇게 할게요."

"사태가 심각하기 때문에 조금도 지체할 수 없습니다. 목숨을 건지려면 꼭 지시대로 하셔야 합니다."

"제 목숨은 선생님 손에 달려 있다는 걸 잘 알고 있어요."

"먼저, 이 친구하고 저는 스토너 양의 방에서 밤을 새울 겁니다."

우리는 깜짝 놀라 그를 멍하니 쳐다보았다.

"예, 무슨 일이 있어도 그렇게 해야 합니다. 제 말 잘 들으십시오. 이 근처에 마을 여관이 있지요?"

"예, 저쪽에 보이는 게 크라운 여관이에요."

"좋습니다. 저기서 스토너 양의 방 창문이 보이겠지요?"

"그럴 거예요."

"로일롯 박사가 돌아오면 두통이 난다든가 하는 핑계를 대고 방에 틀어박혀 계십시오. 그리고 박사가 침실로 들어가는 소리가 들리면 창의 덧문을 열고 창가에 등불을 놓아두세요. 그건 우리에게 보내는 신호입니다. 그다음에 필요한 물건을 전부 싸가지고 전에 쓰던 방으로 몰래 들어가세요. 수리 중이긴 해도 하룻밤 거기서 지내는 데는 문제가 없을 거라고 생각합니다."

"그럼요, 그거야 쉬운 일이지요."

"나머지는 우리가 알아서 하겠습니다."

"하지만 어떻게 하시려고요?"

"우린 가운데 방에서 밤을 새우면서 한밤중에 난 이상한 소리의 진원지를 찾아볼 예정입니다."

"홈즈 선생님, 벌써 뭔가를 알아내셨군요."

스토너 양은 내 친구의 옷소매에 손을 올려놓으며 말했다.

"그런지도 모르지요."

"그럼 제발, 동생이 왜 죽었는지 말해 주세요."

"좀 더 명확한 증거를 확보한 다음에 말씀드리는 게 좋겠습니다."

"그 애가 갑작스러운 공포 때문에 죽었을 거라는 제 생각이 옳은지만이라도 알려주세요."

"아니요, 그렇진 않은 듯하군요. 다른 직접적인 원인이 있었을 거라고 생각합니다. 그럼 스토너 양, 이만 가봐야겠습니다. 로일롯 박

사의 눈에 띄기라도 하면 만사가 도로 아미타불이 될 테니까요. 그럼 몸조심하고 용기를 가지세요. 제가 말씀드린 대로만 하면 곧 위험에서 벗어나게 될 테니 안심하고 푹 쉬셔도 좋습니다."

셜록 홈즈와 나는 크라운 여관에서 침실과 거실이 딸려 있는 방을 쉽게 빌릴 수 있었다. 그것은 2층 방이었는데, 창문으로 보면 스토크 모런 영주관의 대문과 가족이 사용하는 건물이 한눈에 들어왔다. 해 질 무렵 그림스비 로일롯 박사가 탄 마차가 지나갔다. 왜소한 소년 마부 곁에 앉은 박사는 산처럼 커 보였다. 소년이 무거운 철제 대문을 여느라 한참 끙끙거리자 박사는 화가 나서 벽력같이 고함을 지르며 주먹을 휘둘렀다. 이륜마차가 저택 안으로 들어가고 몇 분이 지난 뒤 숲 사이로 갑자기 불빛이 스며 나왔다. 거실에 불을 밝힌 모양이었다.

"여보게, 왓슨."

홈즈가 입을 열었다. 주위가 점점 어두워지고 있었다.

"오늘 밤 자네에게 같이 가자고 하기가 망설여지는군. 명백한 위험 요소가 있으니까 말이야."

"내가 도움이 되겠나?"

"자네가 있으면 큰 도움이 되지."

"그럼 같이 가야지."

"정말 고맙네."

"자네는 위험하다는 얘길 하는데 아까 그 방에서 내가 보지 못한 것을 본 게 틀림없군."

"그건 아닐세. 하지만 자네보다 좀 더 많은 것을 추리했을 수는 있지. 내가 본 건 자네도 다 보았네."

"설령줄 빼고는 별로 이상한 점이 없던 것 같은데. 그런데 무엇하러 그런 걸 달아놨는지 통 모르겠더군."

"나는 스토크 모런에 오기 전부터 환기구가 있을 거라고 생각했어."

"어떻게 그걸!"

"음, 그래, 다 알고 있었지. 스토크 양의 쌍둥이 동생이 로일롯 박사의 시가 냄새 때문에 골머리를 앓았다는 얘기 생각나지? 그건 물론 두 방이 통해 있다는 걸 뜻하네. 구멍은 아주 작은 것일 테지. 그렇지 않다면 검시관 조사에서 넘어가지 않았을 테니까. 나는 그렇게 해서 환기 구멍의 존재를 추리해 냈네."

"하지만 그런 걸 무엇에 쓰겠나?"

"글쎄, 하지만 이상하지 않은가. 환기 구멍을 만들고 줄을 매달고 그리고 나서 그 방에서 잠자던 여성이 죽었네. 자넨 어떤 생각이 드나?"

"글쎄, 어떤 관련이 있는지 잘 모르겠는걸."

"그 침대에서 뭐 이상한 점을 보지 못했나?"

"응."

"그건 바닥에 고정돼 있었네. 자네는 침대를 그런 식으로 고정시켜 놓은 걸 본 적 있나?"

"그런 건 본 적이 없지."

"그 침대는 움직일 수 없게 되어 있어. 그건 환기 구멍과 밧줄 ── 설렁줄로 쓰도록 달아놓은 게 아니니까 밧줄이라고 불러도 될 거야. ──하고는 항상 같은 위치에 있을 수밖에 없네."

나는 소리쳤다.

"홈즈, 자네가 무슨 말을 하려는지 알 것 같아. 하지만 우리가 적당한 때에 왔으니 그렇게 교활하고 소름 끼치는 범죄를 막을 수 있겠지."

"정말 교활하고, 또 소름 끼치지. 의사들은 마음만 먹으면 일급 범죄자가 될 수 있다네. 담력과 지식이 있으니까. 지금까지는 팔머와 프리처드가 그 방면에서 최고였지. 물론 로일롯 박사는 그보다 더 교활하지만 그래도 우릴 능가할 수는 없어. 하지만 오늘 밤 안으로 끔찍한 일을 실컷 겪게 될 테니 조용히 담배나 피우면서 잠시 기분 전환을 하세."

아홉시경에 숲 속의 불빛은 꺼졌고 영주관 쪽은 완전히 깜깜해졌다. 시간이 천천히 흘러 시계가 열한시를 알렸을 때 갑자기 밝은 불빛 하나가 앞에 나타났다.

"신호일세."

홈즈는 벌떡 일어서며 말했다.

"가운데 방 창문에서 나오는 불빛이야."

여관을 나오면서 홈즈는 주인과 몇 마디 말을 주고받았다. 그는 밤늦게 친지를 방문하게 되어 거기서 자고 올 것 같다고 설명했다.

잠시 후 우리는 어두운 길로 나섰다. 서늘한 바람이 정면에서 불어왔다. 우리는 반짝거리는 노란 불빛 하나를 길잡이 삼아 어둠 속을 뚫고 갔다.

영지로 들어가는 데는 그다지 어려움이 없었다. 사유지의 낡은 담이 무너진 채 방치되어 있었던 것이다. 우리는 숲을 지나 잔디밭을 건넜다. 그리고 창문을 타 넘으려고 하는데 월계수 덤불에서 흉측한 아이 같은 것이 튀어나와 팔다리를 꼬며 풀밭으로 몸을 던지더니 재빨리 지나쳐서 어둠 속으로 사라졌다.

"맙소사! 저것 봤나?"

나는 속삭였다.

홈즈는 순간적으로 나만큼 놀란 듯 반사적으로 내 손목을 꼭 붙들었다. 그러더니 낮은 목소리로 웃음을 터뜨리며 내 귀에 대고 속삭였다.

"정말 묘한 집이로군. 비비일세."

나는 박사가 아낀다는 이상한 애완동물을 깜빡 잊고 있었다. 그뿐만 아니라 치타도 있었다. 언제 녀석이 덤벼들지 몰랐다. 솔직히 말해서 나는 홈즈를 따라 신발을 벗어 든 채 방 안에 들어간 뒤에야 비로소 마음을 놓았다. 내 친구는 소리 나지 않게 덧문을 닫고 등불을 탁자 위에 옮겨놓은 다음 방 안을 둘러보았다. 모든 것이 낮에 있던 그대로였다. 그는 내 옆으로 살그머니 다가와 손나팔을 만들어 내 귀에 대고 들릴락 말락 하게 속삭였다.

"조그만 소리라도 내면 우리 계획은 끝장일세."

나는 알아들었다는 표시로 고개를 주억거렸다.

"불을 끄고 앉아 있어야 해. 환기구를 통해 불빛이 흘러 나갈 테니까."

나는 다시 고개를 끄덕였다.

"잠들면 안 되네. 목숨이 위태로워질 수 있어. 혹시 필요할지 모르니까 권총을 꺼내놓게. 나는 침대에 걸터앉을 테니까 자넨 그 의자에 앉아 있게."

나는 권총을 꺼내서 탁자 위에 올려놓았다.

홈즈는 가늘고 기다란 지팡이를 들고 왔는데 이것을 침대 위에 올려놓았다. 그 옆에는 성냥갑과 초를 놓아두었다. 그리고 불을 껐다. 칠흑 같은 어둠이 밀려왔다.

그 공포의 불침번을 어떻게 잊을 수 있을까? 방 안은 숨소리 하나 들리지 않을 만큼 고요했다. 하지만 나는 조금 떨어진 곳에 내 친구가 나와 똑같은 초긴장 상태에서 눈을 크게 뜨고 앉아 있다는 걸 알고 있었다. 덧문으로는 빛 한 줄기 새어 들지 않았으므로 우리는 완전한 암흑 속에 앉아 있었다. 밖에서 이따금씩 밤새의 울음소리가 들렸고 한 번은 창가에서 길게 끄는 고양이 울음소리 같은 게 들려와 정말로 치타가 활보하고 있다는 걸 알 수 있었다. 멀리서 교구의 괘종시계가 15분마다 웅웅 울리는 저음으로 종을 쳤다. 그 15분이 얼마나 길던지! 시계가 열두시를 쳤고 그다음에 한시, 두시, 세시를 쳤지만 우리는 여전히 무슨 일이 일어나기를 기다리며 묵묵히 앉아 있었다.

갑자기 환기 구멍 쪽에서 순간적으로 섬광이 일었다. 불빛은 금세 사라졌지만 기름 타는 냄새와 가열된 금속 냄새가 강하게 풍겨오는 것으로 보아 누군가 옆방에서 차광식(遮光式) 각등을 켠 게 분명했다. 가볍게 움직이는 소리가 들리더니 곧 잠잠해졌다. 그러나 냄새는 더 강해졌다. 한 30분 정도 나는 귀를 쫑긋 세우고 앉아 있었다. 그런데 갑자기 전혀 다른 소리가 들려왔다. 그것은 주전자에서 물이 끓을 때처럼 부드럽게 '쉬잇쉬잇' 하는 소리였다. 그 소리가 들린 순간, 홈즈는 재빨리 자리를 박차고 일어나 성냥불을 켜고는 지팡이로 설렁줄을 사납게 난타했다.

"왓슨, 봤나?"

그는 외쳤다.

"봤냐고?"

하지만 나는 아무것도 보지 못했다. 홈즈가 불을 켠 순간 낮은 휘파람 소리를 똑똑히 듣긴 했지만 갑작스러운 불빛 때문에 눈이 부셔서 그가 그렇게 정신없이 두들겨 팬 것이 무엇인지 알아보지 못했던 것이다. 홈즈의 얼굴은 무섭도록 창백했고 공포와 혐오의 표정이 가득했다.

그가 손을 멈추고 환기 구멍을 올려다보고 있는데 갑자기 밤의 고요를 뚫고 난생처음 들어보는 소름 끼치는 비명 소리가 울려 퍼졌다. 고통과 두려움과 분노가 범벅이 된 끔찍한 비명은 점점 커졌다. 마을 사람들의 말에 따르면 그 소리는 마을을 지나 멀리 있는 사제관까지 들렸다고 한다. 사람들은 난데없는 비명에 잠이 깨었다. 나는 심장이 차갑게 얼어붙는 듯했다. 우리는 마지막 메아리가 고요 속으로 잦아들 때까지 서로를 멍하니 바라보고만 있었다.

"이게 무슨 뜻이지?"

나는 숨 막히는 소리로 물었다.

"모든 게 다 끝났다는 뜻이지. 이렇게 끝나는 게 최선인지도 모르네. 권총을 들게. 로일롯 박사의 방으로 가봐야지."

홈즈는 무거운 표정으로 등불을 들고 복도를 내려갔다. 문을 두 번 두드렸지만 안에선 아무 대답도 없었다. 홈즈는 방문을 열고 안으로 들어갔고, 나는 권총을 세워 든 채 그의 뒤를 따랐다.

눈앞에는 기괴한 광경이 펼쳐져 있었다. 탁자 위에는 뚜껑이 반쯤 올라간 차광 각등이 철제 금고에 밝은 빛을 던졌고 금고 문은 열려 있었다. 탁자 옆의 나무 의자에는 그림스비 로일롯 박사가 긴 회색 실내복 차림으로 앉아 있었다. 실내복 밑으로는 발목이 드러나 있는데 뒤축 없는 빨간 실내화를 신은 채였다. 그리고 무릎 위에는 낮에 본 채찍이 놓여 있었다. 박사는 고개를 잔뜩 젖히고 공포에 질린 눈으로 천장 한구석을 멍하니 응시하고 있었다. 머리에는 갈색 얼룩무늬가 든 노란 띠를 단단히 두르고 있었다. 방에선 어떤 소리도 움직임도 느껴지지 않았다.

"띠다! 얼룩 띠!"

홈즈가 속삭였다.

나는 한 발짝 앞으로 나섰다. 순간 박사가 두른 이상한 머리띠가 움직이기 시작하더니 혐오스러운 뱀이 납작한 다이아몬드 모양의 대가리를 머리카락 속에서 빳빳이 쳐들었다. 뱀은 목을 잔뜩 부풀리고 있었다.

"늪 살무사다!"

홈즈가 외쳤다.

"인도에서 제일 무서운 독사라네. 박사는 물린 지 10초 안에 즉사했네. 폭력은 그걸 쓰는 자에게 되돌아가게 마련이지. 자기 무덤을 지가 판 꼴일세. 이 녀석을 도로 집에 넣어줘야겠군. 그다음에 스토너 양을 안전한 곳으로 옮기고 경찰에 연락해야겠어."

홈즈는 말하면서 죽은 사람의 무릎에 놓여 있는 채찍을 날쌔게 집어 들고 뱀 대가리를 채찍 끝의 고리에 밀어 넣었다. 그리고 로일롯 박사의 머리에 똬리를 튼 뱀을 채어 올려 철제 금고 안에 던져 넣고 문을 닫았다.

이상이 스토크 모런의 그림스비 로일롯 박사의 죽음에 얽힌 사실이다. 우리는 겁에 질린 숙녀에게 슬픈 소식을 전해 주고 그다음 날 아침 기차 편으로 그녀를 해로의 마음씨 착한 이모 댁으로 데려다 주었다. 경찰 조사는 박사가 경솔하게 위험한 동물을 갖고 장난하다가 죽음을 맞았다는 결론을 내리기까지 느릿하게 진행되었다. 그러나 이런 얘기를 자세하게 해서 그렇지 않아도 길어진 이야기를 더욱 늘일 필요는 없을 것이다. 그 사건에서 내가 미처 이해하지 못한 부분에 관해선, 다음 날 런던으로 돌아가는 기차 안에서 홈즈로부터 설명을 들었다.

"왓슨, 사실 나는 완전히 틀린 결론을 내리고 있었다네. 불충분한 자료를 토대로 추론하는 것이 얼마나 위험한가를 다시 한번 알

332

게 된 거지. 집시들의 존재 그리고 스토너 양의 가엾은 여동생이 성냥불을 켜서 언뜻 본 것을 '띠'라고 했다는 얘길 듣고 나는 완전히 엉뚱한 길로 들어서고 말았어. 내가 한 가지 잘한 것은 외부에서 그 어떤 것도 창이나 방문을 통해 안으로 침입할 수 없다는 걸 깨달았을 때 곧장 판단을 수정한 것이지. 이미 자네한테 말한 것처럼 나는 재빨리 환기 구멍과 침대 위에 매달아놓은 설렁줄에 주목했다네. 이 설렁줄이 먹통이라는 것 그리고 침대가 바닥에 고정돼 있다는 걸 알자 의혹은 눈덩이처럼 불어났지. 거기 있는 밧줄은 구멍을 통해 나온 무엇인가를 침대로 연결시켜 주는 다리임이 분명했네. 그게 뱀일지도 모른다는 생각이 금방 떠올랐지. 더구나 나는 인도에서 로일롯 박사에게 동물을 공급해 주는 사람이 있다는 걸 알고 있었네. 뱀이 분명한 것 같았어. 어떤 화학 시험을 통해서도 검출되지 않는 독을 이용한다는 착상은 동양에서 살다 온 비상한 두뇌의 냉혹한 인간이 떠올릴 만한 것이었지. 그런 독은 신속하게 작용한다는 점 또한 그의 입장에서는 장점이었을 걸세. 날카로운 눈을 가진 검시관이었다면 거뭇한 두 개의 독니 자국을 알아볼 수 있었을 거야. 그리고 나는 휘파람에 대해 생각해 보았네. 물론 박사는 뱀이 아침까지 방 안에 남아 있다가 사람들의 눈에 띄는 일이 없도록 도로 불러들여야 했을 걸세. 아마 우리가 본 우유를 이용해서 주인이 부르면 뱀이 돌아오도록 훈련시켰을 거야. 박사는 적당하다고 생각되는 시간에 환기 구멍을 통해 뱀을 집어넣었겠지. 그러면 뱀이 밧줄을 타고 침대로 내려갔을 거야. 물론 뱀이 거기 있는 사람을 물 수도 있고 안 물 수도 있어. 어쩌면 그 사람은 일주일 동안 물리지 않고 살아 있을 수도 있네. 하지만 결국은 물리고 말겠지.

나는 박사의 방을 조사하러 들어가기 전부터 이런 결론을 내리고 있었네. 의자를 조사해 보니 그가 그 위에 올라섰던 흔적이 보이더군. 환기 구멍에 뱀을 올려놓으려면 그 위에 올라가야 했을 테니까. 그리고 금고, 우유 접시, 채찍 끝의 고리를 보자 확신은 더욱 강해졌지. 스토너 양이 들었다는 금속성의 철컥 소리는 계부가 뱀을 금고에 집어넣고 서둘러 문을 닫을 때 난 소리가 틀림없네. 일단 결론을 내리자 나는 증거를 잡기 위한 차례를 밟았고 그것에 대해선 자네도 잘 알고 있네. 뱀이 '쉿쉿' 소리를 냈는데 그건 자네도 분명히 들었을 거야. 나는 그 소리를 듣자마자 불을 켜고 지팡이를 휘둘렀지."

"그 바람에 뱀이 환기 구멍으로 도로 들어간 거로군."

"그래서 옆방에 있던 주인한테 덤벼들었고 말이야. 녀석은 내 지팡이에 몇 번인가 정통으로 맞았는데 그러자 뱀의 본성이 발동해서 제일 먼저 본 사람한테 달려들었던 거지. 나는 이렇게 해서 그림스비 로일롯 박사의 죽음에 간접적으로라도 책임을 면할 길이 없게 되었네. 하지만 그렇다고 해서 양심의 가책이 심하게 느껴지지는 않는군."

어느 기술자의 엄지손가락

우리가 가깝게 지내던 동안 내 친구 셜록 홈즈가 의뢰받은 사건 중에서 내가 소개한 것은 단 두 건뿐이었다. 하나는 해설리 씨의 엄지손가락 사건이고, 다른 하나는 미치광이 워버튼 대령 사건이다. 둘 중에서 워버튼 대령 사건이 날카롭고 독창적인 관찰자에게는 더욱 그럴듯한 대상이었을지도 모르지만, 사건의 기이한 발단과 극적인 전개라는 측면에서 해설리 씨 사건은 내 친구가 추론 능력을 마음껏 발휘하는 데는 미흡했을지라도 독자들에게는 더욱 흥미로울 것이 분명하다. 해설리 씨의 엄지손가락 사건은 신문에도 여러 차례 실린 것으로 알고 있지만, 모든 사실을 한꺼번에 뭉뚱그려 내놓은 서너 단짜리 기사보다는 사건을 그 전개 과정에 따라 완만하게 서술하고 새로운 발견을 하나씩 보태면서 점차적으로 수수께끼를 풀어 완전한 진실에 이르는 나의 서술 방식이 훨씬 흥미로울 것이다. 당시 나는 그 사건에서 깊은 인상을 받았는데 2년이란 세월이 지난 뒤에도 그 느낌은 여전했다.

이제부터 얘기하려는 사건이 일어난 것은 1889년 여름, 내가 결혼한 지 얼마 안 됐을 때였다. 나는 개업하면서 베이커가의 하숙집을 떠났지만 틈나는 대로 친구 집을 찾았고 가끔씩은 그를 설득하여 보헤미안적인 생활을 삼가고 우리 집을 방문하도록 만들기까지 했다. 내 진료실을 찾는 환자들은 점점 늘었는데, 나는 마침 패딩턴 역에서 별로 멀지 않은 곳에 살았기 때문에 역무원 중에서도 내 환자가 몇 명 있었다. 그중에서 통증이 심한 고질병을 앓던 사람 하나가 찾아와서 치료받고 병을 고치더니만, 나의 의술을 홍보하고 주위의 병자들을 내 진료실로 보내주는 일에 열성적으로 앞장서게 되었다.

어느 날 아침, 일곱시가 채 되기도 전에 하녀가 문을 두들겨서 잠을 깨우더니 패딩턴 역에서 온 두 남자가 진찰실에서 기다리고 있다고 전했다. 나는 경험을 통해 철도 사고치고 경상은 드물다는 사실을 알고 있었으므로 얼른 옷을 걸치고 아래층으로 내려갔다. 그랬더니 나의 오랜 동맹군이자 보호자인 역무원이 진찰실에서 나오더니 문을 꼭 닫았다.

"저기다 넣어두었습니다."

그는 엄지손가락으로 어깨 너머를 가리키며 속삭였다.

"상태는 괜찮아요."

"그런데 이 안에 뭐가 있는데요?"

그가 마치 무슨 괴물을 진료실에 가둬놓은 것처럼 말했기 때문에 나는 그렇게 물었다.

"이번에도 환자입니다."

그가 작은 소리로 말했다.

"내가 직접 데려왔어요. 그래서 딴 데로 빠져나가지 못했지요. 무사히 데려다 놓았으니 이제 가봐야겠습니다. 나도 선생처럼 할 일이 있으니까 말입니다."

이 믿음직스러운 호객꾼은 내가 인사를 차리기도 전에 가버리고 말았다.

진찰실에 들어가보니 트위드 정장을 한 신사가 책상 앞에 조용히 앉아 있었다. 내 책 위에는 그의 베레모가 놓여 있었다. 그는 한 손에 손수건을 친친 감고 있었는데 온통 피투성이였다. 나이는 스물다섯 이상으로는 보이지 않았고 근육질의 얼굴이 단단해 보였지만 몹시 창백했다. 그는 어떤 격심한 충격을 받은 뒤에 정신적으로 완전히 탈진한 사람 같은 인상을 주었다.

"이렇게 일찍 찾아와서 잠을 깨워 정말 죄송합니다."

젊은 신사가 말했다.

"하지만 간밤에 아주 심한 사고를 당했지요. 새벽 기차를 타고 패딩턴 역에서 내려 이 근처에 병원이 없느냐고 묻자 어떤 분께서 친절하게도 여기까지 데려다주셨습니다. 하녀에게 명함을 주었는데 그 옆의 보조 탁자에 올려놓는 것 같더군요."

나는 명함을 집어 들었다.

빅토리아가 16A번지(3층), 유압 기술자, 빅터 해설리.

명함에는 오늘 아침에 찾아온 손님의 이름, 직업, 주소가 쓰여 있었다.

"기다리게 해서 미안합니다."

나는 내 의자에 앉으며 말했다.

"야간 여행을 하신 모양이군요. 사실 그게 얼마나 지루한 건지는 저도 잘 알고 있습니다."

"오, 지난밤에 저는 전혀 지루하지 않았습니다."

젊은 신사는 말하며 웃음을 터뜨렸다. 그는 의자에 기대어 온몸을 흔들며 정신없이 웃어댔는데 웃음소리가 점점 커지고 높아졌다. 나는 그의 웃음이 병적이라는 것을 본능적으로 알아챘다.

"그만!"

나는 외쳤다.

"진정하세요!"

나는 물병에서 물을 따라주었지만 소용없었다. 그는 발작적으로 웃음을 쏟아냈는데, 그것은 강한 의지로 큰 위기를 이겨낸 사람에게 흔히 찾아오는 상태였다. 잠시 후 그는 다시 정신을 차렸다. 몹시 창백했고 지쳐 보였다.

"제가 바보 같은 짓을 했군요."

그는 숨을 몰아쉬며 말했다.

"천만에요. 이걸 드십시오."

나는 물에다 브랜디를 타주었다. 그러자 핏기 없는 얼굴에 혈색이 돌아왔다.

"좀 낫군요. 그럼 박사님, 이젠 제 엄지손가락을, 아니 제 엄지손가락이 붙어 있던 자리를 좀 살펴봐주십시오."

그는 손수건을 풀고 손을 내밀었다. 내가 아무리 단련된 신경을 가졌다 해도 그걸 보자 몸이 떨려왔다. 그의 손에는 손가락이 네 개뿐이었고 엄지손가락이 있어야 할 자리에는 소름 끼치도록 붉은 해면층이 드러나 있었다. 엄지는 밑동에서 바짝 잘려 나간 상태였다.

"이런! 끔찍한 상처를 입으셨군요. 피가 많이 났겠습니다."

"예, 그랬지요. 저는 그때 졸도했습니다. 그리고 한참 동안 깨어나지 못한 것 같아요. 정신을 차려보니 여전히 피가 흐르고 있었습니다. 그래서 손수건 한쪽 끝을 손목에 단단히 감은 다음에 작은 나뭇

가지를 부목 삼아 댔지요."

"정말 잘하셨소! 전직이 외과 의사였던 모양입니다."

"아시다시피 그건 수리학적인 문제인데 제 전공이기도 하니까요."

"그런데 손가락이 아주 무겁고 날카로운 도구에 의해 잘려 나간 것 같군요."

나는 상처를 살펴보며 말했다.

"고기 자르는 큰 칼 같은 거였지요."

그는 말했다.

"사고였나 보지요?"

"그건 절대로 아닙니다."

"뭐라고! 그럼 누구한테 당한 겁니까?"

"죽을 뻔했지요."

"끔찍한 일이군요."

나는 상처를 깨끗이 닦고 약을 바른 다음 탈지면으로 덮고 석탄산으로 처리한 붕대를 감았다. 그는 내게 몸을 맡기고 가만히 누운채 가끔씩 입술만 깨물었다.

"어떻습니까?"

나는 치료를 끝낸 뒤에 물었다.

"아주 좋습니다! 브랜디를 마시고 치료를 받으니 완전히 딴사람이 된 기분입니다. 아까는 손끝 하나 까딱할 힘이 없었지만 저는 할일이 많다고요."

"그 일에 대해선 얘기하지 않는 편이 낫겠습니다. 당신의 신경이 못 견딜 테니 말이오."

"아, 예. 지금 얘기하진 않겠습니다. 경찰에 가서 말해야지요. 하지만 선생님 앞에서니까 말이지만, 이런 상처가 명백한 증거로 남았으니 망정이지 안 그랬으면 경찰은 제 얘기를 믿어주지도 않을 겁니다. 사실 그렇다 해도 별로 놀라운 일은 아니지요. 워낙 기이한 사건인 데다가 저한테는 그걸 증명할 만한 물증도 거의 없으니까요. 경찰이 제 말을 믿어준다고 해도 제가 가지고 있는 단서라는 게 막연하기 짝이 없어서 범인 체포는 어려울 겁니다."

"허! 당신의 문제가 그렇게 까다로운 것이라면 경찰서로 가기 전에 내 친구 셜록 홈즈 씨를 먼저 만나볼 것을 권하고 싶군요."

"오, 그분 얘기는 저도 들어본 적이 있습니다. 그분이 제 일을 맡아주신다면 오죽 좋겠습니까. 물론 경찰에도 알려야겠지만 말입니다. 그럼 저한테 추천장을 한 장 써주시겠습니까?"

"그보다 더 좋은 방법이 있지요. 내가 직접 데려다주리다."

"그렇게 해주신다면 저는 그저 고마울 따름이지요."

"마차를 불러서 같이 타고 갑시다. 가면 마침 식사 시간이 될 겁니다. 어때요, 그럴 수 있겠습니까?"

"예. 얘기를 털어놔야 속이 시원할 것 같습니다."

"그럼 하인한테 마차를 부르라고 이르겠습니다. 잠깐 기다리시오."

나는 2층으로 뛰어 올라가 아내에게 간단하게 사정을 설명했다. 5분 뒤에 나는 손님과 함께 이륜마차를 타고 베이커가를 향해 달려가고 있었다.

예상대로 셜록 홈즈는 실내복 차림으로 거실 소파에 게으르게 누워 있었다. 그는 《더 타임스》의 개인 광고란을 읽으며 식전 담배를 피우고 있었다. 그것은 전날 피우던 파이프에서 담배 찌꺼기를 긁어모아 조심스럽게 벽난로 선반 귀퉁이에 말려둔 것이었다. 그는 예의 조용하고 따뜻한 태도로 우릴 맞아들이고 조반으로 신선한 햄과 달걀을 주문했다. 우린 배불리 식사를 했다. 식사가 끝난 뒤 그는 손님을 소파에 눕히고 머리에 베개를 받쳐주었다. 그리고 손 닿는 곳에 브랜디 잔을 가져다 놓았다.

"해설리 씨, 보아하니 흔치 않은 경험을 하신 것 같소. 부디 내 집처럼 생각하고 편하게 누우시오. 그리고 말하다가 힘들면 언제든지 중단하고 술 한 모금으로 기운을 북돋우시구려."

"감사합니다."

환자가 말했다.

"아까 의사 선생님께 치료받고 나서 새로운 힘이 솟았는데 이렇게 아침 식사까지 하고 나니 몸이 다 나은 것 같습니다. 두 분의 귀중한 시간을 너무 많이 빼앗지 않도록 제가 겪은 기묘한 일을 당장 이야기하도록 하겠습니다."

홈즈는 커다란 안락의자에 앉아서 피로한 듯 눈을 감았다. 그러한 표정 뒤에는 날카롭고 열정적인 본성이 숨어 있었다. 나는 홈즈의 맞은편에 앉았고 우리는 말없이 손님의 기이한 사연에 귀 기울였다.

"저로 말할 것 같으면, 혈혈단신으로 마흔 살에 런던의 하숙집에서 살고 있습니다. 직업은 유압 기술자이고 지난 7년간 그리니치의 유명한 기업 베너 앤 매드슨에서 견습공으로 일하며 상당한 경험을 쌓았지요. 그러다 2년 전에 견습 기간이 끝났는데 그때 마침 부친께서 돌아가시면서 꽤 많은 유산을 남겨주셨습니다. 그래서 저는 독립하기로 결심하고 빅토리아가에 사무실을 얻었습니다.

자기 사업을 시작한 사람들은 처음에는 누구나 힘들 겁니다. 하지만 저는 유난히 지독한 경험을 했지요. 지난 2년간 저는 세 건의 상담과 한 건의 작은 일을 의뢰받았습니다. 들어온 일감은 그뿐이었지요. 총수입은 27파운드 10실링이었습니다. 저는 매일같이 아침 아홉시에 사무실에 나와서 일거리를 기다렸습니다. 하지만 오후 네시가 되면 가슴이 덜컥 내려앉으면서 오늘 하루도 아무 일도 들어오지 않았다는 걸 깨닫곤 했습니다.

그런데 어제 있었던 일입니다. 이제 퇴근해야겠다고 생각하고 있는데 사환이 들어오더니 어떤 신사분이 일 때문에 찾아왔다고 하더군요. 사환은 명함을 한 장 들고 왔는데 거기엔 '라이샌더 스타크 대령'이라고 쓰여 있었습니다. 곧 대령이 들어왔습니다. 키는 큰 편이었지만 몹시 말랐더군요. 저는 그렇게 마른 사람은 처음 보았습니다. 얼굴은 온통 뾰족한 코와 턱뿐인 것 같았고 볼에는 뼈와 가죽뿐이었습니다. 하지만 그렇게 마른 것이 무슨 병 때문이 아니라 타고난 체질이었는지 눈에는 광채가 돌았고 걸음걸이는 가볍고 힘이 있었습니다. 옷차림은 수수했지만 깔끔했지요. 그리고 마흔 살은 되어 보였습니다.

'당신이 해설리 씨요?' 그의 말투에는 독일어 억양이 섞여 있었지

요. '해설리 씨, 나는 어떤 사람한테서 당신이 일솜씨도 좋을 뿐 아니라 사람됨이 진중하고 입이 무겁다는 얘기를 듣고 왔소이다.'

젊은 사람치고 그런 말을 듣고 으쓱하지 않을 사람은 없을 겁니다. 저는 흐뭇한 기분으로 고개 숙여 인사했습니다. '저를 그렇게 칭찬해 주신 분이 누군지 물어도 되겠습니까?'

'에, 지금은 말하지 않는 게 좋을 것 같소. 그 사람 얘기로는 당신이 고아인 데다가 미혼이라서 런던에 혼자 살고 있다고 하던데.'

'그건 사실입니다. 하지만 그런 점이 저의 일솜씨와 무슨 상관이 있는지 모르겠군요. 제가 듣기로 손님께서는 일 때문에 오신 걸로 알고 있는데요?'

'그렇소. 하지만 내가 말한 것이 일과 전혀 무관한 게 아니라는 걸 곧 알게 될 거요. 나는 당신에게 일을 맡기려고 왔소. 그런데 이 일은 꼭 비밀을 지켜야 한다오. 알아듣겠소? 비밀을 지켜야 한단 말이오. 그런데 가족과 같이 사는 사람하고 혼자 사는 사람 중에 누가 더 비밀을 잘 지키겠소?'

'저는 비밀을 지키기로 약속하면 반드시 지키는 사람입니다.'

대령은 제가 말하는 동안 제 얼굴을 뚫어지게 쳐다보았습니다. 그렇게 의심에 가득 차서 파헤치듯이 바라보는 눈은 정말 처음이었지요.

'그럼 약속하겠소?' 대령은 마침내 말했습니다.

'예, 약속하겠습니다.'

'일하기 전이나 도중이나 후에 절대적으로 완전히 침묵을 지킬

수 있겠소? 말로든 서면으로든 절대 이 일을 언급하지 않겠소?'

'이미 약속한다고 말씀드렸는데요.'

'좋소.' 대령은 갑자기 벌떡 일어서더니 비호같이 방문 앞으로 달려가 문을 열어젖혔습니다. 복도에는 개미 새끼 한 마리 없었습니다.

'이젠 됐소.' 대령은 자리로 돌아오며 말했습니다. '사환이란 녀석들은 주인 일에 관심이 많은 법이거든. 자, 이제 안심하고 얘기해도 되겠소.' 대령은 제 앞으로 의자를 바짝 끌어당기더니 그 의심에 가득 차고 생각이 많은 듯한 시선으로 또 쳐다보기 시작했습니다.

그 말라깽이 사내의 이상한 짓거리를 보고 저는 혐오감을 느꼈습니다. 사실 그것은 거의 두려움에 가까운 감정이었지요. 고객을 놓치고 싶지는 않았지만 도저히 참을 수가 없었습니다.

'손님, 용건이 있으면 빨리 말씀해 주시기 바랍니다. 저도 바쁜 사람이니까요.' 오, 맙소사, 저는 그렇게 말했습니다.

'하룻밤 일에 50기니 어떻겠소?' 대령은 물었지요.

'좋습니다.'

'하룻밤 일이라고 했지만 사실은 한 시간에 끝날 일이라고 보는 게 더 정확할 거요. 나는 그저 고장 난 유압 프레스에 대한 전문가의 의견을 듣고 싶은 거요. 당신이 어디가 문제인지 말해 주면 고치는 건 우리가 알아서 하겠소. 이런 조건에 대해 어떻게 생각하시오?'

'일은 가볍고 보수는 넉넉한 것 같습니다.'

'바로 그거요. 오늘 밤 마지막 기차로 와줬으면 하오.'

'어디로요?'

'버크셔의 아이퍼드로. 옥스퍼드셔 경계 가까이에 있는 작은 곳이고 갈아타는 레딩에서는 11킬로미터 내 거리요. 패딩턴에서 열한 시 15분쯤 아이퍼드에 도착하는 기차가 있소.'

'좋습니다.'

'마차를 갖고 마중 나가겠소.'

'마차로 한참 갑니까?'

'그렇소, 집이 조금 외곽에 있으니까. 아이퍼드 역에서도 족히 11킬로미터는 된다오.'

'그러면 자정 전에 거기 도착하는 건 힘들겠군요. 그 시간이면 런던행 기차가 끊어질 텐데 천생 자고 올 수밖에 없겠습니다.'

'그렇소, 잠자리를 마련해 주는 거야 쉬운 일이지.'

'여러모로 거추장스러울 것 같은데요. 좀 더 편한 시간에 가면 안 될까요?'

'우린 당신이 늦게 오는 게 제일 좋을 거라고 판단했소. 당신처럼 젊고 이름 없는 사람에게 최고 기술자 대우를 해주고자 하는 것은 그런 불편함을 보상하기 위해서요. 물론 당신이 하고 싶지 않다면 다른 사람을 찾아보겠소.'

저는 50기니라는 돈이 생기면 얼마나 요긴하게 쓰일 것인지에 대해 생각했습니다. '아닙니다. 기꺼이 원하는 대로 해드리지요. 하지만 제가 해야 할 일에 대해서는 좀 더 분명하게 알고 싶습니다.'

'좋소. 도대체 무슨 일이기에 비밀 엄수의 서약까지 받는지 궁금하기도 할 거요. 당신에게 무슨 일인지 알려주지도 않고 일을 시킬

생각은 없소. 우리 얘기를 엿듣는 사람이 없는 게 분명하겠지?'

'그렇습니다.'

'그럼 솔직히 털어놓겠소. 당신도 아마 표백제로 쓰이는 백토(白土)에 대해서 들어봤을 거요. 영국에서는 한두 곳에서만 나는 귀중한 자원이지.'

'알고 있습니다.'

'나는 몇 년 전 레딩에서 16킬로미터 거리에 있는 모처에 작은 땅을 샀소. 아주 작은 땅이지. 그런데 하늘의 도우심으로 그곳에 백토가 매장돼 있다는 사실을 알게 됐소. 하지만 자세히 조사해 보니 내 땅에 매장된 백토는 아주 소량에 지나지 않았소이다. 내 땅 오른쪽과 왼쪽으로 상당히 커다란 백토 지층이 있는데 이 지층을 연결하는 지맥이 내 땅을 지나간 거요. 좌우의 큰 백토 지층은 이웃 사람들의 땅에 있는데, 그 사람들은 자기 땅에 금맥보다 더 귀중한 토양층이 묻혀 있다는 걸 까맣게 모르고 있소. 그래서 이웃 사람들이 사실을 알기 전에 그 땅을 사두려고 하는데 불행히도 수중에 그만한 자본이 없다오. 나는 몇몇 친구들에게 비밀을 털어놓았소. 그러자 친구들은 내 땅의 얼마 안 되는 백토를 몰래 캐내서 그것으로 이웃 토지의 구입 자금을 마련하라고 했소. 그래서 우리는 얼마 전부터 백토를 캐내는 일을 시작했고, 그 과정에서 유압 프레스를 한 대 들여놓았소. 그런데 이 유압 프레스가 아까 말했듯이 고장 났기 때문에 전문가의 자문을 구하려는 거요. 지금 우리는 모든 것을 철저히 비밀에 부치고 있소. 하지만 우리가 유압 기술자를 코딱지만 한 집으로 데리고 온 사실이 알려지기라도 하는 날엔 이웃들이 곧 사정을 알아보기 시작할 거고 사실은 곧 밝혀질 거요. 그러면 문제의 땅을 구입해서 백토를 캐내려는 계획은 물거품이 되고 마는 거요. 당신에게 오늘 밤 아이퍼드에 간다는 얘기를 아무한테도 하지 말라고 강조하는 이유가 바로 그것이오. 이제 알아들었소?'

'잘 알겠습니다. 한 가지 이해하기 힘든 점은 백토를 파내는 데 왜 유압 프레스를 쓰느냐 하는 겁니다. 제가 알기로 백토는 땅에서 캐내는 것으로 알고 있는데요.'

'아!' 대령은 아무렇지도 않게 말했습니다. '우린 독자적인 공법을 개발했소이다. 토양층을 벽돌 찍듯이 압축해서 캐내는 거요. 그럼 그걸 운반할 때 사람들 눈에 띄어도 뭔지 알아보지 못하지. 하지만 그건 별로 중요하지 않은 문제요. 해설리 씨, 나는 당신을 굳게 믿기 때문에 이렇게 비밀을 솔직히 털어놓았소.' 대령은 일어나며 말했습니다. '그럼 이따가 열한시 15분에 아이퍼드 역에서 봅시다.'

'그때까지 꼭 가겠습니다.'

'그리고 아무한테도 절대 말하지 마시오.' 대령은 마지막으로 의심스러운 눈초리로 한참 더 쳐다보고는 차갑고 축축한 손으로 제 손을 잡았습니다. 그리고 서둘러 방을 나갔지요.

나중에 저는 냉정한 마음으로 갑자기 들어온 이 일감에 대해 생각해 보고 가슴이 심하게 뛰는 걸 느꼈습니다. 물론 우선은 사례 때문이었지요. 그만한 일감을 처리해 주고 받을 수 있는 돈의 열 배는 받게 되었으니까요. 그리고 딴 사람한테 갈 수도 있었을 일이 저

한테 떨어진 건 행운이었습니다. 하지만 한편으로는 의뢰인의 표정과 태도가 몹시 불쾌하게 여겨졌습니다. 또 그의 설명만 듣고는 한밤중에 저를 오라고 한 것이나 다른 사람한테 말할까 봐 극심하게 불안에 떠는 이유가 납득이 되지 않았지요. 하지만 저는 모든 두려움을 훌훌 털어버리고 저녁밥을 배불리 먹은 다음에 패딩턴 역으로 가서 기차를 탔습니다. 대령이 요구한 대로 일절 아무한테도 얘기하지 않고 말입니다.

레딩 역에서 저는 아이퍼드행 마지막 열차로 갈아탔지요. 불빛이 희미한 아이퍼드 역에 도착한 것은 열한시가 넘은 시간이었습니다. 거기서 내린 승객은 저 하나뿐이었지요. 승강장에서 졸린 얼굴로 등을 들고 있는 짐꾼이 하나 서 있을 뿐 아무도 없었습니다. 하지만 개찰구를 지나 밖으로 나가니 저녁때 본 손님이 저쪽 어둠 속에 서 있는 게 보였습니다. 그는 말없이 내 팔을 붙잡더니 대기하고 있던 마차에 태웠습니다. 마차 문은 이미 열려 있었지요. 그가 양쪽 창문을 닫고 앞쪽을 똑똑 두드리자 마차는 전속력으로 달리기 시작했습니다.

"말은 한 필이었소?"

홈즈가 불쑥 물었다.

"예, 딱 한 필이었지요."

"말의 색깔은 보았소?"

"예, 마차에 타면서 측등으로 보았습니다. 밤색이었지요."

"피곤해 보이던가요, 아니면 기운차 보이던가요?"

"아, 털에 윤기가 자르르 흐르는 게 아주 기운차 보였습니다."

"고맙소. 끼어들어서 미안하오. 어서 말씀을 계속하시오. 대단히 흥미로운 이야기외다."

"마차는 계속 달렸습니다. 적어도 한 시간은 달렸을 겁니다. 라이샌더 스타크 대령은 11킬로미터 거리라고 했지만 마차가 달린 속도하고 거기까지 가는 데 걸린 시간을 따져보면 족히 20킬로미터는 될 겁니다. 대령은 마차를 타고 가는 동안 말없이 옆에 앉아 있었지요. 하지만 한두 번 그쪽으로 시선을 줄 때마다 저는 그가 제 쪽을 뚫어지게 쳐다보는 것을 의식할 수 있었습니다. 그곳의 시골길은 상태가 썩 좋지는 않은 것 같았습니다. 가는 동안 마차가 엄청나게 덜컹거리고 흔들렸으니까요. 저는 우리가 있는 곳이 어딘지 알아보려고 창밖을 내다보았지만 창문은 불투명 유리로 되어 있어서 보이는 거라곤 이따금씩 지나가는 뿌연 불빛밖에 없었습니다. 못 견디게 지루했던 저는 가끔 용기를 내서 대령에게 말을 붙여보기도 했지만 짤막한 대답이 고작이어서 대화는 금세 흐지부지되고 말았지요. 마침내 도로의 상태가 변하는 듯하더니 마차는 평탄한 자갈길로 들어섰다가 이내 멈춰 섰습니다. 라이샌더 스타크 대령이 먼저 마차에서 뛰어내렸고, 제가 뒤따라 내리자 저를 얼른 바로 앞에 있는 현관으로 밀어 넣었습니다. 이렇게 마차에서 내리자마자 곧장 집 안으로 들어갔기 때문에 저는 집의 외관을 전혀 보지 못했지요. 대령은 제가 문지방을 넘자마자 재빨리 현관문을 닫았고, 밖에서 마차가 덜컹거리며 떠나는 소리가 희미하게 들려왔습니다.

집 안은 불빛 한 점 없이 캄캄했는데 대령은 뭐라고 중얼거리면서 성냥을 찾아 여기저기를 더듬었습니다. 그런데 갑자기 복도 끝의 방문이 열리더니 황금빛의 긴 불빛이 이쪽을 비췄습니다. 불빛은 점점 다가왔고 손에 등잔을 든 여인 하나가 나타났습니다. 여인은 등불을 머리 위로 치켜든 채 이쪽을 살폈지요. 저는 등잔불에 드러난 여인의 얼굴을 보고 그녀가 무척 예쁘다는 걸 알 수 있었습니다. 불빛 아래서 어두운 색깔의 드레스가 반짝거리는 것을 보니 고급 천으로 지은 옷을 입고 있는 게 분명했지요. 여인은 외국어로 뭔가 질문을 하는 것 같았습니다. 그런데 대령이 퉁명스럽게 한두 마디 대답하자 그녀는 어찌나 놀랐는지 등불을 떨어뜨릴 뻔했습니다. 스타크 대령은 여인에게 다가가 귓가에 몇 마디 말을 속삭이더니 그녀를 아까 그 방으로 도로 밀어 넣었습니다. 그리고 등불을 들고 다시 제 쪽으로 왔지요.

'미안하지만 이 방에서 몇 분간 기다려야겠소.' 그는 어느 방문을 열며 말했습니다. 그것은 간소한 가구가 놓인 작고 조용한 방이었습니다. 방 한가운데에는 원탁이 있었고 그 위에는 독일어 책 몇 권이 흩어져 있었지요. 스타크 대령은 방문 옆의 풍금 위에 등불을 내려놓았습니다. '오래 기다리게 하지는 않을 거요.' 대령은 어두운 복도로 나가며 말했습니다.

저는 탁자 위의 책들을 쳐다보았지요. 독일어는 몰랐어도 그중 두 권은 과학에 관한 전문 서적이고 나머지는 시집이라는 걸 알 수 있었습니다. 저는 시골 풍경이나 볼까 해서 창가로 다가갔지만 육중한 참나무 덧문이 굳게 닫혀 있었습니다. 집 안은 무덤 속처럼 적막했지요. 복도 어딘가에서 오래된 시계가 큰 소리로 재깍거리는 소리만 빼면 사방이 쥐 죽은 듯 조용했습니다. 막연한 불안감이 엄습해 왔습니다. 그 독일인들은 누구고 이 적막하고 외진 곳에 살면서 무슨 일을 하고 있는 거지? 그리고 여기가 대체 어딜까? 제가 아는 것은 여기가 아이퍼드에서 16킬로미터 정도 떨어진 곳이라는 것뿐, 동서남북 어느 쪽에 있는지 방향을 알 수가 없었습니다. 하지만 그 정도 반경에 들어오는 도시는 레딩을 비롯해서 몇 곳이 더 있으니 결국 이곳은 그렇게 외진 곳이 아닐지도 몰랐습니다. 저는 방 안을 오락가락하면서 기운을 북돋우려고 나지막하게 콧노래를 불렀습니다. 그리고 50기니를 벌게 될 일에 대해 생각했습니다.

적막함과 고요함 속에서 느닷없이 방문이 살며시 열렸습니다. 복도의 어둠을 등지고 아까 그 여인이 나타났습니다. 방 안의 노란 불빛이 여인의 진지하고 아름다운 얼굴을 비춰주었지요. 저는 그녀가 두려움에 떨고 있다는 것을 한눈에 알아볼 수 있었습니다. 그걸 보자 제게도 오싹 한기가 끼쳐왔지요. 그녀는 떨리는 손가락을 들어 입술에 댔습니다. 조용히 하라는 것이었지요. 그러더니 서툰 영어로 몇 마디 속삭이면서 겁에 질린 짐승 같은 눈으로 등 뒤의 어둠을 돌아보았습니다.

'난 갈 거예요.' 여인은 침착하게 말하려고 무진장 노력하는 것처럼 보였습니다. '난 갈 거예요. 여기 있으면 안 돼요. 당신도 여길 떠나는 게 좋아요.'

'하지만 부인, 저는 아직 일을 하지 않았습니다. 기계를 보기 전까지는 갈 수 없습니다.'

'그럴 만한 가치가 없는 일이에요. 저 문으로 나가세요. 지금 아무도 없어요.' 그러나 내가 웃으며 고개를 흔드는 걸 보고 그녀는 갑자기 신중한 태도를 버리고 두 손을 쥐어짜며 한 발짝 앞으로 나섰습니다. '오, 하느님, 제발!' 여인은 속삭였습니다. '어서 가세요. 조금 더 있으면 늦어요!'

하지만 저는 타고난 고집불통이라 누가 말리면 기를 쓰고 더 하려는 성미가 있지요. 저는 50기니의 사례와 힘들었던 여행 그리고 한밤중에 밖에서 밤을 지새울 일을 생각해 보았습니다. 그 고생을 하고 그냥 간다는 게 말이 됩니까? 제가 왜 의뢰받은 일을 하지도 않고, 약속한 사례금도 받지 않고 도망쳐야 한단 말입니까? 저는 이 여인이 보기와 달리 편집광일지도 모른다고 생각했습니다. 그래서 여인의 말에 어쩐지 마음이 흔들리는 것을 느끼면서도 완강한 태도로 고개를 흔들며 그냥 있겠다고 잘라 말했습니다. 여인이 다시 나를 설득하려고 하는데 위층에서 문이 쾅 닫히더니 계단을 내려오는 발소리가 들렸습니다. 그녀는 언뜻 귀를 기울이는 듯하더니 어쩔 수 없다는 듯 두 손을 들어 올리고 소리 없이 어둠 속으로 사라졌습니다.

라이샌더 스타크 대령은 이중 턱에 친칠라 같은 턱수염을 기른 땅딸막한 사내를 데리고 왔습니다. 그는 퍼거슨이라고 했습니다.

'이 사람은 내 비서 겸 감독이오. 그런데 조금 아까 내가 분명히 문을 닫고 나간 것 같은데. 방 안에 외풍이 있는 것 같지 않소?'

'그건 아닙니다.' 저는 대답했지요. '방이 좀 답답해서 제가 방문을 열었습니다.'

대령은 예의 의심스러운 눈초리를 제게 던졌습니다. '이제 일을 시작하는 게 좋겠군. 당신한테 기계를 보여주겠소.'

'그럼 모자를 써야겠군요.'

'오, 아니요. 기계는 집 안에 있소.'

'아니, 백토를 집 안에서 캐낸단 말입니까?'

'아니요. 집에선 그걸 압축할 뿐이오. 하지만 신경 쓰지 마시오. 당신이 할 일은 기계를 살펴보고 어디가 문젠지 알려주는 것뿐이오.'

우린 같이 2층으로 올라갔습니다. 대령이 등불을 들고 앞장섰고 뚱뚱한 감독이 내 뒤를 따랐지요. 오래된 집의 복도, 통로, 협소한 나선 계단은 꼭 미로 같았습니다. 문은 낮았고 문지방은 여러 세대가 넘어다녀 가운데가 우묵하게 닳아 있었지요. 2층에는 카펫도 깔려 있지 않았고 가구 한 점 없었습니다. 벽의 회칠은 벗겨지고 녹색의 지저분한 얼룩 사이로 습기가 배어 나오고 있었지요. 저는 가능한 한 태연한 척하려고 했지만 아무리 무시하려고 해도 아까 그 숙녀의 경고가 자꾸만 떠올랐습니다. 그래서 두 사람의 행동을 유심히 쳐다보았지요. 퍼거슨은 말수가 적고 침울한 사람 같았습니다. 하지만 그의 말을 몇 마디 듣고 영국인이라는 것 정도는 알 수 있었습니다.

라이샌더 스타크 대령은 마침내 어느 작은 문 앞에서 걸음을 멈추더니 열쇠로 문을 열었습니다. 그 안에는 작은 정방형의 방이 또 있었는데 우리 셋이 한꺼번에 들어가지 못할 정도로 작았습니다. 퍼거슨은 밖에 남고 대령은 저를 방 안으로 안내했지요.

'지금 우리는 유압 프레스 내부에 들어와 있소.' 대령이 말했습니다. '누군가 밖에서 프레스 기계를 작동시키면 아주 불쾌한 일이 일어날 거요. 이 작은 방의 천장은 사실상 하강하는 피스톤의 바닥이라오. 그것은 수 톤이나 되는 압력으로 이 금속 받침판을 누르게 되오. 밖에는 물을 넣은 작은 실린더들이 있어서 그 힘을 받아 당신이 잘 알고 있는 방식에 따라 힘을 전달하고 배가시키는 일을 하오. 기계는 지금도 잘 돌아가고 있지만 작동할 때 약간 뻑뻑한 부분이 있어서 힘이 좀 약해졌소. 그러니 잘 살펴보고 어디가 문제인지 알려 주시오.'

저는 대령에게 등불을 받아 들고 기계를 철저히 점검했습니다. 그것은 정말 엄청난 압력을 발생시킬 수 있는 큰 기계였지요. 하지만 밖으로 나가 프레스를 움직이는 레버를 내려보니 피식거리는 소리가 났습니다. 어딘가에서 누수가 되어 실린더를 통해 물이 역류하는 게 틀림없었지요. 자세히 살펴보니 구동축의 윗부분을 감고 있는 고무 밴드 하나가 쪼그라든 게 보였습니다. 그래서 구동축이 축받이 안으로 충분히 들어가지 못했고, 이것이 압력의 약화를 가져온 것이 분명했습니다. 저는 두 사람에게 이런 사정을 설명해 주었습니다. 그들은 제 얘기를 주의 깊게 듣더니 수리하는 과정에서

의 몇 가지 문제에 대해 질문했습니다. 저는 질문에 대답한 뒤 호기심에 끌려 다시 프레스 안으로 들어가서 자세히 살펴보았습니다. 백토 이야기가 새빨간 거짓말이라는 건 쉽게 알 수 있었습니다. 그런 보잘것없는 일을 하는 데 이렇게 강력한 엔진을 사용한다는 것은 말도 안 되는 것이니까요. 사방의 벽은 나무로 되어 있었지만 바닥은 커다란 철판이었습니다. 그런데 무슨 금속 조각이 바닥에 잔뜩 깔려 있는 게 보였지요. 대관절 그게 무언지 보려고 쪼그리고 앉아서 금속 조각을 긁어모으고 있는데 갑자기 독일 말로 뭐라고 외치는 소리가 들렸습니다. 고개를 들어보니 대령이 새파랗게 질린 얼굴로 저를 내려다보고 있었습니다.

'거기서 지금 뭘 하고 있나?' 대령이 물었습니다.

저는 그의 거짓말에 감쪽같이 속아 넘어갔다고 생각하니 화가 치밀었습니다. '백토라고 했나요? 참 대단하군요. 당신이 이 기계의 용도를 정확하게 알려줬으면 훨씬 더 잘 도와줄 수 있었을 텐데 말입니다.'

말을 해놓고 곧 저의 경솔함을 후회했습니다. 대령의 얼굴이 굳어지더니 잿빛 눈에서 불길한 광채가 번득였습니다.

'좋다, 이 기계가 어떤 건지 알려주마.' 그는 한 발짝 물러서더니 작은 문을 쾅 닫고 열쇠를 돌렸습니다. 저는 달려가서 손잡이를 잡아당겼지만 이미 잠긴 상태였습니다. 발로 차고 몸으로 밀어보았지만 문은 꿈쩍도 하지 않았지요. '이봐요!' 저는 외쳤습니다. '이봐요! 대령님! 날 내보내줘요!'

그런데 갑자기 정적을 뚫고 어떤 소리가 들려왔습니다. 저는 가슴이 쿵 내려앉았습니다. 그것은 철컥하고 레버를 내리는 소리 그리고 물이 새는 실린더에서 나는 피식거리는 소리였습니다. 그자가 프레스를 작동시킨 것입니다. 등불은 아직도 철제 받침판 위에 놓여 있었지요. 그 불빛으로 검은 천장이 삐걱거리며 서서히 내려오는 모습이 보였습니다. 저는 그 천장에 저를 순식간에 가루로 만들어버릴 수 있는 압력이 실려 있다는 걸 누구보다 잘 알고 있었습니다. 그래서 비명을 지르며 온몸으로 문을 들이받고 손톱으로 열쇠구멍을 후볐습니다. 저는 대령 놈에게 제발 내보내달라고 사정했지만 인정사정없는 기계의 굉음이 제 아우성을 집어삼키고 말았지요. 천장은 제 머리 위로 사오십 센티미터 지점까지 내려왔습니다. 손

을 올리자 그 단단하고 거친 표면이 만져졌지요. 그러자 불현듯 죽음의 고통은 내가 어떤 자세를 취하느냐에 따라 달라질 거라는 생각이 머리를 스쳤습니다. 만약 바닥에 엎드리면 피스톤의 압력이 척추에 가해질 터였습니다. 우두둑 뼈가 부러져 나갈 걸 생각하자 몸이 부르르 떨려왔습니다. 똑바로 눕는 편이 나을 것 같다는 생각이 들었지요. 하지만 똑바로 누워서 죽음의 검은 그림자가 흔들거리며 내려오는 것을 직시할 용기가 제게 있는지는 의문스러웠습니다. 저는 이미 똑바로 서 있을 수도 없는 상태였습니다. 그때 무엇인가가 시야에 들어왔고 저는 희망이 되살아나는 걸 느꼈습니다.

제가 아까 말씀드린 것처럼 천장과 바닥은 쇠였지만 벽은 나무로 되어 있었습니다. 마지막으로 주위를 한 바퀴 둘러보는데 두 개의 판자 틈으로 노란 불빛이 가느다랗게 흘러드는 것이 보였습니다. 작은 나무판이 뒤로 밀리면서 그 틈은 점점 넓어졌지요. 그것은 문이었습니다. 여기, 정말 죽음에서 달아날 수 있는 문이 있다는 게 순간적으로 도저히 믿어지지 않았습니다. 하지만 저는 곧장 그곳으로 몸을 날렸고 반쯤 기절한 상태에서 바깥으로 떨어졌지요. 나무판은 제 등 뒤에서 다시 닫혔지만 곧이어 등잔이 박살 나는 소리, 두 개의 쇠판이 서로 맞부딪히는 소리가 연달아 들려와 제가 얼마나 아슬아슬하게 몸을 피한 건지 알 수 있겠더군요.

누군가 미친 듯이 손목을 잡아당기는 걸 느끼고 정신을 차려보니 저는 좁은 복도의 돌바닥에 누워 있었습니다. 한 여인이 저를 내려다보며 오른손에 촛불을 든 채 왼손으로 저를 잡아끌고 있었지요.

바로 어리석은 저에게 경고를 해주던 그 아름다운 여성이었습니다.

'이리 오세요! 어서!' 그녀는 숨 가쁘게 외쳤습니다. '그들이 곧 올 거예요. 그럼 당신이 거기 없다는 걸 알게 되겠죠. 오, 서둘러야 해요! 어서 이리로!'

이번에는 여인이 시키는 대로 했습니다. 저는 비틀거리며 일어나 그녀를 따라 복도를 지나 나선 계단을 내려갔습니다. 계단을 내려 가자 또 다른 넓은 복도가 나왔는데 그때 급한 발소리와 두 사내의 고함 소리가 들렸습니다. 한 사람은 우리와 같은 층에서 소리 지르 고 있었고 다른 사람은 아래층에 있었습니다. 여인은 걸음을 멈추 고 어쩔 줄 모르겠다는 듯 주위를 둘러보았습니다. 그러더니 한 방 문을 열어젖혔습니다. 그것은 침실이었는데 창문을 통해 환한 달빛 이 쏟아져 들어오고 있었지요.

'이 길밖에 없어요.' 여인은 말했지요. '창문이 높긴 해도 뛰어내 릴 수 있을 거예요.'

그녀가 말하는데 복도 끝에서 불빛이 나타났습니다. 라이샌더 스 타크 대령의 빼빼 마른 몸이 이쪽으로 달려오는 게 보였지요. 그는 한 손에는 등불을, 다른 손에는 푸줏간에서 쓰는 것 같은 칼을 들고 있었습니다. 저는 당장 창가로 달려가 창문을 활짝 열어젖히고 바 깥을 내다보았습니다. 달빛에 잠긴 정원은 너무도 고요하고 아름답 고 생명력에 넘쳐 보였지요. 바닥까지 높이가 9미터를 넘을 것 같진 않았습니다. 저는 창틀 위로 기어올랐지만 생명의 은인과 저를 쫓 는 악당 사이에 오가는 말을 들을 양으로 멈칫거렸습니다. 저는 악당이 숙녀에게 폭력을 휘두른다면 어떤 위험을 무릅쓰고라도 달려가서 구해 내리라 마음먹었습니다. 그런데 막 그런 생각을 한 순간 그자가 문 앞에 나타나 숙녀를 밀쳤습니다. 하지만 그녀는 그자를 껴안으며 못 들어가게 막았지요.

'프리츠! 프리츠!' 숙녀는 영어로 외쳤습니다. '지난번에 약속했잖아요. 다시는 그런 일이 없을 거라고 말예요. 저분은 말하지 않을 거예요! 오, 말하지 않을 거예요!'

'엘리제! 당신 미쳤군!' 대령 놈은 숙녀를 떼어버리려고 애쓰며 외쳤습니다. '당신 때문에 우리는 파멸할 거야. 저놈은 너무 많은 걸 봤어. 이거 놔, 이거 놓으라고!' 그자는 숙녀를 옆으로 밀쳐버리고 창가로 달려와 무시무시한 칼을 내리쳤습니다. 그가 칼을 휘둘렀을 때 저는 창틀에 매달려 있는 상태였습니다. 저는 둔한 통증을 느끼며 손을 놓고 정원으로 떨어졌습니다.

충격을 받긴 했지만 다치지는 않았더군요. 그래서 얼른 일어나 관목 사이로 힘껏 달아나기 시작했지요. 위험이 완전히 사라진 건 아니었으니까요. 막 달려가고 있는데 갑자기 심한 어지럼증이 몰려오더니 구역질이 났습니다. 저는 통증으로 욱신거리는 손을 흘끗 내려다보았습니다. 그때 엄지손가락이 잘려 나간 모습을 보았지요. 상처에서 피가 샘솟고 있었습니다. 손수건으로 상처를 동여매려고 했지만 갑자기 귀가 가물거리면서 정신을 잃고 장미 꽃밭에 쓰러지고 말았습니다.

제가 얼마나 오랫동안 정신을 잃고 있었는지는 모르겠습니다. 하

지만 아주 긴 시간이었던 게 분명합니다. 정신을 차려보니 달은 지고 밝은 아침 해가 빛나고 있었으니까요. 옷은 이슬에 젖어 축축했고 상처에서 흘러나온 피로 옷소매는 완전히 피투성이였지요. 지독한 통증이 몰려오면서 간밤의 일들이 선명하게 떠올랐습니다. 저는 아직도 위험할지도 모른다는 생각에 벌떡 일어났지요. 하지만 놀랍게도 주위를 둘러보니 집과 정원은 온데간데없었습니다. 저는 큰길가의 관목 울타리 한 자락에 누워 있었어요. 바로 밑에 기다란 건물이 내려다보였습니다. 알고 보니 그 건물은 전날 밤에 내렸던 바로 그 기차역이었지요. 손의 흉한 상처만 아니라면 간밤에 있었던 그 모든 끔찍한 일들은 한바탕의 악몽으로 여겨졌을 겁니다.

저는 멍한 상태로 역으로 가서 기차 시간을 물었습니다. 한 시간 안에 레딩행 기차가 있다고 했습니다. 어젯밤에 보았던 그 짐꾼이 있기에 혹시 라이샌더 스타크 대령이란 사람을 아느냐고 물었습니다. 그는 처음 들어보는 이름이라고 했습니다. '혹시 어젯밤에 나를 기다리고 있던 마차는 보았나?' 하고 묻자 못 봤다고 하더군요. '그럼 근처에 경찰서가 있는지?' 경찰서는 5킬로미터 떨어진 곳에 있었습니다.

제 몸 상태로 그곳까지 가는 건 무리였습니다. 저는 일단 런던으로 돌아가서 경찰을 찾아가 신고하기로 했습니다. 제가 런던에 도착한 것은 아침 여섯시가 좀 지난 시간이었고 먼저 상처를 치료받았습니다. 그리고 친절한 의사 선생님을 만나 여기까지 오게 된 것입니다. 이제 얘기는 끝났습니다. 저는 선생께서 하라는 대로 할 생각입니다."

우리는 이 기이한 이야기가 끝난 다음 잠시 묵묵히 앉아 있었다. 그러다 셜록 홈즈가 선반에서 묵직한 스크랩북을 하나 내렸다.

"여기 흥미로운 광고가 있소이다. 1년 전에 모든 신문에 일제히 실렸던 광고요. 한번 들어보시오. '사람을 찾습니다. 제레미아 헤일링, 26세, 유압 기술자. 금월 9일 밤 열시에 하숙집에서 나간 뒤 연락 두절. 옷차림은…….' 등등. 허! 내가 보기에 대령은 1년 전에도 기계를 점검할 사람이 필요했던 것 같소."

"이럴 수가!"

내 환자는 외쳤다.

"그렇다면 그 여인이 한 말이 충분히 설명되는군요."

"그렇소. 그 대령이란 자는 아주 냉정하고 지독한 인간임에 틀림 없소. 자신의 일에 방해가 되는 것은 가차없이 없애버리기로 결심한 자요. 포획한 배에서 단 한 사람도 살려 보내지 않는 무시무시한 해적들처럼 말이오. 시간이 없으니 해설리 씨 당신만 괜찮다면 런던 경찰국에 들렀다가 아이퍼드로 내려갑시다."

세 시간쯤 뒤에 우리는 레딩에서 버크셔의 작은 마을로 가는 기차에 몸을 실었다. 기차에 탄 사람은 셜록 홈즈, 유압 기술자, 런던 경찰국의 브래드스트리트 경위, 사복형사 그리고 나였다. 브래드스트리트는 좌석 위에 그 지역의 측량 지도를 펼쳐놓은 다음 아이퍼드를 중심에 놓고 컴퍼스로 원을 그렸다. 그가 말했다.

"됐어, 이 원은 아이퍼드를 중심으로 반경 16킬로미터의 거리를 나타내고 있소. 우리가 찾는 집은 이 곡선 근처에 있을 게 틀림없소. 해설리 씨, 분명히 16킬로미터라고 했지요?"

"마차로 한 시간 거리였으니까요."

"그럼 당신이 정신을 잃었을 때 그 사람들이 당신을 16킬로미터나 옮겨놓았다고 생각하는 거지요?"

"그랬던 게 틀림없습니다. 누군가 저를 들어서 어딘가로 옮겨준 기억이 어렴풋이 남아 있으니까요."

"참 이해하기 힘들군요."

나는 말했다.

"당신이 정신을 잃고 정원에 쓰러져 있을 때 저들이 목숨을 살려준 이유가 뭘까요? 여자가 애원하자 그 악당이 마음이 약해졌을까요?"

"그럴 리가요. 제 평생 그렇게 냉혹한 얼굴은 처음 보았다고요."

"오, 곧 진상이 밝혀질 거요."

브래드스트리트가 말했다.

"그런데 원을 그리긴 했지만, 대관절 그 집이 어느 방향에 있는지 알아야지."

"나는 그 집이 어느 곳에 있는지 지적할 수 있습니다."

홈즈는 조용히 말했다.

"정말이오?"

경위가 소리쳤다.

"벌써 판단을 내렸구려! 자, 그러면 홈즈 선생과 생각이 같은 사람이 누군지 봅시다. 나는 아이퍼드의 남쪽이라고 생각하오. 거기는 상당히 외진 데거든."

"저는 동쪽이라고 생각합니다."

내 환자가 말했다.

"나는 서쪽을 택하겠습니다."

사복 차림의 형사가 말했다.

"그곳엔 작고 조용한 마을이 몇 군데 있으니까 말입니다."

"그럼 나는 북쪽을 택하겠습니다."

내가 말했다.

"거기엔 언덕이 없거든요. 해설리 씨의 증언에 따르면 마차가 언덕을 올라가는 느낌은 전혀 없었다고 했습니다."

"이거 의견들이 제각각이군요."

경위는 웃음을 터뜨리며 말했다.

"동서남북이 다 나왔소. 홈즈 선생은 누구한테 표를 던질 생각이오?"

"다 틀렸습니다."

"다 틀릴 리는 없지."

"아니요. 그럴 수 있습니다. 내가 생각하는 곳은 바로 여깁니다."

홈즈는 원의 중심을 손가락으로 짚었다.

"그들은 바로 여기에 있을 겁니다."

"하지만 20킬로미터를 달렸는데요?"

해설리가 깜짝 놀라서 말했다.

"10킬로미터 갔다가 10킬로미터 돌아온 거요. 이보다 깔끔한 결론도 없지. 당신은 처음 마차에 탈 때 말이 윤기가 반지르르하고 아주 기운차 보였다고 했소. 그런데 험한 길을 20킬로미터나 달려온 말이 그래 보일 수가 있겠소?"

"그렇군, 그건 간교한 술책일 가능성이 높겠소이다."

브래드스트리트는 생각에 잠겨 말했다.

"물론 그들이 뭐 하는 집단인지에 대해선 의문의 여지가 없소."

"그렇지요, 그자들은 화폐 위조범입니다. 그 기계로 은 대용으로 쓰이는 아말감을 제조해 온 거지요."

"우리는 영리한 일당이 준동하고 있다는 걸 알고 있었소."

경위는 말했다.

"그자들은 반 크라운짜리 동전을 무수히 찍어냈소. 우린 그들의 뒤를 쫓아 레딩까지 갔지만 거기서 그만 흔적을 놓치고 말았소이다. 그렇게 감쪽같이 자신의 흔적을 은폐하는 솜씨를 보면 보통내기들이 아니오. 하지만 이제 이렇게 좋은 기회를 맞았으니 일망타진하는 일만 남았소이다."

그러나 경위의 생각과 달리 범죄자들은 정의의 심판대에 오를 운명이 아니었다. 기차가 아이퍼드 역으로 다가갈 때 우리는 근처의 작은 숲 너머에서 엄청난 연기가 치솟아 거대한 타조 깃털처럼 공중에 걸려 있는 것을 보았다.

"어느 집에 불이라도 났소?"

기차가 증기를 내뿜으며 역 구내를 빠져나갈 때 브래드스트리트가 물었다.

"그렇습니다, 경위님!"

역장이 말했다.

"그게 언제요?"

"지난밤에 그랬다고 합니다. 그런데 불이 점점 번져서 이제는 집 전체가 불바다예요."

"그게 대관절 누구 집이오?"

"베처 선생 댁이지요."

"잠깐만."

기술자가 끼어들었다.

"베처 선생이 혹시 말라깽이 독일인 아닙니까? 코는 길고 뾰족하

고요."

역장은 웃음을 터뜨렸다.

"아닙니다. 베처 선생은 영국인인 데다 이곳 교구에서 허리 사이즈가 그분보다 더 큰 사람은 없을 정도로 뚱뚱하답니다. 하지만 제가 알기로는 그 댁에서 기거하는 환자분이 외국에서 온 신사인데, 질 좋은 버크셔 소고기를 좀 드셔야 할 분으로 보이지요."

역장의 말이 채 끝나기도 전에 우리는 불난 곳을 향해 달려갔다. 길을 따라 야트막한 언덕 위로 올라가자 하얗게 회칠한 큰 건물이 나왔다. 집의 틈새와 창문마다 붉은 화염이 빠져나와 너울거렸고 정원에서는 소방차 세 대가 화재를 진압하기 위해 분투하고 있었지만 그것은 헛수고였다.

"바로 저 집입니다!"

해설리는 격한 목소리로 외쳤다.

"저게 그 자갈길이고, 저게 제가 쓰러져 있던 그 장미 꽃밭입니다. 저는 저 2층 창문으로 뛰어내렸습니다."

"어쨌든 그자들에게 복수는 한 셈이 되었군요. 당신이 놓아둔 기름등잔이 프레스에 눌려 박살 나면서 나무 벽에 불이 옮겨붙은 게 틀림없으니까 말이오. 저들은 아마 당신을 뒤쫓느라 불이 난 줄도 모르고 있었을 거요. 자, 이제는 눈을 크게 뜨고 저 사람들 속에 간밤에 보았던 그 친구들이 섞여 있는지 잘 살펴보시오. 물론 지금쯤 멀찍이 삼십육계 줄행랑을 놓았을 가능성이 크지만 말이오."

홈즈의 예상은 적중했다. 그날부터 지금까지 그 아름다운 여인과 흉악한 독일인 그리고 침울한 영국인의 행방은 오리무중이니 말이다. 그날 새벽에 어느 농부가 레딩 쪽으로 쏜살같이 달려가는 짐마차를 하나 만났는데 거기엔 사람들이 몇 명 타고 있었고 부피가 큰 궤짝들이 실려 있었다고 한다. 하지만 도망자들은 흔적도 없이 사라졌고 천하의 홈즈조차 그들의 행방에 관해 조그마한 단서도 찾아내지 못했다.

소방관들은 집 안에서 이상한 기계 장치를 발견하고 어리둥절했는데, 2층의 어느 창틀 위에서 잘려 나간 지 얼마 안 되는 사람의 엄지손가락을 보고는 더욱 대경실색했다. 해 질 무렵 소방관들의 노력이 결실을 거두어 마침내 불길을 잡았지만 이미 지붕은 내려앉고 집 전체가 잿더미로 변해 버렸다. 불운한 기술자에게 그토록 호된 시련을 강요한 기계도 뒤틀린 실린더와 철제 파이프 몇 가닥이 남았을 뿐 종전의 모습은 찾을 길이 없었다. 부속 건물에서 대량의 니켈과 주석이 발견되었지만 동전은 온데간데없었다. 그것은 농부가 보았다는 큰 궤짝에 실려 있었을 것이다.

그 집 정원에 쓰러져 있던 유압 기술자가 어떻게 해서 다른 곳으로 옮겨지게 되었는지는 영원히 어둠에 묻힐 뻔했지만 희미한 발자국이 발견되면서 진실이 밝혀졌다. 기술자를 옮긴 것은 두 사람이었다. 한 사람의 발자국은 유난히 작고 다른 한 사람의 발자국은 상당히 컸는데, 동료처럼 철면피한 살인자는 아니었던 과묵한 영국인이 여인과 함께 의식을 잃은 사람을 안전한 곳으로 옮겨놓은 것이 분명했다.

런던으로 돌아가는 기차 안에서 기술자는 처량하게 말했다.

"참 대단한 일거리였군요! 엄지손가락을 잃어버린 데다가 50기니의 사례도 놓쳤습니다. 대관절 제가 얻은 게 뭔지 모르겠습니다."

"경험이지요."

홈즈는 껄껄 웃으며 말했다.

"그것은 앞으로 귀중한 자산이 될 거요. 우선 당신의 경험을 책으로 쓰시오. 그러면 앞으로 훌륭한 회사를 꾸려나가는 데 보탬이 될 명성을 얻을 거외다."

귀족 독신남

세인트사이먼 경의 결혼과 그 기이한 파경이 상류 사회에서 뜨거운 화제가 되었던 것도 벌써 한참 전의 일이다. 새로운 스캔들이 연달아 터지면서 남의 얘기 좋아하는 사람들은 4년 전의 사건은 잊어버리고 좀 더 자극적인 사건들에 시선을 돌렸다. 하지만 내게는 그 사건의 진상이 일반에게 완전히 공개되지는 않았다고 믿을 만한 이유가 있고, 또 문제 해결에 상당한 역할을 한 사람이 내 친구 셜록 홈즈이기 때문에 그 기이한 사건에 대해 간단하게 정리해 두는 것도 좋을 거라고 생각된다.

내가 결혼을 몇 주 앞두고 아직 베이커가에서 홈즈와 하숙하고 있을 때였다. 탁자 위에 놓인 편지 한 통이 오후 산책을 나간 홈즈를 기다리고 있었다. 그때 나는 하루 종일 집에만 죽치고 있었는데 세찬 가을바람에 갑자기 궂은비까지 내려서 아프가니스탄 전쟁 때

총상을 입은 다리가 욱신거렸기 때문이다. 나는 안락의자에 앉아서 총탄이 박혔던 다리를 다른 의자 위에 올려놓고 종일 신문을 읽었다. 그리고 그날 치 뉴스를 머릿속에 채워 넣은 다음 신문을 몽땅 옆으로 밀어놓고 나른하게 누워 탁자 위에 놓인 편지를 바라보았다. 편지 봉투에는 커다란 문장(紋章)과 모노그램(두 개 이상의 문자를 결합해서 만든 문양이나 표지. 보통 개인의 성명의 머리글자를 따서 만들고 주로 인장의 용도로 쓰인다 ─ 옮긴이)이 찍혀 있었다. 문득 내 친구에게 편지를 보낸 귀족이 누군지 궁금해졌다.

"어느 귀족이 자네한테 편지를 보내왔군."

홈즈가 돌아오자 나는 말했다.

"내 기억이 정확하다면 아침에 자네한테 온 편지는 생선 장수하고 승선 세관원한테 온 거였는데."

"맞아, 나한테 오는 편지는 아주 다양한 사람들이 보낸 거라는 게 매력이지."

그는 빙긋이 웃으며 대답했다.

"그리고 가난한 사람들이 보낸 편지일수록 더 흥미로운 게 보통이라네. 이 편지는 사교계에서 날아온 반갑잖은 초대장인 것 같은데. 죽도록 지루하거나 거짓말을 늘어놓는 사람이 보낸 것이겠지."

그는 겉봉을 뜯고 편지를 읽었다.

"오, 이런, 뜻밖에 재미있는 것이 될 수도 있겠어."

"그럼 초대장이 아닌가?"

"응, 사건 의뢰가 분명해."

"귀족한테 온 건 맞고?"

"영국 최고 가문의 자제가 보낸 걸세."

"이 사람아, 정말 축하하네."

"여보게, 내가 잘난 척하려는 게 아니야. 나한테 중요한 건 사건이 얼마나 재미있느냐이지 고객의 지위 따위가 아닐세. 하지만 이번 일은 귀족이 의뢰한 거라도 재미가 없을 것 같지는 않군그래. 자네 요즘 부쩍 신문을 열심히 읽는 것 같던데, 안 그런가?"

"자네 말이 맞네."

나는 구석의 엄청난 신문 더미를 가리키며 구슬프게 말했다.

"달리 할 일이 없으니까 말이야."

"거 잘됐군. 자네한테 정보를 얻을 수 있겠어. 사실 나는 사건 기사하고 개인 광고란밖에 안 읽거든. 개인 광고란에서는 항상 배우

는 게 많지. 하지만 자네는 요즘 신문을 그렇게 샅샅이 훑고 있으니 세인트사이먼 경의 결혼에 대한 기사도 읽었겠지?"

"오, 그럼. 아주 흥미진진하다네."

"그거 잘됐군. 이 편지는 세인트사이먼 경한테서 온 거라네. 자네 한테 이 편지를 읽어줄 테니까 자네는 그 답례로 저 신문 더미에서 관련 기사를 전부 찾아주게. 자, 들어보게."

친애하는 셜록 홈즈 씨에게

백워터 경이 귀하의 분별과 판단력은 절대적으로 신용할 만하다며 추천해 주었소이다. 그래서 나는 귀하를 방문하여 나의 결혼과 관련된 고통스러운 사건에 관해 자문하고자 하오. 런던 경찰국의 레스트레이드 씨가 이미 사건 수사에 나섰지만 귀하의 협조를 구하는 것에 대해 반대하지 않을뿐더러 귀하가 사건 해결에 도움을 줄지도 모른다는 생각을 하고 있소. 오늘 오후 네시에 귀댁을 방문할 예정이니 그 시간에 다른 약속이 있다면 다른 때로 미루기 바라오. 이보다 중요한 일은 달리 없을 테니 말이오.

— 세인트사이먼

"발신지는 그로브너 대저택, 글씨는 깃펜으로 썼네. 그런데 불운하게도 고귀하신 분의 오른쪽 새끼손가락 바깥쪽에 잉크가 튀었구먼."

홈즈는 편지를 차곡차곡 접으며 말했다.

"경은 네시에 오겠다고 했는데 지금 세시네그려. 한 시간 남았군."

"자네가 도와주면 경이 오기 전까지 충분히 예비지식을 쌓을 수 있을 거야. 자네는 그 신문 더미에서 관련 기사를 찾아 시간순으로 정리해 주게. 그동안 나는 우리 고객이 어떤 사람인지 좀 알아봐야겠네."

그는 벽난로 선반 옆에 꽂아놓은 참고 서적 중에서 붉은 표지의 책을 한 권 뽑아 들었다.

"여기 있군."

홈즈는 의자에 앉아 무릎 위에 책을 펼쳐놓으며 말했다.

"로버트 월싱엄 드 비어 세인트사이먼 경, 발모럴 공작의 차남. 흠! 문장은 청색, 검은 가로띠 위쪽에 군주에게 속해 있음을 뜻하는 세 개의 마름쇠가 있다. 1846년에 탄생. 현재 나이 41세, 혼기가 꽉 찼군. 전임 정부에서 식민 차관을 지낸 바 있다. 부친 되시는 발모럴 공작은 외무 장관을 역임. 잉글랜드 왕실이었던 플랜태저넷 가문의 직계 자손이고 외가 쪽은 튜더 왕가의 혈통을 이어받았다. 허! 쓸 만한 내용은 전혀 없군그래. 뭔가 구체적인 걸 알아보려면 왓슨 자네 도움을 받을 수밖에 없겠어."

"찾는 건 어렵지 않아. 다 최근에 일어난 일들인 데다가 사건이 상당히 충격적이었거든. 자네한테 말해 줄까 했지만 지금 조사 중인 사건이 있다는 걸 알고 있었기 때문에 그만뒀지. 자네는 어떤 사건을 조사하고 있을 때 다른 일이 끼어드는 걸 싫어하잖나."

"오, 그로브너 광장의 가구 마차 사건 말인가? 그건 이제 완전히 해결됐다네. 물론 처음부터 결말은 뻔히 보였지만 말일세. 그럼 자네가 뽑은 신문 기사를 좀 보여주게."

"여기 첫 번째 기사가 있네.《모닝 포스트》의 인사란에 실린 건데 몇 주 전 기사라네. 다음 내용이 전부야."

일부 소식통에 따르면 발모럴 공작의 차남 로버트 세인트사이먼 경과 미국 캘리포니아 주 샌프란시스코의 앨로이시우스 도런 씨의 무남독녀 해티 도런 양이 금명간 결혼할 것이라고 한다.

"간단명료하군."

홈즈는 길고 여윈 다리를 난로 앞으로 뻗으며 촌평했다.

"같은 주에 어느 사교계 신문에 훨씬 자세한 해설 기사가 실렸다네. 아, 여기 있군."

조만간 결혼 시장에서 보호 무역 제도의 필요성이 대두될 전망이다. 왜냐하면 작금의 자유 무역 제도는 자국 상품에 지극히 불리하기 때문이다. 대영제국 귀족 가문의 안주인 자리는 대서양을 건너온 아름다운 사촌들에게 차례차례 넘어가고 있다. 지난주 이 매력적인 침입자들은 또 하나의 중요한 전승을 올렸다. 지난 20년간 용케도 큐피드의 화살을 피해 왔던 세인트사이먼 경이 캘리포니아 갑부의 매력적인 딸 해티 도런 양과의 결혼 계획을 정식으로 발표한 것이다. 웨스트베리 하우스 축제에서 우아한 자태와 눈부신 용모로 시선을 끌었던 도런 양은 무남독녀로서, 장래에 받게 될 유산은 차치하고 지참금만 해도 60만 파운드가 훨씬 넘을 거라고 한다. 발모럴 공작이 지난 몇 년 사이에 소장하고 있던 그림까지 팔아야 했던 것은 공공연한 비밀이고 또한 세인트사이먼 경도 버치무어에 있는 작은 영지를 빼면 자기 소유의 재산이 없다는 점을 감안할 때, 양가의 결합에서 이득을 보는 쪽이 공화국의 숙녀에서 대영제국의 귀부인으로 신분 상승하는 캘리포니아 상속녀만은 아닐 것임에 분명하다.

"다른 건 없나?"

홈즈는 하품을 하며 물었다.

"어, 있어. 아주 많다네. 《모닝 포스트》는 세인트사이먼 경의 결혼식이 하노버 광장의 세인트조지 성당에서 아주 조용하게 치러질 예정이라는 기사를 실었지. 하객으로는 대여섯 명의 가까운 친지들만 초대될 예정이고. 그리고 앨로이시우스 도런 씨가 빌린 랭커스터게이트의 가구 딸린 셋집에서 파티가 열릴 거라고 했네. 그리고 이틀 뒤, 그건 지난 수요일이었는데 결혼식이 거행되었고 신혼부부는 피터스필드 근처에 있는 백워터 경의 영지로 신혼여행을 갈 예정이라는 짤막한 기사가 났지. 신부가 자취를 감추기 전에 나온 기사는 이게 전부일세."

"뭐 하기 전이라고?"

홈즈는 깜짝 놀라서 물었다.

"신부가 사라지기 전."

"대체 그런 일이 언제 있었던 거지?"

378

"결혼 축하 조찬 때."

"그렇군. 이 건은 예상외로 아주 흥미로운 사건인 것 같네. 대단히 극적이고 말이야."

"그래. 처음엔 나도 기사를 읽고 반신반의했네."

"신부들이 혼례를 치르기 전에 자취를 감추는 일은 종종 있지. 신혼여행을 갔다가 사라지는 일도 이따금씩 있고 말이야. 하지만 신부가 결혼식을 하자마자 이렇게 빨리 없어진 일은 처음인 것 같군. 대체 어떻게 된 건지 자세히 좀 설명해 주게."

"미리 말해 두지만 사건 경위가 완전하게 밝혀지지는 않았다네."

"모자라는 내용은 우리가 보충하면 되겠군."

"그럼 어제 날짜 조간신문에 실린 사건 기사를 읽어주지. 제목은 '어느 귀족의 결혼식에서 발생한 괴사건'이라네."

로버트 세인트사이먼 경의 가족은 경의 결혼과 관련된 기이하고 고통스러운 사건의 여파로 엄청난 충격을 겪고 있다. 결혼식은 어제 일자 신문에 간략하게 공표된 대로 그제 아침에 치러졌다. 그러나 이제야 그토록 끈질기게 떠돌던 괴이한 소문의 진위가 확인되었다. 사건을 덮어두려고 친지들이 노력했음에도 일반의 지대한 관심 속에 어디서나 화제가 되고 있는 일을 무시하는 태도를 취하는 것은 전혀 실익이 없게 된 것이다.

결혼식은 하노버 광장의 세인트조지 성당에서 거행되었고, 하객으로는 신부의 부친 되시는 앨로이시우스 도런 씨, 발모럴 공작 부인, 백

워터 경, 신랑의 동생들인 유스터스 경과 클라라 세인트사이먼 양, 앨리셔 휘팅턴 양이 참석했다. 하객들은 결혼식이 끝난 뒤 조찬이 준비돼 있는 랭커스터 게이트의 앨로이시우스 도런 씨의 집으로 향했다. 그런데 신원 미상의 한 여인이 잠시 불미스러운 소동을 벌였는데, 그 여인은 자신이 세인트사이먼 경의 약혼자라고 주장하며 일행의 뒤를 쫓아 기세등등하게 집 안으로 쳐들어가려고 했다. 여인은 한참 동안 소란을 피우다가 집사와 하인에게 떠밀려 쫓겨났다. 다행히 신부는 이 불쾌한 소동이 있기 전에 집 안으로 들어갔는데, 하객들과 함께 조찬 석상에 앉았다가 갑자기 몸이 불편하다고 호소하며 자신의 방으로 올라갔다. 오랫동안 비어 있는 신부의 자리에 하객들의 이목이 쏠리자 신부의 아버지가 따님을 찾으러 갔지만 신부가 방에 올라왔다가 얼스터 외투에 모자를 쓰고 서둘러 밖으로 나갔다는 하녀의 이야기만 들었을 뿐이다. 하인 하나는 그런 복장을 한 여성이 집을 나가는 것을 보았으나 신부는 하객들과 함께 조찬을 들고 있으리라고 생각했으므로 그 여성이 설마 신부일 거라고 생각하지는 못했다고 단언했다. 딸이 사라졌다는 사실을 확인한 앨로이시우스 도런 씨는 신랑과 함께 즉각 경찰서에 사실을 통보했고 지금 대대적인 조사가 이루어지고 있으므로 이 괴이한 사건은 조속히 해결될 것으로 전망된다. 그러나 지난밤 늦게까지 사라진 신부의 행방에 대해서는 아무것도 밝혀지지 않았다. 항간에는 신부가 살해됐다는 소문도 떠돌고 있는데, 경찰은 앞서 소동을 일으켰던 여성이 질투심이나 기타의 동기로 신부의 기이한 실종에 관계했을지도 모른다고 추측하고 그 여성을 체포했다고 한다.

"이게 전부인가?"

"다른 조간신문에 좀 다른 얘기가 있는데, 하지만 그건 추측 기사일세."

"그게 뭔데……."

"소동을 일으켰던 플로라 밀러라는 여성이 정말 체포되었다는 거지. 그녀는 알레그로의 전직 무용수인데 신랑과 오랫동안 알고 지냈다고 하는군. 더 이상 밝혀진 내용은 없네. 신문에 보도된 내용은

이게 전부일세."

"참으로 흥미로운 사건인 것 같군. 나는 세상을 다 준다고 해도 이 사건과 바꾸지 않을 걸세. 그런데 왓슨, 초인종 소리가 들리네그려. 네시 좀 넘은 걸 보니 지금 오신 분은 귀족 의뢰인임에 틀림없어. 여보게, 자네 갈 생각일랑 아예 하지 말게. 내 기억력이 녹슬려면 아직 멀었지만 그래도 증인이 옆에 있는 편이 훨씬 좋으니까 말이야."

"로버트 세인트사이먼 경이십니다."

사환이 방문을 열면서 소리쳤다. 한 신사가 방 안으로 들어왔다. 그는 희고 세련된 얼굴, 날 선 콧날, 침착하고 흔들림 없는 시선을 하고 있었다. 그러나 입가에는 어떤 노여움 같은 것이 어려 있고 날 때부터 명령하고 지배하는 것에 익숙해진 사람의 태도가 느껴졌다. 동작은 활발했지만 등이 약간 굽은 데다가 걸을 때마다 무릎이 조금씩 구부러지는 탓에 전체적으로 겉늙은 인상을 주었다. 챙 끝이 말려 올라간 모자를 벗고 품위 있게 인사할 때 보니 머리카락도 희끗거렸고 정수리 부분은 머리숱이 드문드문했다. 의상에 관해서도 높은 칼라에 검은색 프록코트, 흰 조끼, 노란 장갑, 에나멜가죽 구두와 옅은 색깔의 각반을 세심하게 조화시킨 품이 멋쟁이로 손색없었다. 신사는 느린 걸음으로 들어와 오른손에 금테 안경을 매단 줄을 쥐고 흔들며 방 안을 한 바퀴 둘러보았다.

"안녕하십니까, 세인트사이먼 경."

홈즈는 자리에서 일어나 고개를 숙이며 말했다.

"그쪽 고리버들 의자에 앉으시기 바랍니다. 이 사람은 제 친구이자 동료인 왓슨 박사입니다. 난로 앞으로 좀 더 가까이 앉으시지요. 자, 이제 사건에 대해 얘기해 보기로 하겠습니다."

"홈즈 선생, 선생도 짐작할 수 있겠지만 대단히 마음 아픈 일이 일어났소. 나는 개인적으로 깊은 상처를 입었소이다. 이런 종류의 예민한 사안을 취급하는 것이 당신에게 처음은 아닐 거요만, 나만한 지위의 사람들을 만난 적은 없었으리라고 생각하오."

"그렇지 않습니다. 경보다 더 높은 분이 일을 의뢰한 적도 있으니까요."

"아니 그게 무슨 소리요?"

"지난번에 이런 종류의 일을 의뢰해 오신 분은 한 나라의 국왕이었습니다."

"오, 그렇소! 그건 몰랐구려. 그런데 어느 나라의 국왕이?"

"스칸디나비아의 국왕이십니다."

"뭐라고! 그분이 왕비를 잃어버리셨소?"

그러자 홈즈는 부드럽게 대꾸했다.

"이해하시겠지만 저는 고객의 비밀을 준수합니다. 그것은 어떤 고객에게나 동등하게 적용되는 원칙이지요."

"그럴 테지! 그건 당연한 일이오. 당연한 일이고말고! 내가 결례를 저질렀구려. 내 사건에 관해서 선생의 조언을 얻기 위해 어떤 이야기라도 솔직하게 털어놓을 준비가 됐소이다."

"감사합니다. 저는 신문을 통해 이미 사건 경위를 숙지하고 있습니다. 물론 그 이상의 정보는 없습니다만. 이 신문 기사들을 사실로 받아들여도 되겠습니까? 물론, 신부의 실종 사건에 관한 기사 말입니다."

세인트사이먼 경은 신문 더미를 흘끗 바라보았다.

"그렇소. 신문에 보도된 내용은 사실이오."

"하지만 보충해야 할 내용이 한두 가지가 아닙니다. 저는 자초지종을 정확하게 이해하기 위해 경에게 직접 질문하는 편이 제일 빠르리라고 생각하고 있습니다만."

"어서 질문하시오."

"해티 도란 양을 처음 만난 게 언제였습니까?"

"1년 전, 샌프란시스코에서."

"그때 미국을 여행 중이셨습니까?"

"그렇소."

"그때 도란 양과 약혼하신 겁니까?"

"아니요."

"하지만 두 분은 가깝게 교제하셨겠지요?"

"도란 양이 옆에 있으면 나는 즐거웠고 그녀도 나와 함께 있는 걸 기뻐하는 것 같았소."

"도란 양의 부친이 갑부라고 들었습니다만?"

"태평양 연안에서 가장 부유한 분이라고 하더군요."

"그런데 그분은 어떻게 재산을 모으셨습니까?"

"광산업에서요. 그분은 몇 년 전까지만 해도 빈털터리였소. 그러다 광산에서 금맥을 발견하고 거기에 투자했다고 하오. 그 뒤에 불일 듯이 재산이 불어난 것으로 알고 있소."

"그런데 도란 양……, 아니 경의 부인이 되신 분의 성격은 어떻습니까?"

귀족은 안경을 한층 더 빠르게 흔들며 난롯불을 응시했다.

"홈즈 선생, 장인이 부를 일군 것은 내 아내가 스무 살이 됐을 무렵이었소. 그 전까지 아내는 광산촌을 자유롭게 뛰어다니고 숲 속을 돌아다니며 살았소. 아내를 교육시킨 것은 학교 선생이 아니라 대자연이었던 거요. 아내는 영국에서 이른바 말괄량이라고 일컫는 타입이오. 강한 성격에 거칠고 자유분방한 기질이 어떤 전통에 의해서도 길들여진 적이 없는 사람이지. 말하자면 충동적인 성격에 활화산 같은 열정의 소유자라오. 게다가 결단성에 과감한 실행력까지 겸비하고 있소이다. 내가 아내에게 나의 영예로운 성을 붙여준 것은……."

경은 이 대목에서 위엄 있게 헛기침을 했다.

"그녀의 본바탕이 진정한 귀족이라고 생각했기 때문이었소. 아내는 용기와 헌신성을 갖춘 여성이오. 그녀는 영예롭지 못한 행위는 절대로 용납하지 못할 거요."

"부인의 사진을 갖고 계십니까?"

"이걸 지니고 다녔소."

세인트사이먼 경은 로켓을 열고 대단히 아름다운 여성의 얼굴을 보여주었다. 그것은 사진이 아니라 작은 상아 조각이었는데, 장인은 절세가인의 윤기 나는 검은 머리와 커다란 검은 눈, 섬세한 입술을 생생하게 되살려놓았다. 홈즈는 작은 조각상을 한동안 꼼꼼히 뜯어보았다. 그리고 로켓을 닫은 다음 세인트사이먼 경에게 돌려주었다.

"그럼 도란 양이 런던에 왔을 때 두 분은 다시 만난 거군요?"

"그렇소. 장인 되시는 분은 딸을 데리고 지난 계절에 런던을 방문하셨소. 나는 도란 양을 몇 차례 만난 뒤 약혼했소. 그리고 며칠 전에 결혼한 거요."

"부인께서 상당한 액수의 지참금을 가져오신 것으로 알고 있습니다만?"

"상당한 액수요. 하지만 우리 가문에서 그만한 지참금은 보통이오."

"물론 혼인을 한 것은 기정사실이기 때문에 지참금은 경의 소유가 되는 것이지요?"

"그 문제에 대해서는 전혀 알아본 바 없소."

"당연히 그러시겠지요. 결혼식 전날에도 신부를 만나셨습니까?"

"그렇소."

"그때 신부는 기분이 어떻던가요?"

"아주 좋았소. 장래 계획에 관해 끊임없이 얘기했으니까 말이오."

"아하, 그랬군요! 참으로 흥미롭군요. 그럼 결혼식 날 아침에는?"

"아주 밝았소. 적어도 예식이 끝나기 전까지는 말이오."

"그럼 그다음에 무슨 변화가 있었습니까?"

"음, 솔직히 말하면 나는 예식이 끝난 후에 아내의 기분이 약간 날카로워졌다는 것을 눈치챘소이다. 하지만 그때 있었던 일은 언급할 가치도 없을 만큼 사소한 것인 데다가 이 사건에 무슨 영향을 미쳤을 거라고 볼 수도 없소."

"그래도 말씀해 주시기 바랍니다."

"허 참, 그런 것까지 미주알고주알 얘기해야 한다니. 아내는 식이 끝나고 성당 입구로 나가다가 부케를 떨어뜨렸소. 그때 평신도석 앞줄을 지나고 있었는데 그 안으로 부케를 떨어뜨린 거요. 그래서 우리는 잠깐 지체했지만 그 안에 있던 신사가 도로 집어주었소이다. 그건 대단치 않은 일 같았소. 그런데 나중에 아내에게 그 얘기를 했을 때 아내는 퉁명스럽게 대답하더이다. 그리고 마차를 타고 집에 가는 동안에도 그 사소한 일 때문에 이해할 수 없을 만큼 흥분

한 것 같았소."

"그렇군요! 그런데 평신도석에 신사가 있었다고 하셨는데, 그렇다면 일반인도 하객으로 참석했다는 말씀입니까?"

"오, 그렇소. 성당 문이 열려 있을 때 사람이 들어오는 걸 막을 수는 없으니까 말이오."

"그 신사분은 부인 쪽 친지였습니까?"

"절대 아니요. 나는 예의상 그 사람을 신사라고 해줬지만 꼭 평민처럼 보이는 사람이었소. 얼굴은 자세히 쳐다보지 않아서 모르오. 그런데 지금 너무 핵심을 벗어난 얘기를 하는 거 아니오?"

"어쨌든 신부는 결혼식을 하기 전과는 딴판으로 침울한 기분이 돼서 집에 돌아왔다는 거로군요. 신부는 부친의 집으로 돌아가서 무슨 일을 했습니까?"

"나는 아내가 하녀와 얘기를 나누는 걸 봤소."

"그 하녀가 누구지요?"

"앨리스라는 이름의 하녀요. 캘리포니아에서 아내와 같이 살다가 함께 영국으로 건너온 여자요."

"부인과 사이가 가까웠습니까?"

"그게 좀 지나칠 정도였소이다. 내 눈에는 하녀가 주인 앞에서 지나치게 방자하게 구는 것으로 보였소. 물론 미국 사람들은 그런 문제를 완전히 다르게 보지만 말이오."

"부인께서 그 앨리스라는 하녀와 얼마나 얘기를 나눴습니까?"

"오, 한 몇 분 정도. 나는 그동안 딴생각을 하고 있었소."

"그럼 두 사람이 하는 얘기를 듣지 못하셨습니까?"

"아내는 '채굴권 횡령'이라는 둥의 얘기를 했소. 하지만 습관대로 미국식 표현을 섞어 썼기 때문에 무슨 말을 하는지 알아듣지 못했소."

"미국의 속어는 상당히 뛰어난 표현력을 자랑하기도 하지요. 그런데 부인께서는 하녀와 대화를 나눈 다음 어떻게 하셨습니까?"

"조찬실로 들어갔소."

"경의 팔짱을 끼고요?"

"아니요, 혼자서. 아내는 그런 사소한 부분에서는 독립심이 강한 여성이었소. 그리고 10분 정도 같이 앉아 있다가 사과의 말을 몇 마디 남기고 바삐 일어나서 방을 나갔소이다. 그걸로 끝이었소."

"하지만 그 앨리스라는 하녀의 증언에 따르면 부인께서는 방으로 돌아온 다음 신부 의상에 긴 외투를 걸치고 모자를 쓴 뒤에 밖으로 나가셨습니다."

"그렇소. 그리고 나중에 플로라 밀러와 함께 하이드 파크 쪽으로 걸어가는 모습이 목격되었다고 하오. 플로라 밀러는 그날 아침에 장인의 집에서 소란을 피운 그 여잔데 지금 구금되어 있소."

"아, 그렇군요. 그 젊은 여성에 대해 몇 가지 알고 싶은 게 있습니다. 특히 경과의 관계에 대해서 말입니다."

세인트사이먼 경은 어깨를 들썩하고 눈썹을 치켜세웠다.

"우린 지난 몇 년간 친하게 지냈소. 사실은 대단히 친밀한 사이였다고 할 수 있소이다. 그 여자는 알레그로에 있었는데 내가 나쁘게 대하지 않았으니 나한테 불만을 가질 까닭이 없었소. 하지만 홈즈 선생도 여자들이 어떤지 알 거요. 플로라는 사랑스러운 여자였지만 신경질적인 데다가 나에게 지나치게 집착했소이다. 내가 결혼할 거라는 소문을 듣고 협박 편지를 보내오기도 했소. 솔직히 말해서 내가 그렇게 조용하게 결혼식을 치른 것은 성당에서 불미스러운 일이 있을까 봐 우려했기 때문이기도 했소이다. 그 여자는 우리가 도란 씨의 집에 도착한 뒤에 거기로 와서 아내에게 몹시 모욕적인 언사를 퍼부으며 억지로 집에 들어오려고 했소. 그 여자는 심지어 아내를 가만히 두지 않겠다는 말까지 했소이다. 하지만 나는 그런 일이 일어날 가능성을 예견하고 있었기 때문에 미리 사복 경관 둘을 배치해 놓았고 플로라 밀러는 곧 밖으로 쫓겨났소. 밀러는 소란을 피워봤자 소용없다는 걸 깨닫고 곧 조용해졌소."

"부인께서 그 과정을 지켜보셨습니까?"

"아니요, 다행히도 아내는 보지 못했소."

"그런데 부인께서 나중에 그 여성과 함께 걷고 있는 것이 목격된 겁니까?"

"그렇소. 런던 경찰국의 레스트레이드 씨는 그 때문에 사태를 아주 심각하게 보고 있소이다. 경찰에서는 플로라가 아내를 유인해 낸 다음에 어떤 무서운 일을 벌였을지도 모른다고 생각하고 있소."

"흠, 그것도 가능한 얘기군요."

"홈즈 선생도 그렇게 생각하시오?"

"저는 그럴 가능성이 높다고 생각하지는 않습니다. 경은 그 점에 대해 어떻게 생각하십니까?"

"플로라는 파리 한 마리 못 죽일 여자요."

"하지만 질투는 사람의 성격을 이상하게 뒤틀어버리기도 하지요. 경은 이번 일이 어떻게 된 거라고 보십니까?"

"허, 나는 선생의 의견을 들으러 왔지 내 의견을 발표하러 온 게 아니오. 나는 사실을 있는 그대로 다 털어놓았소. 하지만 굳이 내 의견을 듣고 싶다면 말하겠소. 나는 아내가 이번 결혼을 통해 자신이 엄청난 신분 상승을 하게 됐다는 사실을 의식하고 흥분한 나머지 정신적으로 문제를 일으킨 게 아닐까 하고 생각하오."

"간단하게 말하면 부인께서 갑자기 미쳤다는 겁니까?"

"그것 말고는 아내가 등을 돌린 걸 설명할 도리가 없소이다. 나한테 등을 돌린 걸 말하는 게 아니라, 수많은 사람들이 그토록 동경하는 수많은 것들을 버린 것에 대해 말하는 거요."

"흠, 그것도 생각해 볼 수 있는 가설이군요."

홈즈는 빙그레 웃으며 말했다.

"세인트사이먼 경, 이제 필요한 얘기는 거의 다 들은 것 같습니다. 한 가지만 더 질문하겠습니다. 부인과 경은 조찬 석상에서 창밖이 내다보이는 자리에 앉아 계셨습니까?"

"우리가 있는 곳에서 길 건너편과 공원이 바라다보였소."

"그랬군요. 그럼 이제 더 이상 경을 붙들어둘 필요는 없는 것 같습니다. 나중에 연락드리도록 하지요."

"혹시 행운의 여신의 도움으로 선생이 이 문제를 해결한다면……."

고객은 자리에서 일어서며 말했다.

"저는 문제를 해결했습니다."

"엉? 그게 무슨 말이오?"

"문제를 풀었다는 것입니다."

"그럼 내 아내는 어디 있소?"

"그것은 제가 빠른 시일 내에 채워 넣어야 할 세부 사항이지요."

세인트사이먼 경은 고개를 설레설레 흔들었다.

"내가 생각하기에는 당신이나 나보다 더 뛰어난 두뇌가 필요할 것 같소이다."

그는 이렇게 말한 다음 근엄한 태도로 인사를 하고 방을 나갔다.

"세인트사이먼 경이 내 머리를 자신의 머리와 같은 등급에 놓았으니 나로서는 큰 영광을 입은 셈일세."

셜록 홈즈는 껄껄 웃으며 말했다.

"나는 이 대화를 마친 다음에 시가를 피우며 위스키를 한잔하려고 했네. 사실 경을 만나기 전부터 이 사건에 대해 결론을 내리고 있었다네."

"여보게, 홈즈!"

"나에게는 이와 비슷한 몇 가지 사건에 대한 기록이 있어. 물론 아까 말했던 것처럼 이번처럼 신부가 신속하게 몸을 감춘 사례는 없었지만 말일세. 내 모든 조사들이 추측을 확신으로 바꿔주고 있어. 정황 증거란 송어가 우유에 빠져 있는 걸 보았을 때처럼 아주 설득력 있어 보일 때가 있지. 헨리 소로의 말을 빌려 쓰자면 말이야."

"하지만 나는 자네와 똑같이 앉아서 경의 얘기를 들었는데."

"그렇지만 자네에게는 앞서 일어난 사건에 관한 지식이 없네. 그런데 그런 지식은 썩 쓸모가 있거든. 몇 년 전에 애버딘에서 비슷한 사건이 있었지. 그리고 프랑스와 프로이센 전쟁 직후에 독일의 뮌헨에서 아주 흡사한 사건이 벌어졌고 말이야. 이번 건은 그런 사건들 중의 하나일세. 어럽쇼, 이게 누구신가! 안녕하시오, 레스트레이드! 거기 선반에서 잔 하나 가져오시지요. 시가 상자는 저기 있습니다."

형사는 선원용 짧은 재킷에 스카프를 두르고 있어서 영락없이 뱃사람처럼 보였다. 게다가 그는 캔버스 천으로 만든 검은 자루를 들고 있었다. 형사는 짧은 인사말을 던지고 상자에서 시가를 꺼내 불을 붙였다.

"그런데 무슨 일이지요?"

홈즈는 눈을 빛내며 물었다.

"뭔가 불만스러운 일이라도 있나 보군요."

"그렇소. 그놈의 세인트사이먼 결혼 사건 때문이오. 뭐가 어떻게 된 건지 도통 알 수가 없으니 원."

"정말입니까? 놀랍군요."

"이보다 더 복잡한 사건에 대해 들어본 사람 있소? 단서를 잡아채는 족족 손가락 사이로 흘러 나가는 것 같소이다. 나는 하루 종일 이 사건에 매달려 있다가 오는 길이오."

"몸이 젖은 것도 그 사건 때문인 모양이군요."

홈즈는 형사의 옷소매를 만져보며 말했다.

"그렇소, 하이드 파크에 있는 서펜타인 연못을 뒤지다 왔소이다."

"맙소사, 대관절 무엇 때문에?"

"세인트사이먼 부인의 시신을 건지기 위해서였소."

셜록 홈즈는 의자에 몸을 묻고 큰 소리로 웃음을 터뜨렸다.

"트라팔가 광장의 분수대 바닥은 어떻게 하고요?"

그는 물었다.

"뭐라고? 대체 그게 무슨 말이오?"

"시신을 찾아낼 가능성은 여기나 거기나 똑같으니 말입니다."

레스트레이드는 성난 얼굴로 내 친구를 쏘아보았다.

"선생도 사건에 대한 얘기를 들었나 보군."

그가 사납게 말했다.

"글쎄요, 저는 사건 경위를 방금 들었을 뿐이지만 벌써 결론을 내렸습니다."

"오, 그러신가! 그럼 서펜타인 연못은 이 사건에서 아무 의미도 없다고 생각하는 거요?"

"그럴 가능성이 아주 높다고 생각합니다."

"그럼 우리가 어떻게 거기서 이런 것들을 찾아냈는지 한번 설명해 주시구려."

레스트레이드는 자루를 열고 물에 젖어 변색된 실크 웨딩드레스와 하얀 새틴 구두 한 켤레, 신부 화관과 면사포를 바닥에 쏟아놓았다.

"자, 이것도."

그는 위에 새 결혼반지를 하나 던져놓았다.

"똑똑한 홈즈 선생, 대관절 이게 어찌 된 노릇인지 말 좀 해보시오."

"오, 그렇군요!"

내 친구는 담배 연기로 푸른 고리를 만들며 말했다.

"이걸 다 서펜타인 연못에서 끌어냈습니까?"

"아니요. 그건 공원 관리인이 연못가에 떠 있는 걸 건져낸 거요.

확인해 보니 실종된 신부의 의상이었소. 하지만 나는 의상이 거기 있다면 시신도 거기서 별로 멀지 않은 곳에 있을 거라고 생각했소 이다."

"그 명쾌한 추론에 의거하면 모든 시신은 다 옷장 근처에서 발견 되겠군요. 그런데 당신은 그렇게 해서 뭘 확인하고 싶은 겁니까?"

"나는 플로라 밀러가 세인트사이먼 부인의 실종에 연루되어 있다 는 증거를 찾아내고 싶소."

"하지만 그건 어려울 겁니다."

"정말 그렇게 생각하시오?"

레스트레이드는 비꼬는 듯한 어조로 외쳤다.

"홈즈, 내가 보기에 당신 추리는 별로 실용적인 것 같지가 않소. 당신은 벌써 두 가지 실수를 저질렀소이다. 이 의상은 플로라 밀러 가 관련되어 있음을 암시하고 있소."

"어떻게요?"

"웨딩드레스 속에는 주머니가 달려 있소. 주머니에 명함꽂이가 들어 있었는데 그 속에 쪽지가 하나 끼워져 있었소. 자, 이게 바로 그거요."

레스트레이드는 쪽지를 탁자에 철썩 내려놓았다.

"잘 읽어보시오."

모든 준비를 마친 후에 가겠음. 곧 나오기를.
— F. H. M.

"자. 그동안 내가 줄기차게 주장해 온 것은 플로라 밀러가 세인트 사이먼 부인을 꾀어냈다는 거요. 물론 틀림없이 공범들이 있을 거 외다. 자, 이 쪽지에는 플로라 밀러의 머리글자가 적혀 있소. 밀러는 틀림없이 문간에서 이걸 신부의 손에 슬쩍 쥐여주었을 게 분명하오. 신부는 이걸 보고 밖으로 나간 거지."

"레스트레이드, 아주 좋군요."

홈즈는 껄껄 웃으며 말했다.

"정말 잘했어요. 어디 한번 봅시다."

홈즈는 대수롭지 않게 쪽지를 집어 들었지만 그것을 뚫어지게 응시하더니 만족스러운 외침을 토해 냈다.

"이건 정말 중요한 증거입니다."

"허! 정말 그렇게 생각하시오?"

"그렇고말고요. 진심으로 축하드립니다."

레스트레이드는 의기양양하게 일어나서 홈즈가 들고 있는 쪽지를 들여다보았다. 그가 외쳤다.

"아니, 당신 반대쪽을 보고 있구려!"

"아닙니다. 이쪽이 맞습니다."

"그쪽이 맞는다고? 당신 미쳤구먼! 연필로 쓴 메모가 바로 그거요."

"그런데 이쪽에 있는 건 어느 호텔의 계산서 일부 같군요. 내가 흥미를 느끼는 건 바로 이 부분입니다."

"그건 나도 보았지만 별것 아니오."

레스트레이드가 말했다.

10월 4일, 객실 이용료 8실링, 조식 2실링 6펜스, 칵테일 1실링, 중식 2실링 6펜스, 셰리주 한 잔 8펜스.

"이게 전부잖소."

"그렇습니다. 그래도 대단히 중요합니다. 메모에 관해서 말하자면 그것도 중요합니다. 적어도 머리글자는 그렇지요. 그러니 다시 한번 축하드려야겠군요."

"시간 낭비는 그만하고 가봐야겠군."

레스트레이드는 일어서며 말했다.

"나는 성실한 노력의 가치를 믿는 사람이지 난롯가에 앉아서 머리를 굴리며 멋진 이론이나 짜내는 사람은 아니오. 홈즈 선생, 안녕히 계시오. 누가 문제를 해결하는지 어디 두고 봅시다."

그는 옷가지를 챙겨서 다시 자루에 집어넣고 문으로 향했다.

"레스트레이드, 한 가지 힌트를 드리지요."

홈즈는 방을 나가려는 경쟁자를 향해 느릿느릿 말했다.

"그건 말하자면 이번 문제의 정답이라고도 할 수 있을 겁니다. 세인트사이먼 부인은 허구입니다. 그런 사람은 과거에도 현재에도 존재하지 않습니다."

레스트레이드는 안타깝다는 눈으로 내 친구를 바라보았다. 그리고 나를 향해 돌아서서 이마를 톡톡 두들기더니 무겁게 고개를 흔들고 휭하니 나가버렸다.

홈즈는 방문이 닫히기가 무섭게 벌떡 일어나 외투를 걸쳤다.

"저 사람은 현장 활동의 중요성을 강조했는데 그 말에는 일리가 있어. 그래서 말인데, 잠깐 집을 비울 테니 자네는 신문이나 읽고 있게."

셜록 홈즈가 집을 나간 것은 다섯시 좀 넘어서였다. 그러나 나는 외로움을 느낄 틈이 없었다. 한 시간도 안 돼서 어느 요식업자가 크고 납작한 상자를 들고 찾아왔다. 그는 같이 온 청년과 함께 그 상자를 펼쳐놓고 검소한 하숙집의 마호가니 식탁에 차갑게 식힌 산해진미를 차리기 시작했는데 기절초풍할 정도였다. 차가운 멧도요 요리 한 쌍, 꿩 한 마리, 거위 간 요리, 거미줄 친 오래된 술 몇 병. 두 손님은 아라비안나이트의 지니처럼 진수성찬을 차려놓은 뒤, 요리를 이 주소로 배달하라는 지시를 받았고 계산은 이미 끝났다는 말만 남기고 바람처럼 사라졌다.

아홉시가 다 됐을 무렵 셜록 홈즈가 잔걸음으로 방에 들어왔다. 그의 표정은 무거웠지만 빛나는 눈을 보니 만족할 만한 성과를 올렸다는 걸 짐작할 수 있었다.

"저녁 식사를 차려놓고 갔군."

홈즈는 두 손을 비비며 말했다.

"손님이 올 모양이군. 그 사람들이 5인분을 준비해 놓았네."

"응, 손님이 올 거야. 세인트사이먼 경이 아직 안 온 게 이상하군. 허! 계단에서 경의 발소리가 들리는 것 같은데."

방에 들어온 사람은 정말 오후에 찾아왔던 그 손님이었다. 그는 아까보다 더 거세게 안경을 흔들어댔고 귀족적인 용모에는 심한 불안이 어려 있었다.

"제가 보낸 심부름꾼을 만나신 모양이군요?"

홈즈는 물었다.

"그렇소, 그리고 솔직히 말해서 나는 편지를 보고 뭐라고 말할 수 없을 만큼 놀랐소이다. 그 얘기에 충분한 근거가 있는 거요?"

"물론입니다."

세인트사이먼 경은 의자에 털썩 주저앉아 손으로 이마를 짚었다.

"아들이 이런 치욕을 당했다는 얘기를 들으시면 공작께서 뭐라고 하실까."

그는 중얼거렸다.

"그건 순전히 사고였습니다. 그걸 치욕이라고 표현하시면 안 됩니다."

"아, 선생은 이 문제를 다른 관점에서 보고 계시는군."

"저는 누구에게도 책임을 물을 수 없다고 생각합니다. 그 여성이 달리 어떻게 행동할 수 있었겠습니까. 물론 그런 식으로 일을 급하게 처리한 점은 유감입니다. 하지만 어머니가 없었기 때문에 그런 고비에서 조언을 구할 사람도 없었을 것입니다."

"선생, 그건 모욕이었소. 공개적인 모욕 말이오."

세인트사이먼 경은 손끝으로 탁자를 두들기며 말했다.

"경께서는 그 가엾은 여성이 너무도 난처한 지경에 몰렸다는 점을 참작하셔야 합니다."

"그럴 생각 없소. 난 지금 정말 화가 났소. 나는 아주 수치스러운 대접을 받은 거요."

"초인종 소리가 난 것 같군요."

홈즈가 말했다.

"그렇군요, 계단을 올라오는 소리가 납니다. 세인트사이먼 경, 제가 경에게 이번 일에 대해서 너그럽게 생각해 주십사 하고 아무리 말씀드려도 소용없었습니다. 그러니 좀 더 설득력 있는 변호인을 모시기로 하겠습니다."

그는 방문을 열고 한 숙녀와 신사를 맞아들였다.

"세인트사이먼 경, 프랜시스 헤이 몰턴 부부를 소개해 올리겠습니다. 부인과는 구면이실 겁니다."

새로 들어온 두 손님을 보고 세인트사이먼 경은 용수철처럼 튀어 일어났다. 그리고 두 눈을 내리깔고 손을 프록코트 가슴에 찌른 채 꼿꼿이 서 있었다. 그것은 품위를 손상당한 사람의 모습 바로 그것 이었다. 숙녀는 얼른 앞으로 나서서 경에게 손을 내밀었지만 경은 요지부동으로 시선을 내리깔고만 있었다. 그러나 경의 결심이 아무 리 바위처럼 굳어도 숙녀의 호소하는 얼굴에는 저항하기 힘들었을 것이다.

"로버트, 당신 무척 화났군요."

그녀가 말했다.

"그래요, 당연히 그럴 거예요."

"제발 나한테 사과하지 마시오."

세인트사이먼 경은 비통하게 말했다.

"오, 그래요. 나도 알아요. 내가 정말 당신한테 못할 짓을 했다는 것 그리고 가기 전에 당신에게 얘기를 했어야 했다는 것 말예요. 하 지만 난 프랭크를 본 순간부터 너무 당황해서 어떻게 해야 할지, 무 슨 말을 해야 할지 몰랐답니다. 내가 제단 앞에서 쓰러지거나 기절 하지 않은 게 이상할 정도예요."

"몰턴 부인, 부인이 경에게 자초지종을 설명하는 동안 저와 제 친 구는 밖에 나가 있는 게 낫겠지요?"

"제 의견을 말씀드려도 되겠습니까?"

처음 본 신사가 말했다.

"그렇지 않아도 이번에 우리는 지나치게 비밀스럽게 행동했습니

다. 저는 온 유럽과 미국에 이번 일의 진상을 알리는 게 좋다고 생각합니다."

그는 작달막한 키에 꼬챙이처럼 마른 남자였다. 햇볕에 그을린 얼굴을 깨끗이 면도하고 있었는데 인상이 날카로웠고 행동은 기민했다.

"그럼 우리 두 사람의 사연을 당장 털어놓을게요."

숙녀가 말했다.

"여기 있는 프랭크와 저는 1884년에 로키 산맥 근처의 매콰이어 광산촌에서 만났어요. 아버지는 그 일대에서 채굴권을 따내셨지요. 그때 우린 약혼했답니다. 프랭크와 저 말이에요. 그런데 어느 날 아버지는 노다지를 만났고 큰 재산을 모았지만 가엾은 프랭크가 불하받은 땅에선 금맥이 보이는 둥 마는 둥 하다가 아예 없어지고 말았지요. 아버지가 부자가 될수록 프랭크는 반대로 더욱 가난해졌어요.

그러자 아버지는 프랭크를 사위로 맞아들일 수 없다며 저를 데리고 샌프란시스코로 갔지요. 하지만 이 사람은 포기하려고 하지 않았답니다. 이 사람은 거기까지 저를 따라왔고 우리는 아버지 모르게 만났어요. 아버지에게 알려봤자 화만 내실 게 뻔했기 때문에 우리끼리 알아서 하기로 했습니다. 프랭크는 자기도 금광을 찾아서 떠나겠다고 했어요. 그리고 아버지만큼 재산을 모으기 전에는 돌아오지 않겠다고 했지요. 그래서 저는 언제까지나 기다리겠다고 약속하고 당신이 살아 있는 동안에는 절대로 다른 사람과 결혼하지 않겠다고 맹세했어요. 그러자 이 사람이 말했습니다. '그러면 우리 당장 결혼하는 게 어떻겠소. 그러면 내가 어디 가 있든 마음이 놓일 거요. 그리고 신방을 차리는 건 내가 돌아온 다음에 하기로 합시다.' 우린 그렇게 하기로 했고, 이 사람은 목사님을 부르고 모든 준비를 완벽하게 해놓았지요. 그래서 우린 당장 결혼식을 올렸고 프랭크는 노다지를 찾아 떠나고 저는 집으로 돌아왔답니다.

 그다음에 저는 프랭크가 몬타나에 있다는 소식을 들었지요. 그다음에는 애리조나에서 시굴 작업을 하고 있다는 얘기를 들었고 그다음에는 뉴멕시코에 가 있다는 소식을 들었습니다. 그러다가 아파치족이 어느 광산촌을 습격했다는 장문의 신문 기사를 읽게 되었어요. 그런데 살해당한 사람들의 명단에 이 사람의 이름이 들어 있었어요. 저는 그걸 보고 기절했고 그 뒤에 몇 달간 심하게 앓았지요. 아버지는 제가 폐병에 걸린 줄 알고 의사에게 데려갔습니다. 저는 그때 샌프란시스코 의사의 절반은 만났을 거예요. 1년 이상 아무 소식도 없자 저는 프랭크가 정말 죽었다고 확신하게 되었지요. 그 뒤에 세인트사이먼 경이 샌프란시스코에 오셨고 우리 부녀는 런던을 방문하게 되었어요. 이렇게 해서 다시 결혼하게 된 거예요. 아버지는 정말 기뻐하셨지만 저는 이 세상의 어느 남자도 내가 가엾은 프랭크에게 이미 내준 마음의 한자리를 다시 차지하지는 못할 거라고 항상 느끼고 있었어요.

그래도 제가 만약 세인트사이먼 경과 결혼했다면 물론 경의 옆에서 제 의무를 다했을 거예요. 함께 사랑을 나누지는 못해도 행동은 같이할 수 있을 테니까요. 저는 최선을 다해 경에게 좋은 아내가 되려는 생각을 갖고 결혼식장에 들어갔습니다. 하지만 제단 앞에 서서 흘끗 뒤돌아본 순간 프랭크가 평신도석 맨 앞줄에 서서 저를 쳐다보고 있는 게 보였어요. 그때 제 기분이 어땠을지 상상하실 수 있을 거예요. 저는 처음에 헛것을 본 줄 알았지요. 하지만 재차 뒤를 돌아보았지만 이 사람은 여전히 거기 서서 눈으로 묻고 있었어요. 자신이 나타난 게 저한테 기쁜 일인지 아니면 유감스러운 일인지 말해 달라는 눈빛이었지요. 저는 온몸의 맥이 탁 풀리는 게 느껴졌어요. 온 세상이 빙빙 도는 것 같았고 신부님의 말씀은 귓전에서 웅웅거렸지요. 저는 어떻게 해야 할지 몰랐어요. 예식을 중단시키고 성당에서 소란을 피워야 할까? 저는 다시 이 사람이 있는 쪽을 쳐다보았어요. 그러자 이 사람은 제 생각을 알아챈 것처럼 가만히 있으라는 듯 손가락을 입술에 갖다 댔지요. 그러더니 종이에 뭔가를 쓰는 게 보였어요. 저는 그게 저한테 보내는 메모라는 걸 알았지요. 그래서 성당 밖으로 나가는 길에 평신도석 앞을 지날 때 이 사람 앞으로 부케를 떨어뜨렸고 이 사람은 꽃다발을 집어주면서 제 손에 쪽지를 슬쩍 쥐여주었습니다. 메모는 단 한 줄이었어요. 신호를 하면 나오라는 거였지요. 물론 저는 제 의무가 누구한테 있는지 잘 알고 있었습니다. 저는 프랭크가 하자는 대로 하겠다고 결심하고 있었지요.

집에 돌아가자 저는 하녀를 불렀어요. 그 애는 캘리포니아에 있을 때부터 이 사람을 알고 있었고 항상 이 사람 편이었지요. 저는 그 애에게 아무 말 말고 소지품을 몇 가지 챙겨놓고 외투를 준비해놓으라고 일렀지요. 저는 세인트사이먼 경에게 상황을 설명해야 한다고 생각했지만 이분의 어머니랑 그 높은 사람들 앞에서 얘기한다는 게 너무도 두려웠어요. 식탁에 앉은 지 10분도 안 돼서 프랭크가 창밖에 나타났습니다. 이 사람은 길 건너편에서 나에게 손짓하며 하이드 파크를 향해 걷기 시작했지요. 저는 자리에서 빠져나와 옷을 걸치고 이 사람 뒤를 쫓아갔어요. 그런데 어떤 여자가 다가와서 세인트사이먼 경에 대해 무슨 얘기를 하더군요. 언뜻 듣기에는 경에게도 혼전의 비밀이 있는 것 같았어요. 어쨌든 저는 간신히 그여자의 손을 뿌리치고 프랭크를 따라잡았지요. 우린 마차를 잡아타고 이 사람이 고든 스퀘어에 잡아놓은 숙소로 향했어요. 그리고 우리는 그 오랜 기다림의 세월 끝에 진짜 부부가 되었지요. 알고 보니 프랭크는 아파치족에게 포로로 잡혔다가 탈출해서 샌프란시스코로 갔다고 해요. 그리고 거기서 제가 자기가 죽은 줄 알고 영국으로 건너갔다는 얘기를 듣고 여기까지 따라온 거예요. 그래서 우리는 저의 두 번째 결혼식 날 아침에 마침내 만나게 된 거지요."

"신문에는 이 사람의 이름과 결혼식을 치르는 성당 이름은 나와 있었지만 집 주소는 없었기 때문입니다."

미국인이 설명했다.

"그리고 우린 어떻게 할 건지에 대해 얘기를 나눴어요. 프랭크는 전부 공개하자는 쪽이었지만 저는 너무 부끄러워서 그냥 사라져 버리자고 했지요. 다시는 그쪽 사람들을 만나지 않고, 아버지에게는 편지를 보내서 제가 살아 있다는 걸 알리면 된다고 생각했습니다. 그 모든 귀족과 귀부인 들이 조찬 탁자에 둘러앉아서 제가 돌아

오기만을 기다리고 있다고 생각하니 너무도 끔찍했지요. 그래서 프랭크는 사람들이 제가 있는 곳을 알아내지 못하도록 결혼 의상이랑 소품을 뭉쳐서 아무도 찾아낼 수 없는 곳에 갖다 버렸어요. 사실 우리는 내일 파리로 떠나려고 했답니다. 그런데 여기 계신 훌륭한 신사분, 홈즈 선생께서 저녁때 우릴 찾아오셨지요. 물론 이분이 우리가 있는 곳을 어떻게 알아냈는지는 잘 모릅니다. 어쨌든 홈즈 선생님은 제 생각이 틀렸고 프랭크의 생각이 옳다는 것, 그리고 우리가 계속 비밀스럽게 행동하는 건 큰 잘못이라는 걸 친절하게 일러주셨지요. 그러면서 세인트사이먼 경과 얘기할 수 있는 자리를 만들어주겠다고 하셔서 얼른 이곳으로 달려온 거예요. 로버트, 이제 내 얘기는 끝났어요. 내가 당신에게 고통을 주었다면 진심으로 사과할게요. 부디 나를 아주 형편없는 여자로 생각하진 말아주세요."

세인트사이먼 경은 숙녀가 이렇게 긴 얘기를 하는 동안 경직된 태도를 풀지는 않았지만 눈살을 찌푸리고 입을 꽉 다문 채 듣기는 했다. 그가 말했다.

"나는 이만 실례하겠소. 하지만 그렇게 사적인 문제를 이렇게 공개적으로 토론하는 게 습관이 되지 않아서."

"그럼 저를 용서하지 않는 거로군요? 가기 전에 악수도 해주지 않을 건가요?"

"오, 알았소. 당신이 원하는 바가 그거라면."

경은 프록코트에서 손을 빼고 냉담한 태도로 숙녀가 내민 손을 잡았다.

"화해의 의미로 함께 식사라도 하는 게 어떨까요?"

홈즈가 제안했다.

"그건 내게 좀 지나친 요구인 것 같소이다."

귀족이 대꾸했다.

"나는 이 사태를 받아들이지 않을 수 없게 됐소. 하지만 당신들과 같이 웃고 떠들면서 그 얘기를 할 수는 없소이다. 이제 가봐야겠소. 그럼 모두들 안녕히 계시오."

그는 우리 모두를 향해 비스듬히 고개를 숙여 보이고 방을 나갔다.

"그럼 적어도 두 분은 저희들과 함께 식사를 하는 영광을 베풀어 주시겠지요?"

셜록 홈즈는 말했다.

"몰턴 씨, 미국인을 만나는 건 제게 항상 기쁜 일입니다. 왜냐하

면 저는 옛날 옛적에 살았던 한 국왕의 어리석음이나 한 장관의 실
수로 인해 우리의 자녀들이 언젠가 유니언 잭과 성조기를 합친 깃
발 아래 하나의 세계 국가 시민으로 뭉치지 못할 까닭이 없다고 생
각하기 때문입니다."

"이번 사건은 흥미로운 것이었네."

손님들이 가고 난 다음 홈즈가 말했다.

"처음에는 거의 불가해한 것처럼 보였던 사건이라도 아주 간단
하게 설명될 수 있다는 게 명확하게 증명됐으니 말일세. 몰턴 부인
이 진술한 사건의 전후 과정은 더할 나위 없이 자연스러웠지만, 런
던 경찰국의 레스트레이드 씨가 이야기한 대로라면 정말 이상했을
거야."

"그럼 자네 생각이 틀렸던 건 전혀 아니로군?"

"처음부터 두 가지 사실은 명확했네. 하나는 신부가 자발적으로
결혼식을 올리려고 했다는 점이고, 다른 하나는 결혼식이 끝난 지
몇 분도 안 돼서 그걸 후회했다는 점이지. 그렇다면 그날 아침에 무
슨 일인가 생겨서 심경의 변화를 일으킨 것임에 틀림없었네. 과연
그게 무엇이었을까? 신부는 신랑 쪽 하객들에게 둘러싸여 있었기
때문에 밖에서 누구와 얘기를 나눌 수 있는 형편이 아니었네. 그럼
누군가를 본 것일까? 만약 그렇다면 그 사람은 틀림없이 미국인이
었을 걸세. 왜냐하면 신부는 이 나라에 체류한 기간이 짧기 때문에
얼굴을 한 번 보는 것만으로 모든 계획을 순식간에 바꿀 만큼 누군

가와 깊은 관계를 맺는다는 건 불가능하거든. 그래서 그렇게 배제하다 보니 신부가 본 사람이 미국인이었을 거라는 결론에 도달하게된 걸세. 그러면 이 미국인은 누구고 어떻게 그런 엄청난 영향력을신부에게 행사할 수 있었을까? 그것은 그가 연인이거나 남편이기때문이지. 나는 신부가 처녀 시절을 거친 세계에서 남다르게 보냈다는 걸 알고 있었네. 내가 세인트사이먼 경을 만나기 전에 알고 있었던 것은 여기까지였네. 경은 우리에게 평신도석에 앉아 있던 남자 얘기, 신부의 태도가 갑자기 바뀐 것, 그리고 메모를 주고받기 위해 흔히 쓰는 수법으로 부케를 떨어뜨린 일, 또 신부가 가깝게 지내던 하녀에게 달려간 일 등을 말해 주었네. 신부가 '채굴권 횡령'을언급한 것은 아주 의미심장한 것이었지. 그것은 광부들이 쓰는 말인데 임자가 있는 땅을 제삼자가 빼앗는 걸 의미하거든. 상황은 명약관화해졌어. 신부는 다른 남자와 함께 떠났고 그 남자는 애인이거나 전남편이었어. 물론 후자일 가능성이 컸지만 말일세."

"그런데 대관절 자네는 두 사람을 어떻게 찾아냈지?"

"그건 좀 어려울 뻔했지만 레스트레이드 동지가 정보를 갖고 나타났네. 그는 자신이 쥐고 있는 정보가 얼마나 가치 있는 건지 모르고 있었지. 물론 그 머리글자도 대단히 중요한 것이었지만 그보다더 중요한 건 문제의 인물이 일주일 내에 런던의 최고급 호텔에서숙박비를 계산했다는 걸 알게 된 점이었네."

"그게 최고급 호텔이었다는 건 어떻게 추리해 냈지?"

"그 엄청난 계산서를 보고 알았지. 방 하나에 8실링, 셰리주 한 잔에 8펜스는 이만저만 비싼 호텔이 아니라는 걸 말해 주지. 런던에 그만한 요금을 매기는 호텔은 많지 않다네. 나는 노섬버랜드 대로의 호텔을 찾아다니다가 두 번째 호텔의 숙박부에서 프랜시스 H. 몰턴이라는 미국인 신사가 바로 전날 숙박료를 치르고 떠났다는 걸 알게 됐지. 몰턴 씨 앞으로 기재된 사항을 살펴보니 내가 계산서 사본에서 본 것과 똑같은 것들이 적혀 있었네. 몰턴 씨 앞으로 온 편지는 고든 스퀘어 226번지로 보내라고 돼 있었어. 그래서 나는 거기로 달려갔고 다행히 그 집에서 잉꼬처럼 다정한 두 사람을 만났다네. 나는 큰맘 먹고 진심 어린 충고를 했지. 두 사람이 일반 대중에게, 특히 세인트사이먼 경에게 두 사람의 사연을 명확하게 밝히는 것이 여러모로 좋을 거라고 설득했다네. 그리고 부부에게 여기 와서 경을 만나라고 했고, 자네도 보았다시피 나는 경을 이리로 모시는 데 성공했어."

"하지만 결과는 신통치 않았네. 경의 행동은 별로 너그럽지 못했어."

내가 말했다.

"허허, 여보게."

홈즈는 빙긋이 웃으며 말했다.

"자네라도 그리 너그러운 기분이 들지는 않았을걸. 힘들여서 구애하고 결혼식까지 마쳤는데 순식간에 아내와 재산을 빼앗긴 꼴이 되지 않았는가. 나는 우리가 세인트사이먼 경에 대해 좀 더 관대한 평가를 해도 좋을 거라고 생각하네. 그리고 우리 같은 사람이야 그런 일을 당할 염려가 없을 테니 하늘에 감사드려야겠지. 자네 의자를 좀 더 이쪽으로 끌어당기고 그 바이올린 좀 집어주게. 우리에게 아직도 미해결로 남아 있는 문제는 이 쓸쓸한 가을 저녁을 어떻게 보내느냐가 아닌가."

녹주석 보관

어느 날 아침 나는 창가에 서서 거리를 내려다보다가 말했다.

"홈즈, 저기 미친 사람이 하나 내려오는군. 어느 집인지는 몰라도 저런 사람을 혼자 밖으로 내보내다니 정말 쓸쓸한 일이네그려."

내 친구는 안락의자에서 게으르게 일어나 두 손을 실내복 주머니에 찌른 채 내 어깨 너머로 창밖을 기웃거렸다. 화창한 2월 아침이었다. 전날 잔뜩 내린 눈은 온 세상을 뒤덮은 채 겨울 햇살을 받아 환하게 빛났다. 도로 가운데는 마차들이 지나다닌 탓에 푸석한 갈색 줄이 길게 그어져 있었지만 도로 양쪽과 보도 가장자리에 쌓인 눈 더미는 아직도 금방 내린 것처럼 하였다. 잿빛 포석이 깔린 보도는 눈을 깨끗이 쓸어놓긴 했지만 여전히 미끄러워서 위험하기 짝이 없었다. 그 때문인지 보행자는 평소보다 훨씬 적었다. 사실 메트로폴리턴 역 방향으로는 기묘한 행동으로 내 시선을 잡아끈 신사를 제외하면 아무도 없었다.

신사는 쉰 살가량의 나이에 키가 큰 데다 살이 쪄서 풍채가 당당하고 이목구비가 뚜렷했다. 옷차림은 중후하면서도 부티가 흘렀다. 검은색 프록코트, 반짝거리는 모자, 산뜻한 갈색 각반, 맵시 있는 은회색 바지. 하지만 행동은 품위 있는 옷차림이나 용모와는 우스꽝스러울 만큼 딴판이었다. 신사는 힘껏 달리고 있었는데 몹시 지친 듯했고 다리에 부담을 지우는 것에 별로 익숙하지 않은 사람처럼 가끔씩 휘청거렸다. 그리고 뜀박질을 하는 동안에도 경련을 일으키듯 두 팔을 위아래로 휘젓는가 하면 고개를 흔들어댔고 얼굴은 웃는 듯 우는 듯 잔뜩 찡그리고 있었다.

"대체 무슨 일로 저러는 걸까?"

나는 물었다.

"저 사람은 집을 찾고 있네."

"내 생각에는 여기로 올 것 같은데."

홈즈는 손을 비비며 말했다.

"여기로?"

"응. 아무리 봐도 저 신사는 나한테 일을 의뢰하러 오는 게 분명하이. 난 저런 증상을 좀 알고 있거든. 허! 어떤가, 내 말대로지?"

홈즈가 말하는 동안 신사는 숨을 몰아쉬며 우리 집 현관으로 달려와 초인종 줄을 잡아당겼다. 온 집 안에 초인종 소리가 쩌렁쩌렁 울렸다.

잠시 후 신사는 우리 방에 들어와 있었다. 그는 여전히 숨을 헐떡거렸고 이상한 몸짓을 멈추지 않았다. 그러나 두 눈에 가득 담긴 슬픔과 절망을 보고 우리의 미소는 순식간에 전율과 연민으로 바뀌었다. 잠시 동안 신사는 아무 말도 못 하고 몸만 앞뒤로 흔들면서 어쩔 줄 모르는 사람처럼 머리칼을 쥐어뜯었다. 그러다 갑자기 벌떡 일어서더니 온 힘을 다해 벽에 머리를 부딪쳤다. 우리는 얼른 달려가 그를 벽에서 떼어내 방 한가운데 데려다 놓았다. 셜록 홈즈는 신사를 안락의자에 앉힌 다음 옆에 앉아서 그의 손을 쓰다듬으며 자유자재로 구사하는 편안하고 부드러운 목소리로 말을 건넸다.

"저에게 할 얘기가 있어서 여기 오셨군요. 그렇지요? 하지만 지금은 급히 달려오느라 너무 지치셨습니다. 그러니 다시 힘이 날 때까지 가만히 앉아 계십시오. 저는 아무리 사소한 문제라도 기쁜 마음으로 해결해 드리겠습니다."

신사는 일이 분 정도 숨을 몰아쉬면서 감정을 억누르려고 애썼

다. 그리고 손수건으로 이마를 닦은 다음 입을 꾹 다물고 우리 쪽으로 고개를 돌렸다.

"틀림없이 날 미쳤다고 생각하시겠지?"

그가 말했다.

"보아하니 큰 고통을 겪고 계신 것 같습니다."

홈즈는 대답했다.

"그걸 말해 무엇하겠소! 너무나 갑작스럽게 끔찍한 일을 당하고 보니 제정신이 아니외다. 나는 여태까지 흠 없는 인생을 살아왔지만 이제 공개적으로 망신을 당하게 생겼소이다. 개인적인 고통 또한 크지만 그것은 모든 인간의 운명이려니 할 수도 있소. 하지만 그 두 가지를 이토록 지독하게 겪다 보니 내 영혼마저 휘청거리고 있소. 게다가 나 혼자만이 아니오. 이 무서운 사건에서 어떤 해결책을 찾아내지 못한다면 이 나라에서 가장 고귀한 분이 고통을 당하실 거요."

"진정하십시오."

홈즈가 말했다.

"그리고 당신이 어떤 분이고 대체 어떤 일이 있었는지 차근차근 말씀해 주십시오."

"아마 내 이름을 들어본 적이 있을 거요. 나는 스레드니들가에 있는 홀더 앤 스티븐슨 금융 회사의 알렉산더 홀더요."

우리도 그 이름은 잘 알고 있었다. 그는 런던 시에서 두 번째로 큰 민간 은행의 사장이었다. 무슨 일이 있었기에 런던의 일류 시민이 이런 누추한 곳으로 왕림한 것일까? 우리는 사뭇 궁금증이 치밀어 오르는 걸 느끼면서 손님이 다시 힘을 내어 이야기를 시작하기를 기다렸다.

"난 한시가 급하다고 느끼고 있소. 경찰에서 당신의 협조를 받는 것이 좋다고 했을 때 여기로 바삐 달려온 이유가 바로 그거요. 나는 지하철을 타고 베이커가 역에서 내려 여기까지 달려왔소. 이런 눈길에서는 마차를 타는 것보다 걷는 게 오히려 빠르니까. 그래서 숨이 찼던 거요. 평소에 운동이라곤 거의 하지 않으니까 말이오. 이제는 좀 괜찮소. 그럼 이제부터 가급적 간단명료하게 사실을 털어놓겠소.

예금주를 널리 모으고 관계를 돈독히 해서 돈을 끌어모으는 것도 은행 경영에 중요하지만 수지맞는 투자처를 찾아내는 것도 그 못지않게 중요한 일이외다. 그건 두 분도 잘 알고 계실 거요. 그런데 돈을 굴리는 가장 유리한 수단 중의 하나가 대출인데 이때 담보를 잡는 것은 당연한 일이지요. 우리는 지난 몇 년 동안 이쪽 분야에서 상당한 실적을 쌓았소. 많은 귀족 가문에서 그림, 장서, 또는 식기류를 담보로 잡히고 우리에게 거액을 대출해 갔지요.

어제 아침에 사무실에 앉아 있는데 직원 하나가 명함을 가져왔소. 그 이름을 보고 깜짝 놀랐지요. 그것은 다름 아닌……, 아, 아니요. 나는 선생한테도 그 이름이 그저 온 세상이 다 알고 있는 영국에서 가장 높고 고귀한 이름 중의 하나라고 말하는 정도에서 그쳐야겠소. 나는 황송해서 몸 둘 바를 몰랐고 그분께서 들어오셨을 때 그렇게 말씀드리려고 했소. 그런데 그분은 내키지 않는 일을 서둘러 끝내고 싶은 사람처럼 곧장 용건을 꺼냈소.

'홀더 씨, 여기서 돈을 융통해 준다는 얘기를 듣고 왔소.'

'저희 은행에서는 담보가 괜찮으면 돈을 대출해 드립니다.' 나는 대답했소이다.

'나는 당장 5만 파운드가 필요하오.' 그분은 말씀하셨습니다. '물론 그만한 액수의 열 배 이상이라도 친구들에게 빌릴 수는 있소. 하지만 일을 공적으로 그리고 스스로 처리하고 싶어서 이렇게 온 거요. 나 같은 위치에 있는 사람이 남의 신세를 지는 것이 현명한 일이 아니라는 건 홀더 씨도 쉽게 이해할 수 있을 거요.'

'그 돈을 얼마 동안 빌리려고 하시는지요?' 나는 여쭈었소.

'다음 주 월요일에 내 앞으로 거액이 들어오는데 그때 확실히 갚겠소. 이자는 여기서 정한 대로 지불하리다. 하지만 무엇보다 중요한 것은 지금 당장 돈을 빌리는 것이오.'

'제 개인 금고에서 그 돈을 기꺼이 빌려드리겠습니다. 회사 돈을 꺼내려면 절차가 복잡한 까닭에 몹시 번거로운 일이 될 겁니다. 회사 이름으로 대출을 하자면 동업자 때문에라도 신분의 고하를 막론하고 예외 없이 담보를 잡는 절차를 거쳐야 하니까요.'

'그렇게 하는 게 훨씬 더 좋겠군.' 그분은 의자 옆에 놓아두었던 검은 모로코 상자를 꺼내셨습니다. '녹주석 보관(寶冠)에 대한 얘기는 들어봤겠지요?'

'제국의 귀중한 보물 가운데 하나지요.' 나는 말했소.

'그렇고말고.' 그분은 뚜껑을 열었소. 부드러운 분홍빛 벨벳 쿠션 위에 그분이 말씀하신 찬란한 보관이 놓여 있었소. '이 보관엔 서른 아홉 개의 큰 녹주석이 달려 있소. 금관의 가격만 해도 엄청난데 보관의 가치는 아무리 적게 잡아도 빌려 가는 금액의 두 배는 될 거요. 이걸 담보로 맡기고 가겠소.'

나는 귀중한 상자를 두 손으로 받쳐 들고 보관을 바라보다가 당황한 기색을 감추지 못하고 신분 높은 고객을 바라보았소.

'그 보관의 가치를 의심하는 거요?' 그분이 물으셨소.

'그건 절대로 아닙니다. 다만 저는…….'

'내가 그걸 맡기고 가도 되는지가 궁금하겠구려. 그 점에 대해서라면 안심해도 좋소이다. 나흘 후에 되찾을 거라는 확신이 없다면 꿈에도 이렇게 할 생각은 못 했을 거요. 그건 순전히 형식일 뿐이오. 담보로는 충분하오?'

'충분하고도 남습니다.'

'홀더 씨, 나는 지금 당신에 대한 이야기를 모두 믿고 당신에게 깊은 신뢰의 증표를 주는 거요. 나는 당신이 신중한 사람이라고 생각해요. 그래서 이 일에 관해 쓸데없는 소문이 퍼지지 않도록 해줄 뿐 아니라 이 물건을 각별히 신경 써서 보관해 줄 거라고 믿소. 혹시라도 어떤 사고가 생긴다면 온 나라가 발칵 뒤집힐 거라는 건 말할 필요도 없을 거요. 보석이 하나라도 없어진다면 보관을 통째로 잃어버리는 것과 진배없는 큰일이 될 거요. 왜냐하면 온 세계를 다 뒤져도 여기 있는 것과 똑같은 녹주석을 구할 수는 없을 테니 말이

420

오. 하지만 나는 당신을 신용하기 때문에 이 물건을 두고 가기로 하겠소. 그리고 월요일 아침에 직접 찾으러 오겠소.'

귀한 손님께서 몹시 바쁘신 듯했으므로 나는 더 이상 말하지 않고 회계원을 불러 그분에게 1000파운드짜리 수표 쉰 장을 내드리라고 지시했소. 하지만 혼자가 되었을 때, 책상 위에 놓인 보석 상자를 쳐다보니 은근히 걱정이 되면서 그 물건 때문에 막중한 책임을 지게 되었다는 생각이 들지 않을 수 없었소. 그것은 국가의 재산이기 때문에 혹시라도 불행한 일이 생긴다면 엄청난 파란이 초래되리라는 건 불 보듯 뻔한 일이었지요. 나는 벌써부터 그 물건을 맡기로 한 걸 후회하고 있었소. 하지만 이미 엎질러진 물이었으므로 보석 상자를 개인 금고 속에 넣고 문을 잠근 다음 다시 일을 시작했소.

저녁때가 되자 그렇게 귀중한 물건을 사무실에 두고 간다는 게

어쩐지 마음이 놓이지 않았소이다. 은행 금고는 전에도 털린 적이 있는데 내 금고라고 털리지 말란 법이 있겠소? 만약 그런 일이 생긴다면 내 입장이 어떻게 되겠소? 그래서 앞으로 며칠 동안은 항상 보석 상자를 갖고 출퇴근하면서 한시라도 곁에서 떼놓지 않기로 작정했소. 그래서 보석 상자를 들고 스트리트햄의 집까지 마차를 타고 갔소이다. 나는 그 상자를 내 침실에 딸려 있는 옷방의 장롱 속에 넣고 자물쇠를 채울 때까지 숨도 크게 쉬지 못했다오.

홈즈 선생, 이제부터 우리 집 식솔에 대해 잠깐 이야기하겠소. 선생이 상황을 정확하게 이해하려면 알아둘 필요가 있으니 말이오. 마부와 시동 아이는 집 밖에서 자니까 빼도 될 것 같소. 우리 집엔 하녀가 셋 있는데 다들 우리 집에 오래 있었고 믿음직해서 의심할 만한 구석이 없소. 그 밖에 루시 파라는 심부름하는 하녀가 있는데 우리 집에 들어온 지는 몇 달밖에 안 되오. 하지만 나무랄 데 없는 추천장을 갖고 온 데다 일하는 게 흠잡을 데가 없소. 한 가지 단점이라면 대단한 미인이 돼놔서 쫓아다니는 남자들이 가끔씩 집 근처를 배회한다는 거요. 하지만 그 밖에는 어느 모로 보나 좋은 아이요.

하인에 대해선 이 정도로 하리다. 가족은 많지 않아서 별로 얘기할 것도 없소. 나는 상처했고 자식이라곤 외아들 아서뿐이오. 홈즈 선생, 그동안 그 녀석은 나한테 너무도 큰 실망을 안겨주었소. 물론 아비인 내가 잘못했다는 건 분명한 사실이오. 사람들은 내가 자식을 응석받이로 키웠다고 하오. 아마 그 말이 맞을 거요. 사랑하는 아내가 죽은 뒤에 나는 수중에 남은 게 아들뿐이라고 생각했소. 나는 아들 녀석의 얼굴에서 잠깐이라도 웃음이 사라지는 걸 못 견뎌 했소이다. 나는 그 애가 해달라는 건 뭐든지 다 해줬소. 녀석에게 좀 더 엄격하게 대하는 것이 그 애나 나를 위해서 더 좋았을지 모르겠소. 하지만 일이 이렇게 될 줄은 정말 몰랐소.

나는 당연히 아들이 내 일을 물려받기를 소원했소. 하지만 녀석에게는 사업가적인 기질이 없었소이다. 아들놈은 거칠고 고집불통이었소. 그리고 솔직히 말해서 나는 녀석에게 거액의 현금을 믿고 맡길 수가 없었소이다. 녀석은 좀 크자 어느 귀족 클럽에 가입했고 거기서 그럴듯한 태도로 돈 많은 집안의 사치스러운 사람들과 친해졌소. 그러더니 카드놀이를 하고 경마에 돈을 낭비하는 법을 배워서 자꾸 나한테 용돈을 가불해다 도박 빚을 갚게끔 되었소. 녀석이 그 위험한 모임에서 발길을 끊어보려고 한 적도 두어 번 있지만 그때마다 조지 번웰 경이라는 친구한테 끌려서 다시 거기로 돌아가곤 했소이다.

사실 아들놈이 조지 번웰 경 같은 사람한테 끌려다니는 건 별로 놀라운 일이 아니오. 그 사람은 우리 집에도 자주 드나들었는데 나 자신부터가 그 매력적인 태도에 반하지 않을 수가 없었소. 번웰 경은 아서보다 나이가 많은데 철두철미하게 세속적인 인간이오. 안 가본 데가 없고 보지 못한 것이 없지요. 게다가 화술이 뛰어나 듣는 사람의 넋을 빼놓을 정도이고 용모는 조각상 같은 미남이라오. 하지만 그 빛나는 존재에서 떨어져 냉정하게 생각해 보면 그 냉소적인 말투며 눈빛이 전혀 믿을 수 없는 사람이라는 걸 마음속 깊이 확신하게 되지요. 그건 나만의 생각이 아니오. 여자다운 직감이 뛰어난 메리도 나와 같은 생각이라오.

이제 메리 얘기만 남았구려. 그 애는 내 조카요. 하지만 5년 전에 아우가 죽고 이 세상에 달랑 그 애 혼자 남자 나는 그 애를 양녀로 맞아들였소. 그리고 그날부터 친딸처럼 생각했다오. 그 애는 우리 집에서 햇살 같은 존재요. 정이 많고 사랑스럽고 아름다운 데다가 집안의 관리자이자 주부로 손색없는 아이라오. 그렇게 상냥하고 조용하고 부드러운 여자는 없을 거요. 그 애는 내 오른팔이오. 그 애가 없는 집안은 상상도 할 수 없소. 하지만 그 애는 단 한 가지 문제에서 내 뜻을 거슬렀다오. 그 애라면 죽고 못 사는 아들 녀석이 두 번이나 청혼했는데 두 번 다 거절한 거요. 누군가 그 녀석을 올바른 길로 인도해 줄 수 있는 사람이 있다면 그것은 다름 아닌 메리 그 애일 거요. 난 그렇게 생각하고 있소. 아서란 녀석이 결혼을 하면 완전히 새 출발을 할 수도 있었어요. 그런데 이제는, 어흑! 너무 늦었소. 돌이킬 수 없이 늦어버린 거요!

홈즈 선생, 한 지붕 밑에 사는 식구들 얘기는 끝났으니 이제는 내 참담한 사연을 이야기하리다.

그날 밤 저녁 식사를 마치고 거실에서 커피를 마시며 나는 아서와 메리에게 그분의 존함만 빼고 있었던 일에 대해 들려주었소. 그리고 귀중한 보물이 바로 우리 집 지붕 밑에 와 있다고 했지요. 그때 커피를 날라온 건 루시 파였는데 그 애가 방에서 나간 건 확실하지만 그때 방문이 닫혀 있었는지는 잘 모르겠소. 메리와 아서는 큰

관심을 보였고 그 유명한 보관을 보고 싶어 했지요. 하지만 나는 그걸 꺼내지 않는 편이 낫다고 생각했소이다.

'그걸 어디다 두셨어요?' 아서가 물었소.

'장롱 속에.'

'흠, 오늘 밤 집에 도둑이 들지 않기를 바랄 수밖에 없겠군요.'

'문을 잠가놓았다.'

'그 장롱 문엔 아무 열쇠나 다 들어갈 거예요. 제가 어렸을 때는 골방의 찬장 열쇠로 그 문을 열었으니까요.'

그 녀석은 가끔씩 아무 말이나 툭툭 던지는 버릇이 있어서 나는 그 말에 별로 신경 쓰시 않았소이다. 그린데 녀석이 밤에 아주 심각한 얼굴로 내 방으로 따라 들어왔지요.

'아비지, 잠깐만요.' 녀석은 눈을 내리깔고 말했소. '200파운드만 주시면 안 될까요?'

'안 된다. 못 줘!' 나는 소리를 빽 질렀소. '그동안 너한테 돈 문제

에 대해 지나치게 너그러웠다.'

'아버지는 정말 저한테 고맙게 해주셨어요. 하지만 그 돈이 꼭 필요해요. 그게 없으면 저는 다시는 클럽에 못 나갈 거예요.'

'그것참 잘됐구나!' 나는 외쳤지요.

'그래요, 하지만 제가 불명예스럽게 클럽에서 나오는 건 원치 않으시겠지요. 그런 치욕은 견딜 수가 없어요. 어떻게든 그 돈을 구해야 해요. 아버지께서 돈을 주시지 않겠다면 다른 방법을 찾아봐야지요.'

난 정말 화가 났소이다. 왜냐하면 이달에만 벌써 그런 요구가 세 번째였으니까요. '난 땡전 한 푼 주지 않을 테니까 그런 줄 알아라.' 이렇게 소리 지르자 녀석은 인사를 하고 아무 말 없이 방을 나가더군요.

녀석이 나간 뒤에 나는 장롱 문을 열고 내 보물이 그대로 있는지 확인한 다음 다시 문을 잠갔소. 그리고 문단속을 할 작정으로 집 안을 한 바퀴 돌기 시작했지요. 사실 그건 항상 메리가 해온 일이었지만 그날은 내가 직접 하는 게 낫다는 생각이 들었소이다. 아래층으로 내려가자 메리가 홀 옆쪽의 창가에 서 있는 게 보였소. 내가 다가가자 그 애는 창문을 닫아걸었지요.

그 애는 약간 불안해 보였습니다. '아버지, 루시한테 말예요, 오늘 밤에 외출 허락을 해주셨어요?'

'그런 적 없는데.'

'그 애가 방금 뒷문으로 들어왔어요. 누굴 만나러 쪽문까지 나갔

다 온 것 같아요. 하지만 별로 안전한 일이 아니니까 그러지 말라고 해야겠어요.'

'내일 아침에 네가 그 애한테 말하려무나. 아니면 내가 할까? 문 단속은 다 했느냐?'

'예, 아버지.'

'그럼 잘 자라.' 나는 그 애에게 키스하고 2층에 있는 내 침실로 올라와서 곧 잠이 들었소이다.

홈즈 선생, 나는 사건과 관계가 있을 만한 건 하나도 빼놓지 않고 얘기하려고 애쓰고 있소. 그래도 뭔가 궁금한 게 있거든 질문하시오."

"웬걸요, 아주 조리 있게 말씀하고 계신데요."

"이제부터 하는 이야기는 더욱 그렇게 들렸으면 좋겠소이다. 난 원래 잠을 깊이 자는 사람은 아니오만 마음이 불안해서 그런지 그날은 평소보다 더 얕은 잠이 들었소. 그런데 밤 두시쯤 됐나, 집 안에서 무슨 소리가 들려서 잠이 깼소이다. 내가 잠에서 완전히 깬 다음에는 그 소리가 들리지 않았지만 또 어디선가 살그머니 창문 닫히는 소리가 들린 것 같았소. 나는 귀를 쫑긋 세우고 가만히 누워 있었소. 그런데 놀랍게도 갑자기 옆방에서 작은 발소리가 들려왔소. 두려운 생각에 가슴이 뛰었지만 나는 침대에서 빠져나와 옷방 앞으로 다가가 방 안을 엿보았소.

'아서!' 나는 비명을 지르다시피 했소. '이 나쁜 놈! 이 도둑놈! 감히 그 보관에 손을 대?'

나는 불꽃을 줄여놓은 등잔을 들어 올렸소. 가련한 자식 놈은 잠옷 바람으로 방 안에 서 있었소. 두 손에는 보관을 들고 말이오. 녀석은 그걸 비틀고 있는 것 같았소. 아니 힘껏 구부리고 있었다고 해야 하나. 녀석은 내 고함 소리를 듣고 놀라서 보관을 떨어뜨리더니 죽은 사람처럼 창백해졌소. 나는 재빨리 보관을 집어 들고 살펴보았소이다. 녹주석 세 개가 달려 있던 금판 하나가 통째로 없어졌소.

'이 몹쓸 녀석 같으니라고!' 나는 분노에 눈이 뒤집혀서 고래고래 악을 썼소이다. '네가 이걸 부서뜨렸구나! 너 때문에 나는 이제 영원히 얼굴을 들고 다닐 수 없게 됐다! 훔친 보석들은 어디 있느냐?'

'훔쳤다고요!' 녀석이 맞서 소리 질렀소.

'그래, 이 도둑놈아!' 나는 녀석의 어깨를 잡아 흔들면서 벽력같

이 고함을 쳤소이다.

'없어진 건 없어요. 없어진 게 있을 리가 없죠.' 녀석이 말했지요.

'보석 세 개가 없어졌다. 너는 그게 어디 있는지 알고 있겠지. 네 녀석을 도둑에다가 거짓말쟁이라고 불러주랴? 네가 하나를 더 뜯어내려고 기쓰는 걸 내가 못 본 줄 알고?'

'저도 아버지한테 욕을 먹을 만큼은 먹었어요. 하지만 더 이상은 안 참겠어요. 아버지는 나한테 모욕을 주기로 작심하셨으니까 저는 이 일에 대해 한마디도 하지 않을 거예요. 내일 아침에 집을 나가서 혼자 힘으로 살 거예요.'

'네가 훔쳐낸 물건을 경찰의 손에 넘겨야 할걸!' 나는 슬픔과 분노에 반쯤 정신이 나가서 소리 질렀소. '난 이 문제를 철저하게 조사하겠다.'

'나한테는 아무 얘기도 듣지 못할 거예요.' 녀석은 전에 없이 핏대를 세우며 말했소. '경찰을 부르기로 하셨으면 경찰한테 와서 알아보라고 하세요.'

그때쯤에 이르자 온 집 안 사람들이 다 일어나 있었소. 내가 분노에 못 이겨 악을 썼으니까 말이오. 제일 먼저 옷방으로 달려온 건 메리였는데, 그 애는 보관과 아서의 얼굴을 보더니 사태를 알아차린 듯 비명을 지르면서 정신을 잃고 쓰러졌소이다. 나는 경찰에게 사건 조사를 맡기기로 하고 즉시 하녀를 보내 경찰을 불렀소. 경위가 순경 하나를 데리고 도착하자, 인상을 구긴 채 팔짱을 끼고 서 있던 아들 녀석이 자신을 절도죄로 고발할 생각이냐고 물었소이다.

나는 망가진 보관은 국가의 재산이기 때문에 이 일은 더 이상 사적인 문제가 아니라고 대답했소. 나는 모든 걸 법대로 처리하기로 결심했소. 녀석은 말했지요.

'좋아요, 적어도 지금 당장 나를 체포하진 않겠지요. 5분 정도만 밖에 나갔다 오게 해주세요. 그게 여러모로 좋을 거예요.'

'그렇겠지. 그사이에 도망치거나 훔쳐낸 물건을 감춰놓을 수도 있을 테니까.' 나는 말했소이다. 그리고 내가 얼마나 기구한 처지가 되었는지를 깨닫고 아들 녀석에게 아비의 명예뿐 아니라 이 물건을 내게 맡기신 분의 명예가 나보다 더 크게 실추되리라는 걸 왜 모르느냐고 호소했지요. 그리고 너 때문에 나라 전체가 발칵 뒤집히게 될 거라고, 보석 세 개를 가져다가 어떻게 했는지만 말해 주면 그런 일을 막을 수 있을 거라고 했소.

'애야, 너는 왜 사태를 직시하지 못하느냐. 범행 현장을 들켰기 때문에 네가 입을 연다고 해서 죄가 더 무거워지지는 않는다. 보석이 어디에 있는지만 말해 주면 네 잘못을 용서하고 없었던 일로 해주마.'

'용서는 다른 사람한테나 해주세요.' 아서란 놈은 코웃음을 치며 돌아섰소이다. 나는 철면피한 녀석에게 무슨 말을 해도 소용이 없다는 걸 알았소. 이제 한 가지 방법밖에 없었지요. 난 경위를 불러 아들 녀석을 체포하라고 했소. 경찰은 당장 아들의 몸수색을 하고 녀석의 방까지 뒤진 다음 집 안에 보석을 숨겨두었을 만한 곳을 철저하게 뒤졌지요. 하지만 아무것도 나오지 않았고 그 몹쓸 녀석은 무슨 말로 타이르고 겁을 주어도 입을 열려고 하지 않았소. 오늘 아침에 녀석은 감방으로 들어갔소이다. 그리고 나는 경찰서에 가서 형식적인 절차를 끝낸 다음 선생한테 사건 해결에 힘을 보태달라고 호소하려고 이렇게 달려온 거요. 경찰은 이제 더 이상 어떻게 해볼 도리가 없다고 공개적으로 시인했소. 비용은 얼마가 들어도 좋소이다. 나는 벌써 1000파운드의 현상금을 걸었소. 오, 하느님, 이제 어찌해야 합니까! 난 하룻밤 새에 명예와 보석과 자식을 잃어버렸소. 오, 이제 나는 어쩌면 좋소!"

그는 손으로 머리를 짚고 몸을 앞뒤로 흔들며 슬픔을 가누지 못하는 아이처럼 혼잣말을 중얼거렸다.

셜록 홈즈는 이마를 찌푸린 채 난롯불을 응시하며 몇 분간 묵묵히 앉아 있다가 물었다.

"댁에 손님은 많이 오는 편입니까?"

"우리 은행의 동업자 가족을 빼면 별로 찾아오는 사람이 없소. 가끔 아서의 친구가 놀러 올 뿐이지요. 최근에는 조지 번웰 경이 몇 번 다녀갔소이다. 그 밖에는 없는 것 같소."

"사교계 출입은 많이 하십니까?"

"아서는 많이 다니지요. 메리하고 나는 그런 걸 별로 좋아하지 않기 때문에 주로 집에만 있소이다."

"젊은 처녀가 집에서만 지낸다니 좀 뜻밖이군요."

"본래 조용한 성품을 타고난 아이니까. 게다가 나이가 적지 않소. 올해로 벌써 스물넷이라오."

"홀더 씨가 말씀하신 걸로 봐서는 메리 양도 이번 일로 큰 충격을 받은 것 같습니다만."

"말도 마시오! 그 애는 나보다 더하다오."

"두 분 다 아서 군이 보석을 훔쳤다고 생각하시는 겁니까?"

"녀석이 보관을 들고 있는 걸 내 눈으로 똑똑히 봤는데 어떻게 그러지 않을 수 있겠소?"

"저는 그게 결정적인 증거라고 생각하지는 않습니다. 보관의 나머지 부분에도 상처가 남아 있습니까?"

"그렇소, 찌그러져 있었소."

"그럼 홀더 씨는 아드님이 찌그러진 걸 펴려고 했을지 모른다고 생각하지는 않으십니까?"

"우리 부자를 그렇게 생각해 주시니 말씀만이라도 고마운 일이오! 하지만 이 일은 그렇게 간단치가 않소. 대체 그 녀석이 거기서 무얼 하고 있었단 말이오? 지가 결백하다면 왜 말을 못 한단 말이오?"

"그렇습니다. 그런데 아드님에게 죄가 있다면 왜 거짓말을 꾸며 내지 않았을까요? 제가 보기에 아드님의 침묵은 어느 쪽으로도 다 해석이 가능한 것 같습니다. 이 사건에는 기묘한 점들이 몇 가지 있습니다. 경찰은 홀더 씨를 잠에서 깨운 그 소리가 뭐라고 생각하고 있습니까?"

"경찰에선 그게 아서가 자기 방문을 닫을 때 난 소리일 거라고 생각하고 있소."

"거참 말이 되는 소리군요! 큰 죄를 지으려는 사람이 집 안 식구가 깨도록 소리 나게 방문을 닫았다는 거지요? 그럼 그 보석의 행방에 대해선 뭐라고 말하고 있습니까?"

"경찰에선 여태껏 보석을 찾으려고 나무 벽도 두들겨보고 가구도 몽땅 뒤지고 있소이다."

"집 밖을 찾아볼 생각은 했습니까?"

"그렇소. 그 사람들은 수사에 열과 성을 다하고 있소이다. 벌써 정원 전체를 샅샅이 뒤졌으니까요."

"이 사건이 홀더 씨나 경찰에서 처음 생각했던 것과 완전히 다르다는 걸 아직 모르시겠습니까? 다른 사람들의 눈에는 아주 간단해 보일지 몰라도 제 눈에는 아주 복잡한 사건으로 보입니다. 홀더 씨의 설명을 자세히 들여다보기로 하지요. 당신은 아드님이 밤중에 자다 말고 일어나 위험을 무릅쓰고 아버지의 옷방으로 가서 장롱을 열고 보관을 꺼내 보관의 작은 부분을 힘들여 떼어냈다고 생각하고 계십니다. 그리고 서른아홉 개의 보석 중 세 개를 어딘가 다른 곳에 아무도 찾아내지 못할 만큼 기막힌 솜씨로 숨겨놓고 서른여섯 개의 보석이 달린 나머지 부분을 갖고 아버지의 옷방으로 다시 돌아왔다고 말씀하고 계십니다. 들킬 위험을 무릅쓰고 말입니다. 자, 그게 말이 되는 얘길까요?"

"하지만 그게 아니면 뭐란 말이오?"

은행가는 절망적인 몸짓을 하며 외쳤다.

"아들놈의 동기가 순수했다면 왜 자기 행동에 대해 해명을 못 한단 말이오?"

"그 질문에 답하는 것이 우리의 역할입니다."

홈즈는 대답했다.

"홀더 씨, 괜찮으시다면 지금 같이 스트리트햄으로 갔으면 합니다. 한 시간 정도 현장을 자세히 보고 싶으니까요."

내 친구는 내가 같이 가야 한다고 우겼고 나는 두말없이 따라나섰다. 손님의 얘기를 듣고 나서 호기심과 동정심이 마음속에서 한껏 부풀어 올랐던 것이다. 고백건대 나는 가엾은 아버지의 생각과 비슷할 정도로 그 아들이 범인처럼 여겨졌다. 하지만 홈즈의 판단력을 깊이 신뢰하고 있었고 그가 은행가의 설명을 받아들이지 않는 한 분명히 희망은 있다고 생각했다. 런던 남부의 교외를 향해 가는 동안, 홈즈는 거의 한마디도 하지 않고 고개를 숙이고 모자를 푹 눌러쓴 채 깊은 생각에 잠겨 있었다. 손님은 홈즈의 말에서 희망의 빛을 엿보자 새로운 용기를 얻은 듯했다. 그는 나를 상대로 은행 일에 관해 이런저런 얘기를 늘어놓기까지 했다. 우리는 잠깐 기차를 탔고 그보다 더 잠깐 걸어서 페어뱅크, 즉 대은행가의 수수한 저택에 도착했다.

페어뱅크는 도로에서 약간 들어간 곳에 있는 흰색의 커다란 석조 건물이었다. 잔디밭에는 눈이 쌓여 있었고 마차가 다니는 2차선 진입로가 두 개의 철문 앞까지 뻗어 있었다. 오른쪽에는 작은 잡목 숲이 있었고, 도로에서 주방 문 앞까지 깔끔한 관목 울타리 사이로 비좁은 길이 나 있었다. 그것은 장사꾼들이 드나드는 길이었다. 왼쪽에는 마구간으로 가는 길이 있었는데 그것은 다니는 사람들이 드물

긴 해도 사유지가 아닌 공공 도로였다. 홈즈는 우리를 현관 앞에 세워두고 천천히 걸어서 집을 한 바퀴 돌았다. 그리고 앞마당을 가로질러서 장사꾼들이 다니는 길로 가더니 정원을 한 바퀴 돌아 마구간 길로 접어들었다. 시간이 한참 걸렸으므로 홀더 씨와 나는 식당으로 들어가 난롯가에서 홈즈가 오기를 기다렸다. 둘이 말없이 앉아 있는데 문이 열리더니 젊은 숙녀가 들어왔다. 보통을 넘는 키에 몸매가 호리호리한 숙녀는 창백한 얼굴 때문에 검은 머리와 검은 눈동자가 유난히 돋보였다. 나는 여자의 얼굴이 그렇게 무섭도록 창백한 것은 처음 보았다. 입술도 핏기 없이 창백했지만 두 눈은 울어서 붉게 충혈돼 있었다. 그녀가 조용히 방으로 들어올 때 나는 오늘 아침에 은행가에게서 느꼈던 것보다 더한 슬픔을 감지할 수 있었다. 하지만 놀랍게도 그녀는 무서운 자제력을 발휘하고 있었는데 대단히 강한 성격을 가진 여성임에 틀림없었다. 그녀는 나는 거들떠보지도 않고 곧장 백부에게 다가가 부드럽게 머리를 감싸 안았다.

"아버지, 오빠를 풀어주라고 말씀하고 오셨겠지요? 예?"

그녀는 물었다.

"아가, 그건 안 되는 일이다. 이 문제는 철저하게 조사해야 하니까."

"하지만 저는 오빠한테 죄가 없다고 생각해요. 여자의 직감이란 게 있으니까요. 아버지는 아무 잘못 없는 오빠한테 그렇게 가혹하게 대하신 걸 후회하실 거예요."

"걔한테 아무 죄가 없다면 대체 왜 말을 못 하는 게냐?"

"그건 모르지요. 아버지한테 의심받은 게 너무 화가 나서 그런 게 아닐까요."

"그 녀석이 보관을 들고 있는 걸 내 눈으로 봤는데 어떻게 의심을 안 하겠느냐?"

"하지만 그냥 보고 싶어서 들고 있었는지도 모르지요. 아, 오빠한테 죄가 없다는 제 말을 그냥 믿어주세요. 이번 일은 그냥 접어두시고 더 이상 아무 말 마세요. 오빠가 감옥에 있다고 생각하니 너무 끔찍해요!"

"난 보석을 되찾을 때까지는 이번 일을 접어둘 수가 없다. 아무렴! 얘야, 너는 아서 걱정 때문에 이 아비한테 얼마나 무서운 일이 생길지는 생각을 못 하고 있구나. 난 문제를 덮어두는 대신에 사건을 좀 더 철저히 조사하기 위해 런던에서 신사 한 분을 모셔 왔단다."

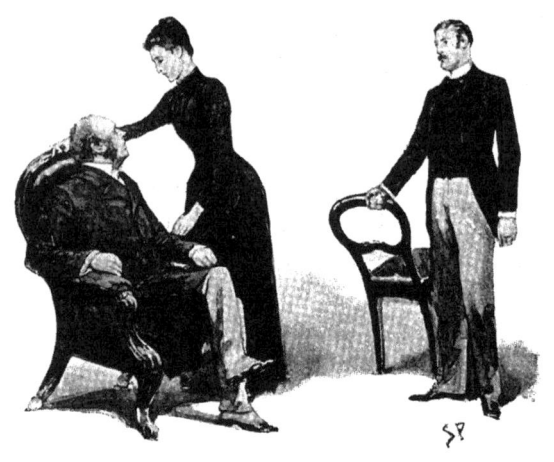

"이분인가요?"

메리 양은 나를 돌아보며 물었다.

"아니, 이분의 친구분이시지. 그분은 혼자 조사하고 싶어 하신다. 지금은 마구간 길을 돌아보고 계시지."

"마구간 길요?"

메리 양은 의아한 듯 검은 눈썹을 치켜세웠다.

"대체 거기서 무얼 찾으려고 하시는 걸까요? 아! 저분이시군요. 선생님, 선생님은 아서 오빠한테 아무 죄도 없다는 제 느낌이 옳다는 걸 증명해 주시리라 믿어요."

"저도 아가씨와 전적으로 같은 의견이고, 그리고 저 역시 우리가 그런 사실을 증명해 낼 수 있다고 믿습니다."

홈즈는 이렇게 대답하고 깔개 있는 곳으로 되돌아가 신발에 묻은 눈을 털었다.

"지금 저와 말씀을 나누신 분이 메리 홀더 양이라고 사료됩니다만, 한두 가지 질문을 드려도 될까요?"

"물론이지요. 이 끔찍한 문제를 해결하는 데 도움이 된다면 기꺼이 협력하겠어요."

"지난밤에 아무 소리도 못 들으셨습니까?"

"예. 백부가 큰 소리로 고함을 지르시기 전까지는요. 저는 그 소리 듣고 나왔답니다."

"메리 양은 어젯밤에 문단속을 했습니다. 창문은 다 잠갔나요?"

"예."

"오늘 아침에도 창문은 전부 잠겨 있었고요?"

"예."

"집의 하녀 중에 애인이 있는 사람이 있지요? 제가 듣기로는 어젯밤에 메리 양이 그 하녀가 애인을 만나러 밖에 나갔었다는 얘기를 백부에게 하신 걸로 알고 있습니다만?"

"예. 그런데 그 애는 거실에서 시중드는 아이예요. 백부가 보관 얘기를 하는 걸 들었는지도 몰라요."

"알겠습니다. 메리 양은 하녀가 밖에서 애인을 만나 그 얘기를 하고, 둘이서 절도 계획을 꾸몄을지도 모른다고 생각하시는군요."

"하지만 그런 막연한 추측이 다 무슨 소용이란 말이오?"

은행가는 참지 못하고 소리쳤다.

"내가 아서란 녀석이 보관을 들고 있는 걸 봤다고 하지 않았소?"

"홀더 씨, 잠깐 기다리십시오. 우리는 그 문제로 다시 돌아갈 겁니다. 홀더 양, 그 하녀 말입니다. 부엌문으로 들어오는 걸 보셨다고 하지 않았습니까?"

"예. 부엌문이 잠겨 있는지 보러 갔다가 밖에서 들어오는 그 애와 마주쳤어요. 남자가 어둠 속에 서 있는 것도 봤고요."

"아는 남자입니까?"

"그럼요! 그 남자는 우리 집에 채소를 배달해 주는 채소 장수예요. 이름은 프랜시스 프로스퍼라고 해요."

"그 남자는 부엌문 왼쪽에 서 있지 않았습니까? 말하자면 길 위쪽으로 문에서 좀 떨어진 곳에 말입니다."

"맞아요, 그랬어요."

"그리고 나무다리를 한 사람이지요?"

숙녀의 표정이 풍부한 검은 눈동자에 어떤 두려움 같은 것이 깃들었다.

"어쩜, 마술사 같은 분이시네요. 그걸 어떻게 아셨어요?"

숙녀는 웃었지만 홈즈의 여윈 얼굴은 심각할 따름이었다.

"이제 2층으로 올라가봤으면 합니다. 물론 집 밖을 다시 봐야 할지도 모릅니다. 올라가기 전에 1층 창문을 자세히 살펴봐야겠군요."

홈즈는 잔걸음으로 창문을 하나하나 살피며 돌아다니다가 홀에서 마구간 길이 내다보이는 커다란 창문 앞에서 딱 한 번 걸음을 멈추었다. 그는 창문을 열고 고배율 확대경으로 창틀을 주의 깊게 살펴보았다.

"자, 이제 2층으로 올라갑시다."

마침내 그가 말했다.

은행가의 옷방은 소박하게 꾸며진 작은 방이었다. 회색 카펫이 깔린 방에는 커다란 장롱과 전신 거울 하나가 놓여 있었다. 홈즈는 먼저 옷장 앞으로 다가가 자물쇠를 들여다보았다.

"이건 어떤 열쇠로 엽니까?"

홈즈가 물었다.

"아들놈이 말한 바로 그 열쇠를 씁니다. 골방 찬장 열쇠 말입니다."

"지금 여기 있습니까?"

"그 탁자 위에 있습니다."

셜록 홈즈는 열쇠를 집어 들고 장롱 문을 열었다.

"자물쇠 돌아가는 소리가 전혀 안 나는군요. 장롱 문이 열릴 때 홀더 씨가 깨지 않은 건 그다지 놀라운 일이 아닙니다. 이번 사건은 보관을 둘러싸고 일어난 것이니 한번 봐야겠군요."

홈즈는 보석 상자 뚜껑을 열고 왕관을 꺼내 탁자 위에 올려놓았다. 그것은 보석 세공 기술이 최고도로 발휘된 걸작품이었다. 서른 여섯 개의 보석은 내가 일찍이 본 적 없는 최상품이었다. 보관 한쪽 끝에 뜯겨 나간 흔적이 있었다. 그것은 세 개의 보석이 달린 금판이 붙어 있던 자리였다. 홈즈가 말했다.

"자, 홀더 씨, 이 금판은 불행하게 도난당한 것과 같은 것입니다. 이걸 떼어내실 수 있겠습니까?"

은행가는 대경실색했다.

"난 그럴 생각은 추호도 없소이다."

그는 말했다.

"그럼 제가 하지요."

홈즈는 갑자기 온 힘을 다해 금판을 잡아당겼다. 그러나 그것은 꿈쩍도 하지 않았다.

"저는 금판이 약간 움직이는 걸 느꼈습니다. 하지만 제 손힘은 유난히 강한 축에 드는 데도 이렇습니다. 제 힘으로 이걸 떼어내려면 시간이 얼마나 걸릴지 모르겠군요. 하지만 보통 남자라면 이렇게도 못 할 겁니다. 제가 만약 이걸 잡아뗐다면 어떤 일이 벌어졌을 것 같습니까? 아마 총소리만큼 시끄러운 소리가 났겠지요. 그런데 홀더 씨는 간밤에 이 근처에서 이런 일이 있었는데 아무 소리도 듣지 못했다고 생각하시는 겁니까?"

"정말 갈피를 잡을 수 없군요. 뭐가 뭔지 하나도 모르겠습니다."

"하지만 앞으로 조금씩 진상이 밝혀질 겁니다. 홀더 양은 어떻게 생각하십니까?"

"솔직히 말해서 저도 백부처럼 뭐가 뭔지 모르겠어요."

"간밤에 아드님은 맨발이었다고 하셨지요?"

"그 녀석은 바지에 셔츠 바람이었소."

"감사합니다. 이번 현장 조사에서 우리는 유례없을 만큼 운이 좋았던 것이 분명합니다. 그러니 사건을 해결하는 데 실패한다면 그것은 전적으로 우리 책임일 겁니다. 홀더 씨, 저는 이제 집 밖에서 조사를 계속해야겠습니다."

홈즈는 불필요한 발자국 때문에 일이 더 어려워질 수 있다며 자청해서 혼자 밖으로 나갔다. 한 시간이 좀 넘었을까, 그는 발에 눈을 잔뜩 묻힌 채 항상 그렇듯이 헤아리기 힘든 표정을 하고 다시 들어왔다.

"홀더 씨, 이제 봐야 할 것은 다 본 것 같습니다. 이제 가봐야겠습니다."

"하지만 홈즈 선생, 보석은? 보석은 어디에 있소?"

"그건 알 수 없습니다."

은행가는 두 손을 쥐어짜며 외쳤다.

"아주 잃어버린 게 분명하군! 그럼 내 아들은? 나한테 희망은 있는 거요?"

"제 생각은 전혀 달라지지 않았습니다."

"맙소사, 그럼 대관절 지난밤에 내 집에서 어떤 해괴한 일이 일어났다는 거요?"

"내일 아침 아홉시에서 열시 사이에 베이커가로 찾아오시면 최선을 다해 궁금증을 풀어드리겠습니다. 그리고 저는 홀더 씨를 대리해서 보석을 되찾는 조건으로 백지 수표를 받은 것으로 이해하고 있습니다. 제가 쓸 수 있는 금액에 어떤 제한을 두신 건 아니겠지요?"

"보석을 되찾기 위해서라면 기꺼이 재산을 내놓겠소이다."

"좋습니다. 그럼 이제부터 그 문제를 알아보기로 하지요. 안녕히 계십시오. 저녁때가 되기 전에 여기 다시 와봐야 할지도 모르겠습

니다."

　내 친구가 사건에 대해 어떤 결론을 내리고 있는 것은 분명했다. 물론 그것이 어떤 것인지에 대해서는 막연하게라도 짐작해 볼 도리가 없었지만 말이다. 집에 가는 동안 나는 몇 번씩이나 홈즈의 생각을 떠보려고 했지만 그는 항상 엉뚱한 얘기를 둘러댔고 나는 마침내 포기하고 말았다. 우리는 세시 전에 집에 돌아왔다. 홈즈는 바삐 자기 방으로 달려갔고 잠시 후 길거리에서 흔히 볼 수 있는 건달의 모습으로 나타났다. 잔뜩 세운 옷깃, 반질거리는 허름한 코트, 빨간 스카프, 낡은 신발, 그는 영락없는 거리의 놈팡이였다.

　"이 정도면 될 것 같군."

홈즈는 벽난로 위에 걸린 거울을 흘끗 쳐다보며 말했다.

"왓슨, 자네랑 같이 가고 싶은 마음은 굴뚝같지만 이번엔 좀 어려울 것 같으이. 내가 지금 정확한 단서를 추적하고 있는 건지, 도깨비불을 쫓고 있는 건지는 곧 알게 될 거야. 몇 시간 뒤에 돌아올 수 있으면 좋겠군."

그는 선반의 고깃덩어리에서 소고기 한 조각을 베어내더니 둥근 빵 조각 사이에 끼웠다. 그리고 이 보잘것없는 음식을 주머니에 쑤셔 넣고 길을 떠났다.

내가 막 차를 마시고 났을 때 홈즈가 옆에 고무를 댄 낡은 구두 한 짝을 흔들며 돌아왔다. 몹시 기분이 좋아 보였다. 그는 신발을 방 구석에 던져놓고 차를 따라 마셨다.

"지나가다 들른 걸세."

그는 말했다.

"다시 나가봐야 해."

"어디로 가는데?"

"아, 웨스트엔드 맞은편에. 시간이 좀 걸릴 거야. 늦을 테니까 기다리지 말고 먼저 자게."

"일은 잘되고 있나?"

"뭐, 그럭저럭. 나쁘지는 않아. 난 스트리트햄에 다녀왔네. 하지만 그 집 초인종을 누르지는 않았어. 정말 재미있는 사건일세. 나는 무슨 일이 있었어도 이 사건을 놓치지 않았을 걸세. 그런데 여기 앉아서 잡담하고 있을 시간이 없어. 어서 이 형편없는 옷을 벗어버리고 대단히 호감 가는 원래의 모습으로 돌아가야겠네."

나는 홈즈의 말뿐 아니라 태도를 보고 그가 만족해할 만한 이유가 있다는 것을 알 수 있었다. 두 눈은 반짝거렸고 창백한 뺨에는 홍조조차 떠올라 있었다. 그는 서둘러 방을 나갔고 잠시 후 아래층에서 현관문이 쾅 하고 닫히는 소리가 들려왔다. 홈즈는 다시 한번 신나는 사냥 길에 오른 것이다.

나는 자정이 되도록 기다렸지만 그가 돌아오는 기미가 없었으므로 내 방에 자러 들어갔다. 홈즈가 사건의 단서를 추적하고 있을 때는 며칠 동안 집에 안 들어오는 일도 드물지 않았기 때문에 좀 늦는 것 정도는 그리 놀랄 일이 아니었다. 그가 몇 시에 들어왔는지는 모르겠지만 아침 식사를 하러 나가보니 한 손에는 커피 잔을, 다른 손에는 신문을 든 채 말쑥하고 생기 넘치는 모습으로 앉아 있었다.

"왓슨, 먼저 식탁에 앉아서 미안하이. 하지만 자네도 알다시피 아침 일찍 손님이 오기로 되어 있잖나."

"저런, 벌써 아홉시가 넘었군그래."

나는 대답했다.

"그런데 손님이 벌써 도착한 게 아닌지 모르겠네. 초인종 소리가 난 것 같은데."

찾아온 사람은 정말 우리의 은행가 친구였다. 나는 그의 달라진 모습을 보고 깜짝 놀랐다. 이목구비가 뚜렷한 큰 얼굴은 몰라보게 초췌해졌고 머리칼은 부쩍 하얗게 센 것 같았다. 의뢰인은 피로와 무력감이 가득한 표정으로 들어섰는데 어제 아침에 야단법석을 떨던 때보다 더 고통스러워 보였다. 그는 내가 밀어놓은 안락의자에 무너지듯 털썩 주저앉았다.

"내가 이렇게 혹독한 시련을 당해야 할 만큼 잘못한 게 뭔지 모르겠구려. 이틀 전까지만 해도 나는 근심 걱정이라고는 모르는 행복하고 유복한 사람이었소. 이제 명예는 땅에 떨어지고 외롭기 짝이 없는 신세가 되었소. 슬픔은 다른 슬픔을 동무해 오는 모양이오. 조카 메리가 날 버렸소이다."

"홀더 씨를 버렸다고요?"

"그렇소. 오늘 아침에 일어나보니 그 애의 침대에는 사람이 들어가 잔 흔적이 없고 방은 텅 비어 있었소. 그리고 홀의 탁자 위에 내 앞으로 쓴 편지가 한 장 놓여 있었소. 난 간밤에 그 애한테 '네가 아서란 녀석하고 결혼해 주었더라면 만사가 다 잘 풀렸을 거다.'라고 넋두리했소. 내가 그런 소릴 한 건 슬픔에 겨워서였지 그 애한테 화가 나서 그랬던 건 아니었다오. 그런데 내가 너무 생각 없는 소릴 했나 보오. 그 애가 남기고 간 편지가 바로 이거요."

사랑하는 백부께

백부께 괴로움만 끼쳐드린 것 같습니다. 제가 달리 행동했다면 이토록 불행한 일은 없었을 테지요. 이런 생각을 하고 있으면서 백부와 한 지붕 아래 다시 행복하게 살 수는 없을 것 같습니다. 이제 백부 곁을 영원히 떠날 때가 된 것 같아요. 저의 앞날에 대해서는 염려하지 마세요. 준비는 되어 있으니까요. 그리고 무엇보다, 저를 찾지 마세요.

그래봤자 소용없겠지만 그건 저를 위하는 일이 아닙니다.

— 살아서건 죽어서건 언제까지나 백부를 사랑하는 메리 올림

"홈즈 선생, 대관절 이게 무슨 뜻이오? 혹시 자살하겠다는 건 아닐까요?"

"아닙니다. 절대로 그런 건 아닙니다. 어쩌면 이게 가장 나은 해결책인지도 모르겠습니다. 홀더 씨, 이제 괴로운 시간은 끝났습니다."

"허! 그게 무슨 말이오! 선생은 무슨 얘기를 들으셨구려. 뭔가를 알고 있구려! 보석은 어디 있소?"

"보석 하나에 1000파운드가 지나친 금액이라고 생각하지는 않으시겠지요?"

"그 열 배라도 지불하겠소."

"그럴 필요는 없습니다. 3000이면 문제는 해결됩니다. 그리고 얼마간의 현상금도 있는 것으로 알고 있는데요. 수표책은 갖고 계십니까? 펜은 여기 있습니다. 자, 4000파운드라고 쓰시는 게 좋겠군요."

은행가는 어리둥절한 얼굴로 홈즈가 불러주는 금액을 적었다. 홈즈는 책상 앞으로 다가가 세 개의 보석이 붙어 있는 작은 세모꼴 금판을 꺼내서 탁자 위에 올려놓았다.

손님은 기쁨의 함성을 지르며 그것을 움켜쥐었다.

"찾아왔구려!"

그는 숨을 헐떡거리며 말했다.

"살았어! 이제 살았어!"

손님의 기쁨에 대한 표현은 슬픔만큼이나 격렬했다. 그는 되찾은 보석을 가슴에 꼭 끌어안았다.

"홀더 씨, 당신이 진 빚은 그뿐이 아닙니다."

셜록 홈즈는 엄격한 얼굴로 말했다.

"빚이라고!"

그는 펜을 들었다.

"얼만지 말만 하시오. 내 다 갚으리다."

"아닙니다. 그건 저한테 진 빚이 아닙니다. 당신은 이번에 아드님에게 큰 빚을 졌습니다. 아드님은 이번 사건에서 정말 고결하게 처신했습니다. 혹시 제게 그런 아들이 있다면 저라도 자랑스러워했을 겁니다."

"그럼 이걸 훔친 게 아서가 아니었단 말이오?"

"그건 어제 이미 말씀드렸습니다. 하지만 지금 다시 말씀드리지요. 그건 절대로 아닙니다."

"정말 그렇소? 그럼 어서 그 애한테 가서 진실이 밝혀졌다는 걸 알려주도록 합시다."

"아드님은 이미 알고 있습니다. 저는 진상을 밝혀낸 후에 아드님을 만났는데 통 입을 열려고 하지 않더군요. 그래서 제가 먼저 얘기를 꺼냈고 아드님은 제 말이 옳다는 걸 인정할 수밖에 없었습니다. 저는 아드님한테서 미처 밝혀내지 못한 한두 가지 사소한 일에 대한 얘기를 들었지요. 하지만 홀더 씨가 오늘 아침에 가지고 온 소식을 듣게 된다면 말을 할지도 모릅니다."

"맙소사, 그럼 어서 말해 보시오. 대관절 이 기막힌 사건은 어떻게 된 거요?"

"말씀드리지요. 제가 진실을 밝혀낸 순서대로 차근차근 말씀드리겠습니다. 우선 제 입으로 말하기도 어렵지만, 홀더 씨도 듣기가 괴로울 이야기부터 해야겠습니다. 조지 번웰 경과 조카 되시는 메리 양 사이에는 모종의 묵계가 있었습니다. 둘은 지금 함께 도망쳤지요."

"우리 메리가? 그럴 리가 없소!"

"불행히도 그것은 분명한 사실입니다. 홀더 씨도 아드님도 조지 번웰이라는 자의 정체를 까맣게 모르는 상태에서 집 안에 출입하는 것을 허락하셨습니다. 영국에서 그만큼 질이 나쁜 자도 드물 겁니다. 그자는 도박으로 파산한 가망 없는 악당입니다. 인간다운 마음이나 양심이라곤 약에 쓸래도 없는 위인이지요. 조카따님은 그런 사내들에 대해 아는 게 전혀 없었습니다. 그자가 수많은 여자들 앞에서 그랬던 것처럼 달콤한 말을 속삭이자 메리 양은 홀딱 넘어가서 그의 사랑을 얻은 여자는 자신뿐이라고 착각했지요. 물론 진짜 나쁜 놈은 그 악당이지만 적어도 메리 양이 그의 끄나풀이 된 건 사실입니다. 둘은 저녁마다 거의 매일 만났습니다."

"난 믿을 수도 없고, 믿지도 않을 거요!"

은행가는 창백한 얼굴로 소리쳤다.

"그럼 지난밤 댁에서 있었던 일을 말씀드리기로 하지요. 메리 양은 홀더 씨가 방으로 들어간 뒤 살그머니 아래층으로 내려가서 마구간 길이 내다보이는 창문을 통해 애인과 만나 얘기했습니다. 남자의 발자국이 눈밭에 선명하게 찍혀 있었는데 거기 오래 서 있었던 것이 분명했지요. 메리 양은 조지 번웰이라는 자에게 보관 얘기를 했습니다. 그 소식을 듣자 재물 욕심에 눈이 뒤집힌 그는 메리 양을 꼬드겼지요. 물론 메리 양이 백부를 사랑했던 것은 틀림없습니다. 하지만 애인에 대한 사랑에 눈이 멀어서 다른 사랑은 잊어버리고 마는 여자들이 있는데 저는 메리 양이 틀림없이 그런 유형이었다고 생각합니다. 메리 양은 삼촌이 아래층으로 내려오는 걸 보고 애인의 지시를 제대로 듣지 못한 채 얼른 창문을 닫았습니다. 그리고 백부에게 나무다리를 한 애인과 불장난을 하고 있는 어느 하녀에 대한 이야기를 했지요. 물론 그 얘기는 전부 사실이었습니다.

아서 군은 아버지와 얘기를 하고 자러 갔지만 클럽에서 진 빚 걱정 때문에 잠을 이루지 못했지요. 그런데 한밤중에 문 앞을 지나가는 작은 발소리가 들렸습니다. 아서 군은 일어나서 밖을 내다보았지요. 그런데 놀랍게도 사촌인 메리 양이 살그머니 복도를 걸어가는 모습이 보였습니다. 메리 양은 당신의 옷방으로 들어갔습니다. 아드님은 깜짝 놀라서 대충 옷을 걸치고 이 이상한 일이 어떻게 돼가는지 보려고 어둠 속에 숨어서 기다렸습니다. 메리 양은 곧 옷방에서 나왔는데 아드님은 복도의 불빛 아래서 메리 양이 귀중한 보관을 들고 있는 걸 보았습니다. 메리 양은 계단을 내려갔고 대경실색한 아드님은 아버지의 방문 근처에 있는 커튼 뒤로 숨었습니다.

아서 군은 거기서 아래층 홀을 내려다볼 수 있었지요. 메리 양은 살그머니 창문을 열고 어둠 속에 있는 누군가에게 보관을 건네더니 창문을 닫고 다시 2층으로 올라왔습니다. 메리 양은 아드님이 숨어 있는 커튼 바로 앞을 지나서 자기 방으로 들어갔지요.

아서 군은 메리 양 앞에서는 어떤 행동도 취할 수 없었습니다. 사랑하는 여인이 도둑질을 한 걸 드러낸다는 건 끔찍한 일이었으니까요. 하지만 메리 양이 방 안으로 들어가자 아서 군은 이 일이 아버지에게 얼마나 무서운 재앙이 될 것인지 깨달았습니다. 무엇보다 중요한 것은 보관을 되찾아 오는 일이었습니다. 아서 군은 맨발로 1층으로 달려 내려가 아까 그 창문을 열고 눈밭으로 뛰어나갔습

니다. 달빛 속에서 마구간 길을 내려가는 검은 형체가 보였습니다. 앞서 가던 조지 번웰 경은 피하려고 했지만 아서 군이 덮쳤지요. 둘 사이에 싸움이 벌어졌고 두 사람은 보관을 잡고 서로 잡아당겼습니다. 아서 군은 주먹질을 하다가 조지 경의 얼굴을 정통으로 맞혀서 눈 위에 상처를 냈지요. 그런데 갑자기 뭔가 뚝 부러지는 소리가 나더니 보관이 아서 군 손으로 들어왔습니다. 아서 군은 다시 집으로 달려와서 창문을 닫고 웃방으로 올라갔지요. 그리고 보관이 찌그러진 걸 보고 그걸 막 펴려고 하는데 아버지가 나타난 겁니다."

"그게 정말이오?"

은행가는 숨을 헐떡였다.

"아드님이 아버지를 위해 큰일을 했다는 자부심을 느끼고 있는 그 순간에 당신은 화가 나서 욕을 퍼부었습니다. 아서 군은 배려를 받을 만한 자격이 없는 여성을 보호하려고 했고 그러다 보니 사실을 있는 그대로 밝힐 수가 없었지요. 아서 군은 기사도를 발휘해서 메리 양의 비밀을 지켜준 것입니다."

"그 애가 보관을 보자마자 비명을 지르면서 쓰러진 것이 바로 그 때문이었구려."

홀더 씨는 외쳤다.

"오, 하느님! 세상에 나처럼 눈먼 바보가 어디 있겠소! 아서란 녀석이 5분만 밖에 나갔다 오겠다고 한 이유를 이제야 알겠소이다! 그 녀석은 없어진 보관 조각이 혹시 드잡이를 하던 현장에 떨어져 있는지 보려고 했던 거요. 죄 없는 아이를 도둑으로 몰았으니 이런 몰인정한 아비가 어디 있겠소!"

"저는 홀더 씨의 집에 도착하자마자 집 주위를 돌며 눈 속에 남아 있는 발자국을 아주 주의 깊게 살펴보았지요. 전날 저녁에 눈이 내린 다음에 꽁꽁 얼어붙어서 모든 흔적이 그대로 남아 있다는 걸 알고 있었으니까요. 저는 장사꾼들이 다니는 길을 걸어보았지만 길은 발자국투성이어서 도저히 어느 게 어느 건지 구별할 수 없었습니다. 그런데 길에서 좀 떨어져 있는 곳에, 부엌문 근처에서 한 여자가 어느 남자와 얘기하고 서 있던 흔적을 발견했지요. 남자의 다리 한쪽이 둥근 자국뿐인 걸 봐서 나무다리를 한 남자가 틀림없었습니다. 난 두 사람이 얘기를 하다가 방해를 받았다는 사실까지 알 수 있었지요. 여자가 재빨리 문 쪽으로 달려간 흔적이 있었으니까요. 그건 여자의 발끝이 움푹 들어간 대신에 가볍게 발꿈치가 들려 있는 걸 보고 알 수 있었지요. 나무다리는 잠깐 기다리다가 돌아갔습니다. 저는 그때 이 두 남녀가 홀더 씨께서 이미 언급하신 그 하녀와 애인일지 모르겠다고 생각했는데 그것은 나중에 사실로 밝혀졌지요. 저는 정원을 한 바퀴 돌았지만 경찰의 것이 분명한 어지러운 발자국밖에는 없었습니다. 하지만 마구간 길로 접어들자 아주 길고 복잡한 이야기가 눈 속에 새겨져 있었습니다.

길에는 구두 발자국이 오간 흔적과 맨발이 오간 흔적이 남아 있었습니다. 저는 맨발을 보고 내심 반가웠는데 홀더 씨가 한 얘기로 미뤄봤을 때 그것이 아드님의 발자국일 거라고 확신했지요. 구두 발자국은 올 때나 갈 때나 걸어갔지만 맨발은 힘껏 달려갔습니다. 그리고 맨발이 군데군데 구두 발자국 위를 밟은 것으로 봐서 맨발이 구두 뒤를 쫓아간 것이 분명했지요. 그 두 발자국은 모두 홀의 창문 앞으로 이어져 있었는데 창문 앞은 온통 구두 발자국투성이였습니다. 거기서 한참 있었다는 얘기가 되는 거지요. 그래서 저는 다시 길을 따라 내려가보았습니다. 한 100미터가량 내려가니 구둣발이 돌아선 자국, 그리고 격투를 벌인 자국이 눈 속에 새겨져 있었습니다. 피가 몇 방울 떨어져 있는 것도 찾아냈지요. 구두는 그다음에 도로를 향해 달려갔는데 그쪽에 피가 떨어져 있는 걸 보고 다친 사람이 누군지를 알 수 있었습니다. 구두가 큰길에 도착한 다음에는 흔적을 찾을 수가 없었지요. 길의 눈이 말끔하게 치워져 있었으니까요.

하지만 저는 집에 들어오자마자 확대경을 가지고 홀의 창문과 창틀을 자세히 살펴보았습니다. 그리고 누군가 거길 넘어다녔다는 사실을 곧 알아냈지요. 저는 발자국의 모양을 보고 젖은 발을 한 사람이 집 안으로 들어왔다는 사실을 알 수 있었습니다. 그러자 간밤에 어떤 일이 있었는지 이해되기 시작했습니다. 한 남자가 창밖에서 기다리고 있었습니다. 누군가 보관을 갖다주었지요. 그런데 아드님이 그 장면을 목격합니다. 아드님은 도둑을 쫓아가서 한바탕 싸움을 벌입니다. 두 사람은 보관을 붙잡고 실랑이를 했는데, 두 사람의 힘이 작용하자 금판 하나가 뚝 떨어져 나갔습니다. 이건 한 사람의 힘으로는 어림없는 일입니다. 아드님은 전리품을 갖고 돌아왔지만 금판 한 조각은 도둑의 손에 들어가 있었습니다. 여기까지는 분명했습니다. 이제 문제는 이겁니다. 금판 조각을 가져간 남자는 누구이고 보관을 그에게 넘겨준 사람은 누구인가?

저의 오래된 좌우명은 불가능한 것을 배제하고 남는 것이 바로 진실이라는 것입니다. 그것이 아무리 믿어지지 않는 사실이라고 해도 말이지요. 보관을 그자에게 넘긴 사람이 홀더 씨는 아닙니다. 그렇다면 이제 남는 사람은 조카와 하녀들이지요. 하지만 하녀가 범인이었다면 왜 아드님이 대신 죄를 뒤집어썼겠습니까? 그건 도저히 말이 안 되는 얘기지요. 하지만 아드님이 사촌 동생을 사랑했다는 사실에 비춰볼 때 아드님이 메리 양의 비밀을 지켜주려고 했다는 것은 이야기가 됩니다. 그 비밀이 너무도 치욕적인 것이었기 때문에 아드님은 더욱 기를 쓰고 비밀을 지켜준 겁니다. 또 메리 양이 저녁때 창가에 서 있었고, 나중에 보관을 보고 기절했던 일은 제 추리가 옳다는 것을 확인해 준 것이었지요.

그럼 공범은 누구일까요? 메리 양이 백부에게 느끼고 있었을 사랑과 감사의 정을 망각하게 할 수 있는 사람이 애인 말고 또 누가 있겠습니까? 저는 두 분이 밖에 나가는 일이 별로 없다는 걸 알고 있습니다. 또 집에 찾아오는 친구들도 많지 않습니다. 그런데 그중에 조지 번웰 경이 있습니다. 저는 그 이름이 여자들 사이에서 악명을 떨치고 있다는 사실을 이미 알고 있었습니다. 보석을 가지고 달아난 구두 발자국의 주인공은 조지 번웰임에 틀림없었지요. 그자는 아서 군이 자신의 얼굴을 봤어도 메리 양을 생각해서 사실을 밝히지 못할 거라고 뻔뻔스럽게 생각했는지도 모릅니다.

그다음에 제가 어떤 행동을 취했는지는 대충 짐작하실 수 있을
겁니다. 저는 할 일 없는 건달처럼 차리고 조지 번웰의 집을 찾아가
서 그 집 하인과 안면을 텄습니다. 그리고 주인이 어젯밤에 머리가
깨져서 왔다는 걸 알았지요. 나중에는 집주인의 헌 신발 한 켤레를
6실링을 주고 살 수 있었습니다. 저는 그걸 들고 스트리트햄으로 가
서 그 신발이 길에 남아 있는 발자국과 정확히 일치한다는 걸 확인
했습니다."

　"난 어제저녁 더러운 부랑자 하나가 마구간 길에서 어슬렁거리는
걸 봤소."

　홀더 씨가 말했다.

　"잘 보셨군요. 그게 바로 저였습니다. 저는 범인을 확인한 다음
에 집에 와서 옷을 갈아입었습니다. 그때 저의 역할은 상당히 미묘
했지요. 왜냐하면 스캔들이 일어나는 걸 막기 위해서 범인을 기소
하는 일은 피해야 했으니까요. 게다가 그 교활한 악당은 우리가 그
런 이유 때문에 자신을 섣불리 건드리지 못하리라는 걸 훤히 꿰고
있었습니다. 저는 그자를 찾아갔습니다. 물론 그는 처음에는 딱 잡
아뗐지요. 하지만 내가 사실을 조목조목 들이대자 고래고래 소리를
지르더니 벽에서 호신용 지팡이를 내렸습니다. 하지만 저는 그자의
사람됨에 대해서 속속들이 알고 있었기 때문에 지팡이를 휘두르기
전에 미리 준비해 간 권총을 머리에 들이댔지요. 그러니까 좀 이성
을 되찾더군요. 저는 조지 경에게 문제의 보석을 개당 1000파운드
에 사겠다고 했습니다. 그러자 그는 처음으로 비통한 표정을 짓더

군요. '빌어먹을! 세 개를 전부 600에 넘겼으니!' 저는 조지 경에게
경찰에 고발하지 않겠다고 약속하고 보석을 산 사람의 주소를 알아
냈습니다. 그리고 그자를 찾아가서 흥정 끝에 개당 1000파운드에
보석을 사들였지요. 그리고 아드님을 찾아가서 모든 일이 잘 풀렸
다고 말해 주었습니다. 정말 고된 하루 일과를 마치고 침대에 누운
것은 두시가 다 됐을 무렵이었습니다."

"선생이 온종일 수고한 덕분에 엄청난 스캔들이 영국을 뒤흔드는
걸 막을 수 있었소."

은행가는 일어서며 말했다.

"무슨 말로 감사해야 할지 모르겠구려. 이 은혜 절대로 잊지 않겠
소. 선생의 놀라운 솜씨는 소문으로 들은 것 이상이었소. 이제 나는

아들놈에게 달려가서 아비의 잘못을 진심으로 사과해야겠소이다. 선생에게 들은 가엾은 메리 얘기는 가슴속 깊이 묻어두겠소. 선생의 솜씨로도 지금 그 애가 어디 있는지는 알아내지 못할 테니."

"이것만은 분명합니다."

홈즈는 대답했다.

"조지 번웰 경이 있는 곳에 메리 양이 있다는 것입니다. 또 메리 양이 자신이 지은 죄에 대해 조만간 뼈저린 값을 치르게 되리라는 점도 말입니다."

너도밤나무 집

셜록 홈즈는 《데일리 텔레그래프》의 광고란을 밀어놓으며 말했다.

"무릇 예술 그 자체를 위해 예술을 사랑하는 사람은 가장 사소하고 변변찮은 현상에서 큰 기쁨을 느끼는 일이 많다네. 왓슨, 자네가 친절하게 원고지에 옮겨준 사건 기록을 보면 자네가 이러한 진실을 점차 터득해 가고 있다는 걸 알 수 있지. 참 흐뭇한 일이야. 물론 자네는 사건의 기록보다는 윤색에 치중하는 일도 자주 있지만 말이야. 내가 등장하는 악명 높은 재판 사건이나 세간의 이목을 끈 흉악 범죄도 적지 않은데, 자네는 이런 것들을 마다하고 사소하다고 볼 수 있는 사건들을 골라 실력을 발휘했네. 하지만 이런 사소한 사건들이야말로 추론과 논리적 종합이라는 나의 장기가 발휘될 수 있는 여지가 오히려 많았지."

나는 웃으며 말했다.

"하지만 내 기록은 그동안 선정적이라는 비난을 면치 못했는데 사실 내가 그런 혐의에서 완전히 자유로울 순 없다네."

"사실 단 하나 기록할 만한 가치가 있는 것은 원인에서 결과에 이르는 엄밀한 추론 과정일세."

홈즈는 부지깽이로 불붙은 석탄 덩이를 집어 들고 기다란 벚나무 파이프에 불을 붙였다. 그는 사색이 아니라 논쟁을 하고 싶을 때는 도자기 파이프 대신 벚나무 파이프를 집어 드는 습관이 있었다.

"그런데 자네는 그러한 것을 기록으로 남기는 의무에 충실하는 대신 사건 하나하나에 개성과 생명력을 부여하려고 했네. 자네가 잘못한 건 바로 이런 점일 거야."

"그 문제에 관해서라면 나는 자네가 섭섭지 않을 만큼 공정하게 한 것 같은데."

나는 싸늘하게 말했다. 사실 나는 내 친구의 독특한 성격에 자기 중심주의적 성향이 강하게 자리 잡고 있는 것을 한두 번 느낀 게 아니었고 그 부분에 대해서는 이미 염증을 느끼고 있었다.

"아니야, 내가 무슨 이기주의나 자만심 때문에 그러는 건 아닐세."

홈즈는 내 말이 아니라 내 생각에 반응하는 습관대로 이렇게 말했다.

"내가 나의 기술을 정당하게 취급해 달라고 요구하는 건 그것이 사적인 것이 아니기 때문일세. 그건 나 자신을 넘어선 것이지. 범죄는 흔하지만 논리는 드물거든. 그래서 자네는 범죄보다는 논리 자체를 조명해야 하는 것일세. 그런데 자넨 강연집이나 논문집이 돼야 마땅한 것을 이야기 시리즈로 격하시켜 왔네."

쌀쌀한 이른 봄날 아침이었다. 우린 베이커가의 오래된 방에서 조반을 마친 뒤 기분 좋게 타오르는 난로 앞에 앉아 있었다. 도열해 있는 우중충한 집들 사이로 뿌연 안개가 흘러다녔다. 짙은 황색 연무 속에서 맞은편 집 창문들은 형태를 알기 힘든 시커먼 얼룩처럼 보였다. 하얀 식탁보 위에는 가스등이 켜져 있었고 아직 치우지 않은 사기 접시와 금속 식기가 불빛을 받아 반짝거렸다. 셜록 홈즈는 아침내 말도 없이 이 신문 저 신문의 광고 면을 들입다 파더니 끝내 뭔가를 찾는 걸 포기한 듯했다. 그는 내 작품의 단점에 대해 강의하기 전부터 그리 좋은 기분은 아니었다.

"하지만 자네 작품이 선정적이라는 비난을 받을 이유는 없네."

그는 잠시 불꽃을 응시하면서 긴 파이프를 뻑뻑 빨다가 말했다.

"왜냐하면 자네가 흥미를 느꼈던 사건들 중에서 사건의 공정한 서술이 법률적인 의미에서 범죄의 처리에 도움이 될 만한 건 없었으니까. 보헤미아 왕의 사진 사건, 메리 서덜랜드 양의 기이한 경험, 입술 삐뚤어진 사나이가 관계된 사건, 그리고 독신 귀족 사건은 모두가 법의 테두리를 벗어난 일이었어. 하지만 자네는 선정주의를 피해 간 대신에 사소함의 영역으로 추락한 것 같군."

"결과적으로는 그렇게 됐는지도 모르겠네."

나는 대답했다.

"하지만 내가 취한 수사 기법들은 진기하고 흥미로운 것들이었어."

"쳇, 여보게. 이를 보고 직조공을, 왼손 엄지를 보고 식자공을 구별하지 못하는 저 부주의한 대중들이 다양한 분석과 추리 기법의 미묘한 차이에 대해서 알게 뭐란 말인가! 하지만 자네가 사소한 것들의 편에 섰다고 해서 비난할 수는 없지. 왜냐하면 대사건의 시대는 지나갔으니까 말이야. 인간, 아니 적어도 범죄적 인간들은 모험심과 독창성을 전부 잃어버렸네. 내 일에 대해 말할 것 같으면, 기껏 잃어버린 연필이나 찾아주고 기숙 학교를 졸업한 아가씨들에게 상담이나 해주는 역할로 전락하고 만 것 같아. 나도 이제는 갈 데까지 간 것 같네그려. 오늘 아침에 온 이 편지는 나의 현재 위치를 적나라하게 드러내고 있는 것 같네. 한번 읽어보게!"

홈즈는 구깃구깃한 편지를 내게 던져주었다.

그것은 어제저녁에 몬태규 플레이스에서 부친 것이었는데 내용은 다음과 같았다.

친애하는 홈즈 선생님에게

　최근에 가정 교사 자리가 하나 나섰는데 거기로 가야 할지 말아야 할지 고민입니다. 선생님과 꼭 상의하고 싶사오니 폐가 되더라도 내일 열시 반에 찾아뵙겠습니다.

— 바이올렛 헌터 드림

"아는 아가씬가?"

나는 물었다.

"아니."

"지금이 열시 반이네."

"그래, 지금 초인종을 누른 게 그 아가씨가 틀림없겠군."

"이 일은 자네가 생각하는 것보다 훨씬 흥미로운 일일지도 모르네. 자네도 푸른 카벙클 사건 기억하지? 처음에는 대단찮은 일 같았지만 결국 중대한 사건으로 발전하지 않았나? 이번 사건도 그럴지 몰라."

"그래, 희망을 가져보자고. 하지만 어떤 일인지 금방 판가름이 날 것 같구. 저기 편지를 보낸 당사자가 온 것 같으니까 말이야."

　홈즈가 말하는 동안 방문이 열리더니 어린 숙녀가 들어왔다. 옷은 소박하지만 깔끔하게 차려입었고, 똑똑하고 야물게 생긴 얼굴에는 물떼새의 알 같은 주근깨가 잔뜩 깔려 있었다. 제힘으로 세상을 살아가는 여성답게 태도는 활발했다.

"폐를 끼쳐드려서 죄송합니다."

내 친구가 인사하기 위해 자리에서 일어서자 숙녀가 말했다.

"하지만 정말 이상한 일이 있어서요. 저한테는 부모님도 안 계시고 일가친척도 없어서 의논할 만한 상대가 없답니다. 선생님이라면 제가 어떻게 해야 할지 조언을 해주실 것 같아서 이렇게 왔습니다."

"헌터 양, 앉으십시오. 뭐든지 도와드릴 만한 일이 있다면 기쁘게 돕겠습니다."

나는 홈즈가 새로 온 의뢰인의 태도와 말씨에 호감을 느끼고 있다는 걸 알 수 있었다. 그는 아가씨를 탐색하는 시선으로 바라보다가 상대의 이야기를 듣기 위해 눈을 감고 양 손가락 끝을 맞댔다.

"저는 스펜스 먼로 대령님의 가정에서 5년간 가정 교사로 일했습니다. 하지만 두 달 전에 대령님이 노바스코샤의 핼리팩스로 발령을 받으면서 아이들을 데리고 미국으로 떠나셨지요. 그래서 졸지에 실업자가 됐답니다. 저는 구직 광고를 내보기도 하고, 구인 광고를 보고 여기저기 이력서도 내봤지만 일자리를 구하지는 못했어요. 결국 그동안 저축해 놓은 약간의 돈도 바닥나는 바람에 어떻게 해야 할지 모를 상황이 됐지요.

웨스트엔드에는 웨스터웨이라는 유명한 가정 교사 전문 직업소개소가 있답니다. 저는 일주일에 한 번씩 거기 들러서 저한테 맞을 만한 일이 들어왔는지 알아보곤 했지요. 그 직업소개소의 설립자는 웨스터웨이지만 실제로 거길 운영하는 사람은 스토퍼 양이에요. 스토퍼 양은 작은 사무실에서 일하는데 일자리를 찾는 숙녀들은 대기실에 앉아 있다가 한 사람씩 사무실 안으로 들어간답니다. 그러면 스토퍼 양이 장부를 들춰보면서 상대에게 맞을 만한 일이 있는지 봐주지요.

지난주에 거기 갔을 때 저는 보통 때와 다름없이 작은 사무실로 안내받았습니다. 그런데 사무실에는 스토퍼 양 혼자만 있는 게 아니었어요. 무척이나 뚱뚱한 남자가 바로 옆에 앉아서 안경 낀 눈으로 방에 들어오는 사람들을 유심히 관찰하고 있었지요. 웃는 얼굴이었는데 턱은 하도 살이 쪄서 목 위로 겹겹이 늘어져 있었답니다. 제가 들어가자 그 사람은 벌떡 일어나더니 얼른 스토퍼 양에게 말했어요.

'찾았습니다. 이 이상 가는 숙녀는 없겠는데요. 좋아요! 최고입니다!' 그분은 몹시 흥분한 것 같았고 아주 흡족한 태도로 두 손을 비볐습니다. 아주 편안하게 생겨서 보기만 해도 기분이 좋아지는 그런 분이었지요.

'아가씨, 지금 일자리를 구하고 있지요?' 그분이 물었습니다.

'예.'

'가정 교사로?'

'예.'

'급료는 얼마나 받고 싶소?'

'지난번에 스펜스 먼로 대령 댁에서는 한 달에 4파운드를 받았습니다.'

'저런, 쯧쯧! 착취당했군그래. 지독하게 착취당했어!' 그분은 감정이 들끓는 듯 통통한 두 손을 내저으며 외쳤습니다. '이렇게 매력적

이고 교양 있는 숙녀한테 어떻게 그렇게 형편없는 급료를 줄 생각을 했을꼬?'

'제 교양은 선생님께서 생각하시는 것처럼 그렇게 대단한 건 못된답니다. 불어 조금, 독어 조금, 음악, 그림⋯⋯.'

'쯧쯧! 그건 전혀 중요한 게 아니오. 문제는 태도와 행실이 숙녀다운가 그렇지 않은가요. 간단하게 말하면 그렇소. 만약에 숙녀답지 못하면 앞으로 이 나라의 동량이 될 어린이를 키우는 데 적합하지 못한 거요. 하지만 그렇다면, 어떤 신사가 감히 세 자리 수 이하의 급료를 제시하는 모욕을 안겨주겠소? 아가씨가 우리 집에 온다면 연봉 100파운드부터 시작하겠소.'

홈즈 선생님, 저처럼 궁핍한 처지에 있는 사람에게 그런 제안이 얼마나 비현실적으로 들렸는지 상상하실 수 있겠지요? 하지만 그 신사분은 제 얼굴에 못 믿겠다는 표정이 떠오르는 걸 봤는지 지갑을 열고 수표를 한 장 꺼내더군요.

'나는 어린 숙녀들에게 봉급의 절반을 선불로 주는 습관이 있다오.' 그분은 두 눈이 흰 살에 파묻혀서 반짝이는 단춧구멍처럼 보일 정도로 즐겁게 웃으면서 말씀하셨지요. '그래야 아가씨들이 필요하면 여행 경비에도 보태고 의상실에도 지출할 수 있을 테니까 말이오.'

그렇게 사람 좋고 사려 깊은 분은 처음이었습니다. 저는 벌써 여기저기 외상을 지고 있었기 때문에 선불을 받는다면 큰 도움이 될 게 분명했지요. 하지만 처음부터 끝까지 뭔가 좀 이상하게 느껴져서 저는 계약을 하기 전에 좀 더 잘 알아봐야겠다고 생각했습니다.

'실례지만 댁은 어디세요?'

'햄프셔요. 아주 살기 좋은 시골이지. 윈체스터에서 8킬로미터 떨어진 곳에 있는 너도밤나무 집이오. 아가씨, 거긴 정말 아름다운 전원이라오. 게다가 오래된 시골집이 얼마나 정다운지 몰라요.'

'그럼 제가 할 일은요? 제가 할 일에 대해 알 수 있으면 기쁘겠습니다.'

'아이는 하나요. 여섯 살짜리 개구쟁이 녀석이지. 그 녀석이 슬리퍼를 퍽! 퍽! 퍽! 휘둘러서 바퀴벌레를 때려잡는 걸 보셔야 하는데. 눈 깜짝할 사이에 세 마리를 잡는다니까요!' 신사는 몸을 젖히고 두 눈이 얼굴에 폭 파묻히도록 웃어댔습니다.

저는 꼬마의 취미 활동에 대한 얘기를 듣고 좀 놀랐지요. 하지만 그분이 웃는 걸 보고 농담하는 줄 알았습니다.

'그럼 제 일은 아이 하나를 돌보는 게 전부인가요?'

'아니요. 그게 전부는 아니라오. 아무렴.' 그분은 외쳤습니다. '아가씨도 이해하겠지만 아내가 시키는 일을 좀 해야 하오. 물론 아내가 시키는 일이라는 게 숙녀의 품위를 해치는 일은 절대로 아니외다. 어때, 그런 건 괜찮지 않소?'

'도움이 돼드릴 수 있다면 기쁜 일이지요.'

'그렇고말고. 예를 들면 옷을 입는 것 같은 거요. 우린 별난 사람들이 돼놔서. 아시겠소? 별나긴 하지만 좋은 사람들이라오. 우리 부부가 아가씨한테 무슨 옷을 주면서 입으라고 하면 별난 일이라고 거절하지는 않으시겠지? 어떻소?'

'물론이지요.' 저는 이렇게 말했지만 속으로 깜짝 놀랐습니다.

'아니면 여기 앉아라, 저기 앉아라 한다고 기분 나빠 하지는 않으시겠지?'

'오, 그럼요.'

'그리고 우리 집에 오기 전에 머리를 자르는 건 어떻소?'

저는 제 귀를 의심하지 않을 수 없었습니다. 보시다시피 제 머리는 특이한 밤색에 풍성하고 윤기가 흐르지요. 사람들한테 예술이라는 얘기도 들은 적이 있는 머리랍니다. 이렇게 아무렇게나 머리를 자른다는 건 도저히 상상할 수 없는 일이었지요.

'그건 안 될 것 같은데요.' 그분은 작은 눈으로 저를 유심히 쳐다보고 있었는데 제가 이런 말을 하는 순간 그분의 얼굴에 그늘이 지나가는 게 보였습니다.

'그건 꼭 필요한데.' 그분은 말했지요. '사실 그건 아내의 취향이오. 왜 여자들의 이상한 취향 있잖소. 그런데 여자들의 취향이란 만족시켜 주지 않으면 안 되거든. 정말 머릴 자를 생각은 없는 거요?'

'예, 그렇게 할 순 없습니다.' 저는 단호하게 대답했습니다.

'아, 좋소이다. 정 그렇다면 할 수 없지. 그것만 빼면 아주 적임자인데 정말 안된 일이오. 스토퍼 양, 다른 아가씨들을 좀 더 보기로 합시다.'

스토퍼 양은 그동안 한마디도 하지 않고 열심히 서류를 보고 있다가 아주 언짢은 얼굴로 저를 쳐다보았습니다. 그걸 보니 제가 이 일을 거절하는 바람에 상당한 수수료를 챙길 기회를 놓친 게 아닌가 하는 생각이 들었지요.

'장부에 계속 이름을 올려놓고 싶어요?' 스토퍼 양이 물었지요.

'그렇게 해주시면 감사하겠습니다.'

'흥, 그래봤자 소용없을 것 같네. 이렇게 좋은 자리를 걷어찼으니 말이야.' 그분은 매서운 목소리로 말했습니다. '우리가 다른 자리를 찾아봐줄 거라고는 기대하지 마요. 잘 가요, 헌터 양.' 스토퍼 양은 책상 위의 종을 울렸고 저는 사환을 따라 사무실을 나왔습니다.

홈즈 선생님, 집에 와보니 찬장은 텅 비어 있고 탁자 위에는 청구서만 두세 장 놓여 있었어요. 그걸 보니 제가 정말 바보 같은 짓을 한 게 아닐까 하는 생각이 들기 시작했습니다. 그 사람들이 아무리 별난 괴짜들이고 저한테 아무리 이상한 일을 시킨다고 해도 적어도 그 유별난 행동에 대해 보상할 생각은 하고 있는 것 아니겠어요? 영국에서 1년에 100파운드를 받는 가정 교사는 거의 없을 거예요. 게다가 이 머리가 저한테 무슨 소용이겠어요? 머리를 자르면 더 예뻐보이는 사람들도 많은데 저도 그럴지 모르잖아요? 다음 날이 되자실수한 것 같다는 생각이 들었고, 그다음 날이 되자 그런 생각은 확신으로 변했습니다. 자존심을 버리고 직업소개소에 다시 찾아가서아직도 그 자리가 비어 있는지 물어봐야겠다는 생각이 들기 시작했지요. 바로 그때 그 신사분에게서 이 편지가 날아온 거예요. 여기 가지고 왔는데 제가 읽어보도록 하겠습니다.

　　윈체스터 근교, 너도밤나무 집

　　헌터 양에게
　　스토퍼 양이 친절하게 아가씨의 주소를 알려주었기에 혹시 그때의결정을 재고했는지 알아보려고 이렇게 편지를 쓰오. 아내는 내 말을듣고 마음에 꼭 든다며 아가씨가 꼭 와주었으면 하오. 우리는 우리의별난 요구 때문에 일어날 수 있는 그 어떤 불편함에 대해서도 보상하기 위해 1사분기에 30파운드, 아니면 1년에 120파운드를 기꺼이 지불할 준비가 되어 있소. 사실 우리의 요구란 것이 그리 힘든 것은 아니오. 아내는 새파란 색을 특히 좋아하는데, 그래서 아가씨가 아침에집에서 그런 색깔의 드레스를 착용해 주기를 바라고 있소. 하지만 일부러 돈 들여 그런 옷을 사야 할 필요는 없소이다. 우리 집에는 딸 앨리스(지금 필라델피아에 있소.)가 입던 옷이 있는데 그 옷이 당신에게 꼭 맞을 거라고 생각하오. 그리고 여기저기 앉아 있는 일이라든가 우리가 요청하는 대로 즐기는 일이 그다지 폐가 되는 일은 아닐 거요. 나도 잠깐 만났을 때 보았지만, 아가씨의 그 아름답고 탐스러운 머리를 자르는 것이 아깝긴 하겠지만서도 어쩔 수 없는 일이고 우리가 올려준 급료가 그에 대한 보상이 되기만을 바랄 뿐이오. 아이를 돌보는 건 그리 일이 많지 않다오. 자, 이제 오시는 게 어떻소. 내가 윈체스터 역으로 말 한 필이 끄는 마차를 갖고 마중 나가리다. 기차 시간을 알려주시오.

― 제프로 루캐슬

홈즈 선생님, 제가 받은 편지가 바로 이거랍니다. 그리고 저는 거기 가기로 결심했습니다. 하지만 내려가기 전에 이 문제에 대해 선생님과 상의드리고 싶었어요."

"헌터 양, 거기 가기로 결심했다면 문제는 해결된 거로군요."

홈즈는 웃으며 말했다.

"하지만 저한테 가지 말라고 조언하실 생각은 없으신가요?"

"솔직히 말해서 내 여동생이라면 그런 자리를 권하고 싶지는 않을 겁니다."

"그게 무슨 뜻이지요?"

"아, 나한테는 정보가 없습니다. 그러니 알 수가 없지요. 하지만 헌터 양한테도 어떤 의견이 있을 것 같은데요?"

"예, 제가 보기에 가능한 각본은 하나밖에 없는 것 같아요. 루캐슬 씨는 아주 친절하고 쾌활한 신사 같았지만 부인이 혹시 정신병 자 아닐까요? 그래서 루캐슬 씨는 부인이 정신 병원으로 끌려가는 일이 없도록 문제를 조용히 덮어두려고 부인의 온갖 변덕스러운 요구를 다 들어주는 거지요. 부인이 발작을 일으키는 걸 막으려고 말이에요.”

“그럴 수도 있겠군요. 사실 지금까지 들은 얘기로는 그럴 가능성이 제일 높습니다. 하지만 어떤 경우건 어린 숙녀에게 추천할 만한 가정은 아닌 것 같습니다.”

“하지만 홈즈 선생님, 제겐 돈이 필요해요. 돈이!”

“그렇지요. 물론 급료는 많은 편입니다. 지나치게 많아요. 그래서 더 불안한 겁니다. 1년에 40파운드면 훌륭한 가정 교사를 골라 쓸 수 있는데 무엇 때문에 120파운드나 지불한단 말입니까? 틀림없이 그럴 수밖에 없는 이유가 있을 겁니다.”

"저는 일단 선생님께 상황을 알려드리면 나중에 제가 도움을 청했을 때 금방 이해하시게 될 거라고 생각했어요. 선생님이 제 뒤에 있다고 생각하면 마음이 든든할 것 같았지요."

"오, 잘 생각하셨습니다. 언제든지 필요하면 돕겠습니다. 이 일은 요즘 몇 달 동안 의뢰받은 일들 중에서 가장 흥미로운 사건이 될 것 같군요. 혹시 뭔가 의심스럽거나 위험하다는 느낌이 들면……."

"위험이라고요? 어떤 위험을 말씀하시는 건가요?"

홈즈는 무겁게 고개를 흔들었다.

"그 위험이 어떤 것인지 설명할 수 있다면 더 이상 위험한 것이 아니죠. 하지만 어떤 때건 도와달라는 전보를 받으면 밤낮을 가리지 않고 달려가겠습니다."

"그럼 됐어요."

숙녀는 조금 전의 불안이 깨끗이 가신 얼굴로 기운차게 일어섰다.

"그럼 저는 이제 편안한 마음으로 햄프셔로 내려가겠어요. 당장 루캐슬 씨에게 편지를 보내고 오늘 저녁에는 마음 아프지만 머리를 잘라야겠어요. 그리고 내일 윈체스터로 출발할래요."

아가씨는 홈즈에게 몇 마디 감사의 말을 하고 우리에게 작별 인사를 한 다음 활기찬 걸음으로 방을 나갔다.

"저 아가씨는 적어도 자기 몸 하나는 건사할 수 있는 여성 같군."

나는 바삐 계단을 내려가는 자신 있는 발소리에 귀 기울이며 말했다.

"그래야 할 걸세."

홈즈는 무거운 표정으로 말했다.

"우린 오래지 않아 저 아가씨에게서 소식을 듣게 될 테니까."

머지않아 내 친구의 예상이 실현되었다. 보름이라는 시간이 흘렀고 그동안 나는 자주 그 아가씨의 일을 생각했다. 그 외로운 아가씨는 얼마나 이상한 인간 경험의 뒷골목으로 흘러든 것일까. 거액의 급료, 이상한 조건, 많지 않은 일, 이 모두가 뭔가 비정상적인 것이 있다는 것을 가리키고 있었다. 무슨 별난 취미가 있는 건지 어떤 음모가 있는 건지, 그 사내가 자선가인지 악당인지 내 힘으로 판단을 내리는 것은 불가능했다. 홈즈에 관해 말하자면, 나는 그가 30분 정도씩 이맛살을 찌푸린 채 멍하니 앉아 있는 모습을 자주 목격했다. 하지만 내가 그 얘기를 꺼내면 손을 훼훼 저으며 더 이상 말을 못하게 했다.

"정보! 정보! 정보가 필요해!"

그는 조바심을 내며 외쳤다.

"점토가 없는데 무슨 수로 벽돌을 찍겠나."

그러면서 마지막에는 항상 자신의 누이동생이라면 절대로 그런 자리로 보내지 않았을 거라고 중얼거렸다.

전보가 도착한 것은 어느 날 밤늦은 시각이었다. 나는 막 자러 들어갈 생각이었고 홈즈는 또 밤을 새우기 일쑤인 화학 실험에 몰두해 있었다. 그런 날이면 그는 다음 날 아침까지도 간밤에 보았던 것과 똑같은 자세로 증류기와 시험관을 들여다보고 있는 게 예사였다. 홈즈는 노란색 전보용지를 뜯고 내용을 들여다보더니 내게 던져주었다.

"철도 시간표 좀 찾아주게."

그는 다시 실험 기구를 향해 돌아서며 말했다.

전문은 짧았지만 다급했다.

내일 정오까지 윈체스터의 블랙 스완 여관으로 와주세요. 꼭요! 전 어떻게 해야 할지 모르겠어요.

— 헌터

"자네도 같이 갈 텐가?"

홈즈는 나를 올려다보며 물었다.

"당연히 가고 싶군."

"그럼 기차 시간을 좀 봐주게."

"아홉시 반에 기차가 있는데."

나는 브래드쇼 철도 시간표를 들춰보며 말했다.

"윈체스터에는 열한시 30분 도착일세."

"약속 시간에는 충분히 댈 수 있겠구먼. 그럼 나도 아세톤 분석을 다음으로 미뤄야 할까 보네. 내일 아침에는 최상의 상태를 유지해야 할 것 같으니까 말이야."

다음 날 열한시에 우리는 잉글랜드의 옛 수도를 향해 달려갔다. 홈즈는 그동안 내내 조간신문에 얼굴을 묻고 있다가 기차가 햄프셔의 경계를 지나자 신문을 내던지고 풍경을 쳐다보기 시작했다. 화창한 봄날이었다. 연푸른 하늘에선 하얀 양털 구름이 서쪽에서 동쪽으로 둥실둥실 흘러갔다. 태양은 밝게 빛나고 있었지만 공기 중에는 사람들의 정신을 번쩍 들게 하는 쨍한 냉기가 있었다. 들판 곳곳에는 앨더숏 근처의 물결치는 구릉에 이르기까지 회색과 빨강의 작은 농가 지붕들이 청신한 초록 잎새 사이로 고개를 내밀고 있었다.

"정말 아름답고 상쾌한 풍경 아닌가?"

나는 베이커가의 안개 속에서 빠져나온 사람답게 뜨거운 목소리로 외쳤다.

하지만 홈즈는 무겁게 고개를 저었다.

"여보게, 나 같은 기질의 소유자에게는 모든 것을 현재의 관심사와 관련시켜 봐야 하는 정신적인 저주가 내려 있네. 자네는 여기저기 흩어져 있는 집들을 보면서 그 아름다움에 감탄하지. 하지만 나는 같은 풍경 앞에서 저곳에 사는 사람들의 고립성을 느낄 뿐이네. 내 머리에 떠오르는 것은 오로지 저기서 아무도 모르게 저질러진 범죄가 얼마일까 하는 것뿐."

"자네도 참!"

나는 외쳤다.

"저 오래된 농가들을 범죄와 결부시키다니!"

"나는 저런 집들을 볼 때마다 항상 공포를 느낀다네. 왓슨, 런던의 아무리 누추하고 빈곤한 동네에서도 저 미소 짓듯 아름다운 시골만큼 끔찍한 범죄가 자행되는 일은 없지. 나는 그걸 그동안의 경험을 통해서 알고 있어."

"정말 끔찍한 소릴 하는군!"

"하지만 그 이유는 아주 명백하지. 공중의 여론은 동네에서 어떤 경찰 기구보다 더 큰 압력을 행사할 수 있거든. 아무리 형편없는 골목에서도 학대받는 아이의 비명 소리나 술 취한 망나니의 주먹질은 이웃 사람들의 동정과 분노를 끌어내지 않고는 못 배기지. 게다가 경찰서가 가까이 있어서 사람들의 항의 한마디면 재깍 경찰이 출동한단 말일세. 그러니 대도시에서는 죄를 지으면 곧장 철창행이지. 하지만 농장에 하나씩 박혀 있는 저 외로운 집들을 좀 보게. 저기 사는 사람들은 대부분 법에 대해 거의 아무것도 모르는 가난하고 무지한 사람들일세. 저런 곳에서 상상조차 하기 힘든 잔인한 행동이, 남모르게 자행되는 악독한 짓거리들이 몇 년이고 계속된다고 생각해 보게. 주위에 생각 있는 사람이라곤 전혀 없고 말이야. 하지만 우리한테 도움을 청한 숙녀가 윈체스터에 와 있다면 별로 염려할 것이 없겠구먼. 위험한 시골에서 8킬로미터나 떨어져 있으니까 말이야. 어쨌든 아가씨의 신상에 위험이 닥친 것은 분명히 아닐 거야."

"그렇겠지. 우릴 만나러 윈체스터에 올 수 있다면 도망칠 수도 있다는 거니까."

"바로 그걸세. 자유롭게 행동할 수 있는 거지."

"그럼 대관절 뭐가 문제일까? 자네는 좀 생각해 본 것 없나?"

"나는 일곱 가지의 서로 다른 상황에 대해 생각해 놓았네. 우리가 알고 있는 범위 내에서는 그 모두가 사실일 수 있지. 하지만 그중 어느 것이 옳은지는 이따가 얘기를 들어봐야 해. 아, 저기 성의 뾰족탑이 보이는군. 곧 헌터 양을 만나겠군."

블랙 스완은 하이가에 있는 유명한 여관인데 역에서 별로 멀지 않았다. 숙녀는 미리 와서 방 하나를 잡아놓고 기다리고 있었다. 점심 식사도 벌써 준비시켜 놓았다.

"이렇게 와주셔서 기뻐요."

헌터 양은 진지하게 말했다.

"두 분께 정말 감사드립니다. 하지만 저는 정말 어떻게 해야 할지 모르겠어요. 선생님의 조언이 꼭 필요하답니다."

"어디 무슨 일이 있었는지 들어봅시다."

"다 말씀드릴게요. 하지만 서둘러야 해요. 루캐슬 씨한테 세시 전까지 돌아가겠다고 약속했으니까요. 오늘 아침에 그분의 외출 허락을 받았답니다. 하지만 그분은 제가 무엇 때문에 시내에 나가는지는 모르고 계세요."

"모든 걸 순서대로 말씀해 주십시오."

홈즈는 길고 늘씬한 다리를 난로 앞으로 쭉 뻗고 얘기를 들을 자세를 갖췄다.

"먼저 저는 루캐슬 부부에게서 나쁜 대접을 받은 적이 없다는 사실을 밝혀야겠군요. 그게 사실이니까요. 하지만 그 부부를 도저히 이해할 수 없고 그래서 마음이 편치 않아요."

"이해할 수 없는 점이 뭔가요?"

"그분들의 이상한 행동이오. 이제부터 그게 어떤 건지 말씀드리겠습니다. 제가 여기 도착했을 때 루캐슬 씨가 마중 나오셨어요. 우린 마차를 타고 너도밤나무 집으로 갔지요. 그분 말씀대로 정말 아름다운 곳이더군요. 하지만 집 자체는 볼품이 없었어요. 하얗게 회칠한 큰 집이 비와 습기로 온통 얼룩져 있었으니까요. 주변은 삼면이 숲이고 앞쪽으로 경사진 들판이 사우샘프턴 도로까지 펼쳐져 있어요. 도로는 현관에서 100미터 정도 떨어진 곳을 굽이쳐 지나가지요. 앞쪽의 땅은 루캐슬 씨 소유지만 주변의 숲은 사우서튼 경의 영지예요. 현관문 바로 앞에 너도밤나무가 몇 그루 서 있는데 그것 때문에 너도밤나무 집이란 택호(宅號)가 붙었답니다.

싹싹한 주인아저씨는 그날 저녁 저에게 부인과 아이를 소개시켜 주셨어요. 홈즈 선생님, 베이커가의 선생님 댁에서 추측했던 내용은 전혀 사실이 아니었어요. 루캐슬 부인은 정신병자가 아니었어요. 창백한 얼굴에 말이 없고 남편에 비해 훨씬 젊은 여자였지요. 나이는 서른도 안 될 것 같더군요. 그런데 남편은 적어도 마흔다섯은 넘어 보이니까요. 부부가 얘기하는 걸 듣고 저는 두 사람이 7년 전에 결혼했다는 것, 그때 주인아저씨는 홀아비였다는 것, 전 부인이 낳은 외동딸이 필라델피아에 가 있다는 것 등을 알았어요. 루캐슬 씨는 딸이 집을 떠난 건 새어머니를 이유 없이 싫어했기 때문이라고 저한테 와서 말하더군요. 딸의 나이가 스물도 안 됐을 게 분명하기 때문에 저는 그 딸이 젊은 새어머니 옆에서 얼마나 불편했을지 충분히 짐작이 가더군요.

루캐슬 부인은 안팎이 다 무채색인 사람으로 보였습니다. 좋지도 싫지도 않은 사람이었고 어쩐지 비현실적인 분위기가 느껴졌어요. 부인이 남편과 아들한테 말할 수 없이 헌신적이라는 건 쉽게 알 수 있었지요. 부인의 옅은 회색 눈은 끊임없이 남편과 아이만을 따라다니면서 필요한 게 없는지 살피고 있어요. 남편은 남편대로 특유의 허세 부리는 듯 떠들썩한 태도로 아내를 위해 줬지요. 대체로 두 사람은 행복한 부부처럼 보였어요. 하지만 부인에게는 아무도 모르는 슬픔이 있답니다. 부인은 한없이 슬픈 얼굴로 깊은 생각에 잠기는 일이 자주 있어요. 부인이 혼자 울고 있는 걸 본 것만도 한두 번이 아니지요. 저는 가끔씩 부인이 그렇게 걱정하는 게 아이의 이상한 기질 때문이 아닐까 하고 생각합니다. 왜냐하면 정말 그렇게 버릇없고 심술궂은 꼬마는 처음 봤거든요. 그 애는 나이에 비해 키가 작은데 가분수처럼 머리가 커요. 항상 무지막지하게 날뛰지 않으면 뾰로통하게 입을 내밀고 있지요. 자기보다 약한 짐승에게 고통을 주는 게 유일한 취미 같아요. 또 생쥐, 작은 새, 벌레를 산 채로 잡는 데는 비상한 재주를 타고났어요. 하지만 그 녀석 얘기는 안 하는 게 낫겠어요. 그 애는 제가 말하려는 일과는 아무 상관도 없으니까요."

"상관이 있든 없든 뭐든지 자세하게 말하는 건 대환영입니다."

내 친구는 말했다.

"중요한 건 빼놓지 않고 다 말씀드리도록 할게요. 그 집에서 또 한 가지 거슬리는 게 있어요. 그건 톨러라는 하인 부부지요. 집에서 하인이라곤 그 둘뿐인데 남자는 머리카락과 구레나룻이 희끗희끗한 거칠고 무례한 남자예요. 그리고 항상 술 냄새를 풍긴답니다. 저는 그 남자가 고주망태가 된 걸 벌써 두 번이나 봤어요. 하지만 루캐슬 씨는 신경 쓰지 않는 것 같더군요. 톨러의 아내는 키가 장대같이 크고 힘이 좋은 여잔데 항상 음산한 얼굴을 하고 있어요. 루캐슬 부인처럼 말이 없는 데다 붙임성이라곤 약에 쓸래도 없지요. 톨러 부부는 정말 밥맛없는 사람들이지만 다행히 저는 주로 놀이방과 제 방에서 지낸답니다. 그 두 방은 2층 한구석에 서로 붙어 있지요.

너도밤나무 집에 가고 나서 처음 이틀 동안은 아주 조용히 지냈어요. 그런데 셋째 날, 루캐슬 부인이 아침 식사를 끝낸 뒤에 남편에게 뭐라고 속삭이더군요.

'오, 그러지.' 루캐슬 씨는 저를 돌아보며 말씀하셨어요. '헌터 양, 머리를 자르면서까지 우리의 변덕스러운 요구에 따라줘서 정말 고맙소. 그렇다고 해서 용모가 손상된 점은 조금도 없으니까 염려 마요. 이제 우리는 헌터 양에게 새파란 드레스가 얼마나 어울리는지 보려고 하오. 방에 올라가보면 침대 위에 옷이 놓여 있을 거요. 그걸 입어준다면 정말 고맙겠소.'

제 방에 올라가보니 특이한 파란색 드레스가 침대 위에 놓여 있었어요. 옷감은 아주 질이 좋은 모직물이었지요. 하지만 전에 누가 입던 옷이 분명했어요. 입어보니 맞추기라도 한 것처럼 제 몸에 꼭 맞더군요. 루캐슬 부부는 그걸 보고 좋아했지만 어쩐지 과장되고 억지스러운 태도가 느껴졌어요. 부부는 저를 거실로 불렀지요. 거실은 집의 전면에 있는 큰 방인데 바닥까지 닿는 커다란 창문이 세 개나 나 있어요. 그런데 가운데 창문 앞에 의자 하나가 바깥을 등지고 놓여 있었어요. 저는 시키는 대로 그 의자에 앉았고 그러자 루캐슬 씨는 앞에서 왔다 갔다 하면서 정말 재미있는 이야기를 들려주기 시작하셨지요. 선생님은 그분이 얼마나 익살을 떨었는지 모르실 거예요. 저는 정말 배꼽을 쥐고 웃어댔답니다. 하지만 루캐슬 부인은 유머 감각도 없는지 별로 웃지도 않고 두 손을 무릎에 올려놓은 채 슬프고 걱정스러운 표정으로 앉아 있었어요. 한 시간쯤 지났을까, 루캐슬 씨는 갑자기 하루 일과를 시작할 때가 됐다며 옷을 갈아입고 놀이방에 있는 에드워드한테 가보라고 하셨지요.

이틀 뒤에 똑같은 일이 거의 똑같은 상황에서 반복됐어요. 저는 다시 그 옷을 입고 창가에 앉아서 주인아저씨가 해주는 재미난 얘기를 들으면서 깔깔댔지요. 그분은 그런 얘기를 수도 없이 알고 있는 데다가 말솜씨가 정말 혀를 내두를 정도예요. 그러다가 저에게 노란 표지의 소설을 한 권 내주더니 그늘이 지지 않도록 제 의자를 옆으로 살짝 돌려놓았어요. 그리고 그 책을 큰 소리로 읽어달라고 하셨지요. 한 10분쯤 읽었을까 막 재미난 대목으로 들어가는데 갑자기 제 말을 중간에 끊더니 그만 읽고 올라가서 옷을 갈아입으라고 하셨습니다.

홈즈 선생님, 제가 이런 이상한 연극을 하는 이유에 대해서 얼마나 궁금증이 났는지 이해하실 수 있을 거예요. 저는 루캐슬 부부가 제 얼굴이 창밖을 향하지 않도록 항상 조심한다는 걸 알아챘어요.

그러자 등 뒤에서 무슨 일이 벌어지고 있는지 보고 싶어서 몸이 근질거렸지요. 처음에는 도저히 방법이 없을 것 같더니만 곧 좋은 수가 생각났어요. 저한테는 깨진 손거울이 있었는데 거울 조각을 손수건에 숨겨가지고 가야겠다는 생각이 떠오른 거예요. 그다음에 저는 웃다가 손수건을 눈가에 갖다 댔습니다. 약간 조정하니 등 뒤 풍경이 보이더군요. 솔직히 말해서 저는 실망했어요. 아무것도 없었거든요. 적어도 처음에는 그런 것 같았어요. 하지만 다시 보니까 어떤 남자가 사우샘프턴 도로에 서 있는 게 보였지요. 회색 정장에 턱수염을 기른 키가 작은 남자였는데 이쪽을 보고 있는 것 같았어요. 그도로는 사람들의 왕래가 많은 길이라 항상 누군가가 있긴 해요. 하지만 그 남자는 이 집 울타리에 기댄 채 이쪽을 뚫어지게 바라보고 있었습니다. 저는 손수건을 내렸습니다. 그런데 루캐슬 부인 쪽을 흘끗 쳐다보니 부인이 탐색하는 듯한 시선으로 저를 살피는 게 보였어요. 부인은 아무 말도 하지 않았지만 제가 거울을 손에 넣고 뒤를 본 걸 알아차린 게 분명했어요. 부인이 발딱 일어서더군요.

'여보, 길가에서 웬 뻔뻔스러운 녀석 하나가 헌터 양을 훔쳐보고 있어요.'

'헌터 양이 아는 사람인가?' 루캐슬 씨가 물었습니다.

'아뇨, 저는 이 근처에 아는 사람이 아무도 없는데요.'

'맙소사! 저런 뻔뻔스러운 녀석이 다 있나! 미안하지만 저 남자한테 가라고 손짓 좀 해주시오.'

'그냥 모르는 척하는 게 나을 것 같은데요.'

'아니요. 저 녀석은 항상 이 근처를 배회하고 있소. 미안하지만 좀 가라고 손짓해 줘요.'

저는 시키는 대로 했지요. 그러자 루캐슬 부인이 얼른 커튼을 내리더군요. 그게 일주일 전의 일이었고, 그다음에는 다시 창가에 앉는 일도 파란 드레스를 입는 일도 길가의 남자를 다시 보게 된 일도 없었습니다."

"계속하시지요."

홈즈가 말했다.

"헌터 양의 이야기는 정말 흥미진진하군요."

"제가 별 상관없는 얘기들을 미주알고주알 늘어놓는다고 생각하실지도 모르겠지만 서로 다른 것처럼 보이는 사건들 간에 어떤 관련이 있을지도 모르잖아요? 제가 너도밤나무 집에 도착한 바로 그날, 루캐슬 씨는 저를 부엌문 옆에 있는 작은 창고로 데려갔답니다. 그 앞에 다가갔을 때 사슬이 절그렁거리는 소리가 들렸지요. 그리고 안에서 커다란 짐승이 움직이는 듯한 기척이 느껴졌습니다.

'저걸 좀 보시오!' 루캐슬 씨는 저에게 판자 사이의 빈틈으로 안을 들여다보라고 했습니다. '정말 잘생긴 놈 아니오?'

판자 틈새로 번쩍거리는 두 눈이 보였습니다. 희미한 물체가 어둠 속에서 웅크리고 있었지요.

'놀라지 마시오.' 주인은 내가 화들짝 놀라는 걸 보고 껄껄 웃었습니다. '마스티프종 개인데 이름은 칼로라고 하오. 주인은 나지만 사실상 저 녀석을 다룰 수 있는 사람은 마부 톨러 영감뿐이라오. 우린 저 녀석한테 하루 한 끼만 먹이는데 그것도 그렇게 많이 주지는 않아요. 그래야 항상 야성을 유지하니까 말이오. 톨러는 밤마다 저 녀석을 풀어놓는다오. 누가 저 울타리를 넘어왔다가는 당장 저 녀석한테 물어뜯겨 어떻게 될지 모르오. 그러니 무슨 일이 있어도 밤에 문지방을 넘을 생각일랑 하지 마시오. 생명이 귀중하다면 말이오.'

루캐슬 씨의 경고는 괜한 것이 아니었습니다. 이틀 뒤 밤 두시경이었어요. 저는 침실 창문을 통해 우연히 밖을 내다보게 됐습니다. 정말 아름다운 달밤이었고 집 앞의 잔디밭은 달빛이 가득해서 대낮처럼 밝았지요. 저는 그 고요하고 아름다운 풍경에 홀려서 꼼짝 않고 서 있었습니다. 그런데 뭔가가 너도밤나무 그늘 밑에서 움직이고 있는 것 같았어요. 그러더니 그게 달빛 속으로 나왔고 저는 두 눈으로 똑똑히 보았지요. 그건 송아지만큼 커다란 개였어요. 황갈색 털에 축 늘어진 턱, 새까만 주둥이, 그리고 얼마나 말랐는지 커다란 뼈들이 불거져 있었어요. 개는 천천히 잔디밭을 가로지르더니 다시 건너편 그늘 속으로 들어갔지요. 그 무시무시한 파수꾼을 보고 저는 어떤 도둑도 느끼지 못했을 그런 두려움에 가슴이 떨리는 걸 느꼈어요.

이제 아주 희한한 일을 말씀드릴게요. 아시다시피 저는 런던에서 머리를 잘랐잖아요? 저는 잘라낸 머리 타래를 뭉쳐서 여행 가방 맨 밑에 넣어두었답니다. 그런데 어느 날 저녁, 아이를 재운 뒤에 제 방에 있는 가구를 살피면서 소지품을 다시 정리하기 시작했어요. 방에는 낡은 서랍장이 하나 있었는데 맨 위의 두 칸은 텅 빈 채 열

려 있었고 아래쪽 한 칸은 잠겨 있었지요. 저는 두 개의 서랍에 옷
을 넣었지만 그래도 정리해야 할 옷들이 많이 남아서 당연히 맨 밑
의 서랍에 관심이 쏠렸어요. 저는 혹시 누가 실수로 서랍을 잠가놓
은 게 아닌가 하고 생각했습니다. 그래서 열쇠 꾸러미를 꺼내서 맞
는 열쇠가 있는지 시험해 보기로 했지요. 그런데 마침 맨 처음에 집
은 열쇠가 딱 맞았어요. 저는 서랍을 열었지요. 그 안에 뭐가 있었는
지 두 분은 상상도 못 하실 거예요. 그건 제 머리 타래였답니다.

　저는 그걸 집어 들고 살펴보았어요. 특이한 색깔이랑 숱이 세 머
리랑 똑같더군요. 하지만 그럴 리가 없다는 생각이 고개를 들었어
요. 어떻게 제 머리카락이 잠겨 있는 서랍 속에 들어 있을 수 있겠
어요? 저는 떨리는 손으로 여행 가방을 열고 밑바닥을 더듬어서 머
리 타래를 꺼냈습니다. 그리고 그 두 개의 머리 타래를 나란히 놓았

지요. 정말 똑같았습니다. 그렇게 희한한 일이 또 어디 있겠어요? 아무리 생각해 봐도 도저히 어떻게 된 건지 알 수 없었습니다. 저는 그 이상한 머리 타래를 도로 서랍에 넣어놓았지요. 그리고 그 일에 대해서는 루캐슬 부부에게 아무 말도 하지 않았어요. 그분들이 잠 가놓은 서랍을 함부로 열어본 것은 제가 잘못한 일 같았으니까요.

홈즈 선생님, 혹시 눈치채셨을지 모르지만 저는 원래 관찰력이 뛰어나답니다. 그래서 금방 집 전체의 평면도가 머릿속에 들어왔지요. 그런데 그 집 2층에는 사용하지 않는 것처럼 보이는 부분이 있었어요. 톨러 부부의 방이 그곳과 연결되어 있는데 거기로 들어가는 문은 항상 잠겨 있었지요. 하지만 저는 어느 날 계단을 올라가다가 루캐슬 씨가 거기서 나오는 걸 보았습니다. 그분은 열쇠를 들고 있었는데 얼굴 표정을 보니 완전히 딴사람 같았지요. 제가 알고 있던 피둥피둥하고 유쾌한 사람은 온데간데없었어요. 두 뺨은 벌겋게 달아올라 있었고 얼마나 화가 났는지 이마에는 주름이 가득했어요. 관자놀이엔 정맥이 불거져 있었고요. 루캐슬 씨는 문을 잠근 뒤에 저를 본 척도 하지 않고 서둘러 지나쳐 가더군요.

이 일이 있은 뒤에 저의 호기심은 더욱 커졌지요. 그래서 어느 날 아이를 데리고 밖에 산책하러 나갔다가 그쪽 창문이 잘 보이는 곳으로 슬슬 걸어갔어요. 그쪽에는 창문 네 개가 일렬로 나 있었는데 그중 세 개는 그냥 더러울 뿐이었지만 한 개는 덧문이 닫혀 있었습니다. 아무도 안 쓰는 방들이 틀림없었지요. 제가 그 앞을 오락가락하면서 이따금씩 그쪽 창문을 쳐다보는데 루캐슬 씨가 다가오더군요. 항상 그랬듯이 유쾌해 보였어요.

'아! 예쁜 아가씨, 내가 말 한마디 없이 그냥 지나갔다고 무례하게 여기지는 말아줘요. 그때 사업 문제로 한창 생각에 잠겨 있었으니 말이오.'

저는 괜찮다고 말씀드렸어요. 그리고 말했죠. '그런데 저 위에 연달아 붙어 있는 남은 방들은 거의 안 쓰시나 봐요. 그중 하나는 덧문이 닫혀 있네요.'

그분은 놀란 듯했습니다. 제 말을 듣고 허를 찔린 것 같았지요.

'내 취미가 사진이라오.' 루캐슬 씨는 말씀하셨어요. '저기에 내 암실을 만들어놓았지. 그런데 이거 참! 우리 집에 어떻게 이렇게 눈이 밝은 아가씨가 들어왔을꼬. 놀라워요, 아가씨! 정말 놀라워!' 그분은 농담하듯이 말했지만 저를 쳐다보는 눈에는 웃음기가 없었어요. 저는 그 눈에서 농담이 아니라 의심과 불쾌감을 읽어냈지요.

홈즈 선생님, 그 붙어 있는 방들에 제가 알아서는 안 될 무언가가 있다는 사실을 눈치챈 바로 그 순간부터, 저는 그곳에 가보고 싶어서 몸이 달았답니다. 물론 호기심도 있었지만 단순히 그것 때문만은 아니었어요. 어떤 의무감 같은 게 느껴졌지요. 제가 그곳에 뚫고 들어감으로써 어떤 좋은 일이 생길 것 같은 느낌 말예요. 사람들은 여자의 본능에 대해서 말하는데 바로 그런 본능에서 비롯된 느낌인지도 모르겠어요. 어쨌든 저는 그다음부터 그 금지된 문으로 들어가기 위해 호시탐탐 기회를 노렸습니다.

기회를 잡은 건 바로 어제였답니다. 사실 그쪽 방에 볼일이 있는 사람이 루캐슬 씨만은 아니었어요. 톨러 부부도 거길 드나들었지요. 그리고 저는 톨러가 커다란 검은 자루를 메고 그 안으로 들어가는 걸 본 적도 있답니다. 최근에 톨러 영감은 술이 더 늘었는데 어제저녁엔 엄청나게 취해 있었어요. 그런데 2층에 올라갔을 때 그 문에 열쇠가 꽂혀 있는 걸 보았지요. 톨러가 거기에 열쇠를 꽂아두고 간 게 분명했어요. 그때 루캐슬 부부는 아이와 같이 아래층에 있었기 때문에 마침 잘됐다고 생각했지요. 저는 살그머니 열쇠를 돌려서 문을 열었습니다. 그리고 그 안으로 살짝 들어갔어요.

안에 들어가보니 카펫을 깔지 않은 작은 복도가 나왔어요. 벽에는 벽지도 없었지요. 복도는 맨 끝에서 직각으로 꺾여 있었는데 그곳을 돌아가자 세 개의 문이 나타났습니다. 첫 번째하고 세 번째 문은 열려 있었는데 그 안은 먼지가 잔뜩 내려앉은 을씨년스러운 빈 방이었어요. 한 방에는 창문이 두 개고 다른 방에는 창문이 하나였는데 먼지가 두껍게 끼어 있는 유리창으로 희미한 저녁 빛이 새어들었지요. 가운데 방은 닫혀 있더군요. 그런데 방문 앞에 쇠 침대에서 뜯어낸 것 같은 굵은 무쇠 막대를 질러놓은 게 보였어요. 무쇠 막대의 한쪽 끝은 벽에 박힌 고리 속에 집어넣고 맹꽁이자물쇠로 잠가놓았고, 다른 쪽 끝은 굵은 밧줄로 다른 고리에 묶어놓았더군요. 게다가 방문 자체도 잠겨 있었지만 열쇠는 없었어요. 밖에서 본 덧문을 닫아놓은 창이 바로 이 쇠막대를 질러놓은 방임에 틀림없었어요. 하지만 방문 밑으로 희미한 빛이 새어 나오는 걸 보고 저는 그 방이 아주 어둡지는 않다는 걸 알 수 있었지요. 천창이 있어서 위에서 빛이 들어오는 게 분명했어요. 저는 복도에 서서 그 불길한 방문을 쳐다보며 도대체 그 뒤에 어떤 비밀이 숨어 있는지 궁금해하고 있었습니다. 그런데 갑자기 방 안에서 발소리가 들리더니 방문 아래로 흘러나오는 희미한 빛에 그림자가 지는 게 보였습니다. 홈즈 선생님, 저는 그 광경을 보고 말로 설명할 수 없는 미칠 듯한 공포를 느꼈어요. 팽팽하게 곤두섰던 신경이 툭 끊어지면서 저는 재빨리 몸을 돌려 달아났습니다. 어떤 무시무시한 손길이 뒤에서 옷자락을 잡아당길 것 같아서 마구 달렸지요. 복도를 지나 문을 나와서 제가 뛰어든 곳은 루캐슬 씨의 품속이었습니다. 그분이 밖에서 기다리고 있었어요.

루캐슬 씨는 웃으며 말했지요. '역시, 아가씨였구먼. 문이 열려 있기에 아가씨가 안에 들어갔을 거라고 생각했지.'

'오, 전 너무 무서웠어요!' 저는 숨을 헐떡이며 말했습니다.

'이런 가엾은 아가씨 좀 보게! 우리 가엾은 아가씨!' 그분의 태도가 얼마나 부드럽고 상냥했는지 모르실 거예요. '그런데 뭐가 그렇게 무서웠나, 가엾은 아가씨?'

하지만 그 목소리는 지나치게 살살 녹는 것 같았어요. 그분은 과장하고 있었던 거예요. 저는 바짝 경계했어요.

'저는 바보같이 이 안에 들어가보았어요.' 저는 대답했습니다. '하지만 어두컴컴한 데다가 너무 음침하고 적막해서 갑자기 무서운 생각이 들었지요. 그래서 다시 뛰어나왔답니다. 아, 저 안은 정말 끔찍하게 조용해요!'

'오직 그것 때문에?' 루캐슬 씨는 날카로운 눈으로 저를 쳐다보았습니다.

'그럼 뭣 때문에 무서워한다고 생각하시는데요?'

'아가씨는 내가 이 문을 왜 잠가놨다고 생각하시오?'

'잘 모르겠어요.'

'그건 볼일이 없는 사람들은 들어가지 말라는 뜻이지. 알겠소?' 그분은 여전히 부드럽게 웃고 있었습니다.

'그런 줄 알았다면…….'

'좋소, 그럼 이제는 알겠지. 앞으로 다시 저 문지방을 넘으면…….' 이 대목에서 루캐슬 씨는 안면을 싹 바꾸더니 이를 악물었

습니다. 그리고 이글거리는 눈으로 저를 내려다보는데 그 얼굴은 꼭 악마의 얼굴 같았지요. '아가씨를 마스티프 개한테 던져줄 거야.'

　저는 너무도 겁에 질려서 그때 어떻게 했는지 잘 모르겠어요. 아마 제 방으로 뛰어 들어왔을 거예요. 나중에 정신을 차려보니 저는 침대 속에서 이불을 뒤집어쓰고 벌벌 떨고 있었어요. 그때 홈즈 선생님을 생각했지요. 더 이상 이렇게 살 수는 없을 것 같았어요. 그 집이 무서웠고, 루캐슬 씨도 그 부인도 하인 부부도 심지어 그 아이조차 무서웠어요. 저한테는 모든 게 끔찍하게만 느껴졌지요. 선생님의 조언을 들을 수만 있다면 만사가 다 잘될 것 같았어요. 물론 그 집에서 도망칠 수도 있었지만 제 호기심은 두려움만큼이나 강했지요. 저는 곧 결심했어요. 선생님께 전보를 치기로요. 그래서 모자를 쓰고 망토를 걸친 다음 그 집에서 800미터쯤 떨어진 곳에 있는 전신국으로 갔어요. 올 때는 훨씬 편안한 마음이 되었지요. 그런데 그 집에 가까워질수록 혹시 개를 풀어놓았으면 어쩌나 하는 걱정이 들기 시작했어요. 하지만 저는 톨러가 그날 저녁에 인사불성이었다는 사실을 기억해 냈지요. 그 집에서 그 무시무시한 짐승을 다룰 수 있는 사람은 톨러뿐이었거든요. 톨러만 그 개를 풀어놓을 수 있었어요. 저는 무사히 집 안으로 들어갔습니다. 그리고 다시 선생님을 뵙게 된다는 생각에 너무 기뻐서 뜬눈으로 밤을 지새우다시피 했지요. 오늘 아침에 제가 윈체스터에 갔다 오겠다고 했더니 루캐슬 씨는 순순히 허락해 주더군요. 하지만 오후 세시까지는 돌아가야 해요. 루캐슬 부부가 외출했다가 밤늦게 돌아올 예정이기 때문에 제가 아이를 봐야 하거든요. 홈즈 선생님, 제가 겪은 일은 다 말씀드렸어요. 그러니 이 모든 일을 어떻게 이해해야 하는지, 그리고 무엇보다 앞으로 제가 어떻게 해야 하는지 말씀해 주시면 기쁠 거예요."

홈즈와 나는 헌터 양이 들려준 기이한 이야기에 푹 빠져 있었다. 내 친구는 이제 자리에서 일어나 두 손을 호주머니에 찌른 채 방 안을 오락가락했다. 그의 표정은 침중하기 이를 데 없었다.

"톨러는 아직도 취해 있습니까?"

홈즈는 물었다.

"예. 저는 톨러의 아내가 루캐슬 부인에게 자기도 어쩔 수 없다고 말하는 걸 들었어요."

"잘됐군요. 루캐슬 부부가 오늘 밤에 외출한다고요?"

"예."

"거기에 튼튼한 잠금장치가 달린 지하실이 있습니까?"

"예, 포도주 저장실요."

"헌터 양, 내가 보기에 당신은 그동안 대단히 용감하고 지혜롭게 처신한 것 같군요. 그런데 한 번 더 용기를 발휘할 수 있겠습니까? 당신이 보통 여자들과는 다르다고 생각하기 때문에 이런 요청을 하는 겁니다."

"해볼게요. 어떤 일인가요?"

"이 친구와 함께 저녁 일곱시까지 너도밤나무 집으로 가겠습니다. 그때면 루캐슬 씨는 외출했을 테고 톨러는 술에 곯아떨어져 있을 겁니다. 그러기를 바라야지요. 그렇다면 방해가 될 만한 사람은 톨러 부인뿐입니다. 만약 헌터 양이 무슨 용건을 만들어서 톨러 부인을 지하실로 들여보내고 밖에서 문을 잠근다면 일이 아주 간단해질 겁니다."

"그렇게 할게요."

"좋습니다! 그럼 이제 문제를 철저하게 검토해 보기로 하지요. 물론 가능한 설명은 하나뿐입니다. 헌터 양을 거기로 부른 것은 누군가의 대역으로 삼기 위해서였습니다. 물론 그 사람은 2층의 그 방에 갇혀 있을 겁니다. 그건 분명해요. 거기 갇혀 있는 사람은 십중팔구 미국으로 건너갔다는 집주인의 딸 앨리스 루캐슬 양일 겁니다. 헌터 양이 선택된 것은 틀림없이 키와 용모, 머리 색깔이 닮았기 때문이었지요. 앨리스 양이 무슨 병 때문인지 모르지만 머리를 잘랐을 테고 그래서 헌터 양도 머리를 자르지 않으면 안 되었던 겁니다. 그런데 기이한 인연으로 헌터 양은 앨리스 양의 머리 타래를 보게 되었지요. 길가에 서 있던 남자는 앨리스 양의 친구였을 겁니다. 십중팔구 약혼자겠지요. 그래서 헌터 양이 앨리스 양의 옷을 입고 창가에 앉아 있을 때 그 남자는 당신을 앨리스 양으로 착각했을 겁니다. 그리고 거기 갈 때마다 헌터 양이 웃는 걸 보고, 게다가 나중에 가라고 손짓하는 걸 보고 앨리스 양은 아주 행복하고 더 이상 자신을 필요로 하지 않는다고 생각했겠지요. 밤중에 개를 풀어놓는 것은 그 남자가 앨리스 양에게 접근하는 걸 막기 위해서일 겁니다. 여기까지는 분명합니다. 그런데 이 사건에서 가장 심각한 부분은 아이의 성격입니다."

"대관절 그게 무슨 상관이 있다고?"

나는 불쑥 말했다.

"여보게, 자네는 의사로서 부모를 관찰함으로써 아이의 성향을 파악하지? 그렇다면 역으로 아이를 통해 부모를 이해할 수도 있는 것 아닐까. 나는 자식들을 관찰함으로써 그 부모의 성격을 정확하게 꿰뚫어 본 일이 여러 번 있었네. 그런데 이 아이의 성격은 비정상적으로 잔인하지. 아무 이유 없이 잔인하다네. 그런데 아이가 그런 성격을 웃는 얼굴의 아버지한테 물려받았든, 그럴 가능성이 크네만, 아니면 어머니한테 물려받았든 앨리스 양에게는 대단히 안 좋은 일이야."

"홈즈 선생님, 그 말이 맞아요."

의뢰인이 외쳤다.

"선생님 말씀을 들으니 생각나는 게 한두 가지가 아니랍니다. 오, 우린 지체 없이 그 불쌍한 분을 도와드려야 해요."

"우리는 극히 신중하게 행동해야 합니다. 대단히 교활한 인간을 상대하고 있으니까요. 일곱시까지는 아무것도 할 수 있는 일이 없습니다. 이때 그 집으로 찾아가겠습니다. 머지않아 진실이 밝혀질 겁니다."

우린 약속을 정확하게 지켰다. 마차를 길가의 선술집 앞에 세워놓고 너도밤나무 집에 도착하니 시계가 막 일곱시를 가리키고 있었다. 헌터 양이 활짝 웃으며 문 앞에 서 있지 않았어도 그 집을 알아보기는 쉬웠을 것이다. 너도밤나무의 무성한 잎새가 석양빛을 받아 금속 빛으로 반짝거리는 게 보였으니까.

"어떻게 됐습니까?"

홈즈가 물었다.

지하실 어딘가에서 쿵쿵거리는 소리가 들렸다.

"톨러 부인은 지하실에 있어요."

헌터 양은 말했다.

"그 남편은 부엌에 쓰러져서 코를 골며 자고 있고요. 톨러가 가지고 있는 열쇠를 빼내 왔어요. 루캐슬 씨 열쇠와 똑같은 거랍니다."

"정말 잘하셨군요!"

홈즈는 열띤 목소리로 외쳤다.

"자, 올라갑시다. 이 음침한 일이 어떻게 된 건지 곧 알게 될 겁니다."

우리는 2층으로 올라가서 문을 열고 복도를 내려갔다. 그리고 헌터 양이 설명한 쇠막대를 질러놓은 문 앞에 섰다. 홈즈는 밧줄을 잘라내고 쇠막대를 제거했다. 그리고 열쇠를 이것저것 열쇠 구멍에 넣어보았으나 맞는 것이 없었다. 안에서는 아무 소리도 나지 않았다. 그러자 홈즈의 얼굴이 어두워졌다.

"우리가 너무 늦은 게 아닌지 모르겠군. 헌터 양, 우리 둘이서 해보겠습니다. 자, 왓슨, 여기 어깨를 대게. 우리 힘으로 문을 열 수 있는지 알아보자고."

둘이서 힘을 쓰자 낡고 삐걱거리는 문짝이 쾅당 하고 열렸다. 우리는 방 안으로 뛰어 들어갔다. 방은 비어 있었다. 가구라곤 짚을 깐

초라한 침대와 작은 탁자, 옷이 든 바구니뿐이었다. 천창은 열려 있었고 포로는 온데간데없었다.

"악당이 여길 다녀간 모양이군."

홈즈가 말했다.

"그 녀석이 헌터 양의 의도를 눈치채고 앨리스 양을 빼돌린 게 틀림없어."

"하지만 어떻게요?"

"천창을 이용한 겁니다. 녀석이 어떻게 했는지 보기로 하지요."

홈즈는 몸을 날려 지붕으로 올라갔다.

"아, 그렇군."

그는 외쳤다.

"여기 처마 위로 긴 사다리가 올라와 있군요. 녀석은 이걸 이용한 겁니다."

"하지만 그건 불가능해요."

헌터 양이 말했다.

"루캐슬 부부가 외출했을 때만 해도 사다리는 거기 없었거든요."

"나갔다가 되돌아온 겁니다. 놈은 아주 영리하고 위험한 인간이지요. 지금 층계를 올라오는 자가 그자라고 해도 그리 놀라운 일은 아닙니다. 왓슨, 자네가 권총을 꺼내 들 때가 된 것 같네."

그의 말이 채 끝나기도 전에 피둥피둥 살찐 남자가 무겁고 짧은 지팡이를 들고 문 앞에 나타났다. 헌터 양은 그를 보자 비명을 지르며 벽에 붙어 섰지만 셜록 홈즈는 비호같이 내달아 그의 앞을 가로

막으며 외쳤다.

"이 악당! 네 딸은 어디 있느냐?"

뚱뚱한 사내는 방 안을 둘러보더니 활짝 열린 천창을 올려다보았다.

"내가 묻고 싶은 게 바로 그거다!"

그는 부르짖었다.

"이 도둑들 같으니라고! 밀정에 도둑들! 너희들은 이제 꼼짝없이 잡혔다! 너희들한테 본때를 보여주마!"

그는 돌아서서 부산한 걸음으로 계단을 내려갔다.

"개를 데리러 갔어요!"

헌터 양이 외쳤다.

"여기 권총이 있습니다."

나는 대답했다.

"그래도 현관문을 닫는 게 좋아."

홈즈는 외쳤고 우리 셋은 함께 계단을 뛰어내려 갔다. 그런데 현관을 향해 가고 있을 때 개 짖는 소리가 나더니 고통스러운 비명 소리가 허공을 찢었다. 그리고 뭔가를 물어뜯는, 듣기에도 끔찍한 소리가 들려왔다. 얼굴이 벌겋게 달아오른 나이 지긋한 사내가 팔다리를 부들부들 떨면서 옆문에서 비틀거리며 나왔다.

"오, 하느님!"

노인은 외쳤다.

"누가 개를 풀어놓았나 봅니다. 이틀 동안 굶은 개요. 어서 가십시다, 어서. 꾸물댈 시간이 없어요!"

홈즈와 나는 쏜살같이 달려 나가 집 옆으로 돌아갔다. 톨러가 뒤에서 쫓아 나왔다. 엄청나게 큰 굶주린 짐승이 검은 주둥이를 루캐슬의 목덜미에 박고 있었고, 루캐슬은 비명을 지르며 땅바닥을 뒹굴고 있었다. 나는 달려가면서 방아쇠를 당겼고 총알은 짐승의 머리를 정통으로 맞혔다. 짐승은 겹겹이 주름진 목에 희고 날카로운 이빨을 박은 채 쓰러졌다. 우리는 한참 애를 쓴 끝에 개를 떼어내고 루캐슬을 집 안으로 옮겨놓았다. 숨은 붙어 있었지만 상처는 보기에도 끔찍했다. 우리는 그를 거실 소파에 눕혀놓고 술이 깬 톨러를 시켜 부인에게 소식을 전하게 했다. 나는 그의 고통을 덜어주기 위해 할 수 있는 처치를 다 했다. 모두들 루캐슬의 옆에 모여 있는데 문이 열리더니 키가 크고 마른 여자가 방 안에 들어섰다.

"톨러 부인!"

헌터 양이 외쳤다.

"그래요, 저예요. 루캐슬 씨가 오셔서 저를 먼저 꺼내주고 2층으로 올라가셨지요. 헌터 양, 어떤 계획을 세우고 있는지 저한테 알려주지 않은 건 정말 유감이에요. 그랬으면 이렇게 헛수고를 할 필요가 없었을 텐데."

"하!"

홈즈가 톨러 부인을 날카로운 눈으로 쳐다보며 말했다.

"톨러 부인이 이번 일에 대해 가장 잘 알고 있는 것이 분명하군요."

"그렇습니다. 원하신다면 제가 알고 있는 내용을 다 말씀드리겠어요."

"좋습니다. 앉으시지요. 그럼 얘기를 한번 들어볼까요. 솔직히 말해서 내가 아직 밝혀내지 못한 점들이 몇 가지 있으니 말이오."

"다 말씀드리지요."

톨러 부인은 말했다.

"제가 지하실에서 좀 더 빨리 나올 수 있었다면 이미 다 말씀드렸을 거예요. 경찰이 이 문제를 조사한다면 저는 선생님의 친구뿐 아니라 앨리스 양의 편을 들 거라는 걸 기억해 주십시오.

앨리스 양은 아버지가 재혼한 뒤에 집에서 천덕꾸러기 신세가 되었답니다. 아가씨는 형편없는 대접을 받았지만 아무 말도 안 했어요. 하지만 한 친구의 집에서 파울러 씨를 만나고부터는 더욱 괴로운 처지가 되었지요. 제가 알기로 앨리스 양에게는 유산이 있어요. 하지만 아가씨가 워낙 조용하고 인내심이 강한 성품이어서 그 일에 대해선 한마디도 하지 않고 모든 걸 아버지의 손에 맡겨두었지요. 루캐슬 씨는 딸이 옆에 있는 한 아무 문제가 없다는 걸 알고 있었습니다. 하지만 남편이 생기면 법이 보장한 권리를 전부 요구할 게 분명했지요. 그래서 루캐슬 씨는 그런 일이 생기는 걸 막으려고 했어요. 주인님은 딸이 결혼을 하든 말든 아버지가 유산을 쓸 수 있도록 무슨 서류에 서명하라고 했습니다. 아가씨가 거절하자 아버지는 딸을 지독히도 괴롭혔어요. 그러다 아가씨는 뇌막염에 걸렸고 6주일 동안 사경을 헤맸답니다. 겨우 병이 나았을 때 아가씨는 허깨비처럼 마른 데다 아름다운 머리는 잘려 나가고 없었지요. 그래도 파울러 씨는 변심하지 않고 아가씨에게 한결같은 순정을 바쳤답니다."

홈즈가 말했다.

"아, 친절하게 말씀해 주신 덕분에 전후 사정이 분명해졌군요. 그럼 나머지는 제가 말해 보도록 하겠습니다. 그래서 루캐슬 씨는 2층에 그런 감옥을 만든 것이지요?"

"예, 선생님."

"그리고 못마땅한 끈질긴 파울러 씨를 쫓으려고 런던에서 헌터 양을 데려왔고요."

"그렇습니다, 선생님."

"하지만 파울러 씨는 훌륭한 뱃사람답게 쉽게 포기하지 않는 청년이었습니다. 파울러 씨는 집의 봉쇄망을 뚫고 당신을 만나 이런저런 수단을 써서 설득했지요."

"파울러 씨는 정말 말씨도 상냥하고 인심도 좋은 신사분이세요."

톨러 부인은 침착하게 말했다.

"그래서 파울러 씨는 부인의 남편에게 술이 떨어지지 않게 해줬고, 부인은 주인이 외출한 틈을 타서 사다리를 준비해 놓았군요."

"예, 선생님."

"톨러 부인, 감사하다는 말씀을 드려야겠군요. 부인 덕분에 모든 사실을 정확하게 알게 되었으니 말입니다."

홈즈는 말했다.

"왓슨, 저기 오시는 분들이 외과 의사와 루캐슬 부인인가 보네. 우리가 헌터 양을 윈체스터까지 모셔다 드려야겠군. 이 사건의 사법적인 처리는 이제 불필요해진 것 같으니 말이야."

이렇게 해서 너도밤나무 집에서 일어난 흉한 사건은 종결되었다. 루캐슬 씨는 목숨은 건졌지만 장애가 남았고 평생 헌신적인 아내의 간호를 받으며 살 수밖에 없는 신세가 되었다. 루캐슬 부부는 여전히 늙은 하인 부부를 데리고 있는데, 이들 부부는 루캐슬의 과거에 대해 지나치게 많은 것을 알고 있어서 떼어놓기가 어려웠는지도 모른다. 파울러 씨와 루캐슬 양은 너도밤나무 집에서 도망친 그다음 날, 사우샘프턴에서 대주교의 특별 결혼 허가를 받아 결혼식을 올렸다. 파울러 씨는 현재 인도양의 식민지 모리셔스에서 관리 노릇을 하고 있다. 실망스럽게도 내 친구 홈즈는 사건이 종결되자 바이올렛 헌터 양에게 더 이상 관심이 없어졌고, 헌터 양은 지금 월솔에서 사립 학교 교장으로 있다. 나는 그녀가 거기서 일을 잘하고 있으리라 믿는다.

옮긴이 | 백영미

서울대학교 간호학과를 졸업했으며, 현재 전문 번역가로 활동하고 있다. 옮긴책으로 『셜록 홈즈 마지막 날들』, 『황금 두루마리의 비밀』, 『죽음 너머의 세계는 존재하는가』, 『타이타닉의 수수께끼』, 『히말라야에서 만난 성자』, 『의식 혁명』 등이 있다.

셜록 홈즈 전집 5

셜록 홈즈의 모험

1판 1쇄 펴냄 2002년 2월 5일
1판 58쇄 펴냄 2015년 10월 13일
2판 1쇄 펴냄 2015년 11월 6일
2판 17쇄 펴냄 2024년 10월 23일

지은이 | 아서 코난 도일
옮긴이 | 백영미
발행인 | 박근섭
편집인 | 김준혁
펴낸곳 | 황금가지

출판등록 | 2009. 10. 8 (제2009-000273호)
주소 | 06027 서울 강남구 도산대로 1길 62 강남출판문화센터 5층
전화 | **영업부** 515-2000 **편집부** 3446-8774 **팩시밀리** 515-2007
홈페이지 | www.goldenbough.co.kr

도서 파본 등의 이유로 반송이 필요할 경우에는 구매처에서 교환하시고
출판사 교환이 필요할 경우에는 아래 주소로 반송 사유를 적어 도서와 함께 보내주세요.
06027 서울 강남구 도산대로 1길 62 강남출판문화센터 6층 민음인 마케팅부

한국어판 © 황금가지, 2002. Printed in Seoul, Korea
ISBN 978-89-8273-405-2 04840 (5권)
ISBN 978-89-8273-408-3 04840 (set)

㈜민음인은 민음사 출판 그룹의 자회사입니다.
황금가지는 ㈜민음인의 픽션 전문 출간 브랜드입니다.

셜록 홈즈 실크 하우스의 비밀

앤터니 호로비츠 | 이은선 옮김 | 400쪽

코난 도일 재단에서 공식 출간한 새로운 셜록 홈즈
100년 만에 처음으로 공개되는 홈즈의 미공개 사건

1890년 11월, 홈즈와 왓슨의 앞에 유복한 미술품 딜러 카스테어즈가 찾아온다. 미술품 매매 과정에서 미국 갱단에게 원한을 사게 된 카스테어즈는 최근 살아남은 단원이 복수를 위해 미국에서 이곳 런던까지 자신을 찾아왔다고 고백한다. 다음 날 카스테어즈의 집이 절도를 당하는 사건이 발생하고, 홈즈는 그 범인을 부랑아 특공대를 이용해서 찾아내지만, 그가 묵는 호텔로 가 보니 남자는 이미 단검에 찔려 죽어 있다. 한편 남자의 흔적을 찾아낸 아이 로스가 시체로 발견되고, 누나인 샐리 역시 사라진다. 샐리가 남긴 유일한 단서인 "실크 하우스"라는 말과, 자신에게 보내진 하얀 실크 리본의 단서를 쫓아 홈즈는 아편굴로 잠입하는데…….

이건 두말할 나위 없이 완벽한 셜록 홈즈다. — 《가디언》
독자들이 코난 도일에게 기대하는 것을 잘 알고 있는 영리한 작가. — 《인디펜던트》
호로비츠는 홈즈 세상을 정확하게 집어냈다. — 《타임스》

셜록 홈즈 모리어티의 죽음

앤터니 호로비츠 | 이은선 옮김 | 424쪽

코난 도일 재단이 공개하는
홈즈의 공백기에 얽힌 또 다른 진실

세기의 라이벌이 사라진 런던에, 새로운 어둠이 스민다. 홈즈와 모리어티 최후의 결전지, 라이헨바흐 폭포에서 시작되는 놀라운 음모! 셜록 홈즈와 그의 숙적 모리어티 교수가 격전을 벌인 스위스 마이링겐의 라이헨바흐 폭포. 핑커턴 탐정 사무소 소속의 프레더릭 체이스는 런던 경찰인 애설니 존스와 황량하고 장엄한 그곳에서 조우한다. 두 사람은 모리어티로 추정되는 시체에서 미국의 범죄 거물 클래런스 데버루에게 인도하는 암호문을 발견하는데…….

전작처럼 뛰어난 구성력과 노련함, 매혹적이면서도 음울한 1890년대 런던의 향취를 다 갖추었으며, 보다 야심차다. —《가디언》

앤터니 호로비츠가 지독히 영리한 홈즈 패스티시물로 도전장을 던졌다. —《뉴욕 타임스》

확실하게 이 책은 충분히 재미있는 완성도 높은 추리소설이다. 일단 걱정을 떨치고 책을 읽기 시작할 것을 권한다. 어쩌면 이 책이 셜록 홈즈에 입문하는 좋은 계기가 될 수도 있을 것이니. —《씨네21》

셜록 홈즈 마지막 날들

미치 컬린 | 백영미 옮김 | 348쪽

93세의 명탐정, 인생을 추리하다!
이언 매켈런 주연 영화 「미스터 홈즈」의 원작

『셜록 홈즈 마지막 날들』은 93세라는 고령에 이르러 영광스러운 과거의 기억마저 가물가물해진 노년의 홈즈에게 조명을 비춘다. 노년에 이르러 육체적 능력과 기억은 극심하게 쇠퇴했지만 관찰력과 날카로운 통찰은 아직 살아 있는 그에게 주어진 '사건'은 냉혹한 살인마의 범죄가 아니라 자신의 과거이다. 평소 오랜 친구 겸 전기 작가의 권유에 따라 자신의 기억 속에 남은 사건을 정리하는 글을 쓰기 시작한다.

신중함, 예의, 우아한 느낌으로 가득한 사랑스럽고 가슴 따뜻한 책. 소설이라면 모름지기 이래야 한다. —《워싱턴 포스트》
품위를 지키기 힘든 노년에 적응하는, 약해지긴 했지만 여전히 지적인 호기심이 왕성한 홈즈의 삶을 들여다본 야심만만하고 아름다운 소설. —《퍼블리셔스 위클리》